www.bbulmedia.com

www.bbulmedia.com

수상한 맹견

you don't call me anymore...

수상한 맹견

+++ 한희연 장편 소설

DAHYANG ROMANCE STORY

Contents

처음 '그'라는 남자를 인지하고 가장 먼저 눈에 띈 건 날카로운 콧대였다. 그 콧대를 따라 시선을 올려 보면 능숙하게 초승달 모양으로 휘어져 웃음을 그리고 있는 눈매가 보였다. 장난기 가득한 주제에 어딘지 깊은 눈동자에 빨려 들어갈 것 같아 눈을 돌릴라치면 도톰한 입술이 시야를 사로잡았다. 방금까지 누군가와 격정적인 키스라도 한 듯 붉게 달아오른 입술 말이다.

"오현서."

입술을 뗀 그가 그녀를 불렀다.

위기를 직감한 몸이 뒷걸음질 치려 했지만, 그는 도통 현서를 놔줄 생각이 없어 보였다. 그의 손길이 현서의 머리칼을 어루만지다 이내 턱을 움켜쥐었다. 그대로 더 가까이 다가오는 그에게 현서가 화를 내고 말았다.

"미, 미치셨습니까?"

스스로 말하고도 놀란 현서가 예의상 사과하기 위해 입술을 떼자 그의 혀가 바로 억지스럽게 치고 들어왔다. 치열을 어루만지며 교묘하게 혀를 감고 자극하는 농후한 키스다. 머리가 빙빙 돌고 속이 울렁거리는 와중에도 그가 선수라는 느낌은 명확히 전달됐다. 거기다 아까보다야 부드럽지만 도무지 숨을 쉴 틈을 주질 않아서 점점 다리에 힘이 빠졌다.

고작 키스에 온몸이 떨리다니, 창피한 일이다.

"으흣…… 하아, 그, 그만……."

힘이 풀려 주저앉으려는 현서의 허리를 그가 감싸 안았다. 이대로 더 밀어붙이다간 현서가 기절이라도 할까 걱정스러웠는지 결국 그가 입술을 뗐다.

제 타액으로 젖은 현서의 입술을 혀로 부드럽게 핥은 그가 방긋 웃었다.

"그렇게 좋았어?"

그 뻔뻔한 낯짝에 화가 난 현서가 한마디 쏘아붙이려는 찰나 그가 덧붙였다.

"아직도 내가 당신을 상대로 불장난이나 치고 있는 것 같아? 그런 착각은 순전히 오현서 씨 잘못이야. 나랑 처음 만난 날을 기억해 내지 못한 머리 나쁜 당신 탓."

애초에 처음 만난 날이라니, 대체 뭘 기억해 내라는 뜻인지 모르겠다.

'망할! 전 팀장님을 면접 때 처음 봤단 말입니다!'

이건 아무리 생각해 봐도 악연이다.

몇 달 전.

구름까지 닿을 듯 높은 빌딩 앞, 검은 바탕의 대형 간판에 황금색 글씨로 서강이라는 두 글자가 인상 깊게 박혀 있다. 화려하고 독특한 디자인의 빌딩들이 가득한 이 거리에서 전면이 유리로 지어진 서강 빌딩은 남다른 분위기를 자랑하고 있었다.

국내 최고의 마케팅 전문 기업인 서강의 로비는 오늘따라 정장을 입은 사람들로 북적였다. 그리고 그런 그들 사이를 남다를 것 없는 한 여자가 가르고 지나갔다.

까만 정장을 말끔하게 차려입고 왔지만, 다른 지원자들과는 달리 얼굴에서는 어떤 흥분도 찾아보기 어려웠다. 그녀는 대기업 서류 전형을 뚫고 면접까지 보러 온 사람치곤 무척 담담한 모습이었다.

"104번, 105번, 107번, 면접실로 들어오세요."

정장 재킷 왼쪽 부분에 107번이라는 번호표를 단 그녀는 호명을 들은 다른 두 사람과 함께 면접실로 들어갔다.

면접관은 나이 든 남자와 아줌마뻘의 여자, 그리고 젊은 남자까지 총 세 사람이었다. 그들 앞에는 각각 상무 정주호, 부장 조윤주, 팀장 백우경이라는 명패가 자리 잡고 있었다.

"반갑습니다. 저는 서강 인사팀 상무 정주호입니다. 그럼 면접을 시작하겠습니다."

상무의 간단한 인사로 시작된 면접의 진행은 순조로웠다. 상무와 부장은 다양한 질문을 던지며 과연 채용할 가치가 있는 사람인지 면밀히 탐색했다.

면접자들은 질문에 대답을 하면서도 눈길 한 번 주지 않는 팀장 백우경을 힐끔힐끔 쳐다봤다. 저런 무관심한 태도로 일관하는 면접관이라니, 대체 이 자리에 왜 있는지 모르겠다는 의미의 시선이었다.

그때 이력서를 살펴보던 상무가 질문했다.

"오현서 씨는 전 직장에서 퇴사하고 1년가량 공백기가 있네요. 그동안 특별히 하신 일이 있으십니까?"

정확히는 8개월 하고도 3주 정도다. 어디서 면접을 보든 저 질문이 빠지지 않은 덕분에 이골이 난 현서가 앞지르듯 대답했다.

"간간이 아르바이트는 했지만, 의미 있는 여행이나 새로운 공부, 자격증 취득 등은 전혀 없었습니다. 결과적으로 열심히 놀았습니다."

당당할 것도 없는 대답을 뻔뻔하게 날리자 모두가 잠시 당황했다. 그때, 민망한 분위기의 면접장에서 갑자기 실소가 터져 나왔다.

"큭!"

내내 무심한 눈빛을 하고 있던 팀장 백우경이 가벼운 웃음을 터뜨린 것이다. 우경은 처음으로 면접자에게 호기심 어린 눈빛을 던지며 물었다.

"107번 오현서 씨, 한 가지 더 질문해도 되겠습니까?"

이 면접 자체를 불만스러워하고 있던 우경이 3일 만에 처음으로 질문을 던지려 하자, 상무와 부장이 놀라며 현서의 이력서를 들췄다.

정작 질문을 받은 현서는 여전히 무뚝뚝한 태도로 대답했다.

"네, 질문하십시오."

"본인이 채용될 확률이 얼마나 된다고 생각하십니까?"

면접도 하나의 비즈니스다. 면접관에게 값을 부르고 자신을 파는 행위 말이다. 그가 무심한 태도로 일관하던 면접관인 만큼, 현서가 마음에 들었기에 날아온 질문인 것만은 분명했다.

"아, 긴장하지 말고 솔직히 대답해 주면 됩니다."

정말 솔직히 말하자면, 머리 아프다. 저런 식으로 사람을 시험하는 질문 자체를 질색하는 현서. 무엇보다 팀 비서에 지원한 이상 팀장이라는 저 남자와 자주 부딪히게 되리란 점은 명확했다.

'그래, 그냥 좀 더 쉬자. 어차피 바로 일하고 싶지도 않았잖아.'

현서는 평소처럼 쉽게 공석에 대한 욕심을 버리고 대답했다.

"98% 정도는 있다고 생각합니다. 빼 놓은 2%는 제가 그 자리를 거절할 경우입니다."

자신감 넘치다 못해 오만한 현서의 대답에 상무와 부장이 드러내 놓고 당황했다. 반면 우경은 아까보다 더 즐거운 미소를 지어 보였다. 현서의 대답을 압도할 만큼 여유로운 모습이다.

"틀렸습니다. 정답은 1%입니다. 그리고 그 1%는 제가 모험을 할 경우만을 포함합니다. 무르네요, 오현서 씨."

그게 면접의 끝이었다.

화려한 빌딩가를 등진 초라한 주택가. 하루하루 겨우 수명을 연장해 나가는 것처럼 보이는 초원빌라 1동 301호. 현서의 보금자리에 오랜만에 손님이 찾아왔다. 시끄럽게 쪼아 대며 걱정만 늘어놓는 친구지만 그래도 혼자인 것보단 훨씬 낫다.

"연락은? 진짜 한 군데도 안 왔어?"

"어, 안 왔어."

단호한 현서의 대답에 친구 장소영이 날카로운 눈빛을 빛냈다.

"너, 설마 또 저번처럼 면접 본 거 아니지? 어? 취업하기 싫다는 티 팍팍 내면서 난 이 자리 미련 없소, 분위기 풍긴 거 아니냐고. 대답해 봐, 오현서."

소영의 질문에 캔 맥주를 마시던 현서가 인상을 팍 썼다.

"야, 진심으로 봤는데도 연락이 안 왔다니까? 전부 낙방한 내 가슴이 더 쓰리거든? 오늘은 제발 술만 마셔 주라."

현서의 대답에 소영이 더 아쉬워했다.

현서는 서울 유명 대학 경영과를 우수한 성적으로 졸업하고 모두가 부러워할 대기업에 입사했었다. 그 후 나름대로 잘나가는 인생을 살던 현서였지만 몸 부서져라 일하던 직장을 관두고 현재 백수 상태. 경험이나 자격증, 각종 공인 시험 점수가 탄탄하다 보니 웬만한 서류 전형은 무난히 통과하는 편인데, 면접만 보면 번번이 낙방이다.

소영이 면접을 대충 보는 것 아니냐며 의심스러워하는 일도 전혀 근거가 없진 않다.

"너 계속 이러고 있으면 아줌마도 마음이 얼마나 안 좋으시겠어? 아무리 힘들었어도 슬슬 털고 일어나야지. 너도 스물일곱이고 이번 해만 지나면 바로 스물여덟이야. 여잔 결혼 적령기 들어갈수록 취업 힘든 거 몰라서 이래?"

"어차피 나이 먹고 정년퇴직 강요받을 때까진 일해야 하잖아. 어릴 때 잠깐 쉬는 게 뭐가 어때서."

"너 정말 오현서 맞아? 낯설어 죽겠다. 월세 낼 돈은 있는 거야? 장례식도 비용 만만치 않았을 거…… 아! 미, 미안."

"야, 장소영. 나 아직 일 년도 안 놀았거든? 쓸데없는 걱정은 접고 술이나 마시자니까?"

시원한 술을 마실수록 속에서는 열불이 났다. 서강에서 본 면접의 불쾌한 기분이 아직 남은 탓이다. 따지자면 무례하게 행동한 그녀가 먼저 잘못했겠지만, 팀장이라는 남자도 점잖지 못했던 건 마찬가지다.

"휴, 건배하고 기운 내. 금방 좋은 자리 찾겠지."

소영의 격려에 현서가 어색하게 웃으며 캔 맥주를 들었다. 두 사람은 학창 시절 추억부터 최근 소영의 연애 얘기와 전 직장 상사에 대한 욕까지 늘어놓으며 신나게 수다를 떨었다.

밤이 늦어 갈 무렵 소영이 지쳐 잠들자 현서가 조용히 소주를 깠다. 소영이 알면 또 잔소리를 늘어놓겠지만, 요즘은 술에라도 취하지 않으면 도통 잠이 오질 않는다.

'소영아, 나 솔직히 아직 일하기 싫어. 네 말대로 이게 얼마나 멍청한 짓인지는 알아.'

알지만 숨이 벅찼다. 꼭 보란 듯이 성공하고 싶었기에 학창 시절 때부터 한 번도 멈추지 않고 달려왔다. 하지만 지금은 목적지를 잃고 표류하는 난파선처럼, 노력하던 이유 자체를 잃어버렸다. 멈춰 있을 때가 아니라는 걸 아는데도 계속 이대로 안주하고 싶다.

소주를 마시던 현서가 탁상에 올려 둔 사진을 바라보며 읊조렸다.

"엄마 딸 무지 한심하지? 스물일곱이나 먹었는데 이러고 있다. 근데, 엄마. 태어나서 27년 만에 처음으로 엄마 없이 살아가야 하는 거잖아. 낯설어서 그래. 그러니까 조금만 더 멈춰 있을게. 조금만 더……. 그러니까 절대 걱정하지 마."

내리 술을 마시던 현서는 소주 세 병을 거의 비워 갈 때쯤 매트리스 위에 몸을 던졌다. 술에 취한 탓에 온몸에 열이 올랐지만, 오히려 누군가의 체온처럼 느껴져 따뜻한 안도감이 밀려왔다.

술기운이 불러와 준 졸음에 기대 현서는 겨우 잠들었다.

징징징.

"아오, 야, 양심상 진짜 네 알람은 네가 꺼. 나 피곤하다."

소영이 잠결에 짜증을 냈다. 20분 정도의 간격으로 벌써 네 번째 울리고 있는 저 알람을 당장 꺼 주지 않으면 홧김에 휴대전화를 부수고 싶은 충동을 더 이상 억누를 수 없을 것 같았다.

소영의 짜증에 현서가 웅얼대며 일어나 휴대전화를 들었다.

"아르바이트도 때려 쳤는데 무슨 알람이야. 망할."

현서가 휴대전화를 보니 알람이 아니라 전화다.

"여보세요!"

[안녕하세요? 107번 지원자 오현서 씨 맞으시죠?]

"맞는데, 왜요?"

현서의 짜증스런 목소리에도 상대방은 발랄하게 응답했다.

[네, 여기는 어제 면접 보신 서강의 인사팀입니다. 실은 2차 면접을 진행하려고 하는데요, 갑작스러우시겠지만 면접이 오늘 오후입니다.]

"뭐라고요?"

서강이라면 분명 어제 면접을 본 곳이 맞다. 하지만 무려 3일에 걸쳐 치러진 서강의 면접이다. 고작 하루 만에 합격자를 추렸다니, 잠결에 들어도 이상하다. 뭣보다 갑자기 당일에 전화해서 2차 면접이라니, 이건 대놓고 수상하다.

"저기……."

[시간은 오후 2시입니다. 로비에 오셔서 지원1팀 면접 보러 오셨다고 하시면 면접 장소로 안내해 주실 겁니다.]

"어머! 갈게요! 고맙습니다!"

현서가 망설이는 사이 소영이 언제 들었는지 뒤에서 큰 소리로 외쳤다. 놀란 현서가 아니라고 황급히 변명하려는데 소영이 휴대전화를 빼앗아 들고 말했다.

"몇 시라고 하셨죠? 아, 두 시요? 네, 가능해요."

"야! 장소영, 잠깐만!"

"네, 그럼 수고하세요. 네!"

"스톱! 멈춰 봐! 야!"

탁!

기가 찬 현서가 말문이 막힌 사이 전화를 끊어 버린 소영이 제일처럼 기뻐하며 방방 뛰었다.

"완전 잘됐다! 서강이면 거기지? 마케팅 대기업! 야, 대박! 완전좋은 기회야!"

남몰래 또 구직을 미루려던 현서였지만 기뻐하는 소영의 모습을 보니 차마 이번에도 안 가겠다는 말은 할 수 없었다.

"바쁘게 움직이고 해야 힘든 일도 잊어버리는 거야. 그러니까 오늘 면접 제대로 보고 와, 알았지? 주말인데도 불러내는 거 보면 거의 확정적인 거니까 너무 걱정 말고. 알았지?"

"하아. 알았어."

소영에게 떠밀려 씻으러 욕실로 들어온 현서가 변기에 앉아 고뇌에 잠겼다.

'아니, 날 뽑을 이유가 없는데 대체 왜 연락한 거야? 날 채용하는 건 본인이 모험하는 경우만 포함한다며!'

아무리 생각해도 제대로 도출되는 답이 없자 더 답답했다.

하는 수 없이 씻고 나오자 소영은 그 짧은 사이 제법 푸짐하게 상을 차려 놨다. 처음 보는 반찬이 몇 개 되는 걸 보니 또 집에서 한가득 싸 들고 온 모양이다.

"언제 가져온 거야?"

"여기 온다니까 가져가라고 해서."

누군지 묻지 않아도 소영의 어머니라는 걸 알기에 현서가 묵묵히 숟가락을 들었다.

"잘 먹겠다고 전해 드려. 늘 감사하다고도."

"뭘 감사해. 나도 예전에 자취할 때 너희 엄마한테 많이…… 아, 얼른 먹자."

난감해하는 소영을 물끄러미 쳐다보던 현서가 숟가락을 내려놨다. 지금까진 묵묵히 지내 왔지만 소영이 배려한답시고 불편해하는 모습은 아무래도 보기 힘들었다.

"저기, 소영아."

"어?"

"엄마가 돌아가신 일은 갑작스러웠지만, 이제 괜찮아. 오히려 엄마 얘기 할 때마다 네가 신경 쓰는 게 더 어색해. 그냥 평소처럼 지내자."

"어, 응. 그래, 미안."

사인은 심장마비였다. 평소 건강에 달리 문제가 없던 분이라 더 갑작스러운 일이었다. 소영은 아직도 빈소를 지키며 울던 현서의 모습이 눈에 선했다. 학창 시절부터 가족이라곤 엄마뿐이었으면서 담담한 척하는 현서가 안타까워서 소영이 속아 넘어간 척 말을 돌렸다.

"식겠다. 먹자. 너 빨리 가야지. 면접도 미리 안 가 있으면 점수 깎이잖아."

소영이 발랄하게 현서의 준비를 도왔다.

결국, 초스피드로 준비를 마친 현서가 힐을 신고 집을 나왔다. 힘내라는 둥 잘할 거라는 둥 갖은 응원의 소리가 낯간지럽게 뒤에서 따라붙었지만 싫진 않았다.

'그래. 소영이 말대로 취업하면 바쁘게 지낼 거고, 어쩌면 정말 지금보다 나아질지도 모르잖아. 웅크리고 있어 봐야 통장 잔액만 줄어들 뿐이고. 아르바이트처럼 쉽게 관둘 수 있는 자리보단 제대로 된 회사가 나을지도 몰라.'

서강에 들어설 무렵 현서의 마음은 제법 긍정적으로 변해 있었다. 손님용 카드를 받은 현서가 직원용 출입구를 통해 8층으로 올라갔다. 안내받은 쪽으로 가자 지원1팀이라는 푯말이 박힌 유리문이 보였다.

"안으로 들어가시면 작은 사무실이 하나 더 있어요. 들어가시면 팀장님이 면접을 시작하실 겁니다."

"아, 네."

현서가 유리문을 밀고 들어가자 뜻밖에도 사무실은 텅 비어 있었다. 주말에 면접을 보러 오라고 하기에 근무하는 직원들이 조금쯤 있을 줄 알았는데, 출근한 사람은 팀장이라는 남자뿐인 모양이다.

똑똑.

안내대로 유리문을 하나 더 밀고 들어가자 아담한 방이 나왔다. 바깥에서 들여다보지 못하도록 블라인드를 쳐 둔 방은 전체적으로 아늑한 분위기를 풍겼다.

서류가 지저분하게 놓여 있는 책상에서 뭔가를 골똘히 들여다보고 있던 남자가 현서를 보고 일어났다.

"아, 반갑습니다. 지원1팀 팀장 백우경입니다."

우경이 손으로 가리킨 자리에는 방금 가져다 뒀는지 김이 나는 커피가 놓여 있었다. 현서가 자리에 앉자 우경이 서류 더미에서 이력서를 찾아 맞은편에 앉았다.

"말이야 2차 면접이지만 사실 확정적인 상황입니다. 남은 건 기본적인 연봉 협상, 그리고 출근이 가능한 날짜를 정하는 정도입니다."

솔직히 대체 무슨 기준으로 자길 뽑았느냐고 묻고 싶었지만 내뱉어 봐야 득이 될 것도 없는지라 실질적으로 필요한 부분에 대해 묻기로 했다.

"업무에 대해서 여쭤 보고 결정해도 되겠습니까?"

"물론입니다. 팀 비서인 만큼 지원1팀 내의 관리와 업무 지원을 베이스로, 가끔 제 업무나 외근을 보좌해 주면 됩니다. 더불어 팀에서 사용하는 비용처리를 담당하게 되실 겁니다. 직급은 주임입니다."

자기 일만 해도 힘든데 팀 내부의 업무를 지원하고, 비서에 경리까지 겸한다는 뜻이다. 안 그래도 비서는 상사의 스케줄에 엮여서 움직이는데 그 외에도 개인적으로 맡을 부분이 많다면 눈코 뜰 새 없이 바쁠 것이다. 과연 감당할 수 있을지 의문이다.

'선임은 분명히 과로로 실려 나갔을 거야.'

하지만 쉴 틈이 없는 업무 환경이라면 차라리 지금의 현서에게는 최상의 자리인지도 모른다.

"연봉은 물론 전 회사에서의 경력을 인정한 것으로 제안하겠습니다."

우경이 내민 서류에는 그들이 제시하는 연봉이 적혀 있었다. 이전 직장과는 앞자리부터가 다르다. 경력이 있다곤 해도 고작 주임

직급이라면서 이런 연봉을 제시하다니! 바닥을 드러내는 통장 잔액을 떠올리자 새삼스럽게 구직을 향한 욕심이 솟아올랐다.

"연봉 협상은 따로 필요하지 않을 것 같습니다. 출근은 바로 하고 싶은데, 가능할까요?"

현서의 말에 우경이 피식 웃었다. 면접 때처럼 속내를 드러내지 않는 가벼운 웃음이었다.

"물론입니다. 출근은 오전 9시까지고 자리는 저쪽입니다."

우경이 가리킨 건 그의 책상 맞은편, 이 좁은 개인 사무실의 문 옆자리다. 근무하게 되면 그와 사무실을 함께 써야 한다는 뜻이다. 차라리 붐비는 바깥 자리가 나을 것 같지만 아직 그런 주장을 할 처지는 아니기에 현서가 얌전히 고개를 끄덕였다.

"알겠습니다."

"그럼 월요일에 뵙겠습니다."

현서가 나가자 우경이 한 모금도 마시지 않은 커피 쪽으로 시선을 돌렸다. 예의상 한 모금 정도는 마실 법한데, 그녀는 또 예상에서 어긋났다. 뭐, 그런 점이 재미나서 채용을 결정했으니 새삼 불평할 생각은 아니다.

똑똑.

"날세."

상무 정주호가 가볍게 인사하며 들어와 소파에 앉았다. 정주호는 불만스러운 얼굴로 아직 김이 올라오는 커피를 쳐다보며 물었다.

"오는 길에 봤네. 정말 고집대로 채용한 건가?"

"물론입니다."

단호한 우경의 대답에 주호가 한숨을 푹 내쉬었다.

애당초 이번 채용 자체는 하나의 쇼였다. 고작 서른넷이라는 젊은 나이에 팀장을 맡고 있는 백우경의 비서 자리가 공석이 되자, 많은 사람이 눈독을 들였다. 비서과 직원들의 인사 청탁이 도를 넘어갈 때쯤, 그 자리에 가장 어울리는 지원자가 나타났다.

"회장님이 서운해하시겠군. 따님의 부탁이라면 다 들어주시니까 말이야. 서한나 씨는 뛰어난 재원이야. 자네 비서로서 역할 수행에도 부족함이 없을 걸세."

"이번 경우에서 능력은 논외 아니었습니까?"

서강 회장의 고명딸이 고작 팀장 비서 자리나 탐내다니, 속이 뻔히 보이는 일이다. 보통 사람이라면 모르는 척 기쁘게 받아들였겠지만 우경 성격에 이번 제안은 불쾌하기만 했다.

제 팀에 넣을 사람 정도는 스스로 뽑고 싶다고 주장했지만, 철저히 묵살당했다. 결국, 우경은 서한나를 채용하기 위해 마련한 면접에 허수아비처럼 끌려가고 말았다. 그렇게 3일 동안 시간 낭비, 기운 낭비라고 생각하고 있던 면접의 끝자락에서 현서를 발견한 것이다.

"내가 보기엔 자네가 딜까지 제안해서 들여올 가치는 없어 보였어."

우경이 본 현서는 결혼 적령기에 무려 일 년 가까이 백수 상태로 지냈다는 흠이 있지만, 전체적으로 스펙도 좋고 무엇보다 오만방자한 태도가 마음에 들었다. 솔직히 서한나만 아니면 아무나 좋았지만 내정자를 치고 들어오는 만큼 잡초처럼 꿋꿋한 성격이 아니면 곤란하다.

"회사 입장에선 이득이잖습니까? 동시에 퇴사한 경리까지 채용하려던 걸 오현서 한 사람으로 대체해서 한 사람 연봉은 아꼈으니까요."

"회장님 입장에서 생각해 보게. 그깟 사원 연봉 하나가 문제가 아니지 않나?"

"회장님께서도 제 선에서 잘라 내는 편이 만족스러우실 겁니다."

"내가 왜 주말에 회사까지 온 것 같나? 이미 채용하겠다고 결정한 이상 어쩔 수 없지만 지원1팀은 일이 많고 한 사람이 감당하기엔 벅찬 자리일 거야. 그러니까 오현서 씨가 실습 기간인 3개월을 채우지 못하고 퇴사하면 서한나 씨를 채용하게."

주호의 제안에 우경이 기가 찬 듯 되물었다.

"결국 그게 용건이셨습니까?"

상식적으로 생각해 보면 업무량이 살벌하기로 악명 높은 지원1팀은 서한나가 너끈히 버틸 자리는 아니다. 하지만 만약 오현서가 버티지 못하고 나가면 꼼짝없이 귀찮은 일에 말려들고 만다. 오현서에 대한 믿음이나 확신이 부족한 상황에서 선뜻 대답하기에는 곤란한 상황이다.

"확신이 없다면 당장 서한나 씨를 뽑아도 돼. 오현서 씨는 다른 팀으로 보내도 괜찮고, 아니면 팀원으로 둬도 되니까. 요지는 서한나 씨를 비서로 채용하라는 부분일세."

어차피 오현서를 채용한 자체가 우경에게는 모험이었다. 한 번 감행한 일인데 두 번이라고 어렵겠는가. 이대로 불편하기 짝이 없는 회장 딸을 채용하느니 모험이건 도박이건 해 보는 편이 훨씬 낫다.

"그렇게 하죠. 단, 오현서가 버티면 무리하게 다른 사람을 채용하라는 얘기는 더 이상 꺼내지 마십시오."

"좋네."

주호의 입가에 만족스러운 미소가 번졌다. 우경이 아무리 노력해 봤자 본인이 못 견디면 나가는 거다. 3개월은 지쳐서 떨어져 나가 게 만들기에 충분한 시간이다.

안심한 주호가 사무실을 나가자 지친 우경이 안경을 벗어서 탁 상 위에 올려놓고 미간을 어루만졌다.

"휴."

일이 쌓여서 주말에도 잔업을 하는 사람에게 저런 쓸데없는 문 제로 찾아와 스트레스만 주고 떠나다니. 정말 일생에 도움이 안 되 는 사람이다.

'오현서라.'

까만 눈망울이나 말끔한 인상도 마음에 들었지만 어딘지 세상 다 살았다는 초연한 표정에 저도 모르게 눈길이 갔었다. 본격적으 로 관심이 생긴 건 역시 퇴사 후 놀았다는 호쾌한 대답 이후부터였 을 것이다. 회사에서 원하는 대답이 뭔지 알면서도 그 대답을 입에 담길 거부한 대담함이 제법 흥미로웠다.

"처음 듣는 이름인데, 어쩐지 낯익단 말이야."

워낙 기억력이 좋은지라 웬만한 건 까먹으려고 노력해도 잊지 못하는 우경이다. 그럼에도 도통 기억이 나지 않자, 우경이 현서의 이력서를 집어 들었다. 이름, 나이, 중 · 고등학교, 대학교, 이전 직 장까지 전부 면밀히 살폈지만 그와는 전혀 접점이 없다.

"착각인가?"

혼자 고개를 갸웃하던 우경이 문득 웃음을 터뜨렸다.

채용 확정이라는 말에 흔들리던 현서의 눈동자가 떠올랐다. 왜 자길 뽑았는지 몰라서 허둥대는 얼굴이었다. 분명 면접 때 내정자가 있다는 뉘앙스의 힌트를 줬는데 못 알아차린 모양이다. 우경 입장에선 아무것도 모르는 현서를 곤란한 상황에 처하게 하는 점이 조금 마음에 걸렸지만, 왠지 그녀라면 괜찮을 것 같다.

현서는 집으로 돌아가는 길에 삼겹살과 상추를 샀다. 기왕 좋은 곳에 취업했으니 지금부터 소영과 간소한 파티라도 할 생각이었다.

윙윙윙.

그때 주머니에서 휴대전화가 울렸다. 전화를 받자 소영이 뜬금없이 사과부터 했다. 다 듣지 않아도 뻔하다. 이번 주에도 만날 가망이 없던 애인이 잔업을 마쳤다는 속보겠지. 자주 만나지 못하는 두 사람을 생각하면 짜증을 낼 필요도 없는 일이다.

"알았어. 얼른 가. 이성호 기다린다."

[응! 정말 미안, 다음에 같이 한번 보자!]

전화를 끊고 집에 도착해 보니 벌써 싸늘한 기운이 느껴졌다. 사람의 온기가 없는 집은 방 안 온도와는 또 다르게 늘 차갑다.

현서는 대충 물에 밥을 말아 먹고 소주부터 깠다. 오랜만에 기쁨 주다.

"좋은 일 있어서 마시는 거니까, 괜찮아."

알코올 중독이 아니라고 스스로 변명하며 현서가 소주잔을 채웠다.

"크! 좋다. 좋다, 좋아."

몇 잔 마시고 보니 눈앞이 흐릿하다. 벌써 취했을 리는 없으니 또 그냥 울컥해서 눈물이 치솟은 모양이다. 엄마가 죽은 후부터 거리를 걷다가도, 웃으며 드라마를 보다가도 뜬금없이 눈물이 나곤 했다. 이젠 좀 잠잠해졌나 했는데 역시 별반 나아진 게 없는 모양이다.

'우리 딸 장하네. 매일 아침에 일어나서 출근도 하고.'

문득 떠오른 목소리에 가슴이 시리다. 형제도, 아버지도 없는 그녀에게 엄마는 유일한 버팀목이자 가족이었다. 이렇게 즐거운 일이 생겼는데 같이 축하해 줄 사람도, 힘들 때 마음 놓고 기댈 사람도 현서에게는 없다. 세상에 오롯이 혼자 남겨졌다는 사실을 다시 느끼며 현서는 새삼 쓸쓸해졌다.

'사람들한테 딸 잘 키웠네, 소리 들으면서 엄청나게 호강하게 해 주려고 했는데.'

갓 입사해서 세 달 내내 쉬는 날 없이 일하느라 코피가 터져도, 제때 밥을 못 먹어서 쓰러졌을 때도 현서는 티 내지 않고 참았다. 친구들이 노느라 카드값이 매달 100만 원 넘게 나온다고 할 때도 혼자 적금 하나라도 더 늘리겠다며 낑낑댔다. 그렇게 악착같이 버텼는데, 왜 현실은 더 비참해진 걸까?

'그래도 엄마, 이건 좋은 기회니까 열심히 할 거야. 당분간은 엄마 생각도 덜 하게 되겠지. 서운해하지 마. 안 그럼 내가 못 버틸까 봐 그러는 거니까. 알았지?'

그렇게 오늘도 어김없이 현서는 술기운에 기대 잠들었다.

출근 준비만으로 일요일이 훌쩍 지나가고 마침내 대망의 월요일이 왔다.

로비에서 직원 카드를 받아서 8층 사무실에 도착하자 토요일과는 달리 제법 사무실이 북적였다. 그들은 한눈에 새로운 직원을 알아보고 반갑게 인사해 왔다.

"안녕하세요, 지원1팀 김유라입니다! 저도 신입사원이에요. 아! 물론 여기가 첫 직장이니까 오 비서님보다 훨씬 부족하겠지만요."

"아, 주말에 면접 봤다던? 강민호 대리입니다. 반가워요."

현서는 자리에 가기도 전에 한참 동안 소개를 받았다. 일일이 웃음으로 응대하고 있던 그때 사무실 문이 열리며 익숙한 목소리가 성큼 다가왔다.

"그렇게 한꺼번에 소개하면 기억하기 어려울걸? 당장은 유라 씨랑 강 대리만 기억하면 돼. 나머진 일단 우리 팀은 아니니까."

팀장 백우경이다.

안경을 끼지 않은 모습이라 순간 못 알아볼 뻔했다. 괜찮은 얼굴이라고는 생각했지만, 다시 보니 괜찮은 정도가 아니라 잘났다. 묘하게 흐트러진 갈색 머리칼이 하얀 피부, 또렷한 이목구비와 어우러져 특유의 부드러운 분위기를 풍겼다.

"안녕하세요, 팀장님."

"안녕하십니까?"

"응, 다들 좋은 아침."

팀원들의 인사를 받으며 우경이 팀장실로 들어갔다. 그제야 현서도 급하게 우경의 뒤를 따라 팀장실로 들어갔다.

우경은 가방을 자리에 두고 지저분한 책상 위에서 뭔가를 찾고 있었다.

"팀장님, 안녕하십니까?"

"응, 아! 말은 놓을게."

"네, 편하게 부르십시오."

우경이 책상을 정리하는 사이 현서도 자리에 앉아 인수인계 서류를 살피기 시작했다. 현서 생각에 선임은 꽤 일을 잘했던 사람 같다. 정리해 놓은 서류도 빈틈이 없고 인수인계서도 꼼꼼하다.

"어때, 일은 할 만할 것 같아?"

자료를 보고 있는데 우경의 목소리가 성큼 다가왔다. 지저분하던 책상을 정리하고 쭉 그녀만 관찰하고 있던 모양이다. 열중하느라 전혀 눈치를 채지 못했던 현서는 내심 당황했지만 애써 태연하게 대답했다.

"마케팅 회사는 처음이지만 전문적인 일을 맡은 게 아니니까요. 괜찮을 것 같습니다."

"그래? 실은 선임이 없어서 걱정했어. 당연한 얘기겠지만 모르는 사항이 생기면 나는 물론이고 팀원들한테도 바로 물어봐. 혼자 고민하는 것보다 그편이 더 확실하니까."

"네, 감사합니다."

우경이 시선을 돌리자 현서가 다시 생각에 잠겼다.

'근데 이 정도 대기업이면 전문 비서부가 있을 텐데, 보통 인력이 부족하면 그쪽에서 충원하지 않나? 제대로 교육도 못 받은 사람을 굳이 비서로 채용할 필요 없는 거 아니야?'

저번에 우경이 말했던 1%의 확률도 신경 쓰인다. 모험을 하는 경우에만 그녀를 채용한다던 말의 진짜 의미는 뭘까?

책상 위에 쌓인 일부터 차근차근 해결하다 보니 어느덧 점심시간이다. 식당이 어딘지도 모르는 데다 누구와 밥을 먹을지도 불명확한 상황이라 현서가 눈치를 살폈다. 아무래도 우경은 자리를 털고 일어날 생각이 전혀 없어 보였다.

덜컥!

그때 팀장실 문을 열고 아까 인사했던 사원 유라가 들어왔다.

"팀장님은 오늘도 점심 안 드세요? 전 오 비서님이랑 같이 식사하려고요. 괜찮죠?"

신입사원이라던 그녀는 인사할 때도 느꼈지만, 상당히 붙임성이 좋은 성격인 듯하다. 우경이 이견 없다는 듯 고개를 끄덕이자 유라가 냉큼 현서에게 팔짱을 꼈다.

"얼른 밥 먹으러 가요. 좀 더 있으면 사람 많아져서 기다려야 하거든요."

"네? 네."

유라는 현서와 함께 사무실을 나오자마자 신이 난 듯 말했다.

"와, 진짜 좋아요! 전에 계시던 윤 비서 언니 사직하고 우리 부서에 여자라곤 저뿐이었거든요. 이제 다른 부서 언니들한테 꼽사리 껴서 밥 먹으러 가자고 안 해도 되니까. 헤헤."

유라와 함께 식당에서 밥을 받은 후 자리에 앉자마자 현서가 물었다.

"제 선임은 어떤 분이셨어요?"

유라는 젓가락으로 입술을 두드리며 말을 골랐다.

"윤 비서 언니요? 뭐, 일도 잘하고 좋은 분이셨어요. 팀장님이랑은 어울려 다니지 않으셨지만, 저희랑은 사이도 좋았고요. 그래서 갑자기 퇴사한다고 하실 땐 다들 놀랐어요. 자세한 사정에 대해서 전혀 들은 게 없었거든요."

"그래요?"

그 외엔 딱히 궁금한 게 없던 터라 현서가 묵묵히 밥을 먹기 시작했다. 유라는 그런 현서가 뭐가 좋은지 계속 신이 나서 이것저것 회사 일에 대해 떠들었다.

"어? 유라 씨. 오늘은 연락이 왜 없나 했더니."

"아, 맞다. 깜빡했어요. 배가 고파서요. 하하. 죄송해요."

식판을 들고 지나가던 여직원들이 두 사람에게 인사했다. 엄청난 굽의 힐에 딱 봐도 잘난 회사원임을 티내는 정장을 차려입은 여자들이다. 진한 향수 냄새가 고약하게 코를 찔러서 현서가 미간을 살짝 찡그렸다.

"아! 오 비서님, 인사하세요. 이쪽은 비서과 언니들이에요."

"안녕하세요. 오현서입니다."

"아하, 그 소문의? 쿡쿡, 아무튼 반가워요. 생각보다 특별한 건 없네."

"그러게. 난 또 뭐 엄청 대단한 여자인 줄 알았는데."

저들끼리 수군대며 돌아선 여직원들이 멀어지자 유라가 재빨리 현서에게 사과했다.

"제가 인사 안 드리고 와서 괜히 말려들게 했네요. 죄송해요."

한눈에 봐도 그건 구실이고 현서에게 시비를 걸고 싶어서 온 게 분명했다. 처음 본 사이에 갑자기 시비나 걸다니, 불쾌하다.

"그건 됐는데, 소문이라뇨?"

"아, 아하하."

유라가 곤란한 듯 웃는 걸 보니 현서와 연관된 소문인 건 확실한 것 같다. 현서가 말없이 계속 쳐다보자 유라가 하는 수 없다는 듯 한숨을 푹 내쉬며 대답했다.

"휴, 실은 한동안 소문이 돌았거든요. 그 비서 자리 말이에요, 내정자가 있었거든요. 다들 그 사람이 뽑힐 거라면서 말이 많았어요."

근데 소문과는 무관하던 사람이 채용됐으니 다들 입방아를 찧고 있는 모양이다. 기가 찬다. 본인은 그냥 입사한 것뿐인데 첫날부터 완전히 화젯거리가 된 것 같다.

"내정자가 있는데도 그렇게 요란하게 채용 공지를 올렸단 말이에요?"

"그, 그게 실은 그 내정자가 좀 높으신 분의 따님이라는 얘기가 있었어요. 낙하산 티 안 나게 데려오려는 거였겠죠. 근데 팀장님은 그분이 마음에 안 드셨나 봐요. 하긴 속이 뻔히 보이니까 불편하셨겠죠."

그제야 우경이 면접 때 보였던 행동들이 이해가 갔다. 내내 관심 없는 태도로 일관하던 모습, 그걸 당연하게 여기고 있던 상무와 부장, 그리고 우경이 말했던 1%의 확률. 그건 우경이 내정자를 밀어내고 다른 사람을 채용하는 경우를 말하는 거였다.

"고작 팀장 비서 자리인데, 노리는 사람이 많다는 건 뭐예요?"

"에? 그거야 딱 봐도 느낌이 오지 않으세요? 우리 회사 나름대로 굴지의 대기업이랄까, 큰 회사인데 저희 팀장님 젊으시잖아요. 고작 서른넷에 팀장씩이나 되는 걸 보면 능력은 물론이고 상관들한테 신임도 얻고 계시다는 뜻이고요. 거기다 외모도 환상적이시고! 뭐, 소문이야 좀 험악하지만 그래도 여사원들은 더 가까워지고 싶어서 난리예요."

외모야 인정한다. 하지만 현서 입장에서 심각하게 잘난 외모보다 더 신경 쓰이는 건 험악하다는 소문 쪽이다.

"소문이라는 건 뭔데요?"

거기까지 말할 생각은 없었던 듯 유라가 입을 딱 다물고 어색하게 고개를 저었다. 별거 아니라며 손사래 치는 모습을 보니 억지스럽게 캐내기도 미안해서 현서도 잠자코 밥을 먹었다. 그래도 한 가지 알게 된 점은 있다.

오현서의 상관인 백우경 팀장은, 어딘지 수상쩍다.

2화:

수상쩍은,

그러나 대단한 사람

지원1팀의 회의 시간, 매일 아침마다 진행되는 회의라 현서도 이제는 꽤 익숙해졌다.

"이번 아웃도어 광고 건은 얼마나 마무리됐지?"

진행하는 건에 대한 질문을 받은 유라의 안색이 급격히 어두워졌다.

"그, 그게⋯⋯."

유라가 우물쭈물하자 민호가 대신 대답했다.

"이번 주엔 이쥬 접대 건으로 계속 관광만 해서요, 아직 제대로 끝나지 않았습니다."

이쥬는 서강과 오랫동안 거래해 온 일본의 네트워크 업체로 지원1팀은 영업부의 부탁으로 접대를 도왔다. 그쪽 입장에선 일주일 동안 여유롭게 관광을 하고 간 셈이지만 이쪽은 온몸에 기운이 쭉 빠질 정도였다고 하니, 제대로 일을 끝내지 못한 것도 당연했다.

"최종 발표 회의가 내일모레인 건 기억하지?"

지원팀은 기본적으로 건수별로 일을 진행하고 그 외에는 그때그때 필요 요청을 하면 인력을 지원하는 식이다. 보통은 하루나 이틀 정도만 돕는 일을 부탁받는데 이번 접대는 이쥬 담당 영업부의 일본어 담당자가 둘 다 앓아누워서 특별히 들어온 장기 지원 요청이었다.

"얼마나 더 걸릴 것 같아? 확실히 예상해서 알려 줘."

"오늘내일은 자료에만 매달릴 것 같아요. 워낙 아웃도어 쪽이 광범위해서요. 그걸 정리해서 자료 만들고 총회의 일정까지 잡으려면 적어도 4일 정도는……."

유라가 죄인처럼 고개를 숙이며 말꼬리를 흐렸다.

"휴, 알았어. 상부에 말해서 오늘부터 업무 지원 요청은 다른 팀으로 돌릴게. 우리 팀은 최우선으로 아웃도어 광고 건부터 넘기자고. 오 비서는 기획 회의실 예약해 둔 거 취소해 줘. 날짜 늦추는 건 내가 보고할 테니까 전언만 해 주면 돼."

상부 보고야말로 가장 까다로운 일인데 우경은 자신이 팀장이라는 이유로 거침없이 떠안았다.

"오늘 포함해서 이틀 줄 테니까 두 사람은 자료 쪽부터 마무리해 줘. 오 비서랑 내가 최종회의 발표 준비할 테니까 그쪽은 걱정하지 말고."

"정말요? 그렇게 해 주시면 너무 감사하죠!"

유라는 우경의 제안을 냉큼 받아들였다. 유라와 민호는 곧바로 일을 보러 나갔다. 우경은 그 뒤를 따라 나가면서도 현서에게 지시했다.

"오 비서, 결과 발표일 기존 날짜에서 하루만 뒤로 미뤄서 회의실 다시 예약해 줘. 아마 유라 씨랑 강 대리가 내일 오후까진 자료 끝내 줄 거야. 그거 받아서 바로 만들기 시작하면 다음 날에 최종 발표할 수 있을 거고."

"바로 만들기 시작이라니, 설마 내일 야근이라도 하시려고요?"

현서는 여전히 우경에 대해 잘 모르지만 하나는 정확히 안다. 그녀의 수상쩍은 상관은 거의 늘 칼같이 퇴근한다. 이유가 무엇이건 덕분에 비서인 현서도 야근을 하진 않으니 좋지만 말이다.

"아, 그날은 괜찮거든."

야근해도 괜찮은 날도 따로 있나, 하여간 이상한 사람이다.

"알겠습니다."

현서의 대답을 들은 우경이 사무실에서 트렁크를 끌고 나왔다. 오늘부터 부산에서 있을 미팅에 참가하라는 상부로부터의 명령이다. 이사급까지 가는 출장이라고 들었으니 꽤 대단한 고객이 오는 모양이다.

"돌아오시는 건 내일 오후 4시 비행기죠?"

"응. 그럼 다들 뒷일 부탁해."

"다녀오세요!"

우경이 나가자마자 유라와 민호는 편히 자료를 펼쳐 놓고 일을 시작했다. 배웅을 마치고 팀장실로 들어가려던 현서는 그 모습을 지켜보다 두 사람에게 제안했다.

"저기, 좀 도와드릴까요? 대학교에서 비슷한 일을 꽤 해 봤거든요."

"우와! 정말요? 그래 주시면 완전 땡큐죠!"

유라가 호의를 냉큼 받아들였다. 민호도 이번만은 난처한지 부탁해 와서 현서도 바깥 사무실에 나와 모두와 함께 일을 시작했다.

"아웃도어 디자인별 매출표 어디에 있어요?"

"D폴더에, 그거 아직 메이커별 정리 안 됐어."

"이거 뒤에 사진 자료 초점 흔들렸는데 혹시 따로 찍어 둔 거 있으세요?"

세 사람이 합심한 덕분에 밤 9시가 되자 대략적으로 자료 정리를 마칠 수 있었다. 유라가 마지막으로 자료를 순서에 맞게 정리하고 나서 행복하게 웃었다.

"아싸! 내일 와서 남은 내용 분류만 하면 되니까 거의 끝이에요. 도와줘서 고마워요, 오 비서님. 대리님도 수고하셨어요. 아 정말 눈물 날 것 같아!"

"야근했는데 뭐라도 먹고 갈까요?"

민호의 제안에 유라가 찬성을 외쳤지만 현서만이 어색하게 고개를 저었다.

"집에 가서 해야 할 일이 있어서요. 먼저 갈게요."

두 사람이 붙잡을 틈도 없이 현서가 자리를 정리하고 사무실을 나왔다. 제법 쌀쌀한 밤거리를 걸으며 현서가 몸을 떨었다.

회사 동료들과 친하게 지내는 일은 역시 성격에 맞지 않는다. 애당초 일 때문에 만나는 사람들과 깊은 관계를 갖는 일 자체를 선호하지 않는 현서다. 그 쌀쌀맞은 성격 덕분에 관둔 직장의 동료와 편하게 연락을 이어 온 적도 없었다.

마음만 먹으면 잘 어울릴 수 있다는 걸 알면서도 현서는 관계를 거부했다. 그렇게 천천히 벽을 쌓아 왔다. 어차피 영원히 친하게 잘 지내는 일은 불가능하니까. 그냥 이대로 거리를 두고 지내고 싶다.

그 편이 더 안전하니까.

우경은 비행기에 탑승해 앉자마자 눈을 감았다.

전날에는 접대 때문에 거의 날이 밝을 때까지 마셨다. 이후 호텔에서 두세 시간 눈을 붙인 게 휴식의 전부였다. 부산에서 김포까지라고 해도 비행기를 타기 때문에 간격이 짧지만 오늘의 야근을 위해선 잠시라도 쉬어 두는 편이 낫다.

"어머, 백 팀장님! 안녕하세요."

그때 옆에서 사근사근한 여자의 목소리가 들렸다. 우경이 상대를 쳐다보니 서한나였다. 우경은 속으로 뜨악하면서도 겉으론 티 내지 않고 인사했다.

"오랜만입니다. 이번 출장에 동행하셨던가요?"

"아버지께서, 아니 회장님께서 업체 분들께 한 번쯤 인사드리라고 하셔서요. 오후엔 예정된 스케줄이 있어서 일찍 올라가려고요. 아, 혹시 쉬려고 하셨는데 말 걸었나요? 그랬다면 죄송해요, 팀장님."

다른 직원들은 대부분 부산에 남았지만 우경은 처음부터 먼저 돌아가기로 보고해 두고 동행한 거였다. 그러니 서한나라면 정보를 듣고 이번 출장에 따라붙었을 가능성이 높다. 그녀는 여전히 아버지인 서 회장을 통해서 골프나, 동행하는 스케줄을 만들어서 우경에게 접근하고 있으니 말이다.

"아뇨, 괜찮습니다."

"이번 채용 건은 아쉬웠어요. 아! 불편하게 받아들이진 마세요. 단지 팀장님 옆에서 일을 배울 기회를 놓친 게 아쉬운 것뿐이니까요. 오현서 씨라고 하셨죠? 벌써 사내에 소문이 자자해요. 저도 어떤 분인지 궁금하네요."

한나의 본심을 아는 상황에선 이렇게 불쑥불쑥 얼굴을 마주치는 것조차 불편하다. 어정쩡하게 끌려다니는 관계는 귀찮지만 고백도 받지 않은 상황에서 딱히 잘라 낼 묘안도 없다. 그런 부분이 짜증 났다.

"이젠 오 비서까지 궁금하십니까?"

"네? 아, 아뇨, 그렇게 크게 관심이 있는 건 아니에요."

얼굴을 붉히며 민망해하는 한나를 보며 우경은 속으로 한숨을 내쉬었다.

"죄송합니다. 말투가 조금 날카로웠습니다."

"아뇨. 피곤하실 텐데 번거롭게 해 드렸어요. 참, 이번에는 제대로 둘러보지도 못하셨죠? 실은 아버지가 다음에 부산 셀로나 호텔에 초대받아 갈 일이 있으시거든요. 작은 파티가 있는데 팀장님께서도 시간 괜찮으시면……."

"제안은 감사합니다만, 곤란할 것 같습니다. 바쁘실 텐데 시간 내서 제안해 주지 않으셔도 괜찮습니다."

상냥하지만 완고한 거절의 말이다.

우경이 눈을 감고서야 말을 걸 상황이 아니라는 걸 눈치챘는지 한나가 겨우 조용해졌다.

한 시간 후 비행기 도착 안내 방송이 울려 퍼지자마자 한나가 조심스럽게 우경의 어깨를 두드렸다.

"흠흠! 팀장님, 이제 일어나셔야죠."

두고 가 주길 바랐지만 역시 턱도 없는 모양이다.

"아, 네. 나중에 회사에서 뵙겠습니다. 그럼."

한나가 말을 걸 틈을 주지 않으려고 우경이 일부러 냉랭하게 말하고 일어섰다. 한나는 우경을 놓칠세라 얼른 뒤따라가며 질문을 쏟아 냈다.

"팀장님, 다 같이 오셔서 차 안 가져오셨죠? 갈 땐 어떻게 가세요? 택시 타세요?"

"네, 그럴 생각입니다."

"어머, 잘됐다. 그럼 제 차로 같이 가시면 되겠네요. 저도 회사로 가려는 참이거든요."

어떻게 말해야 잘 거절할 수 있을지 우경이 궁리하고 있는데, 멀리서 낯익은 모습이 보였다. 잘못 본 줄 알고 다시 봤는데 분명 오현서다.

"오 비서?"

"아, 팀장님."

현서는 옆에서 화난 얼굴로 쏘아보는 한나에게는 눈길도 주지 않고 우경에게 인사했다.

"출장은 잘 다녀오셨습니까? 유라 씨랑 강 대리가 아웃도어 광고 건 때문에 바빠서요. 대신 자료 사진 좀 찍으러 왔다가 비행기 시간이 근처인 것 같아서 모시러 왔습니다."

"알았어. 한나 씨, 죄송하지만 먼저 가 보겠습니다. 그럼."

현서는 돌아서자마자 웃음을 터뜨리는 우경을 의아한 얼굴로 쳐다봤다.

"아, 정말 살았어. 타이밍 장난 아니네, 오 비서."

우경은 차에 타고도 연신 싱글벙글 웃는 낯이다. 입사 후 지금까지 현서가 본 웃음 중에 가장 해맑다. 왜 웃는지 모르겠는데 계속 뒤에서 방실방실대니, 운전대를 잡은 현서의 기분이 묘해졌다.

"출장에서 뭐 즐거운 일 있으셨나 봅니다."

우경은 뜬금없는 질문이라는 얼굴로 되물어 왔다.

"별로. 왜? 부산에서 무슨 일이 있었는지 궁금해?"

"아뇨. 전혀요."

"그럼 왜 물어본 거야? 쿡쿡."

별 싱거운 질문을 다 한다는 듯 우경이 또 피식 웃었다. 물어본 그녀만 바보가 되고 말았다. 더 이어 붙일 말이 없었기에 현서는 짜증을 삼키고 묵묵히 운전했다.

회사에 도착한 두 사람은 드디어 끝냈다며 눈물을 글썽이는 유라와 민호의 환대를 받았다. 현서가 트렁크를 팀장실에 옮기는 사이 우경은 진행 상황을 보고받았다.

"프레젠테이션도 베이스는 만들어 뒀습니다. 방금 오 비서님이 새로 가져오신 자료 사진만 첨부하면 됩니다."

"응, 알겠어. 다들 고생했어. 뒤는 나한테 맡기고 좀 쉬어. 오 비서는 PT 베이스 인쇄해서 소회의실로 가져와 줘."

"네, 알겠습니다."

현서가 파일을 인쇄해서 이름 그대로 작은 회의실로 들어가 보니 우경이 벌써 프로젝터를 켜 둔 후였다. 그가 마지막으로 스크린을 내리며 확인하듯 물었다.

"대학에서 이런 경험 많았지?"

"네?"

"졸업 작품 봤어. 정말 잘했더라."

졸업 작품을 어떻게 봤다는 건지 몰라 놀란 현서가 눈을 동그랗게 떴다. 우경은 설명도 해 주지 않고 PT를 돌리며 현서에게 이것저것 지시했다.

"일단 지금 말한 것들 반영해서 전체 순서 다듬어 줄래? 참, 회의실 예약은 잡았어?"

"말씀하신 대로 내일 오전으로 잡았습니다. 10시인데 가능하시겠습니까? 벌써 오후 5시가 넘었는데. 지금부터 준비하려면 시간이 부족할 것 같습니다만."

회의실을 나가려던 우경이 문간을 잡고 웃는 낯으로 대답했다.

"아, 그거라면 걱정 마. 철야하면 돼. 그쪽에서 요청한 기일도 있고, 광고는 컨셉 결정 후에도 할 일이 산더미라 더 시간 끌 수가 없거든."

"에? 처, 잠깐, 팀장님, 야근도 아니고 철야라니."

말문이 막힌 현서를 향해 우경이 가볍게 손을 흔들고 소회의실을 나왔다.

조윤주 부장에게 가서 상황을 보고하자 당연하다는 듯 꾸지람이 돌아왔다. 물론 업체 쪽에는 부산 출장을 갈 때 이미 양해를 구해 둔 상태였다.

"백 팀장답지 않은 일이네. 아무튼 업체랑 얘기 끝났다고 하니까 제대로 준비해."

깐깐한 조윤주 부장이 어서 가 보라는 고갯짓을 했다. 우경은 다시 사과한 후 서둘러 소회의실로 돌아왔다. 현서는 아예 회의실에 있는 컴퓨터로 편집 중이었다. 힐끗 화면을 보니 벌써 중반까지 본 듯했다.

"손이 빠르네. 벌써 거기까지 한 거야?"

"일단 첨삭부터 끝냈습니다. 지금은 디자인 보고 있어요."

대답하면서도 화면만 쳐다보고 있는 현서. 열심히 일하는 녀석은 언제 봐도 좋다. 거기다 오늘 공항에 마중 나와 준 신의 타이밍까지 더해서 우경은 현서가 더없이 만족스러웠다.

"팀장님, 여기 이 부분 말입니다. 앞이랑 겹치지 않게 도표를 뒤로…… 윽, 또, 또 왜 그렇게 웃고 계십니까?"

모니터에 혼을 맡긴 듯 집중하던 현서는 무심코 뒤를 돌아보았다가 마주친 우경의 미소에 움찔해서 그만 말을 더듬고 말았다.

"좋아서."

"네?"

현서는 우경 본인이 미소 지을 때 어떤 아우라를 내뿜는지 정도는 제발 자각해 주길 바랐다. 무슨 후광이 비추는 것처럼 주변을 눈부시게 만드는 주제에 아무렇게나 그 웃음을 흘리고 다니다니, 최악이다.

경악한 현서의 얼굴을 보며 우경이 다시 웃었다.

"미안, 그래도 농담은 아니야. 섬세하게 잘 만들었네. 조금만 더 다듬으면 되겠다. 밖의 팀원들부터 보내고 올게."

우경은 사무실에서 눈치를 보고 있던 유라와 민호부터 퇴근시켰다. 이후 필요한 서류를 챙겨 소회의실로 와 보니 현서는 여전히 수정에만 몰두하고 있다. 프로그램을 다루는 노련한 솜씨에서 그간의 경험이 엿보였다.

"전에 있던 곳이 광고 회사였어?"

"아닌 거 아시잖습니까? 그냥 대학에서 해 볼 기회가 많았습니다."

"아아, 그러고 보니 이런저런 대회 수상 기록이 잔뜩 있었지. 졸업 작품도 학생 솜씨치고 훌륭한 편이었고. 영상에서 보니까 발표도 잘하던데?"

여전히 뚱한 얼굴로 모니터만 보면서도 현서는 내심 당황했다. 졸업 작품 영상이야 대학 홈페이지에 가면 볼 수 있다. 그녀도 선배들의 동영상을 찾아보며 공부했으니까. 하지만 그런 건 안 찾아보는 게 보통 아닌가?

"보고 대단하다고 생각했어."

능숙하게 칭찬해 주는 것까진 좋은데, 계속 듣고 있자니 창피해서 못 견디겠다.

"저기, 팀장님. 이거 수정 다 하려면 한참 걸릴 것 같은데, 그동안 사무실에서라도 좀 쉬고 오시죠? 아니면 커피라도 드시고 오시든가요."

말이 조금 퉁명스럽게 나왔지만 이대로 우경이 옆에 있어도 거추장스럽기만 할 것이다.

"그럼 미안하지만 가서 쉬고 있을게. 필요하면 바로 불러 줘."

우경이 나가자 그제야 현서가 편하게 작업에 집중할 수 있을 것 같아 안도했다.

'면접 땐 저런 사람이라고는 정말 상상도 못 했는데. 뭐, 내정자에 대한 반발심이었다고 하면 이해되지만.'

그때의 태도에 대해 이해하고 나니, 면접 때와는 다른 우경의 본모습이 다시 보였다. 팀원들 챙기는 건 가족 챙기듯 살뜰하고 다른 부서로부터의 신망도 두텁다. 왜 그 많은 사람들이 우경의 비서 자리를 탐냈다고 하는지 이해가 갈 정도다.

하지만 솔직히 말해, 우경 같은 스타일의 사람은 낯설다. 자신과는 정반대인 사람이라 체질적으로 왜 그러는지 이해도 되지 않고 호의를 베풀어 줘도 순수하게 받아들이기도 민망하다. 비서와 상관이지만 가능하면 더 가까워지지 않고 서로 일에만 집중했으면 좋겠다.

한참 후 현서가 기지개를 켰다. 드디어 완성이다.

"후아! 다 했다! 아, 목 아파. 그러고 보니 여기 야근 수당은 있었나?"

시계를 보니 벌써 밤 9시다. 그새 또 몰입해서 만족할 때까지 해 버린 모양이다. 뻐근한 몸을 이리저리 돌리며 소회의실에서 나와 보니, 복도는 벌써 어두컴컴했다.

팀장실에서 새어 나오는 빛에 의지해 현서가 사무실로 돌아왔다.

"팀장님! 팀장님?"

대답이 없어서 가까이 가 보니 우경은 책상에 엎드려 자고 있다. 현서가 책상을 살펴보니 우경은 출장 간 사이 올라온 결재 서류들을 검토하고 있었던 모양이다.

고른 숨소리를 내며 곤히 잠든 모습이 어딘지 낯설다. 매일 웃고만 있던 입매가 가지런히 다물어져 있는 것도, 초롱초롱하던 갈색 눈동자가 눈꺼풀 사이로 숨은 모습까지도 새롭다. 이 사람은 잠들면 이런 얼굴을 하는구나. 저도 모르게 넋을 놓고 우경을 쳐다보고 있던 현서가 순간 뜨악했다.

'세상에, 오현서! 미쳤어? 피곤하니? 그럼 차라리 집에 가서 잠을 자! 지금 누굴 구경하고 있는 거야? 아니, 이건 미친 게 아니야. 그래, 얼굴이 잘났잖아. 그냥 잘 깎은 조각상 하나 구경한 셈 치자.'

생각해 보면 요 며칠 우경의 스케줄이 빡빡하긴 했다. 이윽고 현서는 내일 발표를 할 사람은 우경이니, 피로를 조금이라도 풀어 두는 편이 낫다는 결론에 도달했다.

현서는 옷걸이에 걸려 있던 제 코트를 우경에게 덮어 주고 사무실을 나왔다.

우경이 눈을 뜬 건 두 시간 뒤였다. 잠에서 깬 우경은 시계를 보고 기겁했다. 벌써 11시라니! 정신이 확 든 우경이 벌떡 일어서자 현서의 코트가 바닥에 툭 떨어졌다.

'설마 아직 안 갔나?'

우경이 황급히 소회의실로 갔지만 현서는 없었다. 하지만 방금까지 누군가가 있던 흔적은 남아 있었다. 이 시간에 혼자 어딜 갔지?

"엇! 깜짝이야! 휴, 언제 오셨어요?"

그때 손에 커피를 든 현서가 나타났다. 정말 놀란 듯 잠시 가슴을 쓸어내린 현서는 이내 정신을 차리고 우경에게 서류부터 건넸다.

"잘됐다. 혹시 몰라서 이것저것 체크하고 있었어요. 이건 포인트 별로 읊어 주셔야 하는 설명이고요. 동선은 확인을 못 했는데 그 정도는 팀장님이 잘 아실 테니까요."

대본 비슷한 걸 건네받은 우경이 멍한 얼굴로 물었다.

"이걸 다 한 거야?"

"네."

당연하다는 듯 날아온 대답에 우경이 한숨을 내쉬었다.

"와, 정말 미안해. 깨우지 그랬어."

"굳이 피곤한 사람을 깨울 필요 없었으니까요. 일도 좀 남았었고. 그보다 내용부터 확인해 보십시오. 오늘 안에 다 해 둬야 하잖습니까?"

생각지 못한 현서의 배려에 우경이 내심 놀랐다. 마냥 딱딱한 여자라고만 생각했는데 필요할 땐 인정도 발휘하는구나. 겪으면 겪을수록 새로우니 여러모로 재미있는 여자다.

현서가 만진 프로젝트에는 당장 눈에 보이는 오류가 없었다. 순서도 매끄럽고 포인트도 명확히 짚었다. 디자인만 세부적으로 조정하면 바로 사용해도 될 정도였다. 결과물에 만족한 우경은 파일을 메일로 보내고 현서에게 말했다.

"오 비서가 해 준 부분에서 살짝만 다듬으면 될 것 같아. 이제 퇴근하자."

"그래도 되는 거예요?"

"응, 당연하지. 얼른 갈 준비하고 와. 여긴 내가 정리할게."

현서를 사무실로 보내고 우경이 서둘러 기계를 정리했다. 겪고 보니 현서는 뭐든 주어진 일은 정신 못 차리게 열심히 하다가 결국 탈진할 스타일 같다. 페이스를 조절 못 하는 모습이 어딘지 제 자신을 보는 것 같아 웃음이 난다.

"팀장님 준비 다 됐⋯⋯ 왜 또 웃고 계세요? 아무도 없는 회의실에서 혼자?"

"쿡, 아무것도 아니야. 피곤하겠다. 빨리 가자."

수상하다는 현서의 눈빛에도 우경은 모르는 척 가방을 들었다. 그대로 사옥을 빠져나오자 현서는 기다렸다는 듯 꾸벅 인사부터 했다.

"그럼 먼저 가 보겠습니다."

"늦었으니까 태워다 줄게. 어차피 나랑 같은 방향이라서 가는 길에 내려 주면 돼."

"아뇨, 알아서 가겠습니다. 피곤하실 텐데 쉬세요. 그럼 내일 뵙겠습니다."

술술 거절의 말을 늘어놓은 현서가 붙잡을 틈도 주지 않고 재빨리 돌아서서 가 버렸다.

현서의 주소야 이력서를 보고 미리 외워 뒀다. 거짓말이 아니라 정말 가는 길에 내려 주면 되는데도 급히 가는 걸 보니 정말 싫었나 보다.

'오늘 고마운 일이 많아서 그런가? 혼자 보내는 게 조금 신경 쓰이네.'

집으로 돌아온 현서는 말 그대로 뻗었다.

'나도 문제야. 막상 눈앞에 닥치면 일하느라 바쁘다니까. 천성인가? 하, 이 팔팔한 천성님께서 무려 아홉 달이나 억눌려 있으셨네. 아, 그렇지. 아홉 달이나 지났구나, 벌써.'

매트리스 위에 대자로 뻗은 현서가 고개를 돌려 탁상에 올려 둔 엄마의 영정 사진을 쳐다봤다. 인자하게 웃는 얼굴이 오랜만에 수고했다는 말을 건네주는 것 같다. 소주보다 훨씬 위안되는 환청이다. 그 기분에 기대 현서가 투정 부리듯 말했다.

"엄마 딸 오늘 완전 고생한 거 알아? 그 상사라는 인간 좀 이상해. 혼자 막 헤실헤실대. 웃는 모습이 싫은 건 아닌데 좀 어색해. 근데 걱정은 마. 나쁜 사람은 아닌 것 같아."

면접 때의 첫인상은 최악에 가까웠지만 어느덧 현서는 우경을 상사로서 인정하고 있었다.

아예 영정 사진 쪽을 향해 몸을 돌려 누우며 현서가 포근한 미소를 지었다.

"잘 자, 엄마."

구 개월하고도 일주일 만이었다. 현서가 혼자 힘으로 푹 잠든 건 말이다.

"최근 수많은 아웃도어 브랜드가 출시되고 있지만 대부분이 전문성을 중점으로 한 광고에 치중하고 있습니다. 하지만, 사실 한국에서 아웃도어는 단순히 등산객들만의 전유물이 아닙니다. 그래서 저희는 특정한 세대나 장소에 국한되지 않고 아웃도어를 보편적으로 착용하는 모습에 초점을 맞춰 봤습니다."

불을 끈 회의실에서 깔끔하게 회의를 진행하고 있는 사람은, 백우경 팀장이다. 포인트를 강조하며 내용을 일목요연하게 설명하는 그의 솜씨는 월등했다. 거기다 팀원들이 밤을 새워 가며 만들어 낸 완벽한 자료까지 더해지니 어디 하나 흠잡을 곳이 없다.

"타 브랜드에서 내건 슬로건을 차용해서 예를 들어 보자면……."

자료가 어제보다 세련된 모습으로 변모해 있는 건 우경이 밤새 매만진 덕분일 것이다. 현서 스스로 꽤 자신 있는 분야라고 자부했는데, 우경의 압도적인 실력을 보니 할 말이 없다.

현서가 조용히 감탄하는 사이 회의는 빠르게 정리됐다.

브랜드 측에선 내부 검토를 통해 우경이 제안한 방향으로의 진행을 검토해 볼 생각이라고 했다.

"시일이 지체돼 불편을 끼쳐 드려 죄송했습니다."

우경이 브랜드 쪽 담당자에게 악수를 청하며 인사했다.

"아, 괜찮습니다. 뭔가 대단한 게 나올 거라고 생각했으니까요. 결과는 예상 그대로였고요. 참, 자료는 오늘 받아 가도 되겠습니까?"

"물론입니다. 오 비서, 안내해 드려."

"그럼 백 팀장님, 다음에도 잘 부탁드립니다."

"이쪽으로 오시죠, 부장님."

브랜드 담당자를 돌려보내고 현서가 회의실로 돌아와 보니, 우경은 지친 듯 의자에 멍하니 앉아 있었다. 미팅 때문에 말끔하게 차려입은 정장 차림에 나른한 얼굴까지 겹쳐지니 마치 연예인의 화보 사진 같은 모습이다. 자칫 정신을 놓으면 또 넋 놓고 쳐다볼 것 같다.

"고생하셨습니다, 팀장님."

"아. 오 비서야말로. 입사 초반인데 고생 많았어."

그의 눈매가 휘어지며 또 능숙한 웃음을 그려 낸다. 영문을 몰라 늘 당황스럽게만 느껴지던 우경의 미소가 제법 편하게 받아들여졌다. 한차례 고생 끝에 동지애라도 솟은 모양이다.

"와! 끝났어요! 대박! 모두 고생 많으셨어요!"

"유라 씨도 고생 많았어."

"헤헤, 아뇨. 요번엔 오 비서님이 진짜 많이 도와주셨어요. 엊그제도 9시까지 남아서 같이 야근해 주셨거든요. 자료 사진이랑 도표 부분은 오 비서님이 다 정리하셨고요."

그랬냐는 우경의 눈빛이 돌아오자 현서가 얼른 고개를 저었다.

"유라 씨랑 대리님이 잘 정리해 줘서 전 그냥 보기만 했습니다."

"우리 오늘 회식이나 할까? 오 비서 들어오고 환영식도 못 해 준 것 같은데."

"그러게요! 오 비서님, 괜찮으시죠?"

"네? 아, 네."

개인적인 자리라면 최대한 피하겠지만 회식은 업무 중 하나다. 거기다 팀에 들어오고 첫 회식이니 현서라 해도 이번만은 뺄 수 없었다.

현서가 받아들이자 유라가 민호에게 전달하겠다며 회의실을 나갔다.

"우리도 돌아갈까?"

"네."

급한 건을 마무리 지은 지원1팀은 평소대로 돌아왔다.

유라와 민호는 다시 영업팀의 지원 업무를 나갔고 우경은 새로운 업무 배정을 위한 회의로 내내 자리를 비웠다. 덕분에 현서도 마음 편히 총무과에 전달할 보고서 작성을 끝냈다.

　"하아암."

　늘어지게 하품을 하며 기지개를 켜고 있는데 갑자기 문이 열렸다. 당황한 현서가 얼른 팔을 내리고 입을 꾹 다물었지만 상대는 이미 그녀를 본 후였다.

　"하하하. 피곤했어?"

　시원하게 터진 우경의 웃음에 현서가 속으로 욕설을 내뱉었다.

　'젠장.'

　"아닙니다."

　꽤 많은 서류 뭉치를 든 우경이 자리로 돌아갔다. 세상에, 저게 다 새로 배속된 일이라니! 예상보다 훨씬 많은 양이다. 팀원이라곤 현서와 유라, 민호가 전부인데 상부에서는 무슨 생각으로 저렇게 많은 일을 배당했는지 모르겠다.

　달칵!

　"오 비서님! 밥 먹으러 가요!"

　마치 점심시간을 알리는 종소리처럼 어김없이 유라가 들이닥쳤다. 유라의 목소리를 들은 우경이 고개도 들지 않고 말했다.

　"다녀와."

　오늘도 우경은 점심식사를 안 할 예정인 것 같다. 늘 그래 왔음에도 오늘따라 현서는 그의 책상에 두둑하게 쌓인 일이 눈에 걸렸다.

　"팀장님은 식사 안 하십니까?"

"응, 일이 조금 남아서. 다녀와."

더 제안하기 민망해진 현서는 우경에게 인사를 하고 유라와 함께 팀장실을 나왔다.

식사 후 조잘대는 유라를 먼저 사무실로 보낸 현서는 남은 점심 시간 동안 커피라도 한 잔 할 생각으로 휴게실로 왔다. 막 자판기에서 캔 커피를 꺼내 든 그때, 휴게실 문이 열리며 한 여자가 들어 왔다. 휴게실에 있던 사람들은 그녀를 보자마자 화들짝 놀라며 자리를 떴다.

"어머, 오현서 씨죠?"

아는 사이처럼 반갑게 인사하는 바람에 돌아보니 꽤 사근사근한 미소를 짓고 있는 여자다. 밝은 갈색으로 염색한 머리칼은 미용실에 다녀왔는지 화려하게 세팅되어 있다. 거기다 옷차림 또한 한눈에 봐도 명품 정장이다. 한겨울에 발목 얼어서 부러질 걱정도 없는지 힐의 굽은 높기만 했다.

"네, 그런데요?"

무뚝뚝한 현서의 대답에 그녀가 당황한 듯 말했다.

"어머, 우리 초면 아닌데."

초면이 아니라는 말에 현서가 급히 그녀를 살폈지만 전혀 기억이 나지 않았다. 애당초 현서는 기억해 둬야지, 하고 생각하지 않으면 잘 잊어버리는 편이다.

"죄송하지만 기억이 잘 안 나네요. 실례가 되지 않는다면 소개를 부탁드려도 될까요?"

"뭐, 그래요. 그렇게 인상 깊지 않았을 수도 있죠. 나, 서한나예요."

오현서라면 이미 자신에 대한 소문을 충분히 들었으리라 예상한 한나가 당당히 이름을 밝혔다. 회장님 따님다운 기고만장한 대답에도 현서는 여전히 통 모르겠다는 얼굴이었다.

"음, 저기 서한나 씨? 어느 부서인지, 언제, 어디서 만났었는지 얘길 해야 알아보죠."

"어머, 기막혀. 정말 나 몰라요? 우리 공항에서 한 번 만났었잖아요."

"공항?"

최근에 현서가 공항에 갔던 일이라면 우경이 부산에서 돌아오던 날뿐이었다. 찬찬히 생각해 보니 그때 우경 옆에 웬 여자가 한 명서 있긴 했었다. 당시엔 일이 급해서 신경 쓰지 않았는데 그 여자가 서한나였던 모양이다.

"아, 네, 생각났어요. 근데요?"

용건이 뭐냐는 물음에 한나가 당황했다. 우경의 비서라기에 저번처럼 조건을 제시할 생각이었는데 오현서는 그런 것에 혹할 사람은 아닌 것 같다.

"오현서 씨랑 대화해 보고 싶었어요. 내정된 사람까지 밀어내고 들어온 분이시잖아요. 어떤 사람인지 궁금해서요. 사실 저도 백 팀장님 비서 자리에 지원했었거든요."

말투는 평범한데 듣는 사람 기분은 묘하게 나빠지는 특이한 화법이다. 저건 어딜 봐도 네가 뭔데 그 자리에 들어갔냐고 비아냥대는 거다. 안타깝게도 현서는 이런 태도를 취하는 사람에게도 친절하게 대할 만큼 관대하지 못하다.

"궁금증은 좀 풀리셨는지 모르겠네요. 보시다시피 전 특별히 잘

난 점이 없어요. 그런데도 팀장님이 그렇게까지 해서 비서직에 앉히신 거 보면 제가 어지간히도 마음에 드셨나 봐요."

"그러게요. 팀장님 마음에 드실 부분은 전혀 안 보이는데 말이에요. 어머, 죄송해요. 실례는 아니죠? 그냥 하는 얘기니까 너무 마음에 담아 두지 마세요."

미안한 마음은 손톱만큼도 없는 주제에 한나가 현서의 성질을 긁어 왔다. 이게 실례가 아니면 대체 뭐가 실례인데? 진짜 실례가 뭔지 보여 줘야 정신 차릴래? 이쯤에서 멈추려던 현서가 살벌하게 웃으며 고개를 끄덕였다.

"제가 마음에 든 게 아니시라면 다른 경우도 있겠네요. 팀장님께선 그 내정자라는 분이 무척 싫으셨나 봐요. 안 그랬으면 굳이 이런 번거로운 채용은 하지 않으셨겠죠?"

"뭐, 뭐라고요?"

가식을 집어던진 얼굴로 한나가 솔직하게 화를 냈다. 그 모습을 본 현서가 손으로 입술을 가리며 놀랐다는 듯 서둘러 덧붙였다.

"설마 그 내정자가 서한나 씨는 아니겠죠? 에이, 아닐 거예요. 어딜 봐도 나보다 잘나 보이는데 그럴 리 없겠죠. 점심시간 거의 끝나 가네요. 전 먼저 자리로 갈게요. 그럼 서한나 씨도 수고하세요."

아무 말도 하지 못하는 한나를 두고 현서가 휴게실을 나왔다.

통쾌하면서도 무거운 기분이다. 애당초 이 모든 분란은 우경 잘못이다. 왜 내정된 사람을 두고 채용공지를 내서 이 사태를 만든단 말인가.

속으로 투덜대며 자리로 돌아와 보니 우경은 점심시간도 반납하고 잠들어 있었다. 오늘 오전에야 아웃도어 건이 끝났으니 밥보단 피로가 더 급했나 보다.

"팀장님 덕분에 전 소중한 점심시간의 절반을 망쳤는데, 아십니까?"

잠든 우경에게 짜증내듯 물었지만 당연히 돌아오는 대답은 없었다. 책상에 가 보니 우경은 벌써 일거리를 다 분류해 놓은 후였다. 물론 당연하다는 듯 우경 자신의 책상에 쌓인 일이 가장 많았다.

'이런 사람이라서 그런가? 그래서 다들 옆에 있고 싶어 하나?'

확실히 우경은 현서가 처음 본 스타일의 상사다. 아랫사람 소 부리듯 일 시키는 것도 아니고, 수고하면 반드시 고맙다는 말도 할 줄 안다. 아래에서 똑바로 처리하지 못한 일의 책임은 반드시 스스로 끌어안고 문제는 함께 해결하기 위해 고군분투한다. 짧은 시간이지만 옆에서 지켜본 우경은 확실히 믿을 만한 상사다.

'실력 좋고. 얼굴 잘생겼고, 성격도 안 딱딱하고. 인기 있을 만하네. 애인도 있겠지? 아! 그래서 서한나가 싫은 건가? 그 여잔 딱 봐도 팀장님한테 호감 있어서 접근하려는 것 같던데. 그럼 애인 있다고 말하면 될 것이지.'

"음, 여기서 뭐해, 오 비서?"

잠에서 깬 우경이 의아한 얼굴로 곁에 서 있는 현서에게 물었다. 큰일이다! 또 넋 놓고 그를 쳐다보고야 말았다. 잠들었다 깼는데 옆에 누가 와서 쳐다보고 있으면 얼마나 이상할까? 당황한 현서의 얼굴이 순식간에 붉게 달아올랐다.

우경이 이상하게 생각할까 봐 다급해진 현서가 순간 제 손에 들린 캔 커피를 발견했다. 서한나 때문에 열을 내느라 아직 개봉도

하지 않은 커피다.

쾅!

캔 커피를 바위에 내려치듯 힘차게 우경의 책상에 내려놓은 현서가 허둥지둥 변명했다.

"그게, 그, 업무 시간 다 됐는데, 그러니까 이거라도 마시고 정신 차리시라고요."

"어?"

좀처럼 놀라는 일이 없던 우경이 두 눈을 크게 뜨는 모습을 보니, 잠결에 몹시 당황한 모양이다.

창피한 마음에 현서가 돌아서자마자 사정없이 제 얼굴을 구겼다. 소리 없이 스스로에게 욕을 퍼붓던 현서가 자리에 앉아 겨우 표정 관리를 하고 있는데, 조금 후 차분한 우경의 목소리가 들려왔다.

"쿡쿡, 고마워. 잘 마실게."

"벼, 별거 아닙니다. 남아서 그런 거예요."

찰랑찰랑 소리가 나 고개를 들어 보니 우경이 캔 커피를 흔들어 보이며 인사하고 있다. 장난기를 머금은 그 미소에 더 당황한 현서가 도망치듯 서둘러 모니터로 시선을 돌렸다.

3화:

옛날에 만난 사이

회사 근처의 술집, 현서가 들어오고 처음 마련한 지원1팀의 회식
이 진행되고 있었다.

"안주 새로 나왔으니까 또 건배!"

유라가 신나서 건배를 외치자 모두가 잔을 들어 부딪쳐 주었다.

"참! 오늘 영업팀 사원한테 초콜릿 선물 받았어요. 자기들 담당
인데 둘 다 결근해서 너무 죄송했다고요. 내일 나눠 드릴게요."

"그게 죄송하다고 될 일이야? 우린 일주일 내내 술만 먹었는데."

민호가 푸념을 늘어놓았다. 우경은 민호를 달래듯 절반쯤 빈 잔
에 맥주를 가득 따라 줬다.

"고생했어. 내가 좀 더 일찍 상황을 파악했더라면 막판에 철야까
지 할 필요는 없었을 텐데."

"저희가 미리 보고 못 드린 부분이니까요. 그 부분에 대한 면피
는 사양하겠습니다."

민호의 시원한 대답에 우경이 싱긋 웃었다.

"그래도 팀장님 덕분에 살았어요. 상부에 보고하는 일이 가장 무서웠거든요. 조윤주 부장님 살벌하게 무서우시잖아요. 뭐랄까, 그 끝이 날카로운 뿔테 안경을 보고 있으면 어딘지 약점을 찔릴 것 같은 기분이 들거든요."

모든 지원팀들의 상부는 지원총괄팀이다. 그중 지원1팀을 전담하는 담당 상사는 깐깐하기로 유명한 조윤주 부장이다.

"푸웁! 그게 뭐야."

즐거운 웃음을 터뜨린 사람은 우경뿐이었다.

조윤주 부장이라면 현서도 면접 때 봤지만 꽤 깐깐한 사람처럼 보였었다.

"겉으로 보기만 그렇지 좋은 분이셔."

"아, 그러고 보니까 팀장님은 입사 초기에 조 부장님한테 일 배우셨다면서요. 어떠셨어요? 실수 하나만 해도 엄청 뭐라고 하셨죠? 아아, 팀장님이 실수해서 혼나시는 모습은 왠지 상상이 안 가요."

"유라 씨는 대체 어디서 그런 소문들을 건지는 거야?"

"다 듣는 데가 있다니까요."

유라의 주도에 따라 모두가 이런저런 얘기를 하다 보니 어느덧 두 시간이나 지났다.

소재거리가 떨어지자 유라의 관심이 내내 조용히 술만 홀짝이고 있던 현서에게로 향했다.

"참, 근데 언니는 남자 친구 있으세요?"

사내에서 절대 빠지지 않는 사생활 얘기다. 신입도 아니고 경력인 현서에게 이 정도쯤은 가소롭다.

"없어요."

"으아, 진짜요? 있는 줄 알았는데. 왜요?"

대체 그녀의 어딜 봐서 있지도 않은 애인의 존재를 짐작했단 말인가. 유라의 호들갑스러운 반응 덕분에 민호와 우경의 눈빛에도 호기심이 돌았다.

"별로 관심이 없어서요."

단칼에 자르듯 대답하고 현서가 맥주를 마셨다.

"으, 그래요? 한창 나이셔서 있을 줄 알았어요. 아, 나도 어디 여행 가서 애인이라도 하나 만들어 오고 싶다. 전 장거리 연애도 괜찮거든요, 헤헤. 참 언닌 이직 준비할 때 뭐 하셨어요? 여행 같은 거 다녀오셨죠?"

"그냥 푹 쉬었어요."

"아깝다! 일 다시 시작하면 못 노니까 기왕이면 이것저것 해 보지 그러셨어요. 여행도 좋고 연수도 좋고. 연애면 더 좋고요. 전 관두면 뭐할까 고민하느라 바쁜데. 진짜 그냥 쉬기만 하셨어요? 뭐하면서요?"

"그건……."

이 이상은 말하고 싶지 않은 주제다. 이런 자리에서 어머니가 돌아가셔서 퇴사까지 했다고 털어놔 봤자 찬물 끼얹은 분위기밖에 더 되겠는가.

현서가 뭐라고 대꾸해야 하나 고민하는데 우경이 장난스럽게 화두를 돌렸다.

"유라 씨, 매일 퇴사할 날만 기다리고 있던 거야? 이건 팀장으로서 못 들은 척할 수 없는 얘긴데? 지원1팀에 대한 배신이야."

우경의 말에 유라가 진심으로 당황한 듯 고개를 저었다.

"세상에! 이건 그냥 전 세계 직장인의 꿈일 뿐이잖아요! 오해 마세요, 팀장님!"

"알았어. 퇴사가 유라 씨의 꿈이란 말이지? 가슴 깊이 새겨 둘게."

"헉! 팀장님!"

화제가 옮겨 간 것을 다행으로 여기며 현서가 그사이 마른 목을 축이기 위해 맥주를 들이켰다.

그로부터 삼십 분 후 마지막 잔이 비워지자 모두 자리에서 일어났다. 가게를 나오자 민호가 능숙하게 유라를 부축했다.

"하하하. 오늘도 유라 씨는 강 대리 담당이네. 괜찮겠어?"

"그냥 이것도 일이려니 생각하렵니다."

어딘지 체념한 말투에 우경이 웃음을 터뜨렸다.

"쿡쿡, 알았어. 조심히 들어가고 내일 봐. 유라 씨 잘 부탁해."

민호가 인사불성인 유라를 끌고 사라지자, 우경이 슬금슬금 눈치를 살피고 있는 현서 쪽으로 시선을 돌렸다.

"차도 끊겼는데 혼자 가려고?"

"걸어가면 되니까 신경 쓰지 않으셔도 됩니다."

안절부절못하는 현서를 보며 우경이 고개를 갸웃했다. 어째선지 현서는 사람들과 함께 있어도 거리를 두려고 늘 애쓰는 것 같다. 굳이 붙임성 있게 굴 필요는 없지만 우경은 고립된 사람은 혼자 두지 못하는 성격이다.

"같이 가자. 술도 깰 겸 좀 걷지 뭐."

현서가 뭐라고 반박하기도 전에 우경이 먼저 앞서서 걷기 시작했다. 정확히 그녀의 집으로 가는 방향이다. 늦은 시간이라 먼 길을 돌아갈 수도 없는 노릇이라 하는 수 없이 현서가 우경의 뒤를 따라 걸었다.

'진짜 우리 집 주소를 외우고 계신가?'

쓸데없는 졸업 작품 발표회 자료까지 찾아보는 사람이니 주소를 외우고 있어도 이상하지 않았다. 하지만 보통 사원 집 주소까지 정확히 외워 두나?

"저기, 아까는 감사했습니다."

"뭐가?"

그의 등을 바라보며 걷고 있던 현서가 용기를 내서 말했다.

"아까 유라 씨 질문 말입니다. 퇴사하고 뭐했냐고 그랬을 때 사실 좀 당황했었습니다. 면접 때 말씀드린 것처럼 작정하고 놀아서 마땅히 대답할 말이 없었거든요."

우경은 걸음을 늦추거나 뒤를 돌아보지 않고 담담히 대답했다.

"응, 그래 보이더라."

역시 알고 도와주셨구나.

유라였다면 왜 불편한 주제였는지 꼬치꼬치 캐물었겠지만 우경은 여전히 별다른 말이 없다. 묵묵하면서도 듬직한 그의 뒷모습을 바라보고 있자니 고작 맥주 몇 잔 마셨을 뿐인데도 현서의 속이 조금 울렁거렸다.

"참, 생각난 김에 말하는 건데, 오 비서 집이랑 내 집 정말 가까워."

"예?"

"업무상 늦은 시간까지 같이 있는 경우가 언제든 생길 수 있으니까 말해 두는 거야. 그러니까 내가 데려다 주는 일을 부담스러워 하거나 피하지 마."

피한 적 없다고 변명하려 했지만, 그간 현서가 보인 행동들을 보며 우경도 아마 충분히 짐작했을 것이다. 그러니까 지금 이 타이밍에 저 얘길 꺼냈겠지.

"앞으로 조심하겠습니다."

"정말 그렇게 생각하면 내 말 좀 들어. 같이 가자고 하면 가고, 오라고 하면 오면 돼. 늦은 시간까지 부려 먹은 부하 직원이 제대로 귀가할지 걱정하는 게 나한테는 더 스트레스니까. 알았어?"

그런 일이 스트레스라면 걱정 따위 안 하면 될 텐데 말이다. 아마 현서가 사람을 많이 경계하는 것처럼 우경도 천성일 것이다. 사람을 챙겨 주지 않으면 못 견디는 천성 말이다. 하여튼 독특하다니까.

"픕! 예, 참고하겠습니다."

현서가 터뜨린 웃음이 반가웠는지 우경이 뒤를 돌아보며 반갑게 미소 지었다.

"드디어 웃었다."

"예?"

"있잖아, 오현서. 힘든 일이 있으면 언제든 의지해."

"예?"

당황한 현서의 얼굴을 보니 본인이 어디서 힘든 티를 냈는지 고민하는 기색이 역력하다. 우경 스스로도 지나친 참견이라는 건 알지만 이미 내뱉은 말이다.

"적어도 캔 커피값은 해 줄게."

부담스러워하지 말라는 뜻에서 장난스럽게 이어 붙인 말에 현서의 얼굴이 붉게 달아올랐다.

하필이면 캔 커피라니! 덕분에 오늘 낮에 있었던 일이 떠오르고 말았다. 현서는 고맙다며 횡설수설 대답한 후 도망치듯 빌라 쪽으로 가 버렸다.

'정말 어쩔 수가 없네.'

쓸데없이 놀라게 만들고 말았다. 우경 스스로도 이건 다정한 성격보단 트라우마에 가깝다는 걸 안다. 조금이라도 의심스러운 구석은 가만히 두고 보질 못한다.

우경은 착잡한 마음으로 집에 돌아왔다.

우경의 집은 현서의 집에서 10분 정도만 걸으면 도착할 거리에 있다. 그의 집은 높은 담으로 둘러싸인 2층 주택으로 한적한 분위기의 외경이 아름다운 큰 집이다.

'오늘까지 확인할 서류가 있었는데.'

가방에서 서류를 꺼내 2층 서재로 올라온 우경이 구석에 둔 현서의 이력서를 발견했다. 우경은 기본적으로 팀원들에 대해선 만약의 상황을 대비하기 위해 사소한 부분까지 전부 외워 둔다. 그래서 유독 대회 수상 기록이 많은 현서의 이력서를 보고 학교 홈페이지에서 졸업 작품을 발표하는 모습도 찾아봤었다.

"잠깐만."

문득 우경이 현서의 가족 사항 쪽으로 눈을 돌렸다. 물론 기본적으로 외워는 뒀었다. 아버지는 어릴 때 사망, 형제는 없다. 우경이 집중한 부분은 어머니의 사망 날짜였다.

아까 전 직장에서 퇴사하고 뭘 했냐는 유라의 질문에 우물쭈물 거리던 현서의 모습이 떠올랐다. 사망신고는 한 달 이내에 하니까 현서가 전 직장에서 퇴사한 시기와 비슷하게 맞아떨어진다. 그리고 그 시기에 장례식을 치렀던 사람은 현서만이 아니었다.

'왜 진작 생각 못 했지?'

그제야 우경은 현서가 낯익다고 생각했던 이유를 깨달았다. 우경은 현서와 이전에 만난 적이 있었다. 천하의 우경도 더듬고 더듬어서 떠올릴 정도니 현서가 그를 기억하지 못하는 것도 당연하다. 당시 두 사람은 타인에게 신경을 쏟을 상황이 아니었으니까.

'오현서가 잊었다면 나도 티 낼 필요는 없겠지. 때론 모르는 척 넘어가는 편이 나을 때도 있으니까.'

우경으로서도 그날은 떠올리고 싶지 않은 날이다.

많이 담담해졌지만 상처는 여전히 깊었다. 그 아픔은 남한테 못된 말을 못하는 습관으로, 안쓰러운 사람은 가만히 못 두는 집착으로, 그리고 누구도 사랑하지 못하는 트라우마가 되어 우경에게 남았다.

그리고 앞으로도 이 죄책감은 쉽게 털어 낼 수 없을 것이다.

"어제도 결국 강 대리님한테 끌려갔어요. 엄마가 대체 몇 번이나 대리님께 신세 질 생각이냐고 밥도 안 주는 바람에 아침부터 한바탕하고 왔지 뭐예요."

아침부터 유라는 아침에 있었던 일로 투덜대느라 여념이 없었다.

마침 일찍 출근한 죄로 이 불필요한 수다의 희생양이 되고 만 현서가 영혼 없는 목소리로 대답했다.

"배고프겠네요, 유라 씨."

"밖에서 돈 벌어 오는 딸을 이렇게 푸대접해도 되는 건지, 흥."

유라의 푸념에 현서가 어색한 웃음을 흘렸다.

"걱정돼서 하는 소리시겠죠."

"걱정도 정도껏 하셔야지. 오히려 스트레스 받아요. 대리님께 신세 진 거야 내가 갚으면 되는 건데 왜 엄마가 나서서 난리인지, 진짜 짜증난다니까요."

지금의 현서에게 유라가 내뱉는 말들은 한 마디 한 마디가 칼날처럼 날카로워서 가슴이 아팠다. 이대로 있다간 위험할 것 같다는 생각에 현서가 도망치듯 다급히 사무실 문고리를 향해 손을 뻗었다.

"어? 오 비서님 어디 가세요?"

달칵!

그때 문이 열리며 우경이 사무실로 들어왔다. 고개를 숙이고 있던 탓에 그를 보지 못한 현서는 우경의 가슴팍에 머리를 부딪치고 말았다.

탁!

우경이 휘청거리는 현서의 팔을 잡고 물었다.

"미안, 괜찮아? 어?"

고개를 푹 숙인 현서에게서 이상한 기운을 감지한 우경이 고개를 갸웃했다. 무슨 일이 있었나? 물어보려는 찰나 유라가 인사하는 바람에 우경이 현서를 놓치고 말았다.

"좋은 아침입니다!"

"어, 좋은 아침. 그보다 아침부터 무슨 얘길 했어?"

"별거 아니었어요. 비서님한테 엄마 잔소리 심하다고 푸념 좀 했어요. 진짜 오늘 아침에 무슨 일이 있었는지 아세요? 그게, 저희 엄마가……."

유라의 대답을 다 듣기도 전에 우경이 사무실을 나왔다. 하지만 현서는 이미 복도를 벗어났는지 보이지 않았다. 씁쓸한 마음으로 사무실에 돌아온 우경이 유라에게 날카롭게 말했다.

"유라 씨도 나이가 스물다섯이면 그런 얘긴 회사에서 떠들 부분이 아니지 않나?"

"네?"

스스로도 날이 선 제 목소리에 놀랐는데 유라는 오죽할까. 당황한 유라를 보고 우경이 평소처럼 부드러운 어조로 덧붙였다.

"유라 씨가 별거 아닌 일에 투덜댄다는 인상을 주지 않는 편이 이롭다고 생각해."

"아, 네. 명심할게요."

팀장실로 들어온 우경은 자리에 앉아 손가락으로 책상을 두드렸다.

탁, 탁, 탁.

가족의 죽음은 당사자에겐 커다란 상처다. 사소한 일도 본인에겐 힘들 수 있다. 이럴 땐 모르는 척해 주는 게 최선이지만 이미 알게 된 이상 무관심하기가 더 어려웠다.

일이고 뭐고 책상만 두드리고 있자니 10분 후 현서가 팀장실로 돌아왔다. 우경이 급히 그녀의 안색을 살폈지만 운 흔적은 보이지 않았다. 참, 오현서답다.

현서는 차분하게 우경에게 사과했다.

"아깐 죄송했습니다. 급한 일이 생각나서요."

"급한 일이라, 아무래도 좋으니까 결재 난 것들부터 위로 올려 줘."

아무것도 티 내지 않는 것이 현서가 택한 방법이라면 우경도 굳이 나서서 상처를 건드릴 이유는 없다. 하지만 때론 누군가에게 기대는 것이 나을 때도 있다. 오현서도 옆에 있는 사람을 조금만 더 믿고 의지해 주면 좋을 텐데.

일에 몰입한 현서를 아예 턱받침까지 하고 쳐다보고 있던 우경이 비장하게 입을 뗐다.

"오 비서."

"네."

우경의 부름에 그제야 고개를 든 현서가 움찔하는 모습이 보였다. 필시 일은 내팽개쳐 두고 자기만 쳐다보고 있는 우경 때문에 당황한 것이리라.

"부르셨으면 말씀하세요."

"오늘은 나랑 점심 먹자."

"예?"

입사하고 우경과 외근을 나간 적은 있어도 단둘이 식사한 적은 없었다. 물론 내근을 할 때도 마찬가지였다. 그런데 갑자기 점심이라니?

왜 하필이면 오늘인데? 설마 아까 일에 대해서 물어보려는 건가 싶어 현서가 굳어 버렸다. 엄마에 대한 얘긴 절대 입 밖으로 꺼내고 싶지 않은 주제다. 만약 물어보면 뭐라고 대답해야 하지? 벌써부터 온몸의 신경이 곤두서는 기분이다.

"뭐 먹을까? 아, 혹시 못 먹는 거 있어? 알레르기나."

우경의 제안에 넋을 놓고 있던 현서가 정신을 차렸다.

여기서 못 먹는 음식을 대면 그것 빼곤 다 괜찮다는 말이 성립되고 만다. 다른 날이면 몰라도 오늘은 남과 같이 밥 먹으면 100% 체할 거다. 이럴 땐 무조건 굶고 쉬는 게 답이다.

"회사 근처에 맛있는 집이 꽤 많거든. 스시는 어때?"

"네? 그, 그게……."

'할 수 없어. 이렇게 되면 여기서는 무조건 철판 깔고 버텨야겠다.'

"점심부터 스시는 좀 그렇지 않을까요? 점심시간도 짧고요."

현서가 태연하게 대답해서인지 우경이 개의치 않는다는 듯 다시 제안했다.

"그래? 그럼 돈가스는 어때? 회사에서 가까운 곳에 체인점 있는데 꽤 유명하거든."

"어머, 어쩌죠? 제가 튀긴 음식은 별로 안 좋아해서요."

사실 은혜로운 기름님이 닿은 음식이라면 뭐든 가리지 않는 현서지만 지금은 취향을 따질 때가 아니다. 현서는 우경의 입에서 무슨 메뉴가 튀어나오건 핑계를 대서 반드시 점심 식사를 피할 각오를 불태웠다.

그때 갑자기 우경이 묘한 미소를 지으며 물었다.

"그럼 백반은?"

"예?"

의외의 공격에 현서가 입을 떡 벌렸다.

'뭐, 배, 배, 배, 백반? 백반, 백반은……'

거절할 핑계를 떠올려야 하는데, 하필이면 백반이라니! 도무지 거절할 구석이 없다. 애당초 그냥 밥이랑 반찬으로 구성된 평범함의 극치, 백반을 어떤 핑계로 거절할 수 있단 말인가. 이건 멘사 회원이 와도 풀 수 없을 고난도 문제가 분명하다.

"그, 그게."

현서는 우물쭈물거리며 마땅한 변명거리를 대지 못했다. 어딘지 처연하고 멍청해 보이기까지 하는 모습에 우경이 즐겁게 웃으며 일어섰다.

"하하, 난 지금부터 지원팀 간부회의가 있어서 조금 늦을 거야. 유라 씨한테는 미리 말해 놓고 여기서 기다려."

"잠깐! 저기, 저, 전! 상사랑 단둘이 밥을 먹으면 체하는 병……"

"네, 네. 이따가 만납시다."

마지막까지 필사적으로 발악하는 현서에게 우경이 가볍게 대답을 하고 팀장실을 나갔다.

혼자 남은 현서는 머리를 감싸 쥐었다. 망할! 백반을 제안하기 직전에 보여 준 우경의 미소가 아무래도 마음에 걸린다. 그답지 않게 어딘지 교활했던 그 미소는 현서가 점심 약속을 요리조리 피한다는 사실을 파악하고 지어 보인 게 분명했다.

"악! 상사랑 둘이 밥 먹으면 체하는 병은 또 뭐야. 아 진짜 창피하다!"

하지만 일단은 그것도 명령이다.

하는 수 없이 현서는 점심시간이 되자마자 달려온 유라에게 사정을 설명하고 먼저 보냈다. 혼자 보내서 미안하긴 했지만 차라리 다행이라는 생각이 들었다.

'팀장님한테 고맙다고 해야 하나? 아니지, 그런 것까지 알고 배려해 줬을 리 없지.'

속으로 단정 지으며 현서가 펜으로 서류를 툭툭 건드렸다. 이제 전쟁 같은 런치타임을 기다려 볼까?

12시 30분. 조금 늦는다더니 점심시간의 절반이 지나가도록 우경이 오질 않는다. 간부들은 밥도 안 먹고 회의만 하나? 다 먹고 살자고 하는 짓인데 밥은 좀 먹고 하지. 뱃속에서 들려오는 꼬르륵 소리로 아카펠라를 연주하고 있는데 한참 만에 우경이 나타났다.

"미안, 오래 기다렸어?"

"네. 아, 아니, 괜찮습니다."

저도 모르게 튀어나간 솔직한 대답에 스스로 놀라며 현서가 얼른 말을 바꿨다.

"쿡쿡, 가자."

우경이 코트를 걸치며 사무실을 나가자 현서도 서둘러 뒤를 따랐다.

점심시간이 끝날 무렵이라 식사를 마치고 사옥으로 돌아오는 사람들이 대부분이다. 우경은 이따금 마주치는 이들과 가볍게 인사를 나누며 현서를 점점 허름한 골목으로 안내했다.

골목의 골목으로 들어가 도착한 곳은 굉장히 오래된 것처럼 보이는 밥집이었다.

"이런 데도 식사하러 오십니까?"

"나라고 처음부터 팀장이었던 건 아니니까."

신기하다. 물론 우경이 매일 비싼 레스토랑만 찾아다닐 사람처럼 보이진 않았지만 그래도 이런 곳에 올 거라곤 상상해 보지 못했다.

"들어가자."

안으로 들어온 우경은 메뉴를 살펴보지도 않고 바로 주문했다. 꽤 많이 와 본 모양이다.

'아, 이제 뭐하지?'

예상은 했지만 우경과 막상 단둘이 마주 앉자 막막해졌다. 이전에 자는 모습을 무심코 지켜보던 일도 있고, 오늘 아침에 보여 준 모습도 걱정된다. 여기저기 불편한 일들이 지뢰처럼 널려 있다.

"회사 일은 어때?"

"아, 괜찮습니다. 다들 잘 가르쳐 주시니까요."

"유라 씨는 조금 곤란하지?"

피식 웃으며 가볍게 던져 온 말에 현서가 움찔했다. 아침의 일을 얘기하려는 건가 싶어 그녀가 굳어 있는데 우경이 대수롭지 않다는 듯 말했다.

"유라 씨는 여기가 첫 직장이라 아직 부족한 점이 많아. 후임처럼 생각하고 잘 가르쳐 줘. 강 대리는 외근 업무가 잦아서 옆에서 사소한 부분을 가르쳐 줄 틈이 없으니까."

"저도 피차일반입니다."

"그래? 그렇다면 다행이네."

우경은 더 캐묻지 않고 다른 쪽으로 시선을 돌렸다.

가끔 생각했지만 역시 우경의 눈빛은 어딘지 묘하다. 방금도 유라를 탐탁지 않게 여기는 느낌이었다. 현서의 착각일까?

"음식 나왔어요. 맛있게 드세요!"

"네, 감사합니다."

우경이 추천해 준 기본 백반은 생각보다 반찬도 푸짐하고 맛도 좋았다. 엄마가 죽은 후 집에서 제대로 된 밥을 챙겨 먹지 않던 현서로서는 만족스러운 메뉴였다.

"그보다 병은 괜찮아?"

우경이 밥을 먹다 말고 정색하며 물었다. 병이라니? 지금 신체 건강한 그녀에게 묻는 건가? 우경이 하도 걱정스러운 표정을 지어서 된장국을 마시던 현서가 고개를 갸웃했다.

"병이요?"

"상사랑 단둘이 밥 먹으면 체하는 병."

"픕! 컥컥, 켁켁켁!"

사레가 들린 현서가 손으로 입을 막고 기침을 해 댔다. 우경은 그녀에게 티슈를 건네주면서도 웃음을 못 참겠다는 얼굴로 즐거워했다. 이건 반드시 뭔가 변명을 해야 할 분위기다.

현서가 겨우 기침을 멈추고 입을 열었다.

"그, 그건, 아까 그건……."

"혹시 서한나라고 알아?"

"네?"

서한나라는 이름을 들은 현서가 저도 모르게 미간을 찌푸렸다.

"그쪽에서 무슨 얘길 들은 게 아닌가, 해서."

저번에 시비를 걸어오긴 했지만 한나와는 그게 다였다.

"어떤 얘길 말씀하시는지 잘 모르겠습니다만."

"그래? 그럼 더 궁금해지는데."

"뭐가 말씀이십니까?"

"왜 그렇게 나랑 밥 먹길 싫어했는지."

현서는 민망함을 억누르고 모르는 척 숟가락을 들었다. 현서가 부담스러워하는 걸 알았는지 우경이 두 손을 들었다.

"알겠어. 그만할게. 이러다가 정말 상사랑 단둘이 밥 먹으면 체하는 그 병 도지겠다."

어째 평생 농담거리로 쓸 말을 던져 준 것 같은 불길한 기분이 든다. 멍청했던 제 자신을 향해 속으로 욕을 남발하면서도 겉으로는 태연한 척 현서가 겨우겨우 우경과 점심 식사를 마쳤다. 농담이 아니라 말 그대로 돌덩이 위에 음식을 쌓아 올린 기분이다.

'정말 그런 병 생긴 거 아냐?'

"벌써 1시 넘었네."

"잘 먹었습니다."

가게를 나오며 현서가 깍듯이 인사했다. 우경은 별말을 다 한다는 듯 손을 내저었다.

"팀장님, 죄송합니다만 먼저 들어가시겠습니까? 들를 곳이 생각나서요."

"나 때문에 늦게 나온 거니까 그 정도는 봐줄게. 다녀와."

우경이 돌아선 모습을 확인한 현서가 편의점으로 갔다. 콜라라도 마시지 않으면 이 얹힌 기분이 도무지 나아질 것 같지 않아서다. 그렇게 콜라로 더부룩하던 속을 마무리하고 사옥으로 돌아오는데 뒤에서 누군가가 말을 걸어왔다.

"어머, 오현서 씨!"

뒤를 돌아본 현서의 얼굴이 찌푸려졌다. 어디 패션쇼라도 관람하고 왔는지 오늘도 화려함이 과한 패션을 뽐내고 있는 서한나다.

"네, 안녕하세요. 그럼 전 이만."

"저기! 잠깐 얘기 좀 할 수 있을까요? 도움을 청하고 싶은 일이 있어서요."

친하지도 않은 사이에 도와 달라면서 머뭇거리는 태도는 전혀 없다. 보나마나 제 편할 대로 이용하고 싶은 거다. 대학 때부터 봐 온 흔한 부류의 사람이다.

"죄송하지만 잠깐 나온 거라 시간이 마땅치 않네요. 나중에 뵙겠습니다."

한나가 뭐라 말하기도 전에 현서가 냉큼 인사하고 돌아섰다.

그때 문득 한나에게 무슨 말을 들었냐고 묻던 우경이 떠올랐다. 분명 어딘지 복잡해 보이던 얼굴이었다. 우경과 한나 사이에는 현서가 모르는 뭔가가 있는 걸까? 어쩌면 지금까지 현서가 너무 사내에서 나도는 소문에 대해서 무관심했는지도 모르겠다.

'아냐, 이런 일엔 마음 쏟지 말자. 회사 생활도 고단한데 무슨 쓸데없는 생각을 하는 거야.'

업무에 복귀하기 전 현서는 화장실로 향했다. 서둘러 양치를 끝마치고 변기에 앉아 있는데 바깥에서 소란스러운 수다 소리가 들려왔다.

"아까 서한나 봤어?"

"어, 서한나가 말 걸고 있던 여자, 백우경 팀장님 비서였지?"

"진짜 어느 쪽이 대단하다고 해야 하는 거야? 걔도 집착 장난 아니더라."

그들은 키득키득대며 한나를 비웃었다. 높으신 분의 딸은 언제나 미움을 받는 법이라고 쳐도 아무 상관도 없는 현서까지 소문의 소용돌이에 휩쓸린 모양이다.

"백우경 팀장, 잘난 건 아는데 솔직히 좀 찝찝하지 않아? 그 소문 말이야. 그거 알면서 그러는 서한나도 진짜 대단해."

"근데 그거 진짜야?"

"목격자까지 다 제대로 있다니까?"

가만히 듣다 보니 대화가 흥미진진해졌다. 입 가벼운 유라도 말해 주지 않았던 소문이 아닌가.

"딸이랬지? 몇 살이래?"

"꽤 되지 않았을까? 결혼 안 하고 키우는 것도 수상한데, 그 아내라는 여자는 예전에 회사에 왔다가 살벌하게 쫓겨났다고 하잖아. 길거리에서 그 여자한테 가라고 소리 지르면서 난리였대."

"설마 이런 거 아냐? 요즘 흔하잖아. 남자 몰래 임신해선 갑자기 책임지라고 하는 거."

"하긴 백우경 팀장 얼굴이면 원나잇 상대 구하긴 식은 죽 먹기겠지. 그러다 여자 쪽에서 진심이 돼서 돈 말고 결혼을 요구했다든가?"

여사원들의 이야기를 엿듣던 현서가 숨을 삼켰다. 다소 안 좋은 소문이 있을 수도 있다곤 생각했지만 이 정도 레벨일 줄은 상상도 해 보지 못했다.

"어? 시간 늦었다."

"아, 오후 지루해. 시간 진짜 안 가."

여사원들이 화장실을 나간 후 현서가 창백하게 질린 얼굴로 밖에 나왔다. 거울에 비친 자기 얼굴을 보니 당황한 모습이 그대로 티가 났다. 아니, 이건 당황한 게 아니라 화가 난 얼굴이다.

'결혼을 안 했는데 딸이 있어? 아내를 내쫓아? 원나잇? 저게 다 무슨 소리지?'

파렴치한 건 둘째 치고 소문만 들으면 쳐 죽일 놈이다. 저런 소문이 도는데 용케 잘리지 않고 무사했다는 생각이 들 정도다.

'아냐, 오현서, 고작 소문이잖아! 지금 저런 헛소릴 다 믿고 있는 거야? 내 눈으로 보고 들은 걸 믿는 게 맞잖아. 소문은 당연히 와전되기 마련이야. 적어도 내가 본 팀장님은⋯⋯.'

그럴 사람은 아니라고 생각하지만, 현서가 아는 건 그가 서강 지원1팀 팀장 백우경이라는 사실뿐이다. 현서는 우경에 대해 아무것도 모른다.

'그래, 난 팀장님에 대해 전혀 몰라.'

다만 현서는 소문 속에 등장한 백우경이 낯설고 싫을 뿐이다.

"지원2팀이 팀장을 포함해서 두 사람이나 출장 중이라 이쪽에 배속된 일이 좀 많아. 당분간은 계속 바쁠 거야. 그래도 무리면 말해."

민호는 수첩을 살펴보고 스케줄을 확인한 후 대답했다.

"이 정도는 괜찮을 것 같습니다. 일단 진행 상황 체크하고 다시 보고 드리겠습니다."

"고마워. 아, 그리고 오 비서는 내 출장 이후 스케줄 좀 확인해서 알려 줄래? 일단 오늘 저녁에 출발해서 4일 뒤에 돌아오긴 하는데, 그 후에 조 부장님이랑 협의할 일이 있거든."

회의를 진행하던 우경이 대답 없는 현서를 쳐다봤다. 그녀답지 않게 넋이 나간 얼굴이다. 게다가 그녀의 수첩에는 회의가 시작되고 아직까지 한 글자도 적혀 있지 않았다.

"오 비서. 오 비서? 오현서!"

"네? 네!"

화들짝 놀란 현서가 그제야 회의 중임을 떠올렸는지 당황했다.

"정신 차려. 지금 회의 중이잖아."

"죄, 죄송합니다."

회의가 끝나고 유라와 민호가 나가자마자 우경이 소회의실 문을 닫았다.

미처 나갈 준비를 못하고 있던 현서가 당황한 얼굴로 우경을 쳐다봤다. 아까 일을 문책하려는 건가?

"무슨 일이야? 오 비서답지 않잖아."

"아무것도 아닙니다."

고개를 숙이며 회의실을 나가려는 현서의 팔을 우경이 붙잡았다. 눈앞에서 누가 도망치는 모습을 보는 건 질색이다. 몰아붙이는 짓이라는 점은 알지만 그럼에도 우경은 멈추지 않았다.

"말해."

"네?"

"무슨 일인지 똑바로 말해. 아무것도 모르면 내가 도와줄 수가 없잖아."

그 말에 현서의 표정이 굳어졌다. 어딘지 화나 보이는 눈빛이 마치 당신 때문이라고 말하는 것 같다. 우경이 속을 꿰뚫을 기세로 계속 쳐다보자 현서가 거칠게 팔을 뺐다.

탁!

"팀장님 도움 필요한 일 없습니다. 그럼 먼저 나가 보겠습니다."

"아까 점심 먹고 따로 돌아온 뒤부터 내내 멍한 상태잖아. 난 상사로서 오 비서 상태가 왜 이런지 알 권리가 있다고 생각하는데?"

"아무리 상사이셔도 제 개인적인 부분까지 알려 드려야 할 이유는 없다고 생각합니다. 회의에 집중하지 못한 건 죄송합니다. 다신 이런 일이 없도록 하겠습니다."

개인적인 부분이라는 말에 우경의 말문이 막혔다. 불안감이 엄습한 우경이 나가려는 현서의 앞을 다시 막아섰다.

"혹시, 서한나 때문이야?"

물론 오늘만 해도 두 번째 질문인 걸 우경도 안다. 정말 물어보기 싫지만 당장 짚이는 부분도, 걱정되는 것도 그쪽뿐이다.

정말 걱정되는 마음에 물어본 건데 꽤나 앙칼진 목소리가 되돌아왔다.

"팀장님이야말로 서한나 씨랑 무슨 일 있으셨습니까? 왜 그렇게 찔려서 안달하시는 겁니까? 아무튼 그거랑은 무관한 일입니다. 그러니까 그만하세요."

"내가 찔려 한다고?"

"애당초 팀장님이 사생활 관리를 똑바로 하시면 찔릴 일도 없으시잖습니까!"

더 참지 못하겠다는 듯 현서가 거침없이 내뱉었다.

"사생활?"

말을 잃은 우경을 보며 현서가 더 당황하고 말았다. 동시에 말을 내뱉는 순간까지도 현서는 우경이 변명해 주길 내심 바랐다는 사실을 깨닫고 더 기분이 나빠졌다.

그럼에도 우경은 끝내 반박하지 않았고, 그 침묵을 긍정으로 받아들인 현서는 소회의실을 뛰쳐나왔다.

스스로도 자신의 언동이 창피했지만 속에서 올라오는 짜증을 더 막을 수가 없었다. 한나를 신경 쓰는 우경의 태도가 아무래도 미심쩍고, 솔직히 소문이 그 정도로 상세하면 거짓말 같지도 않았다.

'기분 나빠. 뭐냐고 대체! 자기가 책임도 못 질 애나 낳게 하고, 애를 낳아 준 여자를 쫓아내기까지 할 정도면 심각한 거잖아. 거기다 서한나는 왜 자꾸 물어보는데? 켕기는 거 있어? 난 그런 것도 모르고 지금까지······.'

꼬리에 꼬리를 물고 이어지던 생각의 종점에서 현서가 멈칫했다. 지금까지라니, 지금까지 뭘 어쨌단 말인가?

"좋은 사람이라고 생각했는데 실망한 게 싫어서 그런 것뿐이야."

시원치 않은 정답을 내놓은 현서가 애써 생각으로부터 도피했다.

4화 :

어쩌면 이런 게

　

소영이 측은하다는 얼굴로 술을 퍼마시는 현서를 쳐다봤다. 무슨 일인지 말도 안 하고 혼자 술만 퍼마시길 벌써 한 시간째, 슬슬 소영의 인내심이 바닥을 드러내기 시작했다.

"오현서. 나 애기들 가정통신문 써야 한다니까. 야, 내 말 안 들어 먹지?"

답답한 마음에 소영이 소주병을 빼앗아 들고 물었다.

"무슨 일인데? 직장 잘 다니고 있다고 했었잖아. 적응도 잘 하고 있고, 사람들도 좋고. 상사도 대단한 사람이라며. 연봉 높겠다, 일이야 네가 알아서 잘 하겠다, 대체 뭐가 문젠데?"

"뭐가 문제냐고? 뭐가?"

현서가 소영에게서 소주병을 뺏으며 대답했다.

"그걸 모르는 게 문제야."

"와, 천하의 오현서가 고작 한 병 반에 정신이 나간 거야?"

천하의 오현서고 나발이고 간에 지금은 제 마음도 못 다스리는 상태다. 열불이 나서 일단 술을 마시고는 있는데 뭐가 문젠지 도무지 모르겠다. 왜 이렇게 찝찝하고 불쾌한 기분이 들지? 소문 지저분한 상관이 처음인 것도 아니고 전 회사에선 더 심한 루머로 퇴사한 사람까지 있었다. 그걸 아는데도 현서의 기분은 여전히 나빴다.

"나 완전 정상이거든?"

정상은 무슨. 그렇게 회의실을 뛰쳐나온 후 우경에게 제대로 사과할 시간도 없이 그는 출장을 떠났다. 차라리 사과라도 했으면 마음이라도 편했을 것을. 아무것도 하지 못하고 그를 보낸 현서는 여전히 마음만 무거운 상태다.

"얘길 해 봐, 얘길! 답답하게 혼자 이러고 있지 말고."

눈치 빠른 소영이라면 이 답답함의 이유를 알아채 주지 않을까? 고민하던 현서가 소영에게 오늘 있던 일을 솔직하게 털어놓았다.

현서의 얘길 들은 소영이 놀란 얼굴로 물었다.

"세상에. 야, 너 네 상사 좋아해?"

"푸흡! 켁켁!"

소주를 내뿜은 현서가 물수건으로 입술을 닦으며 당황해했다. 그 반응을 본 소영이 더 깜짝 놀랐다.

"진짜야? 대박."

"대박 같은 소리 하고 있네. 대체 어느 부분에서 그런 허황된 추측이 나온 건데?"

"여자랑 관련된 트러블이 불쾌했다는 부분에서."

정확한 소영의 지적에 현서가 할 말을 잃고 말았다.

물론 우경에 대한 감정은 그 일이 있기 전까지 나쁘지 않았다.

아니, 분명 좋은 쪽에 가까웠다. 다정한 성격에 눈치도 빠르고 일까지 잘하는 상관이 어디 흔하겠는가. 그래서 그 소문을 들었을 땐 우경을 존경하던 마음이 배신감을 느껴 더 화가 난 거라고 생각했었다.

'아니, 생각했었던 건 또 뭐야! 그거 외에 내가 달리 신경 쓸 부분이 없잖아! 그래, 그 소문이 사실이라면 진짜 죽일 놈인 거라고.'

"딱히 여자랑 관련된 트러블이어서 그런 게 아냐. 그건 그냥……"

"서한나인가? 너, 그 여자에 대해서도 집요하게 굴었잖아."

"야, 그건 그 여자가 무례해서야! 누구라도 화났을걸? 잘 알지도 못하는 사이에 시비를 걸어오질 않나 뜬금없이 부탁할 일이 있다고 하질 않나! 네가 안 마주쳐 봐서 모르는 거야. 아주 딱 재수 없는 스타일이라니까?"

절대 인정하지 못하겠다는 현서의 태도에 소영이 웃었다.

"어이구, 그러셔? 그럼 서한나가 싸가지 없던 걸로 치고 마무리할까?"

"치긴 뭘 쳐! 100%라니까? 애초에 상사잖아. 그런 이상한 생각 해 본 적 없다고."

"이상한 생각이라니, 그럼 사내연애 하는 사람들은 다 이상한 거야? 웃긴 지론이네. 그보다 얘기 좀 해 줘 봐. 어떤 사람인데? 응? 성격은? 외모는? 그 소문 다 사실인 건 맞아? 아닐 수도 있는 거잖아. 속단하지 말고 제대로 좀 알아봐."

소영은 이미 현서가 그를 좋아한다고 확신했는지 이것저것 질문해 왔다. 현서가 기가 차다는 얼굴로 술만 마시자 소영이 한숨을 푹 내쉬었다.

"휴, 소문이 그렇게 신경 쓰여? 물론 나도 네가 기왕 연애할 거면 좀 더 산뜻한 사람이랑 했으면 좋겠지만 이상하게만 생각하지는 마. 아내가 정말 별로여서 헤어졌을 수도 있고. 길거리에서 싸우는 정도는 보통 커플 사이에서도 흔한 일이잖아."

"연애는 무슨. 너야말로 취한 거 아냐? 그 사람에 대해 뭘 안다고 편들어?"

"우리 유치원에도 비슷한 사람 있거든. 부모님이랑 번갈아 가면서 애 데리러 오는데 진짜 멋있고 좋은 분이야. 그런 사람도 혼자서 애 키우는 거 보면 사람의 사정이라는 걸 생각 안 할 수 없잖아."

애인 들으면 서운해할 소릴 아무렇지도 않게 지껄이는 소영을 보며 현서가 고개를 저었다. 저기까지 생각하고 있는 이상 별다른 감정 없다고 부인해 봤자 들어 주지도 않을 것이다.

"네 상사도 마찬가지야. 오현서가 반할 정도면 얼마나 좋은 사람이겠어? 말하면 입 아프겠지. 그러니까 그 상사에 대해 천천히 생각해 봐. 마침 상사 4일 동안 출장이라며? 정말 좋아하면 4일 동안 징후가 나타날걸."

"징후는 무슨. 출장 가시니까 아주 속이 다 시원하더라. 사무실 공기도 안 어색하고 행복해 죽을 것 같거든?"

끝끝내 부정하며 현서가 마지막 잔을 비우고 일어섰다.

"네가 처음이라 몰라서 그런다니까?"

소영은 끝까지 잘 생각해 보라는 조언을 남기고 돌아갔다.

현서는 천천히 집으로 가며 계속 생각을 거듭했다.

사실 결혼 여부 못지않게 서한나와의 관계도 의심스럽다. 왜 그렇게 집요하게 그녀를 신경 쓸까? 현서에게 서한나에 대해 물어볼 때마다 우경은 불안해 보였는데 그 이유를 물어보지 못해 갑갑하다. 우경의 성격상 괜한 일을 떠벌여서 남을 걱정시키는 일은 하지 않을 것이다. 하지만 말해 주지 않으면 아무것도 알 수 없다.

　신경 쓰지 않겠다는 다짐이 무색하게 열심히 우경 생각만 하고 있는 현서다.

　"하아!"

　아까 보았던 우경의 놀란 얼굴이 아직도 생생하다. 사생활이라니, 말 그대로 그의 개인적인 부분이 아닌가. 상사의 사생활에 첨언할 입장도 아니면서 왜 그런 말을 내뱉은 걸까? 새삼 제 자신이 미워진다.

　"아, 나흘 뒤가 영원히 안 왔으면 좋겠다."

　하루, 이틀, 그리고 시간은 더 흘러 부디 오지 않길 기도했던 오늘이 왔다. 우경이 없는 동안 매일 시계만 쳐다보고 날짜가 지나가는 걸 체크하며 초조하게 굴다 보니 시간이 더 빨리 지나가 버린 것 같다.

　"오 비서님? 오 비서님!"

　"네? 뭐요? 왜요?"

　유라의 목소리에 현서가 화들짝 놀라며 정신을 차렸다.

　"몇 번을 불렀는지 아세요? 요즘 계속 이러시네. 이번 세일 지원

실적표 확인해 달라고 부탁드린 지 이틀째예요. 아직 안 돌려주셨잖아요."

그제야 현서가 책상에 쌓인 서류들 틈에서 유라가 줬던 실적표를 찾아냈다. 이걸 언제 받았었는지 기억도 나지 않는다. 천하의 오현서가 일감을 미뤄 두고 멍이나 때리고 있었다니! 스스로도 기가 찬다.

"어, 미안해요. 금방 보고 줄게요."

"천천히 확인하고 돌려주세요."

유라가 팀장실을 나가자마자 현서가 책상에 엎드렸다.

'지금 뭐하고 있는 거야? 오현서, 너 여기 놀러 온 거 아니잖아.'

그러는 중에도 시선은 모니터 화면 구석의 시계로만 향해 있는 현서다. 우경의 비행기 시간으로 볼 때 못해도 오후 4시면 회사에 복귀할 것이다 이제 한 시간도 채 안 남았다.

'전화 통화할 때 들어 보니까 기운이 없으시던데. 일정이 많이 빡빡하신가? 개인 비서가 아니라 팀 비서니까 스케줄 일일이 챙겨 드릴 수도 없고. 그러니까 왜 그렇게 일을 빡세게 하시는 거야. 적당히 조절하면서 해야지. 몸이라도 상하면 어쩌려고.'

"오현서, 너 지금 팀장님 걱정하는 거야?"

지금 누가 누굴 걱정한단 말인가? 제 앞가림도 제대로 못하고 있는 주제에! 현서가 퍼뜩 정신을 차리고 얼른 실적표를 손에 들었다. 잡생각을 지울 땐 일에 몰입하는 게 최고다.

"어! 팀장님! 고생하셨습니다!"

그때 바깥에서 유라의 발랄한 목소리가 들렸다.

'세상에? 오신 거야? 잠깐만, 난 아직 준비가 안 됐…….'

달칵.

팀장실 문이 열리며 우경이 들어왔다. 깔끔한 회색 정장 차림이지만 블랙 넥타이는 흐트러져 있다. 출장에서 방금 돌아온 사람치곤 정돈되지 않은 모습이다.

"고, 고생하셨습니다."

현서가 겨우 건넨 인사에 우경은 고개만 끄덕이고 자리에 앉았다. 지금껏 현서의 인사에 우경이 무응답으로 대응한 일은 이번이 처음이다. 아직도 화가 난 걸까?

고민하던 현서가 마침 결재가 급한 서류를 찾아 들고 가서 우경에게 내밀었다.

"팀별 성과 보고서입니다. 뒤의 서류는 이번 달 마감 내역인데 마지막으로 한 번만 검토해 주시면 바로 상부에 올리겠습니다."

우경은 결재 판을 받아 들고 아까처럼 고개만 끄덕였다. 평소처럼 장난스러운 구석도 없고 그날처럼 화난 모습도 아니다. 자리로 돌아가려던 현서는 찜찜한 마음을 더 억누르지 못하고 다시 우경에게 가서 말했다

"그날 일은 제가 잘못했다고 생각합니다. 개인적인 생각이 어떻건 일에 지장을 줬고, 무례한 말까지 했습니다. 혹시 그 일로 불쾌하셨다면 늦었지만 사과드릴게요. 정말 죄송했습니다."

우경은 한참 입을 다물고 있다가 현서가 민망해하려는 찰나 겨우 입술을 뗐다.

"알았어."

우경의 목소리를 들은 현서가 깜짝 놀랐다. 평소 미성에 가까운

그의 목소리가 무겁게 잠겨 있다. 그러고 보니 안색도 안 좋다. 딱 봐도 정상 컨디션이 아닌데 이 상태로 회사에 온 우경이 미련해 보일 정도다.

"어디 편찮으세요? 약이라도 사 올까요?"

"됐어."

말하는 것조차 힘든지 우경이 손을 내저었다.

팀장실을 나온 현서는 유라에게서 우경의 부산 일정에 대해 자세한 얘길 들을 수 있었다. 저번처럼 윗사람들을 모시는 일정인 데다 거래처에서 우경을 몹시 마음에 들어 해서 내내 곁에 두길 원했다는 것이다. 말만 들어도 피곤하다.

"거기다 회장님이 밤늦게까지 붙들고 놔주지 않으신 모양이에요."

"접대만으로도 지치셨을 텐데. 애초에 서강에는 전문 영업팀이 있잖아요. 왜 팀장님께서 전부 하셔야 하는 거예요?"

"어쩔 수 없죠. 모든 지원팀 팀장님들이 다 이렇게 많은 접대에 끌려다니시는 건 아닌데, 유독 1팀이랑 2팀이 심해요. 그만큼 회사 안팎에서 인정받고 있다는 뜻이기도 하니까요. 회장님도 눈여겨보신다는 소문이 자자하고요."

전혀 몰랐다는 현서의 얼굴을 본 유라가 보충 설명을 해 줬다.

"팀장님이 입사하신 해의 공채는 전례에 없이 지독하게 치러졌다는 것 같아요. 정말 살아남는 게 용한 수준으로요. 팀장님은 그때부터 2팀 팀장님이랑 같이 사내에서 화제셨대요."

조윤주 부장은 두 사람이 수석으로 입사하자마자 제 팀으로 데려가 엄하게 부렸다고 한다. 두 사람은 중요한 프로젝트에 연이어

투입됐고, 그 험난한 과정 속에서 유독 우경을 향한 갖은 악담이 퍼져 나가기 시작했다.

"워낙 인정사정 안 봐주고 내달리는 스타일이셨대요. 그래서 기회주의자니 뭐니 하는 얘기가 퍼진 모양이에요. 솔직히 이만한 대기업에서 저 나이에 팀장까지 올랐으면 말 다 한 거죠, 뭐. 아무튼 필사적으로 지금 자리까지 오셨다고 할까? 조금 의외죠? 이제 우리 팀장님도 나이가 있으시니까 쉬엄쉬엄하시면 좋을 텐데."

"약이라도 사다 드려야 할까요?"

"뭐, 조금 주무시면 괜찮아지지 않으실까요? 음, 분명 괜찮을 거예요."

유라의 단언에 현서도 조금 마음을 놓았지만, 그래선 안 되는 거였다.

다음 날, 우경이 예고 없는 병가를 낸 덕분에 지원1팀은 완전히 초토화가 되고 말았다.

"네? 세상에! 말도 안 돼! 오늘 총괄팀이랑 전체 회의가 있다고요! 거기다가 이달 부서 전체 성과 보고도 아직 안 올라간 거 아니었어요? 오늘까지 마감이란 말이에요! 아, 이거 조 부장님이 아시면 장난 아니게 혼내실 텐데!"

모든 지원팀이 의무적으로 참석하는 총회의인 만큼 준비가 미흡해지면 부서 전체의 체면이 깎이고 만다. 그런 중대한 회의에 불참이라니, 사상초유의 사태다. 우경이 이처럼 중요한 일정을 앞두고 병가를 낸 경우는 처음이라 팀원 모두가 허둥대는 것이다.

"일단 서류부터 받고 생각하죠."

"서류야 퀵으로 받으면 된다지만 확인은 다 하셨대요?"

유라의 물음에 현서가 고개를 저었다. 그녀도 방금 전에야 우경이 병가를 냈다는 소식을 전해 들었을 뿐이다.

"전혀 연락이 안 돼요."

아까부터 열 통도 넘게 전화를 걸어 봤지만 우경은 받지 않았다.

"네, 감사합니다. 서강 지원1팀입니다. 예, 아, 안녕하세요. 네, 그 건은 팀장님이 직접 진행하고 계십니다. 아, 진행 상황이요? 그게 죄송하지만⋯⋯."

하필이면 우경이 맡고 있는 건들에 대한 문의도 오늘따라 빗발쳐서 이쪽은 전화를 받는 일만으로도 포화상태다. 민호도 오늘은 외근은커녕 전화통만 붙들고 있게 생겼다.

유라가 다시 걸려 온 거래처의 전화를 받는 사이, 현서는 가망 없는 시도는 관두고 상부로 가서 상황을 보고했다.

"백 팀장이 병가를 내?"

조윤주 부장이 미간을 찌푸리며 되물었다.

"네. 죄송합니다."

"어제부터 상태가 안 좋았으면 비서가 스케줄 조정을 끝냈어야지, 뭐한 거야? 지원1팀에 대한 직무유기 책임은 나한테까지 돌아오는 거 몰라? 아무튼 회의는 못 미뤄."

"알고 있습니다."

"병가라니 어쩔 수 없지만 회의에 쓸 자료는 오전 안에 제출해."

최종적으로 서류를 확인해야 할 우경은 전화조차 받지 않고 있다. 이 상황에서 조 부장의 요구를 실행하는 일은 불가능에 가깝지만, 이건 상사의 상태를 알고도 방치한 현서가 감당할 몫이다.

"반드시 시간 내에 제출하겠습니다."

"가 봐."

지원1팀 사무실은 여전히 아무것도 개선되지 않은 채 혼돈에 잠겨 있었다. 잠시 상황을 살핀 현서가 모두에게 선언했다.

"이대로는 안 되겠어요. 직접 가서 상황 설명을 하고 서류를 받아 와야 할 것 같아요. 팀장님 이름으로 올리는 서류인데 잘못된 부분이 있으면 곤란하니까 확인 작업도 필요할 거고요."

당연한 발언이었지만 유라는 울상부터 지었다.

"오래 걸릴까요? 어제 팀장님이 자료 얼마나 보셨는지 아세요?"

"가서 확인하고 바로 연락 줄 테니까 팀장님 집 주소 좀 알려 주세요. 중간중간에 일 있으면 전화 부탁해요. 진행하시는 건들에 대해선 저한테도 아무 얘기 없으셨으니까 급하게 끝내야 하는 일은 없었을 거예요. 업체에는 잘 진행되는 중이고 세부 내용은 차후에 보고 드리겠다고 전해 주세요."

"알겠어요. 제발 얼른 다녀와 주세요, 오 비서님!"

민호에게 차 키와 쪽지를 받아 든 현서가 서둘러 사무실을 나왔다.

우경이 병가를 냈다는 얘길 들었을 때부터 내내 불안하게 뛰던 심장이 당장이라도 터질 것 같았다. 일적으로 돌아오는 책임도 책임이지만 그보다 우경의 상태가 걱정됐다.

'내 책임이야. 약이라도 사다 드렸어야 했는데. 목소리도 완전히 맛이 간 상태였고 얼굴도 영 안 좋아 보였잖아. 아, 정말! 사적인

감정이니 뭐니 한가하게 생각할 때가 아니잖아. 제발 일부터 똑바로 하자.'

운전하는 내내 속으로 자신을 질책하며 현서가 속도를 냈다. 내비게이션의 안내로 깔끔한 전원주택 앞에 도착한 현서는 다급하게 초인종부터 눌러 댔다.

띵동, 띵동, 띵동, 띵동, 띵동!

지나가던 사람이 수상하게 볼 정도로 초인종을 누르자 한참 만에 문이 열렸다. 그대로 현서는 현관문으로 돌진했다. 다행히 이번에는 초인종을 몇 번 누르기 전에 문이 열렸다. 급한 마음에 인사도 없이 안으로 들어가려는데 갑자기 거대한 뭔가가 현서를 훅 덮쳐 왔다.

"으악! 설마 티, 팀장님?"

우경은 현서의 어깨에 얼굴을 묻고 그대로 쓰러질 것처럼 몸을 떨었다. 축 늘어진 채 매달린 우경에게서 열기가 느껴진다. 열이 제대로 오른 것 같다. 이럴 줄 알았다면 민호를 데려오는 편이 나았겠다. 뒤늦은 후회를 하며 현서가 힘겹게 우경을 부축했다.

"어, 오현서?"

"괜찮으세요? 일단 안으로 들어가요."

겨우겨우 우경을 소파에 던지듯 앉히고 현서가 숨을 골랐다.

우경의 상태를 보니 심각을 넘어 최악 같다. 열이 오른 뺨과 식은땀에 젖은 머리칼, 부르튼 입술까지. 명백히 어제보다 심각해졌다. 젖은 머리칼이 우경의 눈을 가려서 잠든 건지 정신이 있는 건지도 판단되지 않는다.

"저기, 팀장님. 병가 내신 날 갑자기 찾아와서 여쭤 보기 정말 죄송합니다만, 어제 보시던 부서 성과 보고서 검토는 끝나셨습니까?"

'아 맞다! 몸은 좀 괜찮으신지 먼저 물어볼 걸 그랬어.'

현서가 속으로 후회하고 있는데 우경의 입술이 살짝 웃었다.

"퀵을, 부르려고 했는데…… 콜록! 콜록!"

말을 다 끝마치지도 못하고 기침을 내뱉는 우경의 모습이 안쓰러웠다. 이 와중에도 퀵 부를 생각이나 하고 있었단 말인가? 하여튼 저렇게 일만 생각하니까 쓰러진 거 아닌가. 하지만 지금은 우경의 건강보다 부서 전체의 상황이 더 위급하다.

"퀵을 부르려고 하셨다면 다 끝났다는 말씀이시죠? 어디에 있습니까? 제가 가지고 가겠습니다. 아! 설명도 없이 갑자기 죄송합니다. 일단 서류부터 제출하기로 했는데 시간이 얼마 안 남았습니다."

"2층 계단 옆 두 번째 방 책상 위."

짜내듯 겨우 나온 대답을 들은 현서가 곧장 거실을 나와 2층으로 향했다. 2층은 1층보다 서늘한 공기가 더하다. 마치 현서의 집처럼 차갑고 음울한 분위기가 감돈다.

'두 번째 방이라고 했지.'

그가 말했던 방은 벽면을 가득 채운 책장과 책상이 있는 걸로 보아 서재 같았다. 서재 책상 위는 사무실처럼 지저분했지만 찾던 서류는 어렵지 않게 발견할 수 있었다. 눈으로 확인해 보니 우경이 벌써 수정해서 새롭게 프린트해 놓은 상태였다. 또 어젯밤을 여기에만 투자한 게 분명했다.

'이러고 있었으니 악화되지! 잠은 잔 거야? 설마 철야? 미치겠

다. 출장 내내 하루도 못 쉰 상태에서 돌아오자마자 철야를 했다고?'

윙윙윙.

정신이 없어 죽겠는데 휴대전화가 몸을 떨어 댄다. 현서는 거친 손길로 전화를 받았다.

"젠장. 네, 지원1팀 오현서입니다."

[오 비서님! 대체 어디 계신 거예요? 도착은 하신 거죠? 조 부장님이 당장 자료를 내놓으라고 하셨어요. 전체 프로젝트에 넣으려면 바로 끼워야 한대요. 일단 퀵으로 오는 중이라고 둘러대긴 했는데, 서두르셔야 할 것 같아요. 출발은 하셨나요? 제발 그렇다고 해 주세요!]

당장이라도 숨넘어갈 것 같은 유라의 목소리에 현서가 한숨을 푹 내쉬었다.

"휴, 알았어요. 자료는 찾았고 수정도 끝난 것 같아요. 바로 들어갈게요."

현서는 서둘러 서류를 집어 들고 1층으로 내려와 소파에 앉아서 꼼짝도 못하고 있는 우경에게 보고했다.

"팀장님, 전 복귀해야 할 것 같습니다."

"미안."

평소라면 농담이나 던졌을 입술에서 나온 나지막한 사과에 현서의 코끝이 찡해졌다. 아무도 없는 거대한 집에, 정신도 못 차리는 사람 혼자 두고 나가려니 마음이 쓰리다. 아플 때 혼자서 집을 지키면 얼마나 서러운지 현서도 잘 알기 때문이다.

"일단 꼼짝 말고 쉬고 계세요."

"고마워, 부탁할게."

탈진한 우경을 두고 회사에 복귀한 현서는 조윤주 부장에게 몇 번이나 머리를 숙이며 자료를 전달했다. 이후 총괄팀이 그걸 편집해서 회의에 들어가는 모습까지 확인을 마치자 온몸의 기운이 쭉 빠졌다.

꾸지람을 들을 만큼 듣고 돌아와 보니 유라와 민호도 완전히 방전 상태였다.

"웬만한 업체랑 통화는 다 해 놨어요. 팀장님이 이렇게 많은 건들을 진행하시는 줄 몰랐네요. 와, 벌써 5시라니 정말 시간이 폭풍처럼 갔어요. 역시 팀장님이 없으면 굴러가질 않는다니까요."

"그러게요."

시큰둥하게 대답한 현서가 바로 팀장실로 들어가 제 가방을 챙겼다.

출장 스케줄은 어쩔 수 없었다고 쳐도 어제 뭔가 조치를 취했어야 했다. 비서 업무에 대해 잘 몰랐다고 변명할 생각은 없다. 이 자리에 들어온 이상 알건 모르건 현서가 책임져야 하는 일이었다. 책임감 투철한 현서라 제 역할을 하지 못했다는 생각에서 따라오는 자책감이 컸다.

"미안한데 한 시간만 일찍 퇴근해도 괜찮을까요?"

벌써 갈 준비를 마친 현서에게 두 사람이 구태여 토를 달 것도 없었다. 오늘 현서는 우경의 빈자리를 대신해서 최선을 다해 줬다. 사정이 있겠거니 생각한 두 사람이 고개를 끄덕였다.

회사를 나온 현서는 마트에 들러 장을 보고 내친김에 약국에서 약을 샀다. 급한 마음에 택시로 우경의 집까지 온 현서는 깜짝 놀랐다.

"뭐야, 문도 안 잠근 거야?"

바깥의 대문도, 현관문도 아까 현서가 닫은 후 잠기지 않은 모양이다.

"팀장님, 팀장님?"

허락도 없이 안으로 들어가며 우경을 찾았다.

"오 비서?"

그때 복도 끝자락에서 우경이 모습을 드러냈다. 방금 샤워했는지 젖은 머리칼에 수건을 두른 모습이다. 우경이 가까이 다가오자 그에게서 시원한 향기가 풍겼다. 그 의외의 모습에 당황한 현서가 고개를 푹 숙이고 물었다.

"모, 몸은 좀 어떠세요?"

"다 나았어. 그보다 왜 돌아왔어? 뭐 두고 갔어?"

무단침입에도 개의치 않는 말투에 고개를 들어 보니 우경은 태평한 얼굴을 하고 있다.

"하, 함부로 들어와서 정말 죄송합니다. 일단 팀장님의 상태가 이렇게 악화된 건 제 일을 제대로 하지 못한 탓이라고 생각해서요. 조금이라도 도와드리려고 돌아왔습니다."

"됐으니까 퇴근해. 오늘 충분히 고생했잖아. 강 대리한테 보고 들었어."

"아뇨, 그럴 순 없습니다."

굳은 현서의 결심을 봤는지 우경이 더 토를 달지 않고 그녀를 거실로 안내했다. 부엌에서 들리는 유리가 부딪치는 소리에 놀란 현서가 냉큼 그쪽으로 달려갔다.

"차는 됐습니다. 좀 쉬고 계세요. 제가 뭐라도 만들겠습니다. 팀장님 일 시키려고 온 거 아니니까요."

현서는 괜찮다는 우경을 억지로 식탁 의자에 앉히고, 방금 사 온 재료들을 봉투에서 꺼냈다. 현서는 부엌을 한 번 살피고 바로 재료 손질을 시작했다.

"오 비서 요리 잘해?"

"남들 하는 만큼은 합니다. 혼자 살아서 별로 쓸 일은 없지만요."

"어딘지 모순된 말이네."

뒤에서 우경이 소리 죽여 웃었다.

조금 후 야채죽과 간단한 국거리를 완성해서 그릇에 담은 현서가 식탁으로 음식을 내갔다. 마지막으로 미지근한 물을 건네는데 어딘지 몽롱해 보이는 우경의 눈빛이 심상치가 않다. 혹시 상태가 더 악화됐나?

"왜 그러십니까?"

"야근 수당을 줘서라도 매일 데려와서 부려 먹을까, 잠깐 고민했어."

"네? 무슨! 오늘만입니다. 제 직무유기로 팀장님이 아프신 경우에만 이러는 겁니다. 이것도 일종의 일이니까요."

기가 차서 날린 대답에 우경이 픽 웃었다. 매번 느끼지만 우경이 이렇게 웃을 때면 열 낸 자신이 한심해지고 만다.

우경은 손등에 턱을 괴고 진지하게 물었다.

"저기 오 비서, 보통 아픈 상사 집에 와서 죽까지 끓여 주는 걸 일이라고 생각해? 전 직장에서도 이렇게 관대하게 행동한 거야? 다른 상관들한테도 전부?"

어딘지 우경답지 않게 집요한 말투에 대답할 가치를 느끼지 못한 현서가 무시하고 나와 약 봉투를 뒤적였다.

약사가 추천한 약을 챙겨서 부엌으로 돌아와 보니, 우경은 식탁에서 엎드려 자고 있다. 회사에서 일할 때는 상상도 하지 못한 약한 모습에 현서의 마음이 울렁거렸다.

"팀장님?"

조심스럽게 불러 봤지만 그는 미동조차 없다. 다른 때라면 자게 두겠지만 지금은 약을 먹고 제대로 침대에서 쉬는 편이 낫다.

"팀장님, 죄송한데 식사는 안 하시더라도 침대에서……."

그를 깨우려던 손이 저도 모르게 우경의 뺨으로 향했다. 별다른 뜻은 없었다. 몸을 웅크린 모습이 안쓰러워서 쓰다듬어 주고 싶은 기분이 들었을 뿐이다.

아까부터 느껴지던 시원한 향기가 코끝을 자극한다. 보기보다 훨씬 부드러운 피부가 닿자 현서의 기분이 묘해졌다. 우경을 간병하느라 감기가 옮기라도 했는지, 얼굴은 달아오르고 심장은 제멋대로 뛰는 게 스스로 생각해도 정상은 아닌 것 같다.

'너, 네 상사 좋아해?'

하필이면 이 타이밍에 소영의 질문이 떠오를 건 뭐란 말인가. 아깐 잠깐 정신이 나갔던 것뿐이다.

여기에 이대로 더 있다간 진짜 머리가 돌아 버릴지도 모르겠다. 위기의식이 든 현서가 다급히 우경을 흔들어 깨웠다.

"팀장님! 정신 차리세요! 일어나세요! 젠장, 전 여기서 빨리 나가야 한다고요!"

"아야야. 살살 깨워. 나 안 죽었어. 뭘 그렇게 당황해?"

장난스러운 미소와 함께 우경이 고개를 들었다. 현서는 대답할 정신도 없이 황급히 약 봉투와 물을 건넸다. 방금 저지른 일 때문인지 우경을 똑바로 쳐다볼 수 없을 정도로 얼굴이 화끈거렸다.

"야, 약 드시고 바로 주무세요. 전 늦어서 먼저 가 봐야 할 것 같습니다. 오늘은 실례가 많았습니다. 그럼 내일 뵙겠습니다. 푹 쉬십시오!"

준비된 말들을 다다다 쏟아 낸 현서가 가방을 들고 도망치듯 부엌을 뛰쳐나왔다. 이제 현관문만 나가면 이 집에서는 탈출이다. 안심하며 현서가 현관문을 여는데 갑자기 뒤에서 다가온 손 하나가 다시 문을 닫아 버렸다.

쾅!

커다란 마찰음에 현서가 깜짝 놀랐다. 등 뒤에서 우경의 숨결을 느끼고 뒤를 돌아보려고 했지만 그의 손이 비켜 주지 않았다. 당황한 현서의 귓가에 대고 우경이 힘겹게 말했다.

"그대로 들어. 어제 오 비서가 사과했을 때 못한 말이 있어. 당신이 말한 사생활이라는 게 정확히 어떤 건진 잘 모르겠어. 하지만 사내에서 도는 소문들로 인해서 오현서가 다칠 수도 있다고 생각해. 그건 확실히 인지하고 있어. 그래서 미안해."

착 가라앉은 우경의 음성이 현서의 귓가에 달라붙었다. 평소 미성의 목소리가 익숙해서였을까, 지금의 우경은 늘 보던 상관이 아니라 낯선 남자처럼 느껴진다.

"전……."

"그러니까 마음에 걸리는 일이 있으면 감추지 말고 말해. 지금보다 당신이 날 더 믿고 의지해 줘. 이건 부탁이야."

놀란 현서가 뒤를 돌아보자 커다란 우경의 손이 뺨을 감싸 왔다. 그 생경한 감촉에 현서가 화들짝 놀랐다. 아까 저지른 짓 때문에 양심상 우경의 손을 뿌리치지도 못하고 가만히 서 있는데 그가 미소 지었다.

"대답."

"네? 네?"

"대답해야지?"

농담처럼 가벼운 목소리로 우경이 재촉했다. 하지만 현서는 우경의 눈동자가 자기 하나만을 뚫어져라 바라보고 있는 이 상황, 제 뺨을 어루만지는 우경이 손길이 대답보다 백배쯤 더 신경 쓰였다.

"아, 아, 아, 알겠습니다. 그, 그러니까 소, 손 좀……."

"잘했어. 이제 가자. 데려다 줄게."

"예? 아, 아닙니다! 혼자 가겠습니다. 가까우니까요."

현서가 다시 돌아서서 문고리를 잡는데 우경이 그녀의 손을 잡았다. 여전히 열이 올라 뜨거운 손이 맞닿자 마음이 울컥했다. 아직 제 몸도 제대로 회복 못 한 주제에 왜 자꾸 데려다 주겠다고 나선단 말인가.

"내 말 들어."

"대체 오늘 왜 이러십니까? 좀, 아니 엄청 많이 이상하십니다!"

결국 당혹감을 감추지 못한 현서가 소리치자 우경이 손으로 입술을 가리고 웃었다.

"쿡쿡, 응. 나 지금 열도 많이 나고 머리도 아파. 목도 갈라지고 눈앞은 캄캄한 기분이거든. 봐, 정상이 아니잖아. 이상한 게 당연하지. 그러니까 우리 예쁘고 착한 오 비서가 좀 봐줘."

달변도 저런 달변이 없다. 더 뿌리쳤다간 무슨 일이 벌어질지 몰라 현서가 한숨을 내쉬며 고개를 끄덕였다.

"손 놔주시면 갈게요."

"알았어, 가자."

우경은 열이 올라 빨개진 얼굴에 연신 즐거운 미소를 지어 보였다. 매일 보던 그의 미소인데도 장소가 바뀌어선지 자꾸 백우경이 낯설게 느껴진다. 그리고 그 이질감은 계속해서 현서의 심장을 불편하게 만들었다.

밖으로 나오자 차가운 공기 덕에 얼굴에 오른 열이 조금 진정됐다.

"오늘은 덕분에 살았어."

"저보단 유라 씨랑 강 대리한테 감사하세요. 두 사람이 내내 전화통을 붙들고 있어 줘서 나올 수 있었으니까요. 참, 당연한 얘기지만 조 부장님께도 내일 따로 사과하셔야 할 것 같습니다."

"와, 화난 부장님을 상대하고 온 거야? 이젠 내가 없어도 되겠다. 역시 대단해."

장난스럽게 던진 우경의 말에 현서가 걸음을 멈췄다. 우경이 의아한 듯 돌아보자 현서가 진지하게 말했다.

"당연한 얘기지만 1팀에는 팀장님이 필요합니다. 그러니까 팀장님이야말로 힘든 일이 있으면 의지해 주세요. 그리고 다신 이번처럼 갑자기 픽 쓰러지지 말아 주십시오. 정말 놀랐단 말입니다."

스스로 내뱉어 놓고도 낯간지러운 말이라는 생각에 현서가 뺨을 긁적였다. 우경이 그게 뭐냐며 비웃을 거라 예상하고 있는데 의외로 차분한 목소리가 다가왔다.

"그래. 알겠어."

이후 두 사람은 별다른 말 없이 현서의 집 근처에 도착했다.

"내일 뵙겠습니다."

"응, 잘 가."

우경은 현서가 돌아서서 골목을 돌아 사라질 때까지 자리를 지켰다.

'아까 그건 뭐였지?'

식탁에 잠깐 엎어져 있을 때 뺨에 와 닿은 감촉은 분명 현서의 것이었다. 혹시나 해서 아까 현관에선 일부러 현서의 뺨에 손을 얹어 봤다. 평소라면 분명 바로 뿌리쳤을 그녀가 망설이는 모습을 보고 확신했다. 아까의 감촉이 착각이나 꿈이 아니었다. 그래서 더 혼란스럽다.

"들여보내지 않는 편이 나았나."

집으로 돌아와 보니 벌써 집안 곳곳에서 현서의 흔적이 묻어났다. 따뜻한 음식 냄새가 풍기는 부엌, 갖은 식재료들이 쌓인 싱크대, 식탁에 올려 둔 약들까지. 잊고 있던 사람의 온기가 현서가 머물던 자리마다 생생히 남아 있다.

그 낯선 온기가 마음을 뒤흔들어 한동안 우경은 아무것도 할 수 없었다.

＊　　＊　　＊

"좋은 아침."

"어? 팀장님! 다 나으셨어요? 괜찮으세요?"

누가 들으면 우경이 간밤에 응급실이라도 다녀온 줄 알겠다.

"응. 어젠 수고가 많았어."

"저희야 전화만 받았죠. 오 비서님이 조윤주 부장님께 엄청 깨지셨대요. 총괄팀 사원이 알려 줬어요. 어제 오 비서님 퇴근하실 때 얼굴 보니까 살벌하시더라고요."

"그래? 쿡쿡."

그 살벌한 얼굴로 찾아와 간호를 해 줬단 말이지? 생각해 보니 웃음이 난다. 정말 재밌는 여자라니까.

때마침 화제의 주인공인 현서가 출근했다. 그녀는 우경과 유라가 즐겁게 웃고 있는 모습을 보고 불길한 낌새를 챘는지 아침부터 얼굴을 구겼다.

"무슨 일 있습니까?"

"별거 아니야. 좋은 아침, 오 비서. 아, 맞다. 어젠 정말 고마웠어."

꽤나 많은 의미를 함축한 발언에 현서가 두 눈을 크게 떴다. 정시 퇴근도 어기고 상사 집까지 찾아간 사실이 회사에 알려질까 봐 당황하는 모습이 눈에 보인다.

"벼, 별로요."

"아냐. 아, 유라 씨는 잘 모르지? 어제 오 비서가……."

"여기서 시시덕거리고 있으셔도 됩니까? 조 부장님께 안 가 보세요?"

이글거리는 현서의 눈빛이 그 뒷말을 이어 나가면 가만두지 않겠다고 우경을 위협했다. 예상한 반응이라 우경은 협박에 못 이긴 척 웃으며 사무실을 나왔다.

"어, 백 팀장님, 몸은 괜찮으세요?"

총괄팀에 들어서자 모두가 비슷한 인사를 건넸다. 하긴 입사 후 첫 병가이니 다들 놀랄 법도 하다. 우경이 대충 인사를 받아 넘기고, 조윤주 부장의 자리로 향했다.

"어제 일로 사과드리러 왔습니다."

"일단 회의실로 갈까?"

회의실로 들어오자마자 조 부장이 문을 닫았다. 저기압인 태도를 보니 꽤나 심각한 얘기가 기다리고 있는 것 같다.

"무슨 일이 있었습니까?"

"무슨 일이 있었는지는 내 쪽에서 묻고 싶은데?"

조윤주 부장이 내려온 안경을 올리며 반문했다. 착 가라앉은 저 음성은 일적으로 불편한 일이 생겼을 때 나오는 목소리다.

"백 팀장, 자네 정주호 상무님이랑 무슨 일 있었나?"

"특별한 일은 없습니다."

"아무 일도 없는데 상무님이 또 1팀에 일을 쑤셔 넣으라고 지시했다고?"

지원팀에 일을 배당하는 건 총괄팀의 일이다. 그중 지원1팀과 지원2팀은 조윤주 부장의 관할 부서다. 그러니, 아무리 정주호 상무라고 해도 1팀에 일을 주기 위해선 그녀의 중간 손을 거치지 않을 수 없다. 눈치 빠른 조 부장은 정주호 상무의 행동에서 뭔가 수상쩍은 냄새를 맡은 것이 분명했다.

"2팀 팀장이 장기 해외 출장 중이니까요. 이해합니다."

"1팀은 이미 비상식적인 수준으로 일하고 있어. 자네가 병이 난 것만 봐도 확실하지. 이건 의도적인 거야. 이런 식으로 몰아서 일해 봤자 좋은 결과가 나올 확률도 떨어져. 상무님도 아실 거야. 자네도, 나도 알지."

근래에 들어 일이 태풍처럼 몰아닥치고 있다는 점은 우경도 잘 안다.

정 상무의 속내는 뻔하다. 세 달 안에 현서를 관두게 만들기 위해 일부러 일을 몰아주고 있는 것이다. 그래서 우경은 부하 직원들의 부담을 덜어 주기 위해 매일같이 정상적인 수준을 웃도는 업무를 직접 맡아 보고 있다. 힘들긴 하지만 견디지 못할 수준은 아니다. 세 달만 버티면 이기는 게임인 데다 이 정도는 오히려 예상범위 내다.

"평소의 자네라면 부당하다는 의견을 내서 팀원들을 감쌌을 사람이야. 그런데도 군말 없이 받아들이고 있는 건 그만한 이유가 있는 거 아닌가? 정 상무는 살쾡이 같은 사람이야. 뭔가를 노리고 이러는 게 뻔하지."

정 상무는 조 부장의 상관이지만 평가에는 가차 없었다.

"어제 일은 정 상무님과는 무관한 제 실수입니다. 그리고 부장님께선 상무님 말씀대로 그냥 1팀으로 일을 넘겨주시면 됩니다. 처리는 제가 하겠습니다."

현서는 잘 해내고 있고 벌써 두 달을 넘겼다. 앞으로 한 달만 더 버텨 주면 정 상무와의 거래도 마무리될 것이다. 그러니 이런 소모

적이고 무의미한 싸움에 조 부장까지 끌어들일 필요는 없다.

"백 팀장."

조 부장이 안경을 벗고 미간을 눌렀다.

"자네, 제대로 쉬고는 있나?"

"이번은 특별한 케이스였습니다. 걱정하지 마세요."

"자네가 뭐라고 하건 이번엔 1팀으로 일을 넘기지 않을 생각이야. 3팀도 있고 4팀도 있어. 이건 부장으로서의 내 권리야. 부하 직원이 감당하지도 못할 만큼 일을 시킬 마음은 없으니까."

"부장님의 판단을 믿습니다. 그럼 어제 회의 자료는 가는 길에 받아 가겠습니다."

우경이 인사하자 조 부장이 웃음기 어린 목소리로 말했다.

"자네 비서, 꽤나 당차던데."

"아, 어젠 결례가 많았습니다. 혹시 오 비서가 실수한 부분이 있더라도 그건……."

내내 차분하던 우경의 표정에 당혹감이 드러났는지 조 부장이 미소 지었다.

"아니야. 자네가 아프다는 소식에 내가 많이 다그쳤어. 자네는 페이스를 조절할 줄 모르니까, 비서의 역할이 중요하잖나. 오 비서는 내뱉은 말은 반드시 지키겠다는 투지가 보이는 스타일이더군. 어딘지 신입 시절의 백 팀장을 보는 것 같았지."

설마 조윤주 부장 입에서 옛날 일에 대한 얘기가 나올 줄이야. 우경에게 신입 시절은 추억으로 남겨 두고 곱씹을 만한 일화조차 없는 나날들일 뿐이었다. 저도 모르게 우경의 표정이 조금 굳어졌다.

"그랬습니까?"

"그만 가 봐."

1팀 사무실로 돌아오는 우경의 걸음은 무거웠다. 서한나를 채용하고 싶지 않다는 고집을 부리느라 팀원 모두를 괜히 혹사시키고 있는지도 모른다는 의문이 든 탓이다.

"아, 조 부장님께는 제대로 사과하셨습니까?"

팀장실에 들어서자 우경의 책상을 정리하던 현서가 물었다.

우경은 문득 저 자리에 서한나가 있으면 어떨지 상상해 봤다. 별다를 건 없으리라. 비서와 함께 움직이는 스케줄은 적은 편이니 지금처럼 오가며 마주 보는 시간만 견디면 될 일이다.

"왜 대답이 없으십니까? 설마 조 부장님, 아직도 화나 있으셨나요?"

걱정스러운 얼굴로 묻는 현서를 보던 우경이 한숨을 내쉬었다.

"하아."

무리다. 처음부터 현서의 자리였던 것도 아닌데 다른 사람이 있는 모습은 이제 상상이 가질 않는다. 우경 스스로 생각했던 것보다 그녀에게 더 많이 의지하고 있는 것 같다.

"팀장님? 설마 아직 어디 편찮으세요?"

뭐가 그렇게 걱정스러운지 연달아 질문을 날리는 현서를 보며 우경이 대답했다.

"정말 문제야."

"네?"

"오 비서가 문제라고."

누군가에게 의지하는 성격은 아니다. 그런데도 오현서에겐 자꾸만 기대고 싶어진다. 어쩌면 지난 두 달간 우경을 버티게 해 준 건 서한나를 비서직에 앉히지 않겠다는 오기가 아니라, 현서였을지도 모른다. 똑똑하고 재능 있고, 착한 데다 사랑스럽기까지 한 그의 비서 말이다.

"예? 물론 팀장님의 몸 상태와 스케줄 사이를 제대로 조율하지 못한 건 제 탓이지만 다른 부분에 있어선 지적받을 게 없다고 생각합니다."

문제라는 발언에 발끈한 현서가 당당하게 대답했다. 평소엔 영리하면서 이럴 때만 아둔한 것도 어딘지 우스웠다. 아니, 명확히 그런 부분이 사랑스럽다.

"당연하지. 우리 완벽한 오 비서가 지적받을 부분이 어디 있겠어?"

현서는 계속 열을 내 봐야 본인 손해라고 생각했는지 허리춤에 손을 올리고 그를 노려보기만 했다. 그 따가운 시선마저 웃음이 날 정도로 좋다. 이유에 대해 확언은 못하겠지만, 그래도 현서와 이렇게 지내는 지금이 만족스러운 것만은 사실이다.

5화:

당신이 좋아

정주호 상무는 불편한 심기를 드러내지 못한 채 조용히 한숨지었다. 맞은편에 앉은 저 까다로운 아가씨를 어떻게 설득시켜야 할지 모르겠다.

"이제 곧 3개월이잖아요. 약속을 잊으신 건 아니시죠? 분명 절백우경 팀장 비서 자리에 앉혀 주기로 하셨잖아요."

변명이라고 하긴 뭣하지만 그도 나름대로 최선을 다했다. 깐깐한 조윤주 부장과 싸워서라도 일거리를 지원1팀으로 밀어 넣었고, 일부러 각종 출장에 우경을 대동했다. 하지만 갖은 노력에도 불구하고 1팀은 지금껏 문제없이 굴러가고 있다. 주호로서도 갑갑한 일이 아닐 수 없다.

"약속은 기억하고 있습니다만, 이번에는 왜 한나 양이 나서지 않는지 궁금합니다. 일전에 백 팀장의 비서를 그만두게 한 건 한나 양 아니었습니까? 차라리 한나 양이 오현서에게 거래를 제안하는 편이 더 빠를 수도 있겠다는 생각이 듭니다."

"그건 상대를 봐 가면서 하는 거예요. 상무님도 아시잖아요. 확실히 그만둘 사람이라는 확신이 없는 이상 제 자신을 드러내는 위험한 짓은 하고 싶지 않아요. 이미 사내에는 제가 오현서한테 말만 걸어도 입방아를 찧는 인간들이 있다고요."

한나는 입사하면서부터 우경의 비서 자리를 원했지만 그 자리는 이미 다른 사람이 차지하고 있었다. 그래서 기다리다 못한 한나가 직접 나섰었다. 그 비서는 괴롭힘을 토로하지 못할 만큼 소심했고, 때마침 집안에 사정이 생겨 목돈이 필요했었다. 두 가지 조건이 잘 맞아떨어진 덕분에 한나는 손쉽게 그녀를 퇴사시킬 수 있었던 것이다.

"그 여잔 어지간해선 물러나지 않을 것 같아요. 그러니까 상무님 선에서 해결해 주지 않으시면 곤란해요."

"제 쪽에서 직접 오현서 씨를 만나 보도록 하겠습니다."

"빠른 처리 부탁드릴게요. 제가 오래 기다렸다는 정도는 이미 잘 아실 테니까요."

간단한 심부름을 시킨 사람처럼 대담한 한나가 사무실을 나갔다.

주호로서도 이런 귀찮은 일에 말려든 것이 불만스러웠지만 어쩔 수 없는 일이다. 회장은 한나에게 더없이 약하다. 그러니 장기적으로 볼 때, 비위를 맞춰 주는 쪽이 현명하다.

"장 비서, 잠깐 들어와."

"네, 부르셨습니까?"

비서가 들어오자 주호는 당장 우경의 스케줄을 알아 오라고 시켰다. 조금 후 비서는 우경이 오늘 오후 내내 외근 중일 예정이라는 만족스러운 답변을 가지고 되돌아왔다.

"백우경 팀장 비서, 오현서 씨를 이쪽으로 조용히 불러오게."

"예, 알겠습니다."

비서를 내보내고 초조한 마음에 주호가 새로운 근로 계약서를 다시 살폈다. 오현서가 계약한 기존 조건보다 연봉, 근로시간, 복지에 이르기까지 어느 면이건 월등히 좋은 내용으로만 채웠다. 머리가 있는 사람이라면 절대 거절할 리 없는 조건이다.

똑똑.

"상무님, 오현서 씨 왔습니다."

"들여보내."

주호의 응답에 사무실로 들어온 현서는 정중하게 인사를 한 후 그가 권한 자리에 앉았다.

"오래 끌진 않을 생각이네."

마치 두 사람 사이에 뭔가 중요한 용건이라도 있는 것 같은 말투다.

"예, 말씀하십시오."

"이것부터 한 번 살펴보게."

현서는 주호가 내민 서류를 받아서 펼쳤다. 근로 계약서라는 제목부터 놀라운데 내용은 더 압권이다. 겨우 두 달 전 그녀가 체결했던 계약서와는 비교도 되지 않는 조건들이 빼곡하게 채워져 있었다.

"어떤가?"

상무의 질문에 현서가 서류철을 닫아서 탁상에 내려놨다. 당혹스러운 상황이지만 현서는 차분하게 대답하기 위해 애썼다.

"제게 새로운 근로 계약을 제안하시는 상황이 맞습니까?"

"맞네."

거리낌 없는 대답에 현서가 다시 머리를 굴렸다. 상식적으로 생각해 보면 저 계약서는 뭔가를 노리고 만들어진 미끼가 분명하다. 그렇지 않고서야 현서 같은 신입에게 감히 제안할 내용이 아니니까. 그렇다면, 정주호 상무는 대체 무엇을 노리고 있는 걸까?

"저, 계약서에 사인하기 전에 한 가지 여쭤 봐도 되겠습니까?"

"말하게."

"이런 과분한 계약 조건을 제시하면서 상무님께서 원하시는 점이 궁금합니다. 솔직히 제가 상무님께서 원하시는 걸 드릴 수 있는지 잘 모르겠습니다."

영리한 질문을 던지고도 현서의 마음은 불안했다. 애당초 정주호 상무는 그녀 같은 하급 비서가 독대할 사람이 아니다. 그런 그가 정확히 우경이 없는 시간에 불러내서 대뜸 계약서를 내밀다니, 수상하지 않을 수 없다.

"면접 때 처음 자네를 보고 유능한 사람이라고 생각했어. 백 팀장이 우기지만 않았다면 특별채용으로 총괄팀에 데려오려고 했었지. 3개월이 지나서 채용이 확정되면 부서 이동이 쉽지 않아. 그래서 지금 제안하는 거라네."

이대로 오현서가 3개월을 채우면 우경과의 거래는 종료된다. 주호로서는 반드시 그전에 현서를 다른 부서로 옮기건 그만두게 하건 둘 중에 하나는 해야 했다.

능구렁이 같은 주호의 대답 덕분에 현서는 고민스러워졌다.

'총괄팀은 지원팀 상위 부서고 대우도 월등히 좋아. 지금처럼 밤새 가며 일하지 않아도 되겠지. 내가 부서를 옮기더라도 이 자리를

원하는 사람은 많으니까 인계에 문제는 없을 거야. 굳이 소문 나쁜 사람 옆에서 안절부절못할 필요도 없고.'

눈앞에 내던져진 이 조건이 탐나지 않을 사람은 없을 것이다. 그녀 또래에 이런 계약 조건을 제시받은 사람이 과연 몇 명이나 될까?

"좀 더 생각해 보고 결정해도 괜찮네. 3개월이 되기 전에만 이동 신청을 하면 되니까."

예전의 그녀였다면 앞뒤 잴 것도 없이 덥석 받아들였을 것이다. 하지만 지금의 현서는 그때와는 다르다. 현서는 몇 번 입술을 곱씹다가 차분하게 말문을 열었다.

"상무님, 사람에겐 각자 본인의 자리라는 게 있는 것 같습니다. 제가 이 자리를 받아들이는 일은 솔직히 과욕이라고 생각합니다. 전 이제 괜한 욕심 내다가 정작 중요한 걸 놓치는 일은 두 번 다신 겪고 싶지 않습니다."

"뭐?"

"오늘 해 주신 제안은 저보다 뛰어난 누군가에게 넘기도록 하겠습니다. 부족한 저를 좋게 평가해 주셔서 감사합니다. 그럼 먼저 일어나겠습니다."

주호가 멍해 있는 사이 현서가 꾸벅 인사를 하고 사무실을 나왔다.

담담하게 대답하려고 노력했는데 가슴은 울컥하고 말았다. 1년 전, 그날이 떠올라서다.

1년 전, 전조 없던 비극이 찾아왔던 그때, 현서는 독일 출장 중이었다.

다른 동기보다 빨리 찾아온 기회에 환호하며 망설이지도 않고 오른 출장길이었다. 좋은 평가를 받아서 이번 출장을 승진의 디딤돌로 삼을 욕심에 현서는 신이 났다.

현서는 빠르게 현지 환경에 적응하며 선임들의 업무를 돕느라 몹시 바쁘게 지냈다.

그리고 슬슬 엄마와 통화를 해야겠다고 생각했던 날 밤, 마치 싸구려 각본 속의 한 장면처럼 현서의 휴대전화가 울렸다. 수신자 이름을 확인한 현서가 고개를 갸웃했다. 소영이 무슨 일로 전화했는지 가닥이 잡히지 않아서였다.

[현서야, 흐윽, 내, 내 말, 잘 들어. 알겠지?]

소영은 말도 제대로 잇지 못하며 펑펑 울고 있었다. 애인과 헤어졌냐는 장난도 걸 수 없을 만큼 심각한 분위기가 느껴졌다. 평소에 전혀 없던 일이라 현서의 심장이 불안하게 뛰었다.

"왜, 왜 그래? 무슨 일 있어?"

[어떡해. 흐윽, 흑! 어떡해, 현서야. 어떡하면…… 너 어떡해?]

"뭔데? 응?"

[너희 어머니…… 아줌마가, 흐윽. 현서야, 여기 빈소야. 그러니까 빨리 와. 빨리 와 줘. 응? 현서야. 듣고 있지? 제발, 어서 와……]

빈소라니? 아줌마, 빈소, 그리고 빨리 와 달라는 절규. 이것들이 무슨 뜻인지, 생각하기도 전에 잔인한 결론이 내려졌다. 쿵쿵 뛰던 심장이 싸늘하게 얼어붙어 어딘지 모를 밑바닥으로 곤두박질쳤다. 아닐 거야. 뭔가가 잘못되었을 것이다.

아니, 이미 잘못되고 말았다.

[받을 물건이 있어서 갔는데, 분명히 계실 시간인데, 흐윽! 혹시 몰라서, 열고 들어가 봤는데…… 현서야. 현서야, 듣고 있어? 괜찮아?]

소영이 계속 뭐라고 말하는 소리가 들렸지만 현서에게는 닿지 않았다. 마치 누군가 목을 콱 누르는 것처럼 숨이 쉬어지질 않았다. 정신을 차리고 보니, 현서는 스스로 제 목을 움켜쥔 채 엎드려서 하염없이 울고 있었다.

"엄마? 엄마. 내가, 하윽, 내가, 욕심 부려서 그래? 내가, 나, 난 여기서 뭘 하고 있지? 엄마, 엄마 어디 있어? 어디에 있어……."

후회가 밀려든다. 그리고 깊고 깊은 곳까지 현서를 삼켜 버렸다. 끝없이, 끝없이…….

새삼 그날을 떠올리며 현서가 피식 웃었다.

빈소에서 엄마의 영정 사진을 처음 봤을 때보다 현서는 처음 부고 소식을 들었던 순간이 더 힘들었다. 엄마가 집에서 혼자 싸늘하게 죽어 가는 동안, 먼 외국 땅에서 잘 먹고, 잘 일하고, 아무것도 모른 채 씩씩하게 잘 지내던 제 자신을 선명히 느꼈으니까.

'내가 욕심을 부리지 않았다면, 엄마가 심장마비로 괴로워할 때 구급차라도 불렀더라면, 아니, 살 가망이 없었다고 해도 곁을 지켜 드릴 수만 있었다면 얼마나 좋았을까?'

생각하면 이렇게 눈물만 날 것 같아서 일부러 잊기 위해 노력해 왔던 현서다. 하지만 후회는 잊으려 애써도 가슴 깊은 곳에 자리 잡아 좀처럼 떠날 줄을 몰랐다.

＊　　＊　　＊

그 시각, 인천공항.

막 입국수속을 마치고 나온 한 남자가 미간을 잔뜩 찡그렸다. 지난 세 달 동안 프랑스 시간에 맞춰 놨던 시계가 오전 7시를 가리켰다. 해외 출장은 자주 가지만 그는 시차 적응이 느린 편이라 피곤함이 몰려왔다.

'이대로 출근인가.'

블랙 정장 위에 회색 코트를 걸친 그의 모습은 무심하면서도 멋스러웠다. 피곤이 쌓인 얼굴이지만 찡그린 미간마저 행인들의 시선을 훔치는 남자다. 그의 이름은 최수현, 서강의 지원2팀 팀장이다. 본래 계획대로라면 일주일가량 프랑스에 더 체류해야 했지만 조윤주 부장의 갑작스러운 호출로 일정을 변경해 급히 귀국했다.

"조 부장님이 무슨 일로 부르셨는지 짐작 가는 부분 있나?"

수현이 비서 이찬우에게 묻자 그 역시 잘 모르겠다는 듯 고개를 가로저었다.

백우경 팀장이 이끄는 1팀이 주로 국내 업체와의 거래를 맡고 있다면, 수현이 이끄는 2팀은 해외 업체와의 협업이 많다. 장기 해외 출장은 2팀 팀장인 그에게 있어 흔한 일이다. 하지만 지금껏 한 번도 중도에 호출을 받은 적은 없었다.

"이 비서는 이번 출장 보고서 작성부터 해 둬. 내일 바로 상부에 보고드릴 테니까."

"알겠습니다."

찬우와 함께 회사로 복귀한 수현은 바로 조윤주 부장에게 가서 복귀를 알렸다.

그녀는 평소처럼 별다른 인사말 없이 그를 바로 회의실로 불렀다.

"무슨 일이 있었습니까?"

"귀찮은 일이 생긴 것 같아. 자네가 자리를 좀 지키고 있어야겠어."

"자리를 지키라니, 그게 무슨 말씀이십니까?"

조윤주는 그가 출장을 간 동안 새로 들어온 우경의 비서와 관련한 이야기를 전했다. 그 자리를 노리던 서한나와 수상한 정 상무의 움직임에 대해서도 수현에게 알렸다.

모든 이야기를 전해 들은 수현이 혀를 찼다.

"백우경이, 아니 백 팀장이 서한나를 채용하지 않았단 말입니까?"

수현이 프랑스로 떠나기 직전 우경의 비서가 퇴사했었다. 수현은 우경에게 한나를 채용하라는 충고를 해 주고 프랑스로 떠났었다. 그래서 지금까지 우경이 한나를 채용했을 거라고 막연히 생각하고 있었다. 방심한 것이다.

"귀찮은 일에 말려들었군요. 그래서 지금 백 팀장은 어떻게 하고 있습니까?"

"지원1팀은 과부하 상태야. 얼마 전에 백 팀장은 병가까지 냈어. 내 선에서 상무를 막으려고 해도 도통 말을 들어 먹질 않아."

"원래 그런 인간이잖습니까?"

서한나를 채용했다면 지금쯤 1팀은 휴양지 PR 건이라도 맡아서 느긋하게 여행을 하고 있었을 것이다. 굳이 사무실에 틀어박혀서 일거리를 떠안을 이유가 전혀 없는데, 왜 그런 멍청한 선택을 했지?

"대체 새로 채용한 비서는 어떤 여자랍니까?"

이쯤 되니 호기심이 당긴다.

"글쎄, 어쨌든 이번에 자넬 불러들인 건 단순히 그 일 때문만은 아니야. 1차적으로는 자네가 자리를 지켜서 업무를 배분하는 것도 중요하지만, 두 팀이 공동 프로젝트를 맡을 수도 있어. 확정은 아니지만 당분간 해외 출장은 삼가고 대기하고 있어."

"알겠습니다."

회의실을 나온 수현은 바로 1팀 사무실로 향했다. 우경에게 한 소리 해 주지 않으면 짜증이 가라앉지 않을 것 같아서다.

"어? 최 팀장님! 오랜만에 뵙습니다!"

변함없이 시끄러운 1팀 막내의 인사를 받은 수현이 바로 팀장실의 문을 열었다. 그러자 문간 옆자리에 앉아 있던 한 여자가 그를 쳐다봤다. 처음 보는 여자인 걸로 봐선 이 여자가 백우경이 고집을 부려 채용했다는 새 비서인 것 같았다.

단정하게 묶은 까만 머리칼에 하얀 피부, 선명한 이목구비, 미인 축에 들지만 서한나에게 비교하기엔 턱없이 부족하다. 외모도 비서의 경쟁 조건 중 하나라면 눈앞의 이 여자는 우경이 귀찮은 일에 휘말리면서까지 비서직에 앉힐 가치는 없어 보였다.

"죄송하지만 누구시죠? 팀장님께선 지금 쉬고 계십니다만."

쉬고 있다는 말에 수현이 얼른 책상 쪽으로 눈을 돌렸다. 백우경은 책상에 엎드려 낮잠을 자고 있다. 그 모습을 본 수현의 마음이 철렁했다. 낮잠? 지금 백우경이 낮잠을 자고 있는 게 맞는 건가?

"얼마나 잤지?"

"외근 다녀오신 지 얼마 안 되셨습니다."

"제정신이 아니군."

수현은 곧장 우경 쪽으로 가서 책상을 발로 두어 번 찼다.

쾅! 쾅!

사정없는 발길질로 인한 소음에 놀란 우경이 눈을 비비며 잠에서 깼다. 그는 잠시 헛것을 본 줄 알고 멍해 있다가 수현을 알아보고 어색하게 웃어 보였다.

"아하하. 언제 귀국했어?"

"미쳤어, 백우경? 여긴 침대가 아니고 지금은 밤도 아니야."

다소 거친 수현의 언행에도 우경은 화내지 않았다. 우경이 변명도 못 하고 눈을 피하는 사이 수현은 비서에게 다가가 엄하게 다그쳤다.

"비서로서 실격이군. 상사가 업무 시간에 저렇게 대놓고 딴짓을 하고 있는데 방치하다니. 그러고도 당신이 비서라고 월급을 받는 건가? 우리 회사가 돈이 썩어나는 모양이야."

"예?"

당황한 현서가 두 눈을 크게 떴다. 처음 보는 사람이 갑자기 나타나서 지껄이는 말치고는 강도가 세지 않은가. 현서가 사과해야 하는 건가 망설이는데 우경이 단호하게 명령했다.

"그만해, 최수현. 오 비서는 잠깐 나가 있어."

현서가 자리를 비우자 우경이 의자에 등을 기대며 느긋한 목소리로 물었다.

"프랑스는 어땠어?"

"하, 내 일을 신경 쓸 때냐? 회사 생활 이따위로 하니까 좋아?"

논점으로부터 완벽히 벗어난 우경의 질문에 수현이 기가 찬 듯 되물었다. 두 사람은 학창 시절부터 친구였던 사이로 서강 입사 동기이기도 하다. 조윤주 부장 아래서 일을 배우며 하도 치열하게 경쟁한 덕분에 원수 사이일 거라는 무수한 추측들을 남긴 두 사람이기도 했다.

하지만 실상은 소문과 전혀 달랐다. 경쟁 끝에 우경이 먼저 팀장 직을 따냈을 때도 수현은 패배를 받아들이고 기쁜 마음으로 박수를 쳐 준 사람이다.

"사생활 관리를 똑바로 못하는 점이 네 발목을 잡을 거라고 내가 누누이 말했잖아. 내 충고는 한 귀로 듣고 바로 흘려 버리나 보지? 정신 좀 차리고 살아, 백우경."

"와, 요즘 나 사생활 지적 많이 받네. 문제가 있긴 한가 봐."

수현이 다시 미간을 찌푸리자 우경이 종잇장보다도 가벼운 사과를 해 왔다.

"미안, 미안."

"휴. 넌 대체 언제쯤 정신 차릴 건데?"

단순히 회사에서 낮잠을 잤다고 해서 사생활까지 지적하는 게 아니라는 걸 알고도 저러니 더 갑갑하다.

"약은 제대로 먹고 있는 거야? 밤에 잠은 자고 있고? 치료는?"

수현의 질문에 우경이 징그럽다는 듯 미간을 찌푸리며 대답했다.

"자꾸 그러니까 최수현이 내 애인으로 보인다. 나, 남자 애인은 필요 없어."

"헛소리 작작해. 잠깐만, 그것도 부작용 아니야?"

끝없이 물고 늘어지는 수현의 태도에 우경이 어깨를 으쓱했다. 입에 올리길 좋아하는 화제는 아니지만 저렇게까지 걱정하는 이상 설명해 주지 않을 수 없을 것 같다.

"나 완치 판정받은 지 반년도 넘었어. 당연히 약물 치료는 안 하는 중이고 몸도, 정신도 전부 정상이야. 근래에 일이 많아서 피곤했던 것뿐이고 밤엔 확실히 자고 있어."

"그 말을 내가 어떻게 믿어야 하는데?"

"가끔은 네 친구를 좀 믿어 보는 게 어때?"

믿을 만해야 믿지, 속으로 수현이 투덜거렸다.

사실 우경은 장기간에 걸친 심한 스트레스로 인해 수면 장애를 겪었었다. 수면 장애 중 가장 흔하다는 불면증의 위력은 파괴적인 수준이었다. 불면증은 우경의 몸과 정신을 차차 망쳐 갔고 수현은 그 모습을 곁에서 직접 목격해 온 사람 중 하나다. 그러니 이토록 걱정하는 것도 무리는 아니다.

"완치라고 안심하지 말고 되도록 낮잠은 피하도록 해."

"네, 네, 알겠습니다. 그보다 왜 벌써 돌아왔어? 한 달 정도는 더 있을 줄 알았는데. 연구소 찾아가서 시설까지 볼 예정이었잖아. 아니었나?"

자는 모습을 보고 흥분해서 화내느라 정작 중요한 용건을 깜빡할 뻔했다.

"네가 서한나를 채용하지 않은 덕분에 빨리 귀국한 거다."

"그 여파가 너한테까지 미칠 줄은 몰랐네. 사과해야 하나? 아니지, 너라면 일이 끝나지 않은 상태에서 귀국할 리 없으니까. 오히려 내 덕에 일찍 정리된 거 아니야?"

"하, 진짜 기가 찬다."

저걸 말이라고 하는 건지 마음 같아선 한 대 치고 싶을 정도다.

"농담이야."

우경이 싱긋 웃으며 수현의 맞은편에 앉았다.

"왜 서한나를 안 뽑았지? 쓸데없는 고집을 부린 이유가 뭐냐고."

객관적으로 볼 때, 서한나를 채용하는 일은 정해진 수순이었다. 그럼에도 우경은 굳이 틀을 벗어났다. 미친 짓이다.

"프랑스는 너랑 안 맞는다고 했잖아. 최수현 너야말로 얼굴 수척해진 거 알고 있어? 가서 또 제대로 밥 안 챙겨 먹었지? 안 봐도 뻔해. 그러니까 팀원들한테 넘기고 보고나 받으라고 했잖아."

어떻게든 논점으로부터 도망치려는 우경 탓에 수현이 지끈거리는 관자놀이를 꾹꾹 눌렀다.

"백우경."

"그거랑 마찬가지야. 최수현, 너야 안 맞아도 꾸역꾸역 하지만 난 그런 짓은 하고 싶지 않아. 더 이상 그렇게까지 해서 위로 올라갈 필요가 없으니까."

완벽주의인 우경을 더 치열하게 만들었던 원인은 사라졌다. 수현은 앞으로 우경이 더 자유롭게 나아갈 수 있으리라 기대했지만 그건 착각이었다. 우경은 숨 가쁘게 달릴 필요가 없어지자 제자리에서 안주하기 시작했다. 위로 올라갈 능력을 충분히 갖고 있으면서 써먹을 생각은 않고 움츠리고만 있는 것이다. 참 갑갑한 노릇이다.

"서한나가 싫은 건 개인적인 감정일 뿐이야. 일이랑은 무관해."

"그럼 뭔데?"

"오현서가 마음에 들었거든. 생각난 김에 경고해 두겠는데 앞으론 내 비서한테 함부로 행동하지 마. 네가 화를 내고 싶은 대상은 나였잖아."

서한나가 부담스럽다는 대답보다 더 기가 막혔다. 여비서가 새로 들어오고 아직 세 달도 다 채우지 못했을 텐데 그동안 우경은 그녀를 꽤 신임하게 된 모양이다.

"어지간히도 마음에 들었나 보군. 어디가 만족스러운데? 외모는 비서과 평균도 못 되는 수준이니까 다른 부분인가? 뭐, 어디 재벌 집 딸이라도 돼?"

"굳이 재벌 집 아가씨를 낚을 생각이었다면 서한나를 선택했겠지. 이미 날 좋아하는 데다 우리 회사 회장 딸이잖아. 그보다 완벽한 조건이 또 있겠어?"

"그보다 완벽한 조건이 또 없는데 왜 서한나를 안 선택했냐는 게 내 질문의 요점이다."

"오현서는 뭐랄까. 그래, 재미있어."

의외의 대답에 수현이 할 말을 잃었다. 지금 백우경이 여자 이름 말하면서 웃은 건가? 여자라면 질색하는 백우경이? 오현서의 이름을 입에 올리며 온유하게 미소 짓는 우경의 얼굴이 낯설다.

"재미있다고?"

"어. 처음부터 재밌는 사람이라고 생각했고, 지금은 더 그래. 오현서를 비서로 앉히고 하루도 후회한 날이 없거든."

"지금 내가 너한테 맞선 본 여자 얘길 듣는지, 회사 비서 얘길 듣는지 모르겠다."

무슨 소리냐고 반박해 올 줄 알았는데 우경은 태연하게 웃을 뿐이었다. 그 반응을 본 수현이 설마 하는 얼굴로 물었다.

"너 그 여자한테 사적인 감정 품은 건 아니지?"

백우경은 트라우마로 인해 여자를 가까이하려 하지 않고 사귀더라도 깊은 관계를 가지지 않아 왔다. 그건 옆에서 우경의 성장 과정을 쭉 지켜본 수현이 가장 잘 안다. 그럼에도 지금의 백우경을 보니 혹시 모른다는 생각이 앞선다.

"내 사적인 감정까지 상관할 생각이야? 그보다 너도 네 사무실로 돌아가야 하는 거 아니야? 2팀은 많이 한가한가 봐. 우리 팀은 너희 덕분에 생고생 중인데."

말을 얼버무리는 우경을 보며 수현이 꺼림칙한 얼굴로 팀장실을 나왔다.

오현서, 그녀가 고작 세 달 사이에 백우경을 변화시켰단 말인가? 대체 어떻게?

"아까 해 주신 조언은 감사히 받아들이겠습니다. 안녕히 가십시오."

1팀 사무실을 지키던 현서가 뚱한 얼굴로 그에게 인사했다. 수현은 팀장실로 들어가려는 현서의 앞을 막아섰다.

"이봐."

"예."

딱딱한 목소리에서 아까 일에 대한 짜증을 느낄 수 있었다. 설명 없이 넘어갈 일은 아닌 것 같아 수현이 악수부터 청했다.

"난 2팀 팀장 최수현이고, 백 팀장과는 입사 동기야. 아깐 내가 좀 심했지만 사정이 있어서 그런 거니까 이해해 줬으면 좋겠어. 그리고 저 녀석 일할 때 페이스 조절할 줄 모르니까 오현서 씨가 잘 판단해서 쉬게 해 주고."

까다롭고 무서운 사람이라고 생각했는데 아까 일은 순전히 우경을 걱정해서 그랬던 것 같다. 찜찜한 마음이 다 사라진 건 아니지만 현서는 적국과의 평화 조약에 동의하는 사람처럼 수현의 손을 잡았다.

"아닙니다. 앞으론 조심하겠습니다, 최 팀장님."

"이해해 주니 고맙군."

수현이 돌아가자 현서가 한숨을 푹 내쉬었다.

"휴!"

아깐 정말 너무 놀랐다. 눈앞에서 그런 험악한 말을 들을 줄은 생각 못 했다. 대체 생활습관, 사내소문, 거기다 다른 팀 팀장의 행동까지 우경과 엮이면 정상적인 게 하나도 없다.

"아, 최 팀장은 돌아갔어? 아깐 정말 미안했어. 원랜 저렇게 날이 선 녀석이 아닌데 나 때문에 잠깐 화가 났던 걸 거야. 안 그래도 시차 적응 잘 못 하는 타입이라 귀국하고 한동안은 예민한데. 당분간 우리 둘 다 마주치지 않게 조심하자."

우경이 사과하면서도 쿡쿡 웃었다. 정말로 수현이 무섭긴 한 모양이다. 하지만 현서는 두 사람의 관계보다 수현이 화낸 이유가 궁금했다. 상사가 낮잠 좀 자게 됐기로서니 그렇게까지 열불을 내? 그럼 상사가 자는데 옆에서 꽥꽥 소리 지르면서 깨우는 편이 정상이라는 거야? 도무지 이해가 안 간다.

"그건 괜찮습니다."

어딘지 현서답지 않은 대답에 우경이 그녀에게 다가왔다. 현서는 우경이 가까이 온 것도 모를 만큼 생각에 빠져 있었다. 우경은 자신이 놓친 걱정거리가 있나 싶어 현서의 뺨에 손을 가져다 댔다.

"지, 지금 뭐, 뭐하시는 겁니까?"

그 낯익은 감촉에 화들짝 놀라며 현서가 정신을 차렸다.

아니, 이 남자는 무슨 스킨십이 이렇게 쉬워? 이보세요, 백우경 팀장님, 우리 애인 사이 아니거든요? 애까지 있다면서 나한테 왜 자꾸 이러시는 건데요? 당황한 현서가 속으로 물음표를 백 개쯤 찍어 내는 사이에도 우경은 여전히 걱정스런 얼굴을 하고 있다.

"그건 괜찮다는 말은 다른 건 안 괜찮다는 뜻이잖아. 설마 최수현이 나가서 당신한테 또 험악한 소리 했어?"

"그, 그런 거 아닙니다."

탁!

현서가 급히 우경의 손을 뿌리쳤다. 아주 잠깐 우경과 살이 맞닿은 것뿐인데도 심장이 달음박질을 친다. 손만 스쳐도 이렇게 당황스럽다니, 이건 뭔가 잘못되고 있는 게 분명하다.

바로 자리에 앉으려던 현서가 작정하고 우경에게 말했다.

"그리고 팀장님, 저번엔 분위기도 좀 그렇고 아무튼 말씀 못 드렸는데요. 아무리 상사여도 함부로 제 몸에 손대는 거 무척 불쾌합니다. 그러니까 다신 이러지 마십시오."

거반은 자신에게 하는 말이었다. 남의 몸에 손대는 거 서로 불쾌할 테니까, 두 번 다신 그러지 말자는 일종의 다짐이다. 잘잘못을 가리자면 맨 처음 우경의 뺨에 먼저 손을 댔던 건 현서니까 말이다.

제 할 말을 다 마친 현서가 자리에 앉으려는데 우경이 그녀의 손목을 홱 잡아챘다.

"뭐, 뭡니까?"

"정말로 불쾌했어?"

"네?"

현서가 못 알아듣겠다는 듯 반문하자 우경이 얼굴을 가까이 들이대고 다시 물었다.

"내가 당신한테 손댄 게 정말 불쾌했는지 묻는 거야."

또박또박 질문을 다시 얘기해 주는 우경의 목소리에 현서의 얼굴이 붉게 달아올랐다.

"나, 나주세요. 여기 직장이에요, 팀장님! 누가 들어오면 어떡하려고 이러세요!"

숨죽인 목소리로 현서가 외치자 우경이 피식 웃었다. 이 여자는 정말 어쩌려고 이렇게 사랑스럽단 말인가. 우경 스스로는 이미 현서를 부하 직원 이상으로 보고 있음을 알고 있었다. 그래서 접촉이 불쾌하다는 말이 더 거슬렸던 것이리라.

"방금 질문에 솔직하게 대답하면 나줄게."

"지금이 장난칠 상황이라고 생각하세요? 이러다 진짜 누구 들어와요!"

"오현서 씨가 이렇게 말귀 못 알아듣는 사람인 줄 몰랐네. 먼저 팀장실 문을 열고 들어오는 사람은 누굴 것 같아?"

거의 협박하듯 묻자 현서가 실토했다.

"알았어요! 불쾌한 건 아닙니다. 그냥 놀라서 그래요. 그리고 회사에서 할 짓이 아니니까 하지 말라고 말씀드린 거고요. 참고로 지금 이 자세도 엄청 놀라고 있거든요? 이제 됐죠? 얼른 나주세요!"

"그래?"

만족스러운 대답을 들은 우경이 그제야 현서를 나줬다. 현서는 아려 오는 손목을 어루만지며 몇 걸음 뒤로 물러났다. 저런 사람과 앞으로도 한 사무실을 써도 될지 정말 진지하게 고민스러웠다.

"오 비서의 대답, 잘 참고할게."

"네, 제발 잘 참고해 주시길 바라겠습니다. 이제 일 봐야 하니까 자리로 좀 가시겠습니까?"

"내가 옆에 있으면 일에 집중도 잘 안 되나 봐?"

이 사람이 오늘따라 왜 이러지? 현서는 무슨 소리냐는 뻔뻔한 얼굴로 자리에 앉아 키보드를 두드리기 시작했다.

"어머, 기막혀. 전혀 아무 문제도 없습니다만? 거기 서 계시려면 계속 계시든가요. 아주 발이 땅에 뿌리를 내릴 때까지 거기 서 계셔 보세요."

"쿡쿡, 알았어. 기왕 구경하는 거 의자 가져와서 옆에 앉아서 봐도 돼?"

"헐, 진짜 왜 그러십니까? 장난도 지나치면 곤란한 거 아시죠?"

우경에겐 전부 사소한 장난에 불과할지 모르겠지만 현서는 매 순간 당황하고 만다.

'오현서, 너 정신 똑바로 차려. 잘못하면 애까지 있는 상사랑 불륜이니 뭐니 하는 염문에 휩싸이는 거야. 그런 추잡스러운 스캔들로 인생 먹칠할 생각은 아니지? 설마 지금까지 이런 문제 때문에 비서들이 그만뒀던 건가? 염문에 휩싸이기 싫어서?'

현서가 고민하는 사이 우경은 진짜로 의자까지 가져와서 옆에 두고 앉았다. 태연하기 짝이 없는 우경을 보며 현서는 지금까지 혼자 고민하던 문제를 입에 담았다.

"저번에 저한테 마음에 걸리는 부분이 있으면 언제든 말하라고 하셨죠?"

"그랬지."

"그래서 묻는 건데, 제 선임은 왜 후임도 없이 갑자기 그만둔 겁니까?"

예상외의 날카로운 공격에 우경이 잠시 멍한 표정을 지어 보였다. 굳이 숨길 생각은 없지만 이 이야기가 앞으로 현서에게 어떤 부담을 줄지 몰라 걱정스러웠다. 하지만 계속 모르게 두는 것도 좋은 방법은 아니라고 판단한 우경이 한숨과 함께 입을 뗐다.

"저번 비서가 관둔 건 서한나가 가장 큰 원인이었어."

"네?"

뜬금없이 튀어나온 서한나의 이름에 현서가 새된 소리를 냈다. 서한나가 이 자리를 원하는 건 알지만 선임을 그만두게 만들 정도로 힘이 센 사람이란 말인가? 현서는 한나가 고위 인사의 딸이라는 얘기만 들었을 뿐이라 선뜻 이해가 되지 않았다.

"오 비서의 선임인 윤성화 씨는 굉장히 능력 있는 사람이었어. 팀 비서 경험도 있었고 다른 사원들과 대인관계도 원만한 편이었지. 조금 소심했지만 영업직은 아니니까 무관했어. 근데 어느 날부턴가 눈에 띄게 나와 함께 다니는 일을 피하기 시작했지."

비서로서 스케줄에 동행하길 요청해도 이리저리 핑계를 대며 피하고, 급기야 부서를 옮기면 안 되겠냐는 질문도 장난처럼 여러 번 던져 왔다. 무슨 일이 있는 건가 싶어 몇 번이나 붙잡고 물어봤지만 그녀는 끝끝내 함구하다 어느 날 갑자기 사직 의사를 밝혔다.

"윤 비서는 나한테 서한나를 비서로 채용할 생각이 있냐고 물었어. 내가 없다고 대답하니까 사직서를 주더라."

그 사직서에는 그간 서한나가 사람들을 이용해 몰래 자신을 괴롭힌 일들에 대해 상세히 적혀 있었다. 뿐만 아니라 정주호 상무가 그 일에 일조했다는 사실은 물론 서한나가 자신에게 제안한 거래까지 적어 놓았다.

"내가 알아야만 한다고 생각했던 거야. 자기 후임이 본인과 같은 일을 겪지 않길 바랐던 거겠지. 그만큼 똑똑하고 착한 여자였어. 그런 사람이 퇴사한 건 순전히 내가 제대로 돌봐 주지 못해서야."

담담한 고백을 듣고서야 현서는 그간 우경이 보인 행동들을 이해했다. 왜 힘든 일이 있으면 털어놓으라고 했는지, 어째서 사소한 일까지 부하 직원인 현서의 눈치를 살폈는지, 그리고 왜 때때로 서한나에 대해 물었는지 하나하나 납득이 됐다.

"그럼, 서한나 씨랑은 아무 사이도 아니신 겁니까?"

"당연하지. 설마 지금까지 내내 그런 오해를 하고 있던 거야?"

기가 차다는 우경의 얼굴을 본 현서가 자기도 모르게 변명했다.

"아니! 오해를 했다고 하기보단 계속 서한나 씨 얘기를 꺼내시니까 뭐가 있는 줄 알고 좀 그랬던 것뿐입니다. 아, 좀 그랬다는 말은 신경을 썼다는 게 아니라! 그게, 팀장님의 사생활이니까 개입할 생각은 없습니다. 그냥 그건……."

뭐라고 변명해야 좋을지 몰라 현서가 횡설수설하는데 우경이 칼같이 말을 잘랐다.

"이번 기회에 확실히 말해 두겠는데 난 서한나를 비서 자리에 앉힐 생각 없어. 그러니까 오현서."

"네?"

"당신이 내 옆에 오래오래 있어. 나도 최선을 다해서 당신을 지켜 줄 테니까 아무리 힘들고 지쳐도 버텨 내. 그러다 쓰러지면 내가 뒤에서 받아 줄게. 그러니까 내 옆에서 도망치지 마."

지그시 자신을 바라보는 우경의 눈동자 안에 당황하는 제 모습이 그대로 담겨 있었다. 누군가 끝부분만 들으면 프러포즈라고 오해할 대사를 아무렇지도 않게 날린 이 남자를 도무지 어떻게 해야 할지 모르겠다.

"오 비서는 대답을 미루는 나쁜 버릇이 있네. 내가 꼭 재촉해야 대답해 줄 거야?"

"네? 대답이요?"

이 순간 현서는 정주호 상무의 제안을 거절한 제 자신을 다시 돌아보고 있었다. 어머니의 죽음으로 인한 깨달음만이 그 자리를 거절한 이유였을까? 어쩌면 현서는 아직 실체도 모르는 백우경이라는 사람을 이미 상사로 인정했는지도 모른다. 아니, 어쩌면 현서는 우경을……

달칵!

"오 비서님! 어? 두 분 뭐하세요?"

팀장실에 들어온 유라의 질문에 현서가 굳어 버렸다. 하긴 현서 옆자리에 의자까지 갖다 놓고 오붓하게 있는 모습이 이상하긴 할 것이다.

"오 비서가 모르는 부분이 있다고 해서. 그보다 무슨 일이야?"

"아, 이거 마감 확인됐다고 이대로 진행하시라네요. 여기요."

"고마워요."

서류를 건네준 유라가 나가자마자 현서가 한숨을 내쉬었다. 정말 조마조마해서 이대로 회사 생활을 해도 될지 모르겠다. 이 불안함의 원흉인 우경은 당황한 그녀를 보며 즐거워하고 있어서 더 부아가 치민다.

"앞으론 함부로 제 자리에 오지 마십시오!"

"수상쩍은 짓은 하나도 안 했는데. 뭘 그렇게 걱정해?"

그 물음에 현서가 할 말을 잃고 말았다. 우경의 말대로 수상쩍은 짓은 정말 하나도 하지 않았는데 어째선지 회사에서 하면 안 되는 짓을 해 버린 기분이다.

아, 이건 마음이 찔려서 그런 거다. 옆에 있으라는 말도, 도망치지 말라는 말도 우경은 일에 관해서 한 말인데 현서 혼자 괜히 다른 식으로 해석해 버리니까 당황스러운 거다.

"저 잠깐 화장실 좀 다녀오겠습니다."

현서가 도망치듯 팀장실을 나가 버리고 혼자 남은 우경은 빈자리를 바라보며 아쉬운 듯 읊조렸다.

"수상쩍은 짓, 역시 할 걸 그랬나?"

오현서를 보고 있으면 즐겁다. 허둥대는 모습도, 화내는 얼굴도, 이따금 튀어나오는 솔직한 표정까지 전부 더 오래오래 보고 싶다. 그래서 기껏 옆에 있어 달라는 말까지 했건만 저 여자는 생각 이상으로 숙맥이다. 하여튼 눈치 없긴.

사실 우경도 이런 감정은 처음이라 모든 것이 어려웠다. 처음엔 재밌어서 관심이 갔고, 성실한 태도 이면에 감춰진 상처를 알게 되곤 신경이 쓰였다. 오현서는 동료로서, 부하로서 앞으로도 곁에 두고 싶은 사람이다. 그렇게 현서를 향한 사소한 생각과 감정들이 쌓이고 쌓여서 어느 순간 단단해지더니 이젠 스스로도 주체하지 못하게 돼 버렸다.

"어렵다."

천천히 다가가고 싶었지만, 살다 살다 오현서처럼 철벽을 치고 사는 여자는 처음이다. 같이 밥을 먹자고 하면 당황하면서 핑계를 대고, 집에 데려다 주려고 하면 걸음부터 빨라진다. 그렇게 현서가 그와의 거리를 벌이려고 노력할 때마다 쫓아가는 우경의 마음은 더 조급해지고 만다. 드러내지 않으려고 참는 일도 점차 한계에 다다른 기분이다.

"놓치고 이렇게 후회하느니 하고 싶은 대로 다 하는 편이 낫겠어."

여전히 현서의 빈자리에만 시선을 묶어 두고 있던 우경이 조용히 읊조렸다.

하지만 안타깝게도 그 결심을 실행할 틈이 나지 않았다. 오후에는 2팀 출장 보고와 관련한 총괄팀과의 회의, 이후에는 과부하 되어 있던 업무의 인수인계로 인해 1팀 모두 내내 정신없이 일했다.

대략 일을 정리하고 보니 벌써 퇴근 시간을 훌쩍 넘기고 말았다.

"야근하시려고요?"

"아니, 가자."

"아, 예."

그래도 저번 병문안 이후로 현서는 우경이 집에 함께 가자고 말하면 그럭저럭 잘 따라와 줬다. 물론 걸음걸이가 파워 워킹을 하듯 빠른 점이 문제지만 말이다. 걸음의 빠르기가 집에 1등 당첨 복권이라도 숨겨 뒀나 싶을 정도다.

숨이 찬 우경이 현서를 멈추게 하려고 손목을 잡아채자 그녀는 기겁을 하며 손을 쳐 냈다.

탁!

"아, 이, 이건, 그러니까 회사 근처잖습니까! 남들이 보면 오해합니다."

현서는 안 그래도 흉흉한 우경의 염문설 속에 굳이 자신까지 보태고 싶진 않았다.

장난이었다며 웃는 우경을 보며 현서는 마음을 다잡았다. 저 사람이 그녀와 잘 지내려고 노력하는 건 전부 선임이 퇴사한 사유 때문이다. 그러니까 현서가 중심을 잘 잡고 흔들리지 말아야 한다.

"그러고 보니까 아까 대답을 못 들었네. 내 옆에서 도망치지 말라는 말의 대답."

"참내. 이제 겨우 적응했는데 뭐하러 딴 데 가서 고생할 생각을 하겠습니까? 기회가 있어도 안 갑니다."

잠시나마 상무의 제안에 혹했던 자신을 속으로 질책하며 현서가 대답했다. 우경이 미심쩍어하자 현서가 진지하게 말을 이어 갔다.

"지금은 1팀이 제가 있을 자리입니다. 그러니까 괜한 걱정 하지 않으셔도 됩니다. 일부러 친절하게 대하려고 노력하지 않으셔도 괜찮다는 뜻입니다. 전 팀장님의 보호가 필요할 만큼 약하지 않으니까요."

자신을 배려하느라 우경이 힘들어지는 일은 현서도 원치 않는다. 거기다 그만둘까 봐 조마조마한 마음으로 잘해 줘 봤자 기분도 나쁘다.

"오 비서는 가끔 이상한 길로 빠지더라. 일부러 친절하게 대한다는 건 뭔데?"

"그걸 몰라서 물으십니까? 원래 점심에 식사 잘 안 하시면서 저한테 계속 같이 먹자고 하시고, 퇴근하고 피곤하신데 계속 데려다주려고 하시고. 매일 이것저것 걱정해 주시는 눈치잖아요. 전 제 선임처럼 갑자기 사표 던지지 않을 테니 안 그러셔도 된다는 뜻입니다."

"뭐?"

설마 이 여자, 지금까지 우경이 보인 호의를 전부 그런 식으로 오해하고 있던 건가? 고작 비서가 관둘까 봐 이렇게 잘해 주는 상관이 어디에 있단 말인가! 어쩌면 오현서는 그를 남자로는 전혀 의식하지 않는지도 모른다는 생각이 들었다. 그리고 그 생각은 우경의 기분을 순식간에 밑바닥까지 끌어내렸다.

"사람 인내심 바닥 드러내게 만드는 일에 천부적인 재능이 있네, 오 비서는."

"네? 뭐든 솔직하게 말하라면서요? 그래서 말씀드린 겁니다. 가뜩이나 일도 많으신데 저까지 신경 쓰실 필요는 전혀 없다고요. 어차피 그런 식으로 배려받아 봤자 기쁘지도 않습니다. 결국 제 앞가림도 못하는 사람으로 보인다는 뜻이니까요."

"휴, 그만하자. 당신이 자꾸 그러면 나도 더 못 참을 것 같아."

참는다니? 매번 원하는 대로 현서를 다뤄 왔으면서 대체 뭘 참았다는 거지?

"전 지금까지 팀장님이 뭘 참는 걸 본 적이 없는 것 같습니다만? 아무튼 팀장님 명령대로 제 생각은 다 전달했습니다. 그럼 조심히 들어가세요."

어느덧 한산한 주택가에 도착하자 현서가 기다렸다는 듯 꾸벅 인사했다. 망설임 없이 가 버리는 현서를 보던 우경이 생각할 틈도 없이 손을 뻗었다.

그 손으로 현서의 손목을 잡아 돌려세우고, 다른 손으로는 현서의 턱을 감쌌다. 그리고 현서가 반항하거나 뭐라고 말할 틈도 주지 않고 우경이 재빨리 말했다.

"생각해 보니까 오 비서 말이 맞아. 역시 참는 건 나랑 안 맞아."

"무슨…… 읍!"

갑작스럽게 입술을 지나 침입해 온 우경의 혀는 멋대로 현서의 입안을 헤집고 다녔다. 뜨겁게 달아오른 혀가 구강을 훑어 점막을 핥아 내리며 집요하게 현서를 자극시켰다. 혀를 깨물어 버리건 해서 벗어나야 하는데 우경의 키스는 그럴 정신조차 없이 현서를 혼미하게 만든다.

"하, 그, 그만."

우경이 고개를 움직이는 짧은 찰나 현서가 겨우 말을 뱉어 냈지만 그의 손은 허리로 내려와 몸을 더 밀착시켰다. 서로의 온몸이 맞닿으며 당황한 현서가 멍해진 사이 우경은 내내 얼어 있던 그녀의 혀를 이리저리 건드리며 장난을 걸어오고 있었다. 그 여유로운 태도에 부아가 치민 현서가 겨우 정신을 차리고 우경의 가슴팍을 쳤다.

탁!

"하아, 하아, 대체, 대체, 하아."

화를 내야 하는데 숨이 너무 가빠서 말이 잘 이어지질 않았다.

"이런 짓 하고 싶어지니까 그만하라고 했잖아. 진작 내 말 들었으면 좋았을걸."

대체 언제 그런 예고를 해 줬단 말인가! 기가 찬 현서는 말도 안나오면서 우경에게 삿대질부터 했다. 우경은 느긋하게 웃으며 타액을 닦아 낼 생각도 못 하고 있는 현서 대신 그녀의 입술을 엄지손가락으로 훑었다.

"설마 방금 그게 첫 키스는 아니지? 나야 아무래도 상관없는데, 혀가 도통 움직이질 않아서 물어본 거야. 첫 키스를 뺏으면 조금 면목 없잖아."

"뭐, 뭐, 이, 야! 아니, 백우경 팀장님! 진짜 작작하세요!"

아닌 게 아니라 첫 키스 맞다. 지금 당신이 무슨 짓을 했는지 아
냐고 흥분하려던 현서는 애써 솟구치는 목소리를 꾹꾹 눌렀다. 여
기서 흥분하면 꼴이 더 우스워지고 말 뿐이다.

"그, 그, 그래요. 시, 실수할 수 있는 거예요. 없던 일로 하면 되
는 거죠. 저, 전 신경 안 쓸 테니까 팀장님도 신경 쓰지 마세요. 그
리고 다, 다신 이런 실수 하지 말아 주십시오!"

겨우 없던 일로 처리하고 가려는데 우경이 현서의 양쪽 어깨를
붙들었다. 그리고 우경은 터무니없이 진지한 얼굴로 가까이 다가와
회유하듯 부드럽게 속삭였다.

"신경 좀 써. 내가 신경 쓰는 만큼 당신도 날 더 의식해."

"예?"

병찐 현서의 얼굴을 보며 우경이 친절히 경고했다.

"키스하고 싶어지니까 입 좀 다물고 있지? 계속 그러고 있으면
동의한 걸로 간주하고 또 한다?"

"네? 네?"

멍해 있던 현서가 우경의 말뜻을 깨닫고 얼른 두 손으로 제 입을
틀어막았다. 키스 한 번만 더 했다간 오현서가 뒤로 쓰러질 것 같
다. 확실한 거절 의사를 본 우경이 하는 수 없다는 듯 웃으며 조금
뒤로 물러났다.

현서가 안심하려는 찰나, 우경은 잔뜩 찡그린 그녀의 미간에 가
볍게 뽀뽀하고 고백했다.

"당신이 좋아, 오현서."

세상에 태어나서 지금껏 영혼을 팔아서라도 도망치고 싶었던 순간들은 누구라도 있을 것이다. 계주 대표로 선발되었다가 결승점 앞에서 넘어진 일이나, 중요한 발표회에서 할 말을 까먹고 한참을 더듬거렸던 일이나, 잠든 상사 얼굴 몰래 감상하다 들킨 순간 등등 지난 27년간 참 많은 사건 사고를 거쳐 왔다.

그런데 지금, 현서의 눈앞에 히말라야급으로 난감하고 영혼을 다섯 개쯤 팔아서라도 도망치고 싶은 순간이 찾아왔다.

"어, 네, 예, 저도, 팀장님을 참…… 좋게 생각하려고, 어, 예, 노력하고는 있습니다."

무슨 일이 벌어졌더라. 아 맞다, 백우경 팀장이 평소처럼 데려다 주겠다며 따라와선 집 앞 골목에서 갑자기 그녀를 덮쳤다. 입술이 맞닿고 혀가 그 안으로 침투했으니 이건 분명 키스라는 짓이 맞다.

덕분에 현서는 잘 익은 사과처럼 빨갛게 달아오른 얼굴로 더듬

더듬 말을 이어 가는 상황에 직면하고 만 것이다.

"노력? 그럼 앞으론 몇 배 더 노력해야겠네. 지금까지 한 걸론 내 성에 안 차."

"예?"

"오 비서가 어떤 노력을 해야 될지 좀 생각해 봐야겠다."

우경은 자못 심각한 표정으로 고민에 빠진 제스처를 취했다. 그 모습을 보고 있는 현서는 기가 막힐 뿐이다. 우경과 제대로 거리를 두겠다고 다짐한 게 바로 오늘 낮이건만, 밤에는 길가에서 키스를 하다니! 최악이다.

"저기, 팀장님."

"음, 그래, 예를 들면 앞으론 밤마다 자기 전에 내 생각을 해 준다든가, 가끔은 오현서가 먼저 밥을 사 달라고 한다든가, 아니면 날 먼저 덮쳐 주는 것도 환영이야. 난 언제든 준비해 둘게. 쿡쿡, 오현서한테 마지막 요구는 아직 무리인가? 그럼 앞의 두 개라도 먼 저 해 봐. 노력하다 보면 금방 익숙해지겠지. 알겠어? 노력이란 건 이런 것들을 말하는 거야."

지금 이 남자가 무슨 말을 하고 있는 거지?

"팀장님, 혹시 미치셨습니까?"

당황한 현서가 미처 필터링하지 못한 질문부터 날렸다.

우경은 그녀가 귀여워 못 견디겠다는 듯 웃으며 한 손으로 현서 의 머리를 쓰다듬었다.

"응. 오 비서 말대로 난 좀 미친 것 같아. 여자 때문에 이러는 건 처음이거든. 약은 약사한테 받아야 하고 진단은 의사한테 받으 라는 말이 있잖아. 날 이렇게 만든 원인은 오현서니까 당신한테 처방받을래."

"제가 뭘 했다고 이러세요?"

현서가 우경의 팔을 쳐 내고 억울하다는 듯 물었다. 아니, 그녀가 우경에게 꼬리를 친 것도 아니고, 나 오늘 밤 외로워요 페로몬을 뿌리고 다닌 것도 아닌데 왜 이런 소리를 듣고 있어야 하지? 거기다 우경은 아직 방금 한 키스에 대한 사과도 하지 않았다. 이 상황에서 잘못을 따지자면 현서야말로 명백한 피해자다.

"뭘 잘못했냐고? 오 비서는 의외로 적반하장 스타일이네."

"적반하장? 하! 적반하장은요, 난데없이 부하 직원한테, 길거리에서, 그것도 동의 없이! 키, 키, 뭐 그런 짓 하고도 뻔뻔하게 행동하는 팀장님께 백배쯤 더 적합한 말입니다!"

태연하게 넘어가려고 하면 붙잡고 늘어지니 어쩔 수 없이 현서가 열을 내고 말았다. 우경은 화를 내는 현서를 보며 계속 웃었다. 이대로 계속 얘기해 봤자 현서만 손해다.

"아무튼! 요지는 다신 이런 일을 용납하지 않을 거란 겁니다! 아, 저 정말 화났어요!"

"오현서."

우경이 현서를 끌어당기자 그녀가 무의식중에 두 손으로 입부터 가렸다. 이러면 아무 짓도 못하겠지 싶어 안심하려는데 우경이 그런 현서를 비웃듯 혀로 그녀의 귓바퀴를 핥았다. 뜨거운 그의 혀가 전혀 예상치 못한 장소를 습격한 덕분에 온몸에 소름이 돋은 현서가 멈칫하자 우경이 기다렸다는 듯 귀에 대고 속삭였다.

"아까 내가 말한 노력들, 난 이미 시작한 지 오래야."

"네?"

우경은 드디어 얼굴을 떼고 현서의 어깨를 가볍게 두드리며 응원하듯 말했다.

"날 따라잡으려면 더 분발해 주길 바랄게. 오 비서 스스로 따라잡지 않으면 내가 직접 끌고 가겠지만 말이야. 그럼 잘 자. 아, 오늘 밤엔 내 생각 하느라 잠 못 자려나? 잘됐네. 오늘 밤부터 노력을 시작하게 돼서."

"세상에, 기막혀! 누가 팀장님 생각 한대요? 웃겨, 진짜! 1분 1초도 기대 마십시오!"

조신한 척이고 뭐고 내려놓은 현서가 꽥 소리쳤다.

"쿡쿡, 기운차서 좋네. 내일 봐."

우경은 손을 흔들어 보이고 그대로 성큼성큼 가 버렸다. 당당한 그 뒷모습을 향해 욕이라도 한 바가지 날려 줘야 하는데 정작 현서는 그 자리에 서 있는 게 고작이었다.

현서는 우경이 키스했던 제 입술을 어루만졌다.

세상에, 상사와 길거리에서 키스라니! 그 부드럽던 눈빛, 젖은 호흡과 능란하게 제 입안을 헤집던 감각이 떠올라 현서가 기겁했다. 적반하장이라니, 누가 누구한테 하는 소리야?

"잠깐, 오현서. 네가 소도 아니고 뭘 되새김질하고 있는 거야? 정신 차려! 아, 젠장, 젠장! 이제 어떡해!"

현서는 집으로 돌아오는 내내 욕을 해 댔다.

집에 도착하자마자 현서는 코트와 가방을 내던지고 냉장고에서 소주부터 꺼냈다. 이렇게 되면 오늘은 마시고 죽자 마인드로 달려야 한다.

"잊자, 잊는 거야. 잊어야 해! 오늘 밤은 죽도록 마시고 기억상실이건 뭐건 걸려서 잊어야 해! 그거만이 살 길이야! 마시자, 마시고 죽자!"

물을 마시듯 소주를 병째로 꿀꺽꿀꺽 마셔 봤지만 기억은 점차 더 선명해져 갈 뿐이었다. 심지어 우경이 어루만진 현서의 몸 곳곳이 아까의 촉감을 떠올리며 달아오르기 시작했다. 현서는 애써 이 기분을 술기운 탓이라 단정하며 계속해서 소주를 들이켰다.

"당장 내일도 한 사무실에서 같이 근무해야 하는데 대체 뭘 어쩌자고 그런 짓을 벌인 거야? 넌 왜 바로 거부 안 한 건데? 아, 정말! 나 어떡해. 미친 거야, 이건. 미쳤어!"

우경을 상사로만 인식하기 위해 얼마나 노력했는데! 우경은 현서가 열심히 쌓아 둔 벽을 단숨에 허물고 남자로 다가왔다. 남자 백우경은 아이처럼 집요하고 늑대처럼 음흉했다. 마치 동전의 양면처럼 정반대의 모습을 고루 갖춘 우경 덕분에 현서의 머리만 빙빙 돌았다.

'아 진짜! 나한테 왜 이러는 건데요, 백우경 팀장님!'

현서는 씻지도 않고 맨바닥에 앉아 제대로 소주를 마셔 대기 시작했다.

일단 이 순간이라도 아까의 일들을 망각하지 않으면 오늘 밤 잠은 못 잘 것 같았다. 오만한 우경의 태도는 화가 났지만 틀린 말도 아니었다. 현서는 지금 우경 생각을 하느라 아무것도 못하고 있으니 말이다.

"그렇게 진심인 것처럼 고백하면 나더러 어쩌라는 건데 진짜······."

역시 오늘 밤 잠자기는 다 그른 것 같다. 본의 아니게 우경이 요구한 노력 중 하나를 해 버리게 되는 것 같아 억울한 마음에 현서가 이를 바득바득 갈았지만 달라지는 것은 없었다.

결국 현서는 밤새도록 우경이 한 키스와 고백을 떠올리며 더 깊은 당혹감에 젖어 갈 뿐이었다.

"좋은 아침…… 헉, 오 비서님 어제 무슨 일 있으셨어요?"

유라의 아침 인사에 현서가 움찔했다.

술 냄새는 한 시간에 걸친 집요한 샤워와 양치질, 마무리로 뿌린 향수로 감췄다. 수면부족으로 칙칙한 얼굴에는 생기 넘치는 촉촉 메이크업 시연까지 하고 왔건만, 역시 밤을 지새운 티가 나는 모양이다.

"티 나요?"

"네, 엄청요."

이런 젠장. 여기선 아니라고 했어야 하는데 당황해서 그만 헛소리를 내뱉고 말았다. 유라의 귀에 들어간다는 건 서강 모든 사람이 알게 되리란 것과 다름이 아니다. 그러다 우경이 알기라도 하면 박장대소를 하겠지.

"별건 아니고, 어제 갑자기 친구랑 약속이 생겨서요. 상담할 일이 있다고 해서 들어 주느라 잠을 통 못 잤어요."

위기의식을 느끼고 유연한 변명을 늘어놓은 현서가 팀장실 문 앞에서 멈칫했다.

아직 우경의 얼굴을 볼 용기가 나지 않는다. 어젯밤 우경이 했던 키스는 여전히 생생하게 기억났고, 그가 내뱉은 낯간지러운 말들도 선명히 생각났다. 말 그대로 완전 망했다.

"저기, 유라 씨. 팀장님 출근하셨어요?"

"팀장님이요? 네, 아까 오셨어요."

"그래요."

고민하던 현서가 숨을 들이마시고 문을 열었다. 우경은 턱을 괴고 책상에 앉아 무언가를 생각하는 중이었다. 사람이 들어온 것도 모를 만큼 집중한 모습에 안도하며 현서가 조용히 자리에 앉았다.

'급한 일이라도 터지셨나? 아, 기왕 일 터질 거면 한꺼번에 몇 개 터졌으면 좋겠다. 그럼 팀장님도 다 잊어버리시겠지. 뭐 기억상실 걸리게 하는 약 같은 거 없나? 그런 게 있을 리 없겠지? 근데 저 인간은 왜 저렇게 태연한 모습이야? 인사도 안 해 주잖아. 진짜 장난이었나? 나만 이렇게 당황하고 있는 거야? 내가 피해잔데?'

관두자. 이렇게 억울해하다가는 끝도 없을 것 같다. 간신히 마음을 다스린 현서가 컴퓨터를 켜며 근무할 준비를 하는데 갑자기 우경이 친근하게 말을 걸어왔다.

"어젠 잘 잤어?"

"네?"

별거 아닌 질문에 심장이 또 혼자 쾌속 질주를 시작했다. 평범한 질문을 던지는 우경의 목소리가 낯간지럽게 들리는 건 어젯밤 있었던 일 때문일까?

"아, 예. 엄청 잘 잤습니다. 아주 숙면했어요, 오랜만에."

"거짓말을 하려면 능숙하게 해 줬으면 좋겠네."

나름대로 태연하게 대답했다고 생각했는데 우경은 단번에 정곡을 찔러 왔다.

"누가 거짓말을 했다는 겁니까?"

"피곤에 절은 얼굴로 잘 잤다는 말 해 봤자 설득력 없어. 그보다 책상 위에 올려 둔 서류부터 확인해 봐. 2팀에서 인계받은 업무에 대한 문의가 들어왔거든. 중간부터는 오 비서가 처리했다면서."

"아, 네. 알겠습니다."

틱틱대며 우경을 밀어내려고 하면 그는 업무적인 부분으로 슬며시 치고 들어온다. 상사 백우경과 남자 백우경이 번갈아 가며 괴롭히는 기분이다.

이후의 미팅에서도, 거래처 접대 중에도, 우경은 슬쩍슬쩍 현서를 챙겨 주면서도 그녀가 발끈하면 일이라며 둘러치는 전법을 구사했다. 마냥 밀어낼 수도, 그렇다고 다가오는 그를 마냥 받아들일 수도 없어 머리가 아파 왔다.

그 정신없는 와중에도 머릿속에는 하나의 정론이 세워졌다. 백우경은 선수가 분명하며 현서 외에도 그를 거쳐 간 여자는 수없이 많았으리란 예측이었다.

'그렇지 않고서야 어떻게 저래? 난 하루 종일 팀장님 때문에 정신이 없는데 본인은 천하태평이잖아. 억울해 죽겠네. 망할, 뭐? 매일 밤마다 내 생각을 해? 그런 사람이 저렇게 피부에 윤기가 자르르한 거야? 전부 거짓말인 게 분명해.'

백우경은 단지 심심한 참에 마침 옆에 있는 현서를 놀려 먹고 있는 거다.

하지만 정말 그런 거라면 현서는 어떡해야 할까? 백우경은 정말 심심풀이로 여자를 놀려 먹는 짓이나 하는 사람인 걸까?

서로의 위치와 상황에 대해 제대로 알고 나면 뭔가 좀 눈에 보일 것 같은데, 진실을 알기 위해 나아가는 한 걸음이 현서에게는 어렵게만 느껴졌다.

그간 밀려 있던 일들을 2팀으로 최종 인계하고 팀장실로 돌아온 우경은 싱긋 웃었다.

내내 괜찮은 척하던 현서가 책상에 엎드린 채 잠들어 있다. 한눈에 봐도 어젯밤에 한숨도 못 잔 티가 역력했었으니 피곤할 법도 하다. 하여튼 힘들다고 말하면 쉬게 해 줬을 텐데, 고집도 참 오현서답다니까.

"좋아하는 여자라 봐준다."

우경은 현서가 깰까 봐 창문에 블라인드를 치고 불을 껐다. 이렇게 해 두면 사무실이 빈 줄 알고 아무도 들어오지 않을 것이다. 어젯밤 잠을 못 이루게 만든 원인을 제공했으니 이 정도쯤은 해 줘야 할 것 같다.

자리로 돌아가려던 우경은 잠든 현서를 빤히 쳐다보다 가까이 다가갔다.

'언제부터였을까? 왜 오현서가 내 마음에 들어왔을까?'

현서와 제일 처음 만났던 날을 떠올리려면 거의 1년 전으로 되돌아가야 했다. 그땐 그 시끄럽고 우악스럽고 가여운 여자를 좋아하게 될 줄 상상도 못 했는데, 현서는 마치 물처럼 천천히 우경에게 스며들어 버렸다.

"당신과 내가 닮아서 그런지도 모르지."

각자 소중한 사람을 잃고 오늘에 이르기까지 전혀 다른 시간을 보냈겠지만 결국 지금은 이렇게 함께 있다. 그래, 함께 있다. 그보다 중요한 사실은 없다.

"오현서. 오현서 씨."

몇 번을 불러도 현서가 미동조차 않자 우경이 용기를 내 그녀를 다시 불렀다.

"현서야."

부르면 부를수록 더 입에 담고 싶은 그녀의 이름이다. 보면 볼수록 계속 바라보고 싶은 그녀. 눈이 마주칠 때마다, 짧은 대화를 나눌 때마다 우경의 심장을 뛰게 하는 사람이다.

"현서야, 오현서."

친근하게 현서를 부르던 우경이 문득 그녀의 손이 주먹을 쥐고 있는 모습을 발견했다. 자세히 보니 감고 있는 눈에도 힘이 들어간 것 같고 숨소리도 불규칙하다. 웃음이 터지려고 했다. 오현서는 잠에서 깨고도 일어난 티를 못 내고 있는 게 분명하다. 정말, 이 여자 왜 이렇게 귀엽지?

"오현서. 아직도 자? 정말?"

우경이 일부러 뺨을 만질 때마다 현서가 움찔했다. 슬슬 일어날 때도 됐건만 이 상황이 정말 난감하긴 한가 보다. 문제는 백우경은 이럴 때 조용히 물러나는 스타일이 아니라는 거다.

그는 도리어 즐거운 미소를 그려 내며 현서의 맞은편에 앉아 턱받침까지 하고 말했다.

"잔다니까 특별히 털어놓는 건데, 내가 오현서를 정말 좋아하나 봐. 매일 당신 생각을 하는 걸로도 모자라서 이제는 무척 궁금해. 당신 취미는 뭔지, 좋아하는 영화 장르는 뭔지, 친구들은 어떤지,

이력서에선 알 수 없던 것들이 하나하나 계속 더 궁금해져."

"……."

"더 알고 싶다, 오현서가. 그리고 더 많이 보고 싶어, 오현서를. 그러니까 눈 좀 떠 봐. 당신 바로 앞에 있는 날 좀 봐. 내가 당신만 보고 있는 것처럼 오현서도 날 봐 줘."

우경의 진지한 고백에 현서가 더는 도망칠 수 없었는지 천천히 고개를 들었다. 달아오른 현서의 얼굴에는 당혹감이 그대로 드러나 있었다. 잠든 틈을 타 고백했다던 우경이 놀라지 않는 모습을 보고 현서도 깨달았을 것이다. 우경이 일부러 자지도 않는 그녀를 앞에 두고 낯간지러운 말들을 늘어놓았음을 말이다.

"아, 지, 진짜. 여, 여기가 직장인 거 잊지 않으셨죠?"

현서가 떨리는 목소리로 물었다. 죄를 지은 것도 아닌데 우경을 똑바로 쳐다볼 수가 없다. 도망치듯 고개를 돌리는 순간 턱에 우악 스러운 힘이 느껴지는가 싶더니 코앞에 뜨거운 숨결이 와 닿았다. 현서가 본능적으로 입을 꽉 다물자 우경은 망설임 없이 그녀의 입술을 깨물었다.

"아앗! 잠깐."

고통으로 인해 현서의 입술이 열리자 우경이 기다렸다는 듯 혀를 밀어 넣었다. 제 감정에 벅차 격정적이었던 어제와는 달리, 얼어 버린 현서의 혀를 부드럽게 어루만지는 감미로운 키스였다. 마치 피하지 말아 달라고 애원하는 것처럼 느껴져서 현서가 이끌리듯 눈을 감았다.

맞닿은 입술이, 그 안을 휘젓는 혀와 숨결이, 그와 닿지 않은 곳들까지 달아오르게 만들었다. 아, 상황과 감정에 이성이 휩쓸린다는 건 이런 거구나. 짧은 순간 현서가 깨달았다.

'미친 거 알아, 근데 지금은 도망 못 치겠어.'

도망치면 더 가까이 다가오니까. 밀어내면 더 세게 끌어당기니까. 아니, 그건 변명이다. 현서는 그저 애절한 키스를 건네는 우경으로부터 도망치고 싶지 않은 것뿐이다. 미안함일까? 아니면 다른 마음일까?

'오현서, 너까지 흐트러지면 어쩌자는 거야? 이 사람한테 더 끌려가지 마. 멈춰야 해.'

"으흣, 하, 이제 그만!"

현서가 겨우 정신을 차리고 우경을 밀어냈다. 입술을 뗀 우경이 검지 손가락으로 현서의 타액이 묻은 제 입술을 닦아 냈다. 방금까지 한 짓을 상기시키는 도발적인 행동에 현서의 얼굴이 화끈거렸다.

"왜?"

"왜, 왜, 왜라니! 여기 회사예요! 거기다 팀장님은……."

아내분이 있으시잖아요, 라는 말을 내뱉으면 소문의 진상을 향해 한 걸음 다가갈 수 있다. 그토록 궁금하던 우경의 실체에 대해 알 수 있다. 그냥 말하기만 하면 되는데, 속 시원하게 소리쳐 주면 되는데 차마 현서의 입이 떨어지지 않는다.

"오현서. 현서야."

우경이 애달픈 눈빛을 보내는 현서의 눈가를 어루만졌다. 그 별것 아닌 감촉에 결국 현서의 눈에서 눈물이 흐르고 말았다. 짜릿한 흥분, 끔찍한 죄책감을 품은 눈물방울들이 우경의 손가락을 적셨다.

"미안해. 함부로 대해서 미안해, 오현서."

우경은 현서가 키스한 행동에 대해 화를 내는 줄 알고 사과해 왔다. 그답지 않은 진심 어린 목소리에 현서가 울먹이며 고개를 저었다. 우경에게 상처를 준 것 같아서 마음이 아팠다. 솔직하게 왜 울음이 터졌는지 설명하면 되는데, 차마 못하겠다. 진실을 알게 되는 일이 무서워서…….

"당신을 가볍게 본 게 아니야, 절대로."

거듭 사과하는 우경을 더 바라볼 수 없어 현서가 팀장실을 뛰쳐나왔다.

갑갑한 마음을 참지 못하고 현서는 그대로 옥상으로 올라갔다. 그간 가끔 졸릴 때 바람이나 쐬러 올라온 옥상은 울창한 숲처럼 꾸며 놓은 쉼터였다.

"하아."

찬 바람은 눈물은 마르게 해 줬지만 뜨겁게 달아오른 현서의 가슴까지 가라앉혀 주진 못했다. 우경이 다가왔을 때 충분히 피할 수 있었음에도 그러지 않은 제 자신이 혐오스러웠다. 이렇게 스스로를 자책할 바엔 차라리 속 시원하게 진실을 아는 편이 나을 것 같다.

"오현서 씨? 여긴 어쩐 일이세요?"

현서가 한숨을 내쉬며 돌아서 보니 서한나가 가식적인 얼굴로 다가와 있었다.

"오랜만입니다."

"그러게요. 그간 잘 지내셨죠? 옥상에서 뵙는 건 처음이네요."

누가 보면 두 사람이 정말 친한 사이인 줄 알겠다. 할 말을 잃은 현서에게 서한나가 커피를 건넸다. 이렇게 되면 저번처럼 무작정

도망치긴 글렀다. 하는 수 없이 현서가 커피를 받아 들고 감사 인사를 했다.

"잘 마실게요."

"일은 어때요? 1팀은 일이 많다고 들었거든요."

현서가 커피를 한 모금 마시는 찰나 첫 번째 공격이 들어왔다.

"네, 많지만 괜찮습니다."

잘 넘겼다고 생각했는데 한나가 이번엔 직구를 날렸다.

"아쉬운 결정을 하셨어요. 흔치 않은 기회잖아요? 총괄팀에 들어갔다면 출세 가도에 올랐을 텐데, 오현서 씨처럼 평범한 사람이 언제 또 상무님 같은 분의 줄에 설 기회를 잡겠어요? 안 그래요?"

싱긋 웃으며 던져 오는 말에서 가시가 느껴졌다. 그런 웃기지도 않는 함정을 마련해 놓고 빠지길 기다리고 있었다니, 현서는 서한나가 점점 더 밉상으로 보였다.

현서의 선임은 이런 상황이 닥쳤을 때 제대로 대응하지 못했기 때문에 이 자리에서 물러난 거다. 하지만 현서는 관둘 땐 관두더라도 서한나 때문에 밀려나고 싶진 않았다.

"난 누구의 줄에도 설 생각이 없어요. 그러니까 앞으로는 허튼짓 벌이지 말아요."

직설적인 현서의 말에 한나가 두 눈을 크게 떴다. 지금까지 면전에서 이런 말을 들은 경험이 없던 게 분명했다. 하긴 상무까지 나설 정도로 높은 사람의 딸이라는데 당연한 일인지도 모르겠다.

"오현서 씨, 당신 팀장님 좋아해요? 그렇지 않고서야 그 환상적인 조건을 거절할 이유가 없잖아요."

드디어 서한나가 본색을 드러내는 모양이다. 표독스럽게 변한 한나의 얼굴을 똑바로 쳐다보며 현서가 냉랭하게 말했다.

"서한나 씨야말로 백우경 팀장님 좋아하죠? 그럼 수작 부리지 말고 차라리 고백을 해요. 시원하게 차이건 잘 사귀건 둘이 알아서 끝장을 보라고요. 그렇게 할 용기가 없으면 다신 무관한 사람까지 끌어들여서 귀찮게 굴지 마요. 알겠어요?"

"하! 당신이 뭘 알아요? 아무 노력도 없이 당연하다는 듯 백 팀장님 옆자리로 간 당신이 뭘 알아! 아무것도 모르면서 쉽게 말하지마!"

한나는 우경을 좋아하는 마음을 인정받기 위해 아버지의 요구대로 잠자는 시간만 빼고 공부해서 명문대에 입학했다. 서강 입사 시험까지 실력으로 치러 겨우 입사한 후에야 서 회장은 마음대로 하라며 한나를 자유롭게 놔줬다. 꼬박 몇 년을 노력해서 겨우 인정받은 마음이다. 단순히 우경의 외모와 능력에 혹해서 동경하는 여자들과 자신은 다르다고 한나는 자부할 수 있었다.

"내가 아무리 노력해도 팀장님은 거들떠도 안 봤어! 그때마다 내가 얼마나 비참하고 힘들었는지 알아? 고백하라고? 차일 게 빤한데 내가 왜! 내가 왜 그 사람을 놔줘야 하는데? 아직 아무것도 못했는데 왜!"

"서한나 씨, 참 이기적이네요."

우경은 아직도 선임이 퇴사한 일에 대한 죄책감을 떠안고 있다. 한나가 벌인 짓으로 인해 그는 여전히 괴로워하고 있다는 뜻이다. 좋아하는 사람을 코너로 몰아넣는 행동을 서한나는 사랑이라 믿고 있는 걸까?

"당신은 아무것도 몰라!"

"그래요. 전 아무것도 몰라요. 하지만 적어도 서한나 씨가 진심이라면 팀장님이 곤란해지는 건 싫을 거예요. 안 그래요? 한 번이라도 서한나 씨 마음보다 팀장님을 먼저 생각해 본 적 있어요?"

진심이라면 상대방이 힘들어하는 모습은 절대 보고 싶지 않을 거다. 별 도움이 못 되더라도 어떻게든 도와주고 싶고, 뭐라도 해 주고 싶은 마음이 드는 게 보통일 테니까. 일 때문에 힘들어하면 같이 야근해 주고, 그 사람이 아프면 약이라도 사다 줘야 안심되고 얼굴이라도 한 번 더 봐야 마음이 놓이는 것처럼 말이다.

'난 지금 여기서 뭐하고 있는 거지?'

현서는 지금 서한나에게 화를 내고 있는 걸까? 아니면 어리석었던 제 자신에게 화가 난 걸까?

"난……."

선뜻 대답하지 못하는 한나를 보며 현서가 조금 누그러진 말투로 말했다.

"알아요. 본인 마음을 깨닫는 것도 힘든데 타인까지 배려하면서 좋아하기란 쉽지 않죠."

스스로 생각해도 바보 같다. 소영도 눈치를 챘었는데 정작 현서만 제대로 깨닫지 못했었다. 우경은 알았을까? 그래서 저돌적으로 키스하고 낯간지러운 말들을 늘어놨던 것일까? 현서 자신도 모르는 그녀의 마음을 알고? 그런 일이 가능할 정도로 백우경은 진심인 걸까?

몇 번이나 기회와 계기가 주어졌는데도, 계속 인정하지 않고 결국 여기까지 와 버렸다.

'아, 나 어떡해. 내가 팀장님을 좋아하나 봐. 이제 어떡해?'

혼자 사무실에 남겨진 우경은 한숨을 내쉬며 제자리로 돌아왔다.

현서는 아까의 키스를 받아들였지만 끝끝내 울음을 터뜨리고 말았다. 어쩌면 그간 우경이 다가갈 때마다 어쩔 수 없이 맞춰 줬는지도 모른다. 그때마다 참고 참던 마음이 눈물로 터져 나온 것이라면 우경도 더는 현서를 곤란하게 만들고 싶지 않다.

"하, 상사라는 게 지금 무슨 짓 하고 있는 거야?"

지켜 준다는 말을 해 놓곤 뻔뻔하게도 오현서를 가장 괴롭히고 있는 사람은 본인이다. 현서가 울던 얼굴이 쉽게 잊혀지지 않아서 짜증이 치민다. 솔직히 현서를 놔주고 싶진 않았다. 하지만 이대로 계속 강요하면? 강요해서 현서가 마음에도 없는 우경의 입술과 몸을 받아들이면 그건 아무 관계도 아닌 것보다 더 끔찍한 일이 아닐까?

생각해 보면 한 사람이 다른 사람을 좋아하고, 그 사람이 다시 애정을 돌려준다는 건 아주 어려운 일인지도 모른다. 우경이 너무 자신만만했는지도 모른다. 대체 뭘 믿고 현서가 자신을 좋아해 주리라 확신했던 걸까?

"짜증나."

고작 한 사람 때문에 이리저리 휘둘리는 꼴이라니, 한심하다.

덜컥.

그때 팀장실 문이 열리자 우경이 급히 고개를 들었다. 당연히 현서라고 예상했지만 뜻밖에도 그녀는 최수현과 함께였다.

현서는 의아한 우경의 눈빛은 보이지도 않는지 수현에게 인사부터 했다.

"아, 안 데려다 주셔도 괜찮았는데. 아무튼 감사합니다."

"됐어. 그보다 백우경, 내일모레 조 부장님이 술 한잔하자고 하시네. 기억해 둬라. 난 간다."

수현은 바쁜지 할 말만 전하고 나가 버렸다.

남겨진 우경에게 중요한 건 내일모레 있을 약속 따위가 아니었다. 울며 뛰쳐나갔던 현서가 왜 최수현과 함께 돌아왔는지가 백배, 아니 천 배쯤 더 중요했다. 자존심 강하고 남에게 약한 모습 보이기를 싫어하는 오현서가 대체 왜 최수현과 함께 돌아온 거지?

'오현서, 내가 다가가면 경계하면서 왜 최수현한테만 관대한데? 이건 집착하는 게 아니야. 그냥 공평하지가 않아서 그래. 세상에서 가장 나쁜 짓이 바로 사람 차별하는 거라고. 난 내 비서가 그런 짓을 하는 게 마음에 안 들 뿐이야.'

"오 비서, 당신 소속이 어딘진 기억하고 있겠지?"

"네? 네."

현서가 다시 우경의 눈을 피하기 시작했다. 덕분에 원인을 모르는 우경만 화병이 나서 죽을 것 같았다.

"오 비서는 어디까지나 1팀 팀장 백우경의 비서야. 그러니까 업무 시간에 다른 팀 팀장이랑 시시덕거리지 말고 제자리에 앉아서 일이나 똑바로 해. 알겠어?"

아, 진짜 유치하다. 이건 100% 질투다. 고작 대화 몇 마디 한 걸로 꼴사납게 구는 제 자신이 미치게 한심했지만 그럼에도 우경은 현서에게서 고집스러운 시선을 떼지 못했다.

쉽게 포기가 되겠는가. 이미 좋아하게 되어 버렸는데.

7화 :

백우경의 사정

"팀장님, 저한테 하고 싶은 말이 있으면 확실히 해 주십시오."

요 며칠 내내 참다못한 현서의 선언에 우경은 무슨 소리냐는 얼굴로 고개를 갸웃했다.

"뭘?"

"시치미 떼지 마십시오. 팀장님 제게 화난 일 있으시잖습니까? 답답하게 참지 말고 할 말은 다 하시란 말입니다."

우경이 이상해졌다. 아니, 원래 이상한 사람이었던 건 맞지만 요즘은 더 그렇다.

며칠 전 사무실에서 키스한 이후 우경은 변했다. 일에 있어서 공사 구분을 명확히 하던 사람이 쓸데없는 부분에 트집을 잡질 않나, 사람들 앞에서 대놓고 현서를 타박하기도 했다. 거기다 현서에게 자리를 오래 비우지 말라는 명령까지 내렸다. 지난 세 달간 한 번도 없던 일들이 단 며칠 만에 빈번하게 일어나니 현서가 짜증나는 것도 무리는 아니다.

"하고 싶은 말은 있지만 역시 관둘래."

"네? 관두지 마시고 똑똑히 말해 주세요. 틀린 점이나 고쳐야 할 점이라면 수용하겠습니다. 화나신 원인을 모르면 아무것도 고칠 수 없고 상황도 나아지지 않잖습니까?"

"정말 해도 돼?"

반짝반짝한 우경의 눈동자가 섬세하게 현서를 쓰다듬을 때마다 온몸에 소름이 돋는다. 티 내지 않으려고 노력하는데도 우경의 저런 얼굴을 볼 때마다 심장이 떨리고 만다.

"……."

우경은 대답 없이 고개 숙인 현서를 물끄러미 쳐다봤다. 다른 사람들이랑은 눈도 잘 마주쳐 주고 대화도 잘 하면서 현서는 우경만 노골적으로 피하고 있다. 우경도 안다. 두 번이나 현서에게 키스했고 멋대로 고백해 버렸으니 불편한 거겠지.

"고백에 대한 대답이 듣고 싶다면? 해 줄 거야?"

직설적으로 묻자 현서가 놀란 얼굴로 그를 쳐다봤다. 곧 할 말이 있는 듯 입을 벌렸지만 현서는 끝내 아무 말도 하지 않았다. 저렇게 벙어리처럼 입을 다문 모습이 보기 싫었다. 그래서 대답이 궁금해도 꾹 참았었던 거다.

"티, 팀장님 저는……."

역시 더 참을 걸 그랬나 보다.

현서의 마음이 우경을 향해 있지 않다는 것 정도는 알고 있다. 함부로 키스나 하는 상사라니, 얼마나 싫을까? 하지만 좋아하는 여자를 눈앞에 두고 아무것도 못한 채 가슴앓이만 하는 우경도 힘들긴 마찬가지다.

현서를 더 괴롭히고 싶지 않은 마음에 우경이 그녀의 말을 잘랐다.

"난 다녀올 곳이 있으니까 오늘 점심은 유라 씨랑 먹어."

우경은 고개를 끄덕이는 현서를 두고 사무실을 나왔다.

회사 복도를 걸으면서도 우경은 아까 본 현서의 얼굴만 떠올리고 있었다. 정말 곤란하다는 그 얼굴을 볼 때마다 가슴에서 짜증이 치솟았다. 오현서가 그런 표정을 보이는 사람은 오직 우경뿐이다.

'뭐가 그렇게 급하다고 키스에 고백까지 한 거지? 어차피 오현서는 내 옆에 있고 어디에도 보내지 않을 생각인데.'

현서를 생각한다면 상사로서 부서 이동을 신청해 주는 방법도 있을 것이다. 현서도 지난 3개월간 회사 분위기 자체에는 익숙해졌으니 다른 부서로 옮겨도 잘 적응할 것이다. 사실 현서를 위한 일이라는 생각에 몇 번이나 부서 이동 신청서를 대신 작성해 봤지만, 결국 그 서류들은 전부 쓰레기통으로 직행하고 말았다.

덕분에 우경은 말끔하게 결론을 내렸다. 절대 현서를 어디로도 보내지 않기로 말이다. 앞으로 어떻게 할진 차차 고민해 보면 될 일이다. 우선 눈앞에 있는 일거리부터 처리한 후에.

"정주호 상무님 계십니까? 지원1팀 팀장 백우경입니다."

"예, 잠시만요."

비서의 안내로 사무실에 들어간 우경이 정주호 상무에게 정중하게 인사했다.

주호는 얼굴에서 불편한 기색을 감추지 않고 자리를 권했다. 이윽고 비서가 차를 내오고 나간 후 우경이 용건을 밝혔다.

"바쁘신 중에 죄송합니다만 어제가 오현서가 서강에 입사하고 3개월이 된 날이었습니다. 확실하게 말씀드리는 편이 좋을 것 같아서 찾아왔습니다."

우경은 주호가 현서에게 제안한 새로운 근로 계약 건을 모르는 듯했다. 함부로 떠벌리고 다니지 않았다는 부분에서 안도되는 한편 오현서라는 여자에 대해 의문이 들었다. 영리한 건지 멍청한 건지.

"한 대 피우겠나?"

주호가 담배를 내밀었지만 우경은 손을 내저었다. 주호는 개의치 않는다는 듯 담배를 물고 불을 붙였다.

아무리 바빠도 까먹고 지내던 건 아니다. 현서를 빼내려는 계획이 실패로 돌아간 후 누구보다 초조하게 매일 달력을 확인했던 그다. 기적이 일어나 주길 내심 기대했지만 백우경은 언제나 그랬듯 승리를 자신한 게임에 베팅했던 모양이다.

"후, 그래, 3개월이 지났지."

한나가 매일같이 찾아와서 성화인데도 더는 그녀를 달랠 방법이 없었다. 이대로 우경만 마음을 돌려서 서한나를 봐 주면 그 이상의 해피엔딩은 없을 텐데. 대체 왜 서한나를 돌아보지 않는지 주호의 상식으로는 이해가 되지 않는다.

"이전에 했던 거래는 없던 일로 알고 돌아가겠습니다."

"마지막으로 묻는 건데, 아직도 서한나 씨를 1팀으로 데려갈 생각은 없나?"

인사를 하고 나가려던 우경이 얼굴에 담백한 미소를 그려 냈다.

"물론입니다."

우경이 나간 후 주호는 담배를 재떨이에 비벼 껐다. 3개월이라는 기간을 둔 거래는 끝났다. 하지만 안타깝게도 우경이 모르는 사실이 하나 있다. 이 일이 주호의 손에서 해결되지 않으면 다음은 더 위가 움직일 수도 있다는 걸 말이다.

❖　　　❖　　　❖

"유라 씨, 물어보고 싶은 게 있는데요."

"네, 말씀하세요."

유라와 함께 밥을 먹던 현서가 주변의 눈치를 살피다 조용히 물었다.

"우연히, 진짜 우연히 팀장님에 대한 소문을 들었거든요. 좀 안 좋은 소문 있잖아요. 유라 씨는 그 소문에 대해서 뭐 아는 거 없어요?"

유라는 언젠가 오늘이 올 줄 알았다는 듯 숟가락을 내려놓고 결연한 표정을 지어 보였다.

"오 비서님은 소문 듣고도 부서 이동할 생각 없으신 거예요?"

혹시 현서가 부서 이동이라도 하게 될까 봐 유라와 민호는 소문이 흘러가지 않도록 조심하자고 얘기했었다. 하지만 만약 현서가 소문에 대해 알고도 지금까지 잘 버텨 준 거라면 더 이상 그럴 필요가 없어진다.

"소문은 소문이니까요. 대답하고 싶지 않으면 안 해도 돼요."

강압적이지 않은 현서의 태도가 유라의 입을 열었다.

"그 소문에 대해서 제대로 아는 사람은 아마 거의 없을걸요. 저도 그렇고요. 전 그냥 팀장님이 따님이랑 같이 여기저기 다니는 걸

본 사람들이 있다는 정도만 알아요. 주말에 레스토랑이나 놀이동산에서도 봤다고 하고요."

"딸이라는 건 어떻게 알았대요? 그냥 아는 애일 수도 있잖아요."

"아는 애라고 해도 외모가 너무 닮은 데다 결정적으로 그 애가 팀장님을 아빠라고 불렀다는 모양이에요."

현서가 속으로 헉, 했다. 설마 했지만 정말이었구나.

"아내는요? 아, 그러니까 반지 같은 걸 끼신 걸 못 봐서요."

"잘 모르겠어요."

아무리 소문을 들어 봐도 우경이 회사 앞에서 웬 여자와 싸우는 걸 목격했다는 것 외엔 별다른 얘기가 나오지 않았다. 그럼에도 사람들은 우경이 딸아이가 있다는 부분을 토대로 그녀를 아내라 단정 지었다.

"그냥 애인일 수도 있지 않을까요? 사실 팀장님의 사적인 부분에 대해서는 별로 떠도는 얘기가 없거든요."

"그렇군요."

식사를 마치고 사무실로 돌아온 현서가 일할 마음이 들지 않아 그저 멍하니 모니터만 쳐다보고 있는데 갑자기 사무실 문이 열렸다.

"뭐야, 백우경은?"

수현이다.

"외근은 아니고 잠깐 나간다고 하셨는데 아직 안 들어오셨습니다."

"점심시간도 끝났는데, 하여튼. 우선은 기다리지."

수현이 긴 다리를 꼬고 소파에 앉자 현서는 속으로 한숨을 내쉬었다.

며칠 전, 한나와 다퉜던 현서는 옥상에서 쉬고 있던 수현과 마주쳤다. 설마 다 들었냐고 묻던 현서에게 수현은 담담히 고개를 끄덕였다. 수현은 서한나 때문이 아니어도 힘든 일이 있으면 언제든 상의하라는 상냥한 말을 건네줬었다. 한나와 다투는 모습을 보고 우경에겐 털어놓지 못할 일이 생기리라 예상했을 것이다.

그 일 때문에 단둘이 사무실에 남는 건 역시 어색했다.

"그때 일은 다 정리된 건가?"

수현은 현서가 타 온 블랙커피를 마시다 물었다.

"아, 예."

민망한 듯 현서가 대답하자 수현이 미심쩍다는 눈빛을 했다. 현서는 가만히 수현의 시선을 마주하다가 겨우 입술을 뗐다.

"저기, 최 팀장님."

"뭐지?"

"아, 아닙니다."

저도 모르게 우경에 대해 물어보려던 현서가 말을 얼버무리며 고개를 숙였다. 가족이라는 주제는 역시 너무 개인적인 부분이다. 정 알고 싶다면 어려워도 본인에게 물어보는 게 맞을 것이다.

"혹시 백우경에 대한 건가?"

"예?"

"백우경은 본인에 대해선 잘 털어놓지 않으니까. 녀석과 연관된 사항은 나한테 문의가 들어오는 경우가 많지. 당신도 그쪽인가?"

마지막 질문이 현서를 당혹스럽게 만들었다. 우경에게 부적절한 마음을 품고 접근한 사람들과 동급으로 취급된 기분이다. 그건 아니라고 변명하려는데 문이 열리며 우경이 들어왔다.

우경은 현서와 수현이 대화하는 모습을 차가운 시선으로 보더니 명령했다.

"오 비서, 잠깐 나가 있어."

"네? 네."

살벌한 우경의 분위기를 살핀 현서가 군말 없이 팀장실을 나갔다.

수현은 단번에 우경의 심기가 불편하다는 걸 알아챈 동시에 조금 놀랐다. 백우경이 저토록 살벌한 기운을 남 앞에서 드러내다니, 무슨 일이지?

"왜 또 왔어?"

"하루 이틀도 아닌데 뭘 열 내고 있는 거야? 제사 때문에 온 거야."

수현의 대답에 우경이 찡그리고 있던 얼굴을 풀었다. 그제야 자신이 오해했음을 깨닫고 헛웃음을 터뜨렸다. 정말인지, 현서와 관련된 일이면 왜 이렇게 초조해지는지 모르겠다. 쓸데없이 오해하고, 기분 상해하는 제 자신이 웃기다.

"아, 그거."

"어째 까먹고 있었다는 말투다."

수현의 말에 우경은 시선을 돌렸다. 아무리 바빠도 잊어 본 적은 없으니 반문할 가치도 없는 말이다. 다만 현서 문제로 계속 고민하느라 제대로 생각해 두지 못했을 뿐이다.

"첫 제사니까 가족끼리 하는 게 좋다고 생각은 하는데, 인사라도 드리러 갈까 해서."

"굳이 올 필요 없어. 지우가 있긴 하지만 아버지 생각이 별로 달라지지 않으셨으니까. 하더라도 본가에 가진 않을 예정이고."

우경의 멍한 눈빛에서 수현은 아직 지워지지 않은 상처를 읽어냈다. 벌써 기일을 챙길 정도로 시간이 지났지만 우경의 아버지는 여전히 고집스러우신 모양이다.

"지우는 잘 지내?"

무거워진 분위기를 전환할 생각으로 수현이 던진 질문에 우경이 방긋 웃었다.

우경은 휴대전화를 꺼내 사진첩을 뒤지더니 그대로 수현에게 건넸다. 유치원 발표회인지 무대 중간에서 춤동작을 하고 있는 여자아이의 모습이 보였다.

"많이 컸네."

"어. 시간이 아까울 정도로 빨리 커. 이날도 가장 잘했다고 칭찬받았어. 지우는 재능이 있어. 나중에 뭘 하더라도 잘할 애야. 아아, 나중에 어떤 놈이 데려갈지 몰라도 그놈은 진짜 복 터진 놈이야. 쉽게 내줄 생각은 없지만."

"늙은이 같은 소리 하지 마."

수현의 타박에도 우경은 행복하게 웃을 뿐이었다. 기일이 다가와서 우울해하진 않을까 걱정했는데 다행히 군걱정이었던 모양이다.

"맞다. 덕분에 중요한 일이 생각났어."

"뭐가?"

"별거 아냐. 그보다 다음부터 사무실 올 일 있으면 미리 연락하고 와. 그래야 내가 대기하고 있지."

평소엔 언제든 들락거려도 괜찮다던 우경의 입에서 나온 의외의 말에 수현이 멍해졌다. 백우경이 저 정도로 사려 깊은 성격이었던 가? 뭔가 이상하다. 사무실에 일찍 와서 조금 앉아 있었다고 달리 폐를 끼친 기억도 없다. 뭐 단순한 우경의 변덕인지도 모르니 깊게 생각할 일도 아니다.

"알았어. 뭐든 도울 일 있으면 연락해라."

"그래."

우경은 달력을 보며 잠시 생각에 잠겼다. 기일이라. 현서가 입사한 지 3개월, 서강은 입사 후 1년이 지나야 정식으로 월차와 반차를 쓸 수 있다. 특별한 사정이 있는 경우라면 상부에 보고하면 되지만 현서의 성격상 그럴 것 같지 않다.

"이야기는 다 끝나셨습니까?"

사무실로 돌아온 현서가 의례적인 말을 건네며 찻잔을 치웠다. 우경은 일하는 현서를 물끄러미 쳐다보다 선언했다.

"내일 나랑 출장 가게 될 거야."

"네?"

"출장이라기보다 하루 종일 외근 가는 거랑 비슷해. 상부에는 내가 보고할 테니까 그렇게 알아 둬. 먼저 퇴근할게."

우경은 아직 퇴근 시간까지 한참 남았는데도 먼저 가방을 들고 가 버렸다. 덕분에 현서만 어안이 벙벙한 상태로 남겨지고 말았다.

"뭐야, 갑자기?"

그가 없는 빈자리를 바라보며 현서가 조용히 한숨을 내쉬었다. 사실 아까 우경이 고백에 대답해 줄 거냐고 물어봤을 때 죽이 되건 밥이 되건 솔직하게 말하려고 했었다. 팀장님이 좋다고, 근데 두렵다고, 그렇게 말할 생각이었다.

"차라리 다행일까? 팀장님이 막아 주셔서 서로 곤란해지지 않았으니까."

하지만 그때는 다행이라는 생각조차 할 수 없었다. 현서가 대답하지 못했을 때, 끝내 상처받았다는 그의 시선, 그 시선이 현서의 마음을 아프게 만들었으니까.

'팀장님이 얼마나 치사한 사람인지 아십니까? 팀장님이 그런 얼굴 하시면 전 이렇게 하루 종일 걱정만 하다가 잠도 못 잔단 말입니다.'

다른 사람으로부터 고백을 받아 본 적은 있지만 먼저 좋아하는 감정을 전해 본 적은 없었다. 그래서 이럴 땐 어떻게 하는 게 정답인지 모른다.

다만 현서는 그런 쓸쓸한 표정을 지은 우경의 얼굴을 보고 싶지 않을 뿐이다.

※　　　※　　　※

어떤 종류의 출장인지, 어디로 가는 건지, 누굴 만나는 건지 전혀 들은 바가 없던지라 현서는 정장 스타일의 바지와 셔츠, 그리고 그 위에 코트를 걸쳤다. 현관 거울로 얼굴을 보니 역시 칙칙했다. 화장으로 가리려고 해도 제대로 자지 못한 흔적은 그대로 남았다.

"미치겠네, 진짜. 이러다 수면 부족으로 픽 쓰러지는 거 아니야?"

짧게 욕설을 날리던 현서가 문득 엄마의 영정 사진을 향해 시선을 돌렸다. 하필이면 오늘 출장이라니, 첫 기일인데 제대로 챙겨 드리지도 못할 것 같다.

"최대한 빨리 다녀올게."

텅 빈 방을 향해 인사한 현서가 급히 회사로 향했다. 시간이 아슬아슬한 탓에 마음만 급해서 사원증이 보이지 않았다. 입구 앞에서 현서가 가방을 뒤지며 마그네틱 카드를 찾는데 누군가 가볍게 등을 두드렸다.

"좋은 아침."

"아, 안녕하십니까?"

우경이었다. 갈색 코트에 초록빛 목도리를 두른 우경은 여사원들의 눈길을 한 몸에 받고 있었다. 덕분에 옆에 있는 현서만 더 부담스러워졌다. 저 여사원들은 늑대 같은 우경의 실체를 모르니 저러는 거겠지. 아니, 알면 오히려 좋아서 환호할지도 모르겠다.

"안 들어가도 돼. 바로 간다고 보고해 뒀으니까. 가자."

서강 로비라는 사실을 까먹었는지 우경이 현서의 손을 잡았다. 사람들 다 있는 곳에서 뜬금없는 짓을 저지른 우경 덕분에 현서가 화들짝 놀라며 손을 뿌리쳤다. 급한 마음에 손부터 움직이긴 했는데 막상 쳐 내고 나니 난감해졌다. 또다. 또 저렇게 상처받았다는 눈빛으로 현서를 본다.

그 시선에 현서의 심장이 쿵 내려앉는다.

"미안."

현서가 사과해야 하나 고민하는데 우경이 먼저 짤막한 사과를 남기고 앞서 걸어갔다.

결국 또 사과할 타이밍을 놓쳐 버리고 만 현서가 우경의 뒤를 따라 우물쭈물 걷기 시작했다. 예전엔 듬직하게 보이던 우경의 넓은 등이 오늘따라 냉랭하게만 느껴졌다.

차가운 분위기에 말도 못 하고 우경의 뒤만 따라가다 보니 어느 덧 번화가를 벗어났다. 멀리 가는 거라면 차를 탔을 텐데 그것도 아니고, 점점 지하철이나 버스 정류장과도 멀어지고 있다.

우경은 설명 없이 내리 걷다가 공원에서 걸음을 멈췄다. 여긴 현서와 우경의 집에서 멀지 않은 곳에 있는 공원이다. 애매한 시간이라 그런지 공원 안에는 운동하는 사람조차 보이지 않았다.

"저기, 팀장님? 이쪽 방향으로 계속 가면 주택가밖에 안 나옵니다만."

"……."

대답 없는 우경이 더 무섭다. 무슨 생각을 하는지 감도 잡히지 않으니까.

"오현서."

"네?"

우경이 돌아보자 현서는 또 고개를 푹 숙여 버렸다. 또, 또 통증이 우경의 가슴을 치고 지나간다. 원인을 명확히 알아서 더 화가 난다. 물론 로비에서 현서의 손을 잡은 건 경솔한 행동이었지만, 우경은 이미 상황 따윈 헤아릴 수 없을 만큼 궁지에 몰린 상태다. 조급하고 불안해져서 자꾸 자신을 받아들일 마음이 없는 현서를 몰아붙이고 만다.

"당신 아직 화났…… 아, 아니야."

사람을 좋아하는 일은 어렵다. 지금껏 뭐든 원하는 대로 손에 넣어 왔는데 오현서만은 쉽지 않다. 이런 마음이 처음이라 더 초조하고 두렵다. 거듭되는 현서의 거절에 제 마음을 드러낼 용기조차 잃은 우경이다.

"오늘 출장은 여기까지야."

"네? 하지만 여긴 공원인데요?"

"알아. 그만 퇴근해."

퇴근하라는 말에 현서가 겨우 고개를 들어 보였다. 여전히 무슨 뜻인지 모르겠다는 얼굴이었다. 그 얼빠진 얼굴을 보며 우경이 보충 설명을 해 줬다.

"오늘은 개인적인 일이 있어서 출장인 척하고 나온 거야. 똑 부러지는 오현서까지 대동하고 나왔으니 다들 의심 못 하겠지. 오 비서가 복귀하면 내가 거짓말한 게 티 나니까 집으로 가. 출장 보고서는 내가 알아서 작성할게."

"그래도 되는 겁니까?"

"어. 그래도 돼. 난 먼저 갈게."

현서의 얼굴을 더 마주 보고 있으면 스스로도 무슨 짓을 할지 몰라 우경이 급히 돌아섰다. 그때, 한 손에 따뜻한 감촉이 와 닿았다. 현서가 두 손으로 우경을 잡은 거였다. 별것 아닌 접촉에 우경의 가슴이 덜컹했다. 키스까지 한 사이지만 두 눈 멀쩡히 뜨고 있는 우경에게 현서가 먼저 다가온 건 처음이라, 설레는 마음이 드는 건 어쩔 수 없었다.

"할 말이라도 있어?"

애써 태연한 목소리로 묻자 현서가 새빨갛게 익은 얼굴로 더듬더듬 입을 열었다.

"아, 아, 아까 로비에서, 제 손 잡으셨을 때."

"응."

"시, 싫어서 뿌리쳤던 건 아닙니다. 그, 뭐랄까, 사람이 많아서 소문이라도 돌까 봐 걱정돼서 그랬던 겁니다. 기분 나빴던 건 아니니까 오, 오해는 하지 마십시오."

혹시 오현서는 내내 우경이 그런 오해를 할까 봐 걱정하고 있던 건가? 입가에 절로 웃음이 번진다. 그녀는 매번 이처럼 순진한 얼굴로 우경을 유혹한다. 현서의 작은 미소, 가벼운 손길, 사소한 행동들이 교묘한 덫이라도 되는 것처럼 우경만 빠져나오지 못하고 허우적대고 만다.

"그래. 그럼 어땠는데?"

"네? 뭐가 말입니까?"

"싫었던 거 아니면 좋았다는 뜻이겠네? 좋으면 좋다고 솔직히 말해, 오현서. 손 정도는 매일 잡아 줄게. 이렇게."

우경이 현서의 손을 끌어당겼다. 동시에 휘청한 현서를 받아 내듯 품에 안으며 그가 자연스럽게 그녀의 허리에 팔을 둘렀다.

"티, 티, 팀장님! 누가 보기라도 하면, 아니 그보다……."

"걱정 마. 이 시간엔 사람 없어."

우경은 그대로 두 팔로 현서를 감싸 안았다. 현서가 발버둥 치려는 게 느껴지자 그가 지친 목소리로 애원하듯 속삭였다.

"잠깐만 이러고 있자. 내가 오늘 힘들 것 같아서 그래. 오현서가 안아 주면 기운이 날 것 같아서. 그러니까 조금만 기대게 해 줘."

기운이 없는 우경의 목소리에 현서가 더는 뿌리치지 못하고 그의 등에 팔을 올렸다. 늘 듬직하게만 보이던 우경이 오늘따라 왜 이렇게 연약하게 느껴지는지 모르겠다. 힘내라는 말을 해 주려던 현서는 그냥 조용히 우경을 안은 팔에 힘을 줬다.

당신에게 억지로 끌어안긴 게 아니라고, 위로해 주고 싶어서 이대로 있는 거라고, 그러니까 혼자 힘들어하지 말아 달라고, 그렇게 말하려는 듯이.

"여기서 키스까지 바라면 무리겠지?"

"티, 팀장님!"

"알아. 고마워."

우경은 팔을 떼고 현서의 뺨을 어루만졌다. 멀뚱히 바라보는 현서의 눈을 마주하자 또 함부로 손대고 싶은 욕구가 솟았지만 주먹을 쥐고 참아 냈다.

"잘 가."

"저기, 팀장님. 무슨 일인지는 잘 모르지만 힘내십시오. 풀 죽어 계신 모습은 영 안 어울리십니다. 옆에 있는 사람까지 불안해지려고 합니다."

"쿡쿡. 응. 특별히 힘내 볼게. 고마워, 정말로."

현서다운 응원에 우경이 웃으며 고개를 끄덕였다.

우경이 집 근처에 도착하니 익숙한 벤츠가 세워져 있는 모습이 보였다. 우경이 그 차를 보고 작은 한숨을 내쉬었다. 집으로 들어가 보니 벌써 집 안 곳곳에 음식 냄새가 풍긴다.

"다녀오셨어요!"

발랄한 인사말이 쿵쿵쿵 복도를 내달리는 소리와 함께 우경에게 덥석 달려들었다. 우경은 개구쟁이 아가씨를 들어 올려 품에 안았다.

"어어, 우리 지우 살찐 거 아니야?"

"안 쪘어요!"

백지우가 얼른 부정하듯 소리쳤다.

갈색 머리칼은 깔끔한 포니테일로 묶여져 있었고, 유치원 원복을 입은 모습은 마치 인형처럼 깜찍하고 예뻤다. 풍부한 표정과 밝은 갈색의 눈동자는 두 사람에게 같은 피가 흐르고 있음을 증명이라도 하듯 똑 닮아 있었다.

"네, 네. 농담이에요. 할머니는?"

"부엌에! 할머니! 아빠, 아니 삼촌 왔어요!"

어릴 때 지우는 우경을 아빠라고 부르곤 했다. 또래 아이들과 달리 엄마도, 아빠도 없는 지우라서 가여운 마음에 우경도 핀잔을 주지 않고 별말 없이 받아들여 왔다. 시간이 지나며 지우는 차차 우경을 삼촌이라 불러 주기 시작했고, 이제 아빠라는 호칭은 잘 쓰지 않는다. 그러니 방금 전 나온 아빠라는 호칭은 반가운 마음에서 나온 실수였을 것이다.

부엌을 향해 씩씩하게 달려가는 지우의 뒷모습을 보며 우경이 피식 웃었다.

"하여튼. 그냥 삼촌이 아니라 외삼촌이라니까."

신이 난 지우의 뒤를 따라 부엌으로 가 보니 우경의 어머니, 김숙영이 반갑게 그를 맞이했다. 우경이 독립한 후로 본가에는 잘 찾아오지 않아서 꽤 오랜만에 만난 셈이다.

"가끔은 얼굴 비추러 와야지. 아버지도 섭섭해하신다."

우경은 숙영이 한가득 해 놓은 제사 음식들을 보며 한숨지었다.

"나이도 있으신데 뭘 직접 하세요. 사람 시키시지."

"내가 해 주고 싶어서 그래. 살아 있을 때 제대로 해 준 게 없어서……."

쓸쓸한 숙영의 목소리에 우경이 잠시 할 말을 잃었다.

그때 제사상 차릴 준비를 대충 마친 숙영의 비서가 다가와 인사해 준 덕분에 무거운 침묵이 깨졌다.

"안녕하세요."

"오랜만입니다. 지우를 잠시 부탁드려도 될까요?"

"물론이에요. 다녀오세요."

비서에게 잠시 지우를 맡긴 우경은 숙영을 부축해 마당으로 나왔다. 우경의 팔을 의지하고 걷던 숙영은 나뭇잎이 다 떨어져 쓸쓸해 보이는 겨울나무를 바라보며 멈춰 섰다. 그리고 우경의 생각보다 꽤 오랫동안 그대로 서 있었다.

우경은 그런 어머니를 물끄러미 바라보다 본론을 꺼냈다.

"아버지는 결국 안 오셨네요. 예상했지만요."

"오늘 제사상 차리는 것도 알면 화내실 거야. 우리만 아는 얘기로 하자."

"정말 그럴 생각이셨다면 지우를 데려오지 마셨어야죠. 또 싸울 일만 만드셨잖아요."

속상한 듯 우경이 읊조린 말에 숙영은 조용히 미소 지었다.

오늘 제사상을 받을 주인의 이름은 백희진, 우경의 누나다. 피가 이어진 누나지만 우경과는 참 많이 달랐던 그녀다. 부족할 것 없는 집안 환경, 화목한 부모님, 누가 봐도 결여된 부분이라곤 없는 가정이었는데도 희진은 매번 모두와 엇나갔었다.

반항기가 지나가면 좀 나아지리라 생각하며 가족 모두가 크게 걱정하지 않고 있던 어느 날 희진은 동네에서 유명한 날라리에게 푹 빠져 가출을 감행했다. 그 사건은 부모님은 물론이고 우경의 삶까지 하루아침에 바꿔 버리고 말았다.

"난 아직도 그 애에게 우리가 뭘 못 해 줬는지 생각하곤 한단다."

어느덧 숙영의 눈에는 회한의 눈물이 흘러내리고 있었다.

희진이 가출하고 그들은 강경한 아버지의 뜻에 따라 바로 다른 곳으로 이사를 갔다. 그렇게 희진이 돌아올 집은 사라지고 말았다. 우경은 이따금 가족들 몰래 옛날 집으로 찾아가 보곤 했지만 희진이 왔었다는 얘긴 들은 적이 없었다.

"우경아, 그래도 네가 있어서 정말 다행이었어. 그 애에게도, 우리에게도."

우경이 희진과 재회한 건 그로부터 7년이 지나서였다.

낯선 이름의 병원에서 우경의 핸드폰으로 전화를 걸어와 백희진 씨의 병원비가 밀릴 대로 밀렸으니 와서 결제를 해 달라고 부탁한 것이다. 학생 때부터 한 번도 휴대전화 번호를 바꾸지 않은 덕분이었다. 우경은 연락을 받고 황급히 병원으로 갔고, 그곳에서 희진과 함께 처음 보는 여자아이를 만났다.

'그 사람 딸이야.'

몇 번의 임신과 유산을 반복한 끝에 겨우 낳은 딸이라고 했다. 희진은 그 외의 설명은 하려 들지 않았지만 전후 상황만 봐도 그놈은 아이를 기를 생각이 없어 도망간 게 뻔했다. 또 의사는 그들 모녀가 가정폭력에 시달렸다는 사실을 모르는 사람이 없다고 말했다. 우경이 두 사람을 외면할 수 없게 만드는 이야기였다.

'아버지는 아직 누나 이름도 입에 못 올리게 해. 어머니는 울기

만 하시고. 우선 내 집으로 와. 우리 천천히 하자. 어머니부터 만나고 아버지랑은 차차 화해하면 돼.'

오갈 데 없는 두 사람을 자신의 집으로 데려온 우경은 점차 상황이 개선되길 꿈꿨다. 부양할 가족이 늘어나며 우경은 더 필사적으로 일에만 매달렸지만 힘들지는 않았다. 어머니와도 화해했고 아버지만 설득하면 다시 예전으로 돌아갈 수 있으리라 철석같이 믿었던 것이다.

하지만 불행은 늘 그랬듯 예고 없이 찾아왔다.

'그 사람이 친구 집에 있대! 얼굴만 보고 올게, 정말이야. 내가 보고 싶다고 했대. 한 번만 만나 달라고 했대. 내 연락처를 몰라서 친구한테 간 거래. 그 사람, 아직 나 안 잊은 거야.'

'누나 미쳤어? 누나랑 지우한테 주먹 휘두르다 도망친 놈이야. 뭐가 좋다고 거기까지 쫓아가? 죽어도 허락 못 해. 가지 마.'

'네가 무슨 참견이야? 그 사람도 지우 만나면 좋아할 거야. 예전엔 사정이 어려워서 잠깐 떠났던 것뿐이야. 원래 좋은 사람이야. 다시 예전으로 돌아갈 수 있어.'

우경은 회사 앞에 찾아온 희진을 계속 설득했지만 그녀는 요지부동이었다. 그렇게, 우경은 제 입에서 평생 후회할 말을 쏟아 내고 말았다.

'가! 차라리 가 버려, 그리고 죽을 때까지 돌아오지 마! 지우 데려갈 생각은 진짜 꿈에도 하지 마. 누나같이 상황 판단 못 하는 부끄러운 엄마 곁에 두느니 차라리 내가 키워. 그 인간한테 가서 똑똑히 깨달아 봐! 누나가 얼마나 쓰레기 같은 놈을 사랑했는지!'

희진은 말없이 돌아섰고 우경은 더 이상 그녀를 붙잡지 않았다.

살아 있는 희진과는 그게 마지막이었다.

"정말 다행인 건 아버지가 지우를 받아 주셨다는 점이죠."

지우의 존재를 밝히고, 본가에서 지내게 되기까지도 힘든 시간이 많았지만 다행히 지금은 부모님 내외에게 하나뿐인 손녀로 톡톡히 자리매김하고 있다.

"희진이처럼 만들지 않겠다고 어찌나 엄하게 가르치시는지 몰라. 지우가 애교 한 번 부리면 와르르 무너지시지만. 글쎄 엊그제도 영국 출장 다녀오시는 길에 지우한테 주겠다고 장난감을 두 박스나 사 오신 거 있지. 난감해서 혼났단다."

그제야 숙영의 입가에 미소가 그려졌다. 덕분에 우경도 웃는 낯으로 집에 돌아가 지우를 볼 수 있었다. 누나는 떠났지만 지우는 여기에 남아 있다. 가족들은 모두 지우의 존재를 소중하게 생각한다. 우경 역시 매일이 다르게 커 가는 지우를 보며 행복해할 수 있는 이 하루하루가 그저 감사할 뿐이다.

"그나저나 넌 언제쯤이면 지우같이 예쁜 손녀 안겨 줄 거야? 엄만 손자도 좋고 손녀도 좋아. 내 말뜻 알지?"

숙영의 말에 우경이 머쓱하게 웃었다.

희진이 가출하고 우경은 부모님의 기대와 분노를 혼자 받아 내며 자라 왔다. 그리고 누구보다도 완벽해야 한다는 압박감 속에서 어른이 됐다. 희진과 지우를 만난 후에는 쉬는 날 없이 일했고, 정신과 몸에 차곡차곡 쌓인 스트레스는 희진이 죽은 후 불면증이 되어 찾아오고 말았다.

이제 거의 모든 상황이 개선된 후에도 트라우마만은 남았다. 어쩌면 지나친 자기관리의 결과인지도 모르겠다. 사랑에 미쳐 모든 걸 놔 버린 누나처럼은 살지 않겠다며 우경은 철저하게 여자를 향한 감정을 절제했다. 어쩌다 연애를 해도 단기간에 끝내고 상대방에게 깊은 감정을 갖지 않기 위해 노력해 왔다.

'그래, 그랬었지.'

늘 원하는 대로 감정을 조절했다. 당연히 앞으로도 그럴 수 있을 거라고 생각해 왔다. 그 여자, 오현서를 만나기 전까지 우경은 분명 그랬었다.

몇 시간 후 제사를 마치고 숙영과 지우가 돌아가자 집 안에는 평소대로 쓸쓸함이 들어찼다. 희진과 지우를 위해 일부러 넓은 집으로 이사 왔었지만 이제 여기에는 우경 혼자뿐이다.

샤워를 마치고 머리카락의 물기를 말리자 피곤함이 파도처럼 밀려왔다.

거짓 출장 보고서라도 작성하려면 뭐라도 있어야 할 것 같아 어제는 일찍 퇴근해서 거래처 사람을 만났다. 접대랍시고 어젯밤 내내 술을 퍼마신 덕에 속이 좀 쓰리긴 했지만 하루 땡땡이친 대가로 이정도면 나쁘지 않다.

'당신은 혼자서 뭐하고 있어?'

현서는 이 외롭고 쓸쓸한 밤을 누구와 보내고 있을까?

"보고 싶다."

어떤 모습이건, 뭘 하고 있건 상관없다. 그냥 보고 싶다. 그냥, 그녀가 보고 싶다. 품에 안고 입을 맞추고 싶다. 사람의 온기가 아니라 그저 오현서의 곁이 그립다. 매일 함께 있다가 겨우 하루만 떨어졌을 뿐인데 오래 이별했던 것처럼 외로움이 커져만 갔다.

이럴 때 현서가 찾아와 주면 얼마나 좋을까?

"하, 그럴 리 없지."

우경이 이런 생각을 한다는 사실을 현서가 알면 끔찍이도 싫어할 것이다. 그래도 자꾸 생각나는 걸, 당신이 그리운 걸 어쩌겠어. 잠시 멍하니 있던 우경이 자리를 털고 일어섰다. 이러고 있어 봐야 현서가 와 줄 일도 없다. 그러니 우경이 직접 현서를 찾아가 볼 생각이다.

코트를 걸치고 차 키를 집어 들며 우경은 머릿속에 하나의 장소만을 떠올렸다. 오현서는 그곳에 있을 것이다.

8화:

멈춘 시간에서 나아가다

1년 전.

'가! 차라리 가 버려, 그리고 죽을 때까지 돌아오지 마! 지우 데려갈 생각은 진짜 꿈에도 하지 마. 누나같이 상황 판단 못 하는 부끄러운 엄마 곁에 두느니 차라리 내가 키워. 그 인간한테 가서 똑똑히 깨달아 봐! 누나가 얼마나 쓰레기 같은 놈을 사랑했는지!'

머리가 지끈거렸다. 왜 그런 말을 내뱉었는지 스스로를 때려죽이고 싶을 정도로 후회가 몰려왔다. 죽을 때까지 돌아오지 말라던 말이 현실이 되고 말았다.

"경찰입니다. 대충은 들으셨을 걸로 압니다만, 과실은 거의 백희진 씨에게 있어서 말입니다. 빨간 신호인데 백희진 씨가 갑자기 달리는 차량 앞으로 뛰어드신 바람에……."

사고 경위는 명확했다.

희진은 신호를 무시하고 찻길에 뛰어들어 달려오던 차량에 치였다. 운전자는 크게 다치지 않았지만 희진은 죽었다. 사고 당시 근처에 있던 사람들에게 탐문해보니 희진은 한 남자를 쫓아가고 있었다고 한다. 그가 누구인지는 궁금하지 않아도 답이 나왔기에 속에서 더 화가 솟구쳤다.

경찰은 계속해서 우경에게 후처리에 대해 설명해 줬지만 우경은 한 귀로 듣고 그대로 흘려보냈다. 사고 회로가 정지된 듯 아무 생각도 들지 않았다. 슬퍼할 겨를도 없었다. 앞으로 뭘 어떻게 해야 할지 고민부터 앞섰다.

"운전자와는 저희 쪽 변호사가 얘기하도록 하겠습니다. 오늘은 그만 돌아가 주시지요."

그때 뒤에서 완고한 목소리가 닿았다. 아버지 백찬경이었다. 분명 어머니에게만 연락했던지라 우경이 놀란 눈으로 아버지를 쳐다봤다. 그러자 옆에 선 어머니가 미안한 듯 눈썹 끝을 늘어뜨렸다.

"아, 아버지."

찬경의 주먹이 우경의 얼굴 근처까지 갔다가 겨우 멈췄다. 그 스스로도 무너진 마음이 쉽게 추슬러지지 않은 탓이다.

찬경이 떨리던 주먹을 내리고 울분에 찬 목소리로 소리쳤다.

"내가 내친 놈을 뭐가 어여쁘다고 네가 받아 줬어? 언제까지 숨기려고!"

"여보."

울먹이는 숙영을 본 찬경이 겨우 감정을 억제했다.

"멍청한 녀석 같으니. 그깟 개자식 쫓아가다가 저세상까지 갔어? 아주 속이 시원하겠구나. 끝까지 제멋대로인 놈 같으니. 여기서 더 슬퍼해 줄 가치도 없다."

찬경은 끝내 흰 천에 덮여 잠든 희진 쪽을 한 번도 쳐다봐 주지 않고 돌아섰다. 숙영은 지쳐 보이는 아들의 등을 쓸어 주고 찬경의 뒤를 쫓아갔다.

모두가 자리를 비우고서야 우경이 무릎을 꿇고 시트에 머리를 기댔다. 희진이 누운 침대 시트에서 스멀스멀 나오는 냉기 때문에 구역질이 솟았다.

'내가 그런 말 지껄여서 이렇게 된 거야? 내가, 내가 누날 벼랑으로 내몬 거야?'

머리로는 아니라는 걸 알면서도 가슴으로는 부정할 수 없었다. 발을 딛고 있던 땅이 꺼져 밑으로, 밑으로, 끝이 보이지 않는 나락을 향해 계속해서 추락하는 기분이다. 가슴이 부서질 것 같은 통증, 앞으로 이런 아픔을 안고 매일을 살아가야 하는 걸까. 살아갈 수 있을까. 버텨 낼 수 있을까?

이틀째, 우경은 멍하니 빈소에 앉아 있었다. 제대로 음식을 먹지 않아 위액만 들어찬 속은 쓰렸고, 머리는 터질 것처럼 복잡했다. 가슴에는 분노가 이는데 스스로 그럴 자격이 있는지 반문하느라 차마 편히 울지도 못했다.

학생 때 가출해 친구들과 연락도 거의 끊어진 희진에게는 제대로 찾아오는 손님이 없었고, 아버지 쪽 사람들은 일체 오지 않았다. 우경 쪽에선 사정을 아는 최수현과 조윤주 부장만이 왔다 갔을 뿐이다.

하릴없이 자리만 지키고 있어서일까, 맞은편 빈소에 앉은 여자가 자꾸 시선에 걸렸다. 그녀는 다 쉰 목으로 계속 울며 눈물을 쏟아 내고 있었다. 며칠간 하도 울어서 얼굴 전체가 퉁퉁 부은 것 같았다.

'부럽다.'

관에 누운 저 여자의 어머니는 자신이 죽었을 때 목 놓아 울어줄 다 큰 딸을 남기고 떠났지만, 희진은 제대로 엄마 노릇도 하지 못하고 죽었다. 혼자 남겨진 지우는 엄마의 죽음을 받아들이기에는 너무 어리다.

"지우 유치원 졸업하면 학교도 가야 하고, 나중에 좋은 사람 만나서 결혼도 하고, 아이도 낳아야 하는데. 엄마가 필요한 순간들이 아직 너무 많이 남았는데…… 왜 이렇게 빨리 갔어?"

그놈이 그렇게 소중했어? 누나가 차에 치여도 돌아봐 주지도 않은 놈이 뭐가 좋아서? 지우 생각해서라도 살아 주지 그랬어. 다 잊고 새롭게 살아 주지 그랬어. 제발 그래 주지 그랬어. 예전으로만 돌아갈 수 있다면, 난 뭐든 했을 텐데.

가슴이 저미고 아려, 마치 송곳으로 구석구석을 헤집는 기분이다.

백찬경은 지우를 고아원에 보내건 어쩌건 네 선택이지만 결코 집에 들이지 않겠다고 했다. 숙영은 시간을 두고 설득해 보자며 우선은 지금처럼 우경이 지우를 키우기로 했지만 문제는 그게 아니었다.

우경은 더는 지우를 보며 즐겁게 웃을 자신이 없었다. 엄마를 앗아 간 주제에 감히 그럴 자격이 있나 싶었다. 가장 솔직한 심정으로는 어딘지도 모를 곳으로 영영 사라져 버리고 싶었다.

"우경아. 뭐라도 좀 먹고 와. 응?"

어느덧 숙영이 옆에 와 있었다. 여전히 식욕은 없었지만, 이 자리에 있는 자체가 고통스러웠던 우경이 고개를 끄덕이고 빈소를 나왔다.

정처 없이 여기저기를 걷던 우경은 문득 병원 앞의 포장마차를 발견하고 이끌리듯 그쪽으로 향했다.

"소주 한 병 주세요."

내일은 발인이다. 사람들 앞에서 울지 않으려면 오늘부터 마음을 다져 놔야 한다. 우경이 한 모금, 두 모금, 한 잔, 두 잔, 필사적인 태도로 술을 마시기 시작했다. 원래 술이 세서 잘 취하지 않지만 오늘은 더하다. 분명 술을 마시고 있는데도 냉수를 들이켜는 것처럼 머리가 점점 맑아지는 것 같다.

"아줌마! 여기 소주 세 병이요!"

그때 우경의 맞은편에 한 여자가 앉더니 넉넉하게 술부터 시켰다. 아는 사이도 아닌데 대뜸 합석하는 그녀가 어딘지 낯익다. 얼굴을 살펴보니 맞은편 빈소에서 이틀 내내 울어 대던 여자였다. 그녀는 소주 세 병을 단번에 까 두고 술잔을 기울이기 시작했다. 한참 만에야 우경이 의아하다는 얼굴로 보고 있음을 알았는지 그녀가 내처 말했다.

"모르는 사이지만 같이 있으면 아는 사이처럼 보이잖아요. 내일부턴 쭉 혼자인데 오늘만이라도 누구랑 같이 있고 싶어서요. 방해는 안 할게요."

무슨 논리냐고 물으려던 우경이 피식 웃었다. 그리고 헛소리하지 말라고 말하는 대신 조용히 잔을 들어 그녀의 잔과 부딪쳐 주었다.

서로 이름도, 나이도 모르는 사이지만 정말 이렇게 함께 술잔을 마주치고 있으니 아는 사람처럼 느껴졌다. 어쩌면 그저 술기운이 올랐는지도 모를 일이지만.

"난요, 그냥, 그냥 돈을 많이! 아주 많이! 아니, 엄마랑 같이 살 집을 마련할 정도로 딱 그렇게만 벌고 싶었던 것뿐인데. 그래서 간 건데, 출장도. 근데 엄마가 죽었대. 나도 없는데 혼자 그 집에서 심장마비로 죽었대요. 미치게 화가 나는데, 죽고 싶을 만큼 슬픈데, 정말 죽겠는데. 아무것도 못하겠어요. 가슴이 아파서, 아무것도 못하겠어."

어느덧 정신을 차리고 보니 우경은 그녀의 술주정을 받아 주고 있었다. 아버지도, 형제도 없이 엄마와 살아왔다는 그녀는, 어머니가 돌아가시는 순간 곁을 지켜 주지 못한 일을 후회하고 있었다.

"난요, 자신 없어요. 엄마 없이 혼자 살아갈 자신 같은 거 하나도 없어. 실은 여기 병원도 우리 집에서 꽤 멀어요. 근데 일부러 여기서 하겠다고 했어. 집이랑 가까운 곳이면 엄마 생각날까 봐 무서워서……."

이 여자와는 오늘이 마지막일 거란 생각에 우경이 솔직하게 말했다.

"전 지난 이틀간 당신의 어머니가 부럽다고 생각하고 있었습니다."

"제가요? 왜요? 왜?"

"저희 쪽 빈소에 누운 그 미련한 여자는, 하나뿐인 딸에게 엄마 노릇도 다 못 해 보고 떠났거든요. 그래서 그쪽처럼 죽음을 슬퍼해 줄 딸을 세상에 남기고 떠난 당신의 어머니가 참 부럽다고, 제멋대로 생각해 버렸습니다. 미안합니다."

여자는 일그러진 얼굴로 우경을 쳐다봤다. 불쾌한 게 당연하다는 생각에 우경이 괜한 말을 털어놓은 제 자신을 비웃었다. 술에 세니 어쩌니 하다가 금방 취했나 보다. 우경이 다시 술잔을 드는데 여자가 갑자기 잔을 빼앗았다.

"무슨······."

촤악!

뭐라 말할 틈도 주지 않고 그녀가 우경의 얼굴에 소주를 뿌렸다. 알코올이 닿은 눈이 쓰라려 오기 시작했다. 갑작스런 공격에 우경이 멍해지자 그녀가 차분히 물수건을 건넸다.

"눈, 아프겠다."

"예?"

"얼른 닦아 내요. 안 그러면 눈에 들어간 술이 쓰려서 눈물이 날지도 모르잖아요? 사람들은 그쪽이 닦아 내는 게 눈물인지 소주인지 모르겠지만요."

사람들 시선은 신경 쓰지 말고 편히 울라고 말하는 걸까?

네 잘못이 아니라고, 괜찮다고, 넌 최선을 다했다고, 그간 받아 온 갖은 위로보다 무례하기 짝이 없는 그녀의 말과 행동이 더 따뜻하게 느껴지는 건 술기운 탓이 분명했다. 희진의 죽음을 알고 죄책감으로 꾹꾹 눌러뒀던 울음이 하필이면 지금 터져 나오는 것도 저 무례한 여자가 뿌린 소주가 너무 쓰려서일 것이다.

우경이 테이블에 엎드린 채 조용히 흐느끼는 모습을 바라보며 여자는 혼자 술을 마시기 시작했다. 그녀는 그렇게 꽤 오랫동안 자리를 지키다가 제 술값을 올려놓고 날이 밝기 전에 빈소로 돌아갔다.

그녀와는 그게 마지막이었다. 아니, 마지막일 거라 생각했었다.

❖   ❖   ❖

M병원 근처 도로에 차를 대고 내린 우경은 1년 전 그날을 떠올리며 병원 근처 포장마차로 향했다. 우경은 북적이는 사람들 사이에서 한 여자를 발견하고 미간을 찌푸렸다. 까만 정장 차림에 잔뜩 헝클어진 머리칼, 혼자서도 테이블에 벌써 소주를 두 병이나 세워 둔 오현서가 보였다.

예상한 장소에서 보고 싶던 그녀를 발견했는데도 우경의 기분은 나빠졌다. 담담히 이곳으로 돌아올 수 있게 된 그와는 달리 현서는 여전히 힘들어하고 있다는 사실을 깨달았기 때문이다. 가족을 떠나 보낸 상처가 쉽게 회복될 거라 생각하지는 않는다. 그럼에도 가슴이 먹먹해지는 건 의지할 사람 없이 그 아픔을 혼자 감내하고 있는 현서가 안타까워서일 것이다.

"여기서 뭐해?"

우경이 짐짓 밝은 얼굴로 현서의 맞은편 자리에 앉으며 물었다. 술을 마시고 있던 현서가 고개를 들고 우경을 쳐다봤다. 놀란 듯 몇 번 눈을 깜빡이던 그녀가 삿대질부터 시작했다.

"쿡쿡. 그러다 눈 찌르겠네."

"여, 여기는 어떻게 오셨어요? 왜?"

"왠지 여기 오면 오 비서를 만날 수 있을 것 같은 상사의 직감이 들었거든. 아! 남자의 직감이라고 해야 할까? 밤늦게 좋아하는 여자가 보고 싶어지는 건 상사보단 남자 쪽이 더 맞는 말 같으니까."

기가 막혔는지 현서가 멍을 때리다 곧 도리질을 쳤다. 원래 이런 사람이니 상대해 봤자 머리만 아프다는 계산이리라. 우경은 무시하기로 작정했는지 현서가 바로 잔을 비웠다.

"좀 천천히 마셔."

우경의 만류에도 현서가 계속 술을 들이켰다. 오늘은 마셔야 하는 날이다. 술기운에 젖어서 머리가 굳으면 계속 차오르는 엄마 생각을 지울 수 있을 테니까. 그리고 현서가 또 한 잔, 술을 비웠다.

"오현서, 내가 당신 좋아하는 거 잊었어? 미리 경고해 두겠는데 술 취한 당신한테 내가 무슨 짓 해도 나중에 불평하지 마."

"참내, 팀장님이 바라는 상황은 절대 안 올 겁니다. 저 하나도 안 취했거든요."

몽롱하게 풀어진 눈빛으로 남자를 유혹하고 있으면서도 안 취했다고 고집이나 부리다니. 뒤끝 더러운 놈들의 먹잇감이 되기 십상이지 않은가. 하여튼 오현서는 좀처럼 안심할 수 없는 여자다. 찾아와 보지 않았으면 어쩔 뻔했나 싶어 순간 눈앞이 아찔해진다.

"하! 취한 사람이 본인 입으로 취했다고 인정하는 모습을 본 적이 있어야 말이지."

"뭐가 그렇게 불만이세요? 가끔씩은 괜찮잖아요! 가끔은! 누구나 취하고 싶은 날이 있다고요! 제 일에 상관 마시고 제발 갈 길 가시죠? 업무 시간도 아닌데 왜 참견이세요?"

"취하고 싶을 만큼 힘든 일이 있다면 자기 몸 가눌 힘 정도는 남겨 놔. 도대체가 여자가 생각이 없어. 본인 안전 정도는 스스로 챙길 수 있어야 할 거 아니야. 누굴 불러서 같이 마시든가, 아니면 집 근처에서 마시든가. 어쩌자고 이 먼 데까지 혼자 나와서 이러고 있어?"

탁!

계속되는 우경의 잔소리에 짜증이 난 현서가 듣기 싫다는 듯 술잔을 거칠게 테이블에 내려놨다. 적반하장도 유분수라는 말은 진짜 백우경에게 딱 맞는 말이다.

"팀장님 볼 때마다 화납니다. 제가 힘든 게 다 누구 때문인데요? 매일 사소한 일에도 팀장님은 어떻게 생각할지 눈치만 보고, 밤엔 잠도 안 옵니다, 생각나서! 팀장님 때문에 맛이 갔다고요, 내가!"

예전이었다면 고백이냐며 천연덕스럽게 대꾸했을 우경이다. 하지만 그간 현서에게 지은 죄가 있어선지 바로 넉살 좋은 반응을 보일 수가 없었다. 어쩌면 정말 힘들어서 하는 말인지도 모른다는 생각에 우경이 걱정스런 목소리로 물었다.

"뭐가 가장 불만인데?"

"하!"

하도 쌓인 게 많아서 뭐가 가장 불만인지 순위를 매기기도 어려웠다. 현서는 소주잔을 우경의 눈앞에서 들어 올렸다 내렸다 하며 말했다.

"내가 이 소주잔도 아니고! 팀장님이 매일 날 이렇게 들었다가, 놨다가, 또 들었다가, 또 놨다가 아주 사람을 어지럽게 만들고 있어요. 알아요? 아시냐고요. 그리고 키스! 그래 그것도! 내 입술이 뭐 사탕인가? 한 번 물었다가 뱉었다가, 빨았다가 뱉었다가…….하려면 제대로 하든가, 진짜."

"뭐?"

이 여자가 뭐라는 거야? 그러니까 키스 이후 진도에 진척이 없는 점을 불만사항이랍시고 투덜대고 있는 거야? 우경은 현서가 취중진담 중인지, 아니면 그저 취해서 헛소리를 지껄이는 중인지 의문스러워졌다.

우경이 그러거나 말거나 현서는 잔뜩 꼬인 혀로 계속 투덜댔다.

"화난다고요! 진심도 아니면서, 진심이면 안 되면서. 이러면 안 되는데, 팀장님이 자꾸 좋아져서 어떡해요?"

"뭐, 뭐?"

쿵, 쿵, 쿵. 술을 한 모금도 마시지 않은 우경의 얼굴이 달아올랐다. 처음이다. 미칠 것처럼 기분이 좋은데도 당황스러워서 어쩔 줄 모르겠는 기분이 드는 건 말이다. 정말 이 여자를 어떻게 해야 할까? 대체 누가 누굴 들었다 놓고 있단 말인가. 주체가 잘못돼도 한참 잘못됐다.

"오현서가 백우경 팀장을…… 되게 좋아한다고요."

제 몸도 못 가누는 주제에 현서가 힘차게 마지막 펀치를 날렸다. 우경이 두 눈을 크게 뜨는 사이 현서는 지친 듯 테이블에 뺨을 대고 뻗어 버렸다.

"오현서? 오현서?"

혼잣말을 웅얼대던 현서는 아무리 흔들어도 움직이는 기척이 없었다. 푹 잠든 모양이다. 정말이지, 사람 정신을 혼미하게 빼놓고 혼자만 편히 꿈나라로 떠나면 다란 말인가. 자꾸 좋아져서 어떡해야 할지 모르겠다는 말도 우경이 할 대사다.

"난 늘 진심이야. 당신에게는 특히 더."

현서도 그간 우경 때문에 힘들었을 것이다. 우경 스스로도 제 마음이 주체가 안 되고 당황스러운데, 그걸 받아들이는 현서 입장에 선 얼마나 더 힘들었을까. 우경은 잠든 현서를 애잔한 눈빛으로 쓸 어내리며 생각했다.

'내가 당신을 기다릴게. 변하지 않고 여기서 당신만 바라보고 있 을게. 그러니까 게으름 피우지 말고 어서 와. 내 옆에 와 줄 오현서 가 하루라도 빨리 보고 싶으니까.'

현서는 알까? 그녀를 만나고 우경의 하루가, 오늘이, 그리고 내 일까지도 달라지고 있다는 사실을. 현서가 우경의 세상에 들어오고 부터 무채색처럼 단조롭던 그의 모든 것이 변해 가고 있다.

이 낯간지럽고 기분 좋은 변화를 안겨 준 현서의 존재가 우경은 그저 고마웠다. 그러니 하루라도 더 빨리 가까워져서 현서도 우경 처럼 행복해졌으면 좋겠다. 서로가 서로의 존재로 인해 행복할 수 있다면 그 이상의 해피엔딩은 없을 테니까.

우경은 술값을 계산하고 현서를 안아 들었다. 술에 취한 현서는 우경이 차에 태우고 안전벨트를 매는 동안에도 푹 자고 있다. 취하 면 업어 가도 모르는 스타일이라니, 앞으로도 철저히 단속해야겠다 는 결심이 섰다.

"참내, 그렇게 작작 마시라니까. 당신은 좀 혼나야 돼."

투덜대던 우경이 현서의 가방을 뒤적였다. 다행스럽게도 가방 안 에 열쇠가 있었다. 주소는 알고 있으니 어떻게든 집까지 데려다 줄 수 있을 것 같아 우경이 안도하며 시동을 걸었다.

'초원빌라 301호. 빌라에는 보통 엘리베이터가 없지. 그랬지.'

우경은 현서를 업고 빌라 안으로 들어오고서야 그 사실을 새삼 실감했다. 무슨 신혼부부도 아니고 집까지 업어 가는 일이 발생할 줄은 미처 몰랐다. 제 허리가 버텨 주길 바라며 우경이 한 계단씩 올라 현관문 앞에 도착했다.

"하아, 하아."

아까 미리 찾아 둔 열쇠로 우경이 현관문을 열고 현서를 매트리스 위에 눕혔다.

지친 우경은 숨을 몰아쉬며 바닥에 앉았다. 대접은 못 받더라도 잠깐은 쉬어야 할 것 같다. 이런 데다 허리를 쓰다가 상하면 오현서만 손해일 텐데, 그녀는 여전히 아무것도 모른 채 잘 자고 있다.

"어······."

슬슬 가려던 우경이 소박한 제사상과 영정 사진을 발견했다. 양식에는 맞지 않는 상차림이지만 제사의 본질이 혹여 집까지 찾아왔을 고인의 배를 채워 보내 주기 위함이라면 이 정도면 충분하지 않을까?

넘치는 월차건 연차건 무시하고 가짜 출장까지 계획한 보람이 있는 것 같다.

고인에게 술이라도 한 잔 올릴 생각으로 우경이 멋대로 냉장고 문을 열었다.

"참내."

냉장고 안을 들여다본 우경이 혀를 찼다. 어떻게 된 여자가 냉장고에 반찬보다 소주가 더 많단 말인가. 이 여자, 나름대로 이슬만 먹고 사는 여자였나 보다.

일단 그중 한 병을 꺼내서 잔에 술을 채운 우경이 영정 사진 앞에 소주잔을 내려놨다. 가벼운 묵념을 한 우경이 영정 사진을 향해 인사를 건넸다.

"인사가 늦었습니다, 어머님. 전 따님이 다니는 회사 상사입니다. 따님이 똑똑하고 일 처리가 능숙해서 제가 많이 신세 지고 있습니다. 혹시 오늘 오현서를 보러 오셨다면 걱정하지 마세요. 앞으론 더 잘 해 나갈 겁니다."

영정 사진은 늘 그 자리에 놓여 있던 것처럼 주변 자리에 먼지가 쌓여 있었다. 오현서는 아마 이 쓸쓸한 공간에서 어머니의 사진을 바라보며 혼자 술을 마셔 왔을 것이다.

"앞으론 술을 마셔도 나랑 마셔. 오늘 보니까 당신 혼자 술 먹게 두면 안 될 것 같아."

우경이 매트리스에 누운 현서의 뺨을 어루만지며 말했다. 자고 있던 현서가 우경의 온기를 느꼈는지 그의 손을 잡았다. 웅얼대면서도 잡은 손을 꼭 쥐고 자는 모습이 애잔했다. 내일 출근을 위해서는 슬슬 가야 한다고 생각했지만 현서를 떼 놓을 수가 없어 난감해졌다.

"당신을 알면 알수록 걱정돼서 좀처럼 안심할 수가 없어."

현서의 머리칼을 매만지던 우경이 잠든 그녀의 얼굴을 보다 가까이 다가갔다. 이건 고백에 키스까지 했는데 이렇게 무방비한 모습을 함부로 보인 오현서 잘못이다.

"난 미리 경고했어. 내가 무슨 짓 해도 모른다고."

변명하듯 경고하고 우경이 현서의 입술을 범했다. 잠든 현서는 불평 없이 입술을 열고 그를 받아들였다. 우경의 혀가 현서의 고른 치열을 훑으며 부드럽게 입안을 유영했다.

"응, 응, 더……."

평소와 다른 현서의 솔직한 반응에 놀란 우경이 얼른 입술을 뗐다. 여기서 더 했다간 잠든 그녀에게 더 손댈지도 모르겠다. 몸은 이미 달아오르기 시작한 후라 우경이 얼굴을 붉히고 말았다. 현서 집에서 찬물에 몸을 식힐 수도 없는 노릇이라 더 당황스러웠다. 그녀가 자는 중이라 차라리 다행이다.

"미치겠어, 오현서 때문에 정말로."

우경은 황급히 현서에게 이불을 덮어 주고 도망치듯 집을 나갔다.

❖　　　❖　　　❖

다음 날 아침, 현서가 지끈거리는 관자놀이를 누르며 양치를 계속했다.

"토하겠다, 진짜."

대체 어제 그 먼 데까지 찾아가서 얼마나 마시고 돌아온 건지 모르겠다. 어제 있던 일은 생각하려고 하면 할수록 머리만 아파 와서 그냥 떠올리지 않기로 했다. 실수라고 해 봤자 기껏 포장마차 아줌마에게 푸념이나 늘어놓는 정도였겠지. 아니면 택시 기사에게 요금을 바가지로 줬거나. 그 정도는 오히려 예상 범위다.

술에 떡이 돼서 돌아왔음에도 스스로가 기특하다고 여겨지는 건 훌륭하게 집까지 잘 돌아온 점 때문이다. 무사 귀환한 사실에 의의를 두기로 하며 현서가 서둘러 출근 준비를 마쳤다.

어젠 마음이 힘들었지만 하루 사이에 꽤 괜찮아졌다.

"어? 내가 소주를 올렸었던가?"

출근 전에 제사상을 치우려다 보니 영정 사진 앞에 소주잔이 가만히 놓여 있었다. 현서의 어머니는 생전 술을 좋아하지 않아서 현서도 상에 올리지 않았었다. 아, 어쩌면 어제 술 취해 돌아와선 엄마랑 마신답시고 상에 올렸는지도 모르겠다.

그보다 열쇠가 어디 갔지? 평소에 가지고 다니던 열쇠는 눈에 잘 띄도록 일부러 커다란 열쇠고리에 걸어 놨었는데 아무리 찾아도 보이지 않았다. 예비 열쇠는 있지만 집 열쇠를 잃어버리면 아무래도 마음이 편치 않다.

출근 시간이 임박하자 하는 수 없이 퇴근 후 더 찾아보기로 하고 현서가 집을 나섰다.

"오 비서님, 좋은 아침이에요."

"아, 유라 씨. 좋은 아침."

인사를 나누고 팀장실로 들어가자 어김없이 우경이 먼저 출근해 있었다.

"안녕하세요, 팀장님."

"응. 어젠 잘 쉬었어?"

또다. 이번에도 또 평소와 다르다. 뭐지? 며칠 내내 틱틱대기만 하더니 오늘은 흐뭇하다는 미소까지 그려 내며 훈훈한 표정으로 그녀를 쳐다보고 있다. 세상에서 가장 부담스러운 시선을 한 몸에 받던 현서가 미간을 찡그렸다. 아니, 조울증 있는 사람도 아니고 어제만 해도 힘들다느니 어쩌느니 투정 부리더니 오늘은 아주 행복해서 하늘 끝까지 올라갈 기세로 보인다.

현서가 그만 일에 집중하려는데, 우경이 열쇠고리를 손가락에 끼우고 빙빙 돌리며 다가왔다. 이번에는 또 뭘 하려는 건가 싶어 현서가 물끄러미 쳐다보는데, 우경의 길고 예쁜 손가락에 끼워진 저 열쇠고리가 굉장히 낯이 익다.

"팀장님? 그거 혹시 제 거 아닙니까? 실은 제가 어제 열쇠를 잃어버렸거든요."

말을 내뱉어 놓고 보니 이상하다. 어제 우경과 공원에서 헤어질 때만 해도 무사히 열쇠로 문을 따고 들어갔었다. 그 뒤로 우경을 만난 적이 없는데 대체 어디서 열쇠를 흘렸지? 설마 집 근처에 떨어뜨렸는데 우경이 주워 왔다는 만화 같은 일이 벌어진 건가?

"오 비서 집 열쇠 맞아."

"대체 어디서 나셨습니까?"

"어디서 났냐고?"

우경은 정말 궁금하다는 얼굴을 하고 있는 현서를 보며 미간을 찌푸렸다. 설마 이 여자, 어제 있었던 일을 하나도 기억 못 하는 건 아니겠지?

"어디서 났을 것 같은데?"

현서가 대답하지 못하자 우경이 더 험악한 표정을 지어 보였다. 밤늦게까지 술 상대 해 주고, 집까지 업어다 주고, 이것저것 하고 싶은 마음 다 참고 키스만 하고 나왔건만, 기억을 못 해? 하나도? 기가 차서 정말. 그런 상태에서 멋대로 고백까지 하고 기억을 못 한다니. 대체 얼마나 무방비한 상태였던 건지 감도 안 잡힌다.

어쩌면 오현서는 밀고 당기기에 천부적인 재능이 있는지도 모르겠다.

"열쇠는 당신이 정답을 찾아낼 때까지 돌려주지 않을 거야."

빙빙 돌리던 열쇠고리를 우경이 한 손으로 꽉 움켜잡았다. 우경의 토라진 말에 현서가 황당하다는 얼굴로 소리쳤다.

"예? 뭔가 착각하시는 것 같은데, 그건 저희 집 열쇠입니다, 팀장님!"

"그래, 당신 집 열쇠지. 똑똑한 머리로 잘 생각해 봐. 어제 공원에서 헤어진 후에 내가 이 열쇠를 언제 어디서 손에 넣었는지 말이야. 그보다 오 비서의 무신경함이 더 놀랍네. 어제 무슨 일이 있었는지 기억도 안 나면서 어떻게 혼자 힘으로 집에 잘 돌아갔다고 생각하지?"

혼자 힘이라는 부분에 유독 힘을 줘서 말하자 그제야 현서가 뭔가 가닥이 잡히는 듯했다.

"혹시 어제, 제가 택시에서 내리는 거 보셨어요?"

"뭐? 하, 그럼 지갑이라도 뒤적여 봐. 택시비로 얼마가 사라졌나."

더 할 말이 없다는 듯 우경이 팀장실을 나가 버렸다.

일단 우경의 충고대로 현서가 급히 지갑을 뒤적였다. 마지막으로 지갑에 있던 돈이 얼마인진 기억나지 않지만 적어도 큰 단위가 사라진 느낌은 없다. 그럼 대체 어떻게 집에 돌아왔지?

'잠깐만, 어젯밤에 팀장님을 만났던 것도 같고. 아닌가? 뭐지? 잠깐만, 나 만났었다. 어제, 팀장님 만났었어!'

어젯밤 그는 웃기도 했던 것 같고, 짜증도 부렸던 것 같고, 이유는 모르지만 슬퍼하기도 했던 것 같다. 세세한 기억은 나지 않았지만 조각조각 떠오르는 기억들이 어젯밤 현서가 우경과 함께 있었음을 증명했다. 그렇게 생각하면 앞뒤가 딱딱 들어맞는다. 현서의 집 열쇠는 아마 인사불성인 그녀 대신에 우경이 문을 땄을 때 챙겼을 것이다.

현서는 안 그래도 지끈거리던 머리를 감싸 쥐었다. 이게 대체 뭔가 싶다.

"젠장, 이 멍청이!"

어젠 정말 최악으로 우울한 날이었다. 안 그래도 평소에 밉살스럽던 사람이 눈앞에 있었으면 어떤 말들을 쏟아 냈는지 감히 상상하기도 무서웠다.

"아, 제발 꿈이라고 해 줘. 근데 아침엔 왜 기분이 좋아 보이셨던 거야? 내가 기억 안 난다고 말하기 전까지만 해도 엄청 괜찮았는데?"

슬프게도 똑똑한 머리는 또 하나의 매우 두려운 답안을 도출했다. 어젯밤, 현서가 우경이 좋아할 짓을 했는데 기억을 못하니 그가 화가 난 건지 모른다는 답안 말이다. 지금껏 우경이 현서에게 한 짓들과 맞물려 보면 매우 신빙성 있는 가설임에 틀림없다. 우경이 좋아할 짓이라니, 생각만 해도 얼굴이 달아오른다.

'키스 같은 거? 잠깐만, 우리 집 열쇠까지 갖고 있었잖아. 드, 드라마나 영화 같은 거 보면 여자가 술 취해서 매달리고 그러다가 하룻밤 자고 뭐 그런 짓?'

미치겠다. 설마 우경이 술 취한 여자를 상대로 그런 짓을 할 사람일 거라곤 생각하지 않지만 워낙 소문이 흉흉해서 확신할 수가 없다. 거기다 어젯밤 현서는 외로웠다. 눈앞에 우경이 있었다면 현서 스스로 무슨 짓을 했을지 감이 안 잡혔다.

아아, 안 그래도 고단한 현서의 삶에 신은 왜 또 하나의 엄청난 과제를 내려 주신 걸까?

"사과해야 하나? 난 아무 기억도 안 나는데?"

진로를 결정할 때도 해 보지 않은 진지한 고민에 휩싸여 있는데 문이 발칵 열렸다.

"오 비서님, 회의 시간인데 왜 안 오세요?"

"네? 아, 미, 미안해요. 지금 갈게요."

현서는 급히 유라의 뒤를 따라가서 회의에 참석했다. 사실 회의 내용은 귀에 들어오지 않았다. 그저 회의 시간 내내 우경과 어젯밤 있었던 일을 떠올리기 위해 필사적으로 머리를 굴릴 뿐이었다.

"그럼 그 건은 강 대리가 맡아서 진행해 줘. 부탁할게. 그리고 오 비서는 잠깐 회의실에 남아."

"수고하셨습니다."

순식간에 회의가 끝나고 민호와 유라가 소회의실을 나갔다.

현서는 두 사람이 나가고 회의실에 그와 단둘이 남은 것도 모를 만큼 암담해하고 있었다. 회의 내내 틈틈이 노력해 봤지만 기껏 떠오른 거라곤 우경이 술 좀 천천히 마시라며 잔소리를 늘어놓던 장면뿐이었다. 그리고 분명, 그 뒤에 현서가 감히 짐작도 할 수 없는 무언가가 있었겠지.

덜컥!

우경이 소회의실 문을 잠갔다. 그러곤 그 날카로운 소리에 겨우 정신을 차린 현서에게 다가와 물었다.

"그래서, 정답은 찾았어? 뭐, 어제처럼 오현서 집에 알아서 들어 갈 수 있도록 내가 열쇠 갖고 있어도 괜찮지만."

짓궂은 말에도 현서가 발끈할 수 없는 건 어젯밤 있었던 일이 기억나지 않는 데서 오는 걱정 때문일 것이다. 현서가 대답하지 못하자 우경은 그럴 줄 알았다는 듯 싱긋 웃었다.

"실은 어제 오현서가 나한테 부탁한 일이 있거든."

"부탁이요?"

현서는 말짱할 때도 남에게 부탁하기보단 스스로 움직이는 스타일이다. 누군가에게 의지하거나 기대는 일이 좀처럼 없는데 부탁이라니, 우경이 거짓말을 하는 게 아니라면 어제 그녀는 정말 제정신이 아니었던 게 분명하다.

"어, 어떤 종류의 부탁인지……."

"이런 거."

우경이 단숨에 현서의 손목을 잡아 일으키더니 벽으로 밀어붙였다. 현서가 놀랄 틈도 주지 않고 우경이 그녀의 머리를 감싸더니 입술을 부딪쳐 왔다. 당황한 입술을 밀어내고 혀를 집어넣은 우경이 단숨에 치열을 훑고 입안 곳곳을 빨아 댔다. 뒷머리를 감싼 손길 때문일까, 우경의 키스가 더 깊게 와 닿아 눈물이 날 것 같았다.

"으흣, 웃, 제발, 그만요!"

현서가 어렵게 우경을 밀어냈다.

어젯밤 그녀가 무슨 짓을 했건 이건 아니라는 확신이 섰다. 아내가 있건 없건 애까지 있는 남자와, 그것도 회사에서 계속 이런 짓을 하는 건 현서에겐 너무 힘든 일이다. 우경을 좋아하기 때문에 더더욱 죄책감이 가슴을 조인다. 차라리 그를 향한 마음을 지워 낼지언정 이런 짓은 그만하고 싶었다.

"제가 상사랑 불륜 드라마나 찍으려고 여기 다니는 줄 아십니까? 적당히 좀 하세요, 안 그러면 정말 성희롱으로 신고할 겁니다.

전 분명히 경고했어요."

눈물이 그렁그렁한 눈동자에, 현서가 우경을 담았다. 경고한다는 목소리에는 기운이 하나도 없었다. 오히려 제발 날 그만 흔들어 달라는 애원과도 같은 말이었다.

"불륜?"

우경은 불륜이라는 단어에 두 눈을 크게 떴다.

"오현서, 결혼했어?"

"네? 누구 얘길 하시는 거예요? 제가 팀장님도 아니고 결혼했는데 상사랑 이런 짓을 하고 있을 리 없지 않습니까! 뭐, 전 다, 당한 거지만, 아무튼요!"

"그럼 뭐야? 설마 나? 내 얘기 하는 거야?"

믿을 수 없다는 듯 우경이 손가락으로 자신을 가리키며 물었다.

"네. 팀장님이요. 애도 있으시고, 아내분은 예전에 회사 앞에서 쫓아내 버리셨다고……."

그 자신도 모르는 사이에 여자와 결혼해 애까지 낳았다고? 이게 대체 무슨 소리야? 그때 우경은 문득 어제 현서가 했던 술주정을 떠올렸다. 진심이면 안 되는 사람이라는 말은 이런 뜻이었던 건가?

우경이 일전에 했던 소문 얘기는 다른 부분이었다. 신입 때부터 워낙 쟁쟁한 동기들을 제치고 미친 듯 내달려 왔으니 흉흉한 소문은 덤으로 따라왔던 것이다. 실적을 빼앗긴 동기로부터 면전에서 미친개라는 말까지 들은 우경이다. 소문 따위에 신경 써 봐야 능률도 오르지 않고 나서서 해명해도 꼴만 우스워질 것 같아 방치했더니 어느새 그런 소문까지 생긴 모양이다.

"어디서 그런 얘길 들었는데?"

"회사 사람들은 다 아는 얘깁니다."

"나도 모르는 자식이랑 아내를 회사 사람들은 다 알고 있단 말이지? 그것 참 신기하네."

우경이 어이없다는 듯 읊조렸다. 아, 그래서였나? 예전에 사생활 관리를 잘하라고 했던 건? 설마 오현서는 지금까지 그를 아내도 있고 애까지 딸렸으면서 부하 직원에게 치근대는 사람이라고 생각했던 건가? 우경으로서는 그 어떤 황당한 오해보다 그쪽이 더 불쾌했다.

"저기, 팀장님?"

눈치를 살피는 현서의 입술을 우경이 덮쳤다. 아까와는 달리 짐승처럼 물고 뜯는 키스에 현서가 그를 거부하지 못하고 입술을 열었다. 우경은 제멋대로 현서의 입안을 휘저으며 분노를 표출해 내더니 입술을 뗐다.

"오현서."

현서가 뒷걸음질 치려는 모습을 본 우경이 현서의 턱을 움켜쥐었다.

"미, 미치셨습니까?"

우경은 현서를 고문하려고 작정이라도 했는지 다시 키스했다. 현서가 숨을 고를 틈도 주지 않고 우경은 거칠게 치열을 비집고 들어가 구강을 구석구석 난폭하게 핥았다. 가뜩이나 세게 빨아올려 마비된 혀를 우경은 한층 더 깊게 빨아들였다. 말 그대로 숨결까지 앗아 가는 폭풍 같은 키스다. 현서의 몸이 떨리는 걸 느끼고도 우경은 멈추지 않았다.

"으흣……. 하아, 그, 그만……."

결국 현서가 힘이 풀려 주저앉으려 하자 하는 수 없다는 듯 우경이 허리를 감싸 안았다. 그제야 입술을 뗀 우경이 현서의 입술을 부드럽게 훑었다. 기겁한 현서를 보자 치밀던 짜증이 쑥 내려갔다.

'그래서 술 먹고 취해서야 고백한 거야? 미치겠다. 오해를 해도 어떻게 그런 오해를 해? 정말, 내가 당신을 어떻게 해야 할지 모르겠어. 왜 이렇게 한심하고 사랑스러워?'

우경은 더 화를 내는 대신 씩 웃으며 현서에게 놀리듯 말했다.

"그렇게 좋았어? 아직도 내가 당신을 상대로 불장난이나 치고 있는 것 같아? 그런 착각은 순전히 오현서 씨 잘못이야. 나랑 처음 만난 날을 기억해 내지 못한 머리 나쁜 당신 탓."

현서의 상처를 끄집어내고 싶지 않았다. 굳이 떠올리게 만들어서 어머니를 떠나보낸 당시의 고통을 되새기게 만들고 싶지 않았다. 분명 그런 마음이었기 때문에 지금껏 뒤에서 조용히 배려만 해 왔었다. 하지만 이제 더 이상은 배려 따위는 하고 싶지 않다. 아무리 그날이 아프고 힘들어도 제대로 떠올려 줬으면 좋겠다. 우경이 그런 것처럼 정면으로 그 시간을 마주 봐 줬으면 좋겠다.

그 기억이, 두 사람의 새로운 시작점이 되어 줄 테니까.

9화 :

당신이랑 이러니까 좋다

"저희가 전에 만난 적이 있었습니까?"

"응. 있어. 사실 당신이 기억해 낼 필요는 없다고 생각했어. 기억하지 않길 바라기도 했지만 나도 슬슬 한계라서."

방금까지 멋대로 현서를 갖고 놀았으면서 마치 본인이 상처받은 사람처럼 괴로운 낯을 한다. 또, 바라보는 그녀의 가슴을 저리게 한다. 또, 현서가 백우경 생각만 하게 만든다. 현서가 혼란해하자 테이블에 몸을 기댄 우경이 현서의 손을 잡았다. 마치 애원하는 것만 같다.

"날 좀 기억해 줘. 어젯밤도, 1년 전 그날도. 쉽게 잊어버리지 마."

1년 전 그날이라니, 기억해 내지 않길 바랐다니, 우경의 말은 하나도 이해가 되지 않는다. 현서가 여전히 이해하지 못하자 우경이 말을 이어 갔다.

"당신은 가장 간단한 답을 하나 제쳐 두고 있어. 우리가 어젯밤 그 포장마차에서 만날 수 있었던 이유 말이야. 우린 이미 예전에 한 번, 거기서 만났었어. 어젯밤 난 당신이 거기로 갈 줄 알고 찾아갔던 거고."

"하지만 거긴……."

그곳이 어떤 장소인지 말하려던 현서가 문득 떠오른 기억에 멈칫했다.

현서가 그 포장마차에 갔던 건 엄마의 발인 전날 밤이었다. 현서는 그곳에서 처음 보는 사람과 합석해 술을 마셨었다. 별다른 뜻은 없었다. 너무 외롭고 지쳐서 그냥 누군가와 함께 있고 싶었을 뿐이었으니까. 설마, 그때 그 남자가?

현서가 흐릿한 기억을 더듬는 사이 우경이 뜬금없는 말을 꺼냈다.

"그래, 변명은 아니고 해명부터 해 줄게."

"대체 두 개가 뭐가 다른 겁니까?"

"잘못을 저질렀는지 아닌지에 따라 다르겠지. 우선 난 유부남도, 미혼부도 아니야. 회사 사람들이 말하는 아내라는 여자는 내 친누나고, 딸이라는 애는 조카야."

전혀 상상해 보지도 못한 진실 앞에서 현서가 입을 떡 벌렸다. 하지만 누나라면 회사 사람들도 알지 않았을까? 직장 동료들과 대화할 때나, 서류를 제출할 때 알려졌을 수도 있는데 아무도 몰랐었다니, 이상하다.

"우리 누난 내가 스물셋일 때 남자를 따라서 가출했었어. 7년 후 재회했을 땐 딸이 있는 상태였지. 난 그 두 사람을 내 집으로 데려왔어. 그리고 내 집에서 2년 정도 함께 살다가 누나가 다시 집을 나갔고 이후에는 나 혼자 지우를 키웠어. 회사 사람들이 어디서 뭘 봤건 이게 진실이야."

학창 시절 때부터 희진에 대한 부분은 우경에게 상처로 남았기 때문에 타인에게는 늘 함구해 왔다. 희진의 빈소를 지키기 위해 조윤주 부장에게 사정을 설명한 이후로 누군가에게 털어놓는 건 처음이다. 그래도 생각보다 담담하게 털어놓을 수 있어 다행이다. 현서 앞에서 괴로워하는 얼굴은 보여 주고 싶지 않으니까.

"뭐, 회사 사람들이 본 게 다 가짜는 아니겠네. 내가 누나를 쫓아낸 부분은 사실이니까. 누나의 남편은 폭력을 휘두르고 가정에는 무책임한, 한마디로 개 같은 놈이었어. 그런데도 누난 그 자식한테 돌아가겠다고 했지. 그래서 난 지우는 두고 가라고, 죽을 때까진 절대 돌아오지 말라고 폭언했어."

그랬더니 몇 년 후 희진은 정말 죽어서 돌아왔다. 그날 우경이 받은 상처는 감당하기 어려울 만큼 큰 것이었다.

"누나가 죽은 모습을 봤을 땐 내가 죗값을 치른다고 생각했어. 의지할 사람 없는 누나를 벼랑 끝까지 내몬 건 나니까."

"왜, 저 같은 사람한테 굳이 다 털어놓으십니까?"

가슴에 품고만 있어도 괴로울 이야기를, 아무리 좋아한다고 해도 타인인 그녀에게 어떻게 다 털어놓는 걸까? 현서라면 죽어도 입에 담지 못할 것 같다. 상대방에게 전하기 위해선 스스로도 다시 되새기지 않을 수 없으니까. 그것만으로도 무척 괴로울 테니까.

"당신이라서 털어놓는 거야. 그 왜, 상처에 익숙해진다는 말이 있잖아. 예를 들어 실연을 많이 겪은 사람은 앞으로의 이별에 무덤

덤할 거라는 식의 말들. 근데 난 상처에 익숙해진다는 건 그 일을 여러 번 반복해서 더는 아프지 않은 게 아니라, 고통을 받아들이는 방법을 배우는 거라고 생각해."

길을 가다가 넘어져서 무릎이 깨지고 피가 나면 아플 것이다. 처음에는 펑펑 울면서 상처를 치료하려고 애쓰겠지만, 몇 번 반복되면 덤덤히 받아들이며 아물기를 기다릴 수 있을 것이다. 언젠가 이 통증이 가시고 상처도 말끔히 나을 거란 사실을 이미 알 테니까.

우경 역시 당면한 고통은 컸지만 그는 또 다가올 내일을 살아야 했다. 우경은 최소한 자신이 저지른 잘못으로부터 도망치지 않기로 했다. 지우를 볼 때마다 죄책감 탓에 가슴이 저몄지만 곁에서 전부 감내했다. 그게 우경이 지우와 희진에게 속죄하기 위해 택한 길이었다.

"아무리 그래도 덤덤하게 하실 얘긴 아니잖아요."

못내 미안한 듯 현서가 읊조리자 우경이 피식 웃었다. 뭘 이렇게 걱정해 주나 싶다.

"잊지 않으려고 필사적으로 노력한 덕분이겠지. 오 비서는 어머니가 돌아가시고 혼자 남았으니까 어떨지 모르겠지만, 내 경우엔 지우가 남았잖아. 지우를 위해서라도 앞으로 뭘 해야 할지 고민해 봐야 했어. 그렇게 하루하루 생각하다 보니 조금쯤 덤덤해진 걸 거야."

아버지는 지우를 평생 보고 싶지 않다고 했고, 어머니는 힘을 쓸 수 없었다. 절망적인 상황이었지만 우경은 포기하지 않았다. 우경은 숙영과 지우를 자주 만나게 하는 동시에 완고한 찬경을 차차 설득했다. 마침내 아버지가 지우를 본가에 받아들여 준 건 고작 몇 달 전의 일이다. 지우에게 한 사람이라도 더 많은 가족을 만들어 주고 싶던 우경으로서는 고마운 변화였다.

"그런 얘기 하면서까지 웃지 마십시오."

"나 위로해 주는 거야?"

"팀장님이 그렇게 웃으시면 걱정됩니다. 팀장님 웃음은 도무지 믿을 게 못 되거든요. 늘 안 힘든 척, 괜찮은 척하시니까요."

매일 장난만 치면서 이럴 때만 어른스러워 보이는 그가 안쓰럽다.

현서는 엄마 생각만 해도 가슴이 아픈데, 우경은 저 얘길 담담하게 말하기 위해서 얼마나 많은 시간 동안 혼자 아파했을까? 현서는 어머니의 죽음으로부터 내내 도망만 치고 있던 자신이 못내 창피해졌다.

"걱정해 줘서 고마워."

현서의 손을 잡은 우경의 손이 떨려 온다. 그 떨림이 현서에게 전해 준다. 위로해 줘서 고맙다고, 실은 나도 힘들다고, 계속 말하고 있다. 그래서 현서는 우경의 마음을 달래듯 덜덜 떨리는 그의 손을 꼭 움켜쥐었다.

"제가 1년 전 일을 기억하지 않길 바라셨다는 건 혹시……."

"아플 테니까. 그때의 감정이 떠올라서 오현서가 힘들 테니까. 어머니의 죽음 때문에 아직까지 힘들어하는 거 뻔히 아는데 굳이 기억해 줄 필요는 없다고 생각했었어. 그날 있었던 일들, 당시의 아픈 감정들, 그런 건 나만 기억해도 되니까. 가능하다면 잊는 게 나은 나날들이니까. 근데 역시 더는 안 되겠어. 지금 난 당신이 기억도 못 하는 1년 전 일까지 물고 늘어질 만큼 초조하거든."

우경다운 대답에 현서가 피식 웃음을 터뜨렸다.

"팀장님도 초조한 날이 다 있으십니까?"

"응. 오현서 때문에 꽤 많아졌어."

우경은 현서로 인해 초조했었던 거다. 같은 상처를 지닌 그녀가 눈에 밟히고 걱정돼서.

곤란한 타이밍에 나서서 현서를 도와주고도 매번 모르는 척 아무것도 묻지 않았던 우경의 행동이 하나하나 떠오르자 내내 당혹스럽던 마음이 차차 정리됐다. 늘 장난스럽게 다가오던 우경이라서, 이토록 소중하게 생각해 주고 있는 줄 미처 몰랐었다. 뒤늦게 알아 버려서일까? 백우경의 존재가 현서의 가슴에 더 깊게 박힌다.

'이런 사람을 어떻게 안 좋아할 수가 있겠어.'

올곧고 강한 마음이 계속해서 현서의 가슴을 두드린다. 그가 항상 진심이었음을 깨달은 순간 그간 외면해 온 마음이 갑자기 가슴에 넘치도록 가득 차 흐른다. 아, 그녀는 우경을 좋아한다. 더는 부정하지 못할 만큼.

현서가 테이블에 기대고 앉은 우경을 끌어안았다.

"팀장님은 의지하는 방법 좀 배우세요. 그것도 병입니다."

우경은 새어 나오는 웃음을 참고 따뜻한 현서의 품을 만끽했다. '그리고 영원히 행복하게 살았습니다.'로 끝나는 수많은 장면들 중 하나처럼 오늘도, 내일도, 그리고 더 먼 앞날까지도 그저 함께 있고 싶다. 현서와 함께 있는 매 순간순간이 우경에게 행복이니까.

"이대로 있고 싶다. 아주 오래오래."

"음, 가서 일해야 하는데……. 조금만 더 있을까요? 일 밀리면 야근하면 되죠, 뭐."

"쿡쿡, 응. 그러자."

우경이 현서의 제안을 냉큼 받아들이더니 나직이 말했다.

"좋아해."

"네?"

우경은 늘 그랬듯 부드러운 손길로 현서의 뺨을 감쌌다. 익숙해질 때도 됐건만 우경의 손길, 목소리, 그리고 고백은 매번 현서를 당혹스럽게 만든다. 대체 언제쯤 되면 놀라지 않고 그를 편히 받아들일 수 있을까? 과연 그런 날이 오기는 할까?

"그러니까 대답해 줘. 당신 대답이 듣고 싶어."

현서는 새삼 봄볕을 쬐듯 가슴이 따뜻하게 벅차오르는 기분을 느꼈다. 이 사람뿐일 거야. 나한테 이런 기분을 선물해 줄 수 있는 사람은. 더 고민하거나 망설일 필요도 없다. 대답은 이미 오래전부터 정해져 있었으니까.

"좋아해요. 그래요, 좋아해요, 백우경 팀장님."

달리기라도 하고 온 것처럼 빨갛게 익은 얼굴에 여전히 조금 놀란 낯을 하고 현서가 마침내 고백해 줬다. 얼마나 오래 기다린 말인지 모르겠다.

"응, 그럴 줄 알았어."

알면서도 불안했었다. 살결을 어루만질 때마다 흠칫하는 게 느껴져서, 아무리 키스를 퍼부어도 기뻐해 준 적이 없어서, 좋아한다고 말할 때마다 당황해서 무서웠었다. 혹시 좋아해 주지 않으면 어쩌나, 초조했었다.

긴 시간 갈망하던 대답을 들은 우경이 세상을 다 가진 사람처럼 행복하게 웃었다.

"한 열 번만 더 말해 줘. 오현서가 맨정신에 하는 첫 고백이잖아. 기회 있을 때 많이 듣고 싶어. 아니면 녹음을 해 둘까? 듣고 싶을 때마다 재생해서 듣게. 그럼 몇 달 야근해도 잘 견딜 수 있을 것 같은데, 어때? 효율적이지? 한 번만 협조해 줘."

"네? 맨정신에 하는 첫 고백이라뇨? 제가 전에 고백한 적이 있다는 말씀…… 아니, 그보다 무슨 말씀 하시는 겁니까! 이런 말을 여러 번 하는 사람이 세상에 어디 있습니까?"

하여튼 조금만 잘해 주면 바로 장난질이다.

"가서 일 봐야겠습니다. 더 늦어지면 강 대리랑 유라 씨가 이상하게 생각할…… 핫!"

문고리를 잡아 돌리려는데 우경이 성큼 다가와 뒤에서 현서를 꼭 끌어안았다. 놀란 현서가 엄청난 속도로 뛰는 제 심장 소리를 느끼고 있는데 우경이 귓가에 대고 조용히 속삭였다.

"여기 있잖아. 그런 말 여러 번 하는 사람. 몇 번을 말해도 상관없어. 좋아하니까. 짜증내는 얼굴도 예쁘고, 똑 부러지게 일하는 모습은 매번 반할 만큼 멋있어. 이따금 튀어나오는 여자 오현서도 자주 보고 싶어. 부끄러워하거나 감추려고 하지 마. 난 사소한 모습 하나라도 더 알아 가고 싶으니까."

"티, 팀장님."

"현서야, 정말 좋아해."

미치겠다. 귓가를 적시는 우경의 숨결이, 다정한 목소리가 현서가 자꾸만 그에게 더 빠져들게 만든다. 이런 상태로 일이나 제대로 손에 잡힐지 모르겠다. 그래도 하나 확실한 건, 현서는 이제 우경에게서 도망치지 않을 거란 사실이다.

긴장한 현서를 배려하듯 놔주고 우경이 말했다.

"퇴근하고 시간 비워 놔."

"네? 왜요?"

"우리, 데이트하자."

27년. 길다고 하면 길고 짧다면 짧은 인생이다. 하지만 현서는 남자와 제대로 데이트를 해 본 적이 없다. 아는 남자들과 단둘이 만나는 경우야 꽤 있었지만, 고백을 받고 그녀 스스로도 좋아한다는 사실을 자각한 남자와의 데이트는 정말 처음이다.

아까 회의실에서의 민망한 기운을 날려 버리겠다고 세 시간 동안 내리 일만 했더니 할 일도 다 떨어졌다. 우경은 간부 회의에 가서 감감무소식인데 퇴근 시간은 얼마 남지 않아서 현서의 마음이 급해졌다.

"휴, 유라 씨. 나 잠깐 쉬고 와도 될까요?"

"네, 그러세요. 간부회의 보고서 만드느라 고생하셨잖아요."

이대로는 우경의 얼굴도 똑바로 못 쳐다볼 것 같아 현서가 잠시 바람을 쐴 겸 옥상으로 향했다.

해 질 무렵이라 그런지 바람이 차가웠지만 그런대로 시원해서 좋았다. 어쩌면 그간 복잡하던 마음을 편히 내려놓은 덕에 기분이 좋은지도 모르겠다.

"……그래서 보니까 삼촌, 삼촌 그러더라니까?"

"정말? 그럼 친딸이 아닌가?"

시원한 바람을 만끽하고 있는데 옥상 어디선가 여자들이 떠드는 목소리가 들려왔다. 무관한 얘기인 것 같아 관심을 끄려는데 낯익은 목소리 하나가 그들 틈에 끼어들었다. 얼굴을 보지 않아도 알 수 있다. 사근사근한 척, 속으로는 온갖 가시를 다 숨기고 있는 목소리의 주인 말이다.

"딸 맞아요. 회사 루머 다 사실이라던데요? 저도 잘은 모르지만 상무님이랑 하시는 얘기 들은 적 있는 것 같아요."

'서한나잖아. 거기다 딸? 회사 루머?'

이 세 개의 키워드가 접목되는 대상이 떠오르자 현서가 대화에 귀를 기울였다.

"정말요? 아아, 개인적으로 루머였으면 좋겠다고 생각했는데. 백우경 팀장님 엄청 멋있으시잖아요. 결혼 적령기도 되셨고, 잘하면 연애해 볼 수 있을 것 같았는데, 아쉽다."

"그러게. 한나 씨 말이 맞겠죠, 뭐. 가장 잘 아실 거 아니에요."

"에이, 가장 잘 아는 정도는 아니에요. 그냥 이것저것 들은 정도죠. 저도 한 번 봤는데 팀장님이 따님을 엄청 아끼시더라고요. 따님도 아버지에 대한 애착이 강한 것 같았고요. 하긴 저라도 백우경 팀장님 같은 분이 아버지면 애착이 생기겠지만요."

"사정은 모르지만 애 아빠는 좀 그렇죠. 사람들 다 수군대고 집에서도 쫓겨날걸요?"

한나의 어처구니없는 말을 두 명의 여자 사원은 열심히 경청하고 있었다. 예전엔 현서도 철석같이 믿던 소문이지만 지금은 그저 기가 찰 뿐이다. 그보다 서한나는 왜 저런 스캔들에 일조하고 있는 걸까? 좋아하는 상대의 스캔들은 떠올리기도 불쾌한 주제가 아닌가.

"역시 소문이 도는 이유가 다 있다니까. 아, 마지막으로 대리님이랑 협의할 사안 있는데 깜빡했네. 저희 먼저 내려갈게요, 한나 씨."

시끄럽던 두 사람이 옥상을 빠져나가는 걸 확인한 현서가 한나 에게 다가갔다.

"서한나 씨."

"뭐, 뭐예요? 설마 엿들었어요?"

"엿듣고 말고 할 것도 없이 다 들리던데요? 방금 뭐 한 거예 요?"

"내가 잡담까지 오현서 씨한테 다 보고해야 하나요?"

어이가 없다는 얼굴을 하고 한나가 도망치듯 돌아섰지만 현서가 놔주지 않고 팔을 붙들었다. 반응을 보아하니 본인이 잘못을 저지 르고 있다는 걸 알면서도 저러는 거다. 가만히 둘 사안이 아니다.

"팀장님 따님을 보셨다고요? 어디서요? 저도 무척 궁금하네요."

"상관하지 마요."

"어떻게 상관을 안 할 수가 있겠어요?"

생각해 보니 이상하다. 우경이 누나에 대해 감췄다고 해도 언젠 가 진실은 드러났을 것이다. 그럼에도 우경에 대한 소문은 집요하 리만치 오랫동안 변함이 없었다. 마치 누군가가 의도적으로 진실을 감추고 있던 것처럼 말이다.

"혹시 백 팀장님에 대한 소문들, 다 서한나 씨가 퍼뜨렸어요?"

"기가 막혀서. 그만 놔주세요, 가야겠어요."

"대답해요."

"그건……."

말을 아끼는 서한나를 보며 현서가 허탈함으로 할 말을 잃고 말았다.

남에게 털어놓는 것조차 고통스러운 일을 약점으로 지닌 사람을 상대로 소문이나 퍼뜨리다니, 좋아한다며?

쾅!

분을 참지 못한 현서가 발로 난간을 걷어찼다. 난폭한 행동에 놀란 서한나를 노려보며 현서가 냉랭하게 말했다.

"여기에 난간이 있는 걸 고마워하세요, 서한나 씨. 팀장님을 생각하면 서한나 씨 뺨에 못해도 열 대쯤 쌍싸대기 날리고 싶었는데 참은 거니까. 앞으로 한 번만 더 그딴 짓 하다가 내 눈에 걸리면 아껴 둔 거 다 갚아 줄 테니까 각오하고 있어요."

"지금, 지금 나 협박하는 거예요? 오현서 씨, 그렇게 수준 떨어지는 사람이에요?"

"수준이 떨어지는 건 그쪽이겠죠. 당신이 얼마나 높은 사람 딸이건, 누굴 좋아하건 난 전혀 관심 없어요. 하지만 난 내 상사와 무관한 소문이 사내에 퍼지는 걸 막을 의무가 있거든요. 더는 쓸데없는 일로 사람 번거롭게 만들지 마세요. 알겠어요?"

"하! 언제까지 그렇게 당당할지 보자고요. 곧 후회하게 될 거예요!"

"얼마든지요. 혼자 힘으론 아무것도 못하는 서한나 씨가 뭘 할지 기대되네요."

계단을 내려오며 현서가 분을 삭이기 위해 애썼지만 역부족이었다.

어떻게 저런 인간이 존재하나 싶을 정도로 화가 났다. 한나처럼 비겁한 사랑을 하는 여자 따윈 손톱만큼도 두렵지 않다. 현서가 정말 두려운 건 서한나가 아니라 서강이다.

'이대로는 인사나 업무에 불이익이 생길지도 몰라. 대외적으로 알려지면 이미지도 나빠질 거고. 더 방치하면 안 되겠어. 정말 치사하잖아! 하필이면 감추고 싶은 부분을 두고 소문이나 퍼뜨리고! 아, 정말 한 대 시원하게 때려 줬어야 하는데!'

마음 같아선 회사를 뛰어다니며 방방곡곡에 그건 헛소문이라며 소리라도 지르고 싶은 기분이다.

'하지만 나한테 그럴 자격이 있을까? 필사적으로 숨겨 오셨는데 내가 끼어들어도 될까?'

우경은 자신이 누나를 죽음으로 몰아넣었다고 생각하지만 현서 생각은 다르다. 그녀는 자신의 길을 택했을 뿐이다. 설령 가족이라 할지라도 타인의 선택을 돌이키거나 바꾸기란 쉽지 않은 일이다. 현서가 우경이었어도 화가 났을 것이다. 이해도, 납득도 할 수 없었겠지. 시간이 지나 후회하리란 걸 알면서도 참을 수 없었을 것이다. 누구나 그렇듯 말이다.

몇 층인지도 모를 곳에서 현서가 계단에 주저앉았다. 지친 다리를 두드리며 곰곰이 생각하던 현서가 답을 냈다.

이대로는 안 된다. 우경을 설득해서라도 그따위 소문은 없애야 한다.

L호텔 스카이라운지 레스토랑, 현서는 데이트 내내 죽상을 하고 말도 별로 하지 않고 있다. 덕분에 우경만 이래저래 눈치를 살피는

꼴이 되고 말았다. 아니, 대체 첫 데이트에 왜 저런 얼굴을 하고 있는 거야? 어디 아픈가? 아니면 내가 자리를 비웠을 때 무슨 일이 있었나?

대놓고 물어봐도 되나 계속 고민을 거듭하던 우경이 결국 입을 열었다.

"당신, 무슨 일 있어?"

뜬금없는 질문에 현서가 단번에 당황했다. 역시 뭔가 고민거리가 있던 모양이다.

"애인 앞에서 예쁜 표정만 지어 보여도 모자라는 첫 데이트잖아. 내가 당신을 아무리 좋아해도 아직은 연애 중인데 예쁜 척 좀 해 봐. 맞은편에 앉은 애인 서운해지려고 해."

"참내, 그런 말은 대체 어디서 배워 오시는 겁니까?"

"말 돌리지 말고."

정말 눈치 빠른 사람이다. 사실 오늘 일에 대해서 얘기하고 싶었지만 데이트라며 들뜬 우경을 보며 계속 참고 있던 참이다.

"드릴 말씀이 있습니다."

"되게 심각하게 말하네."

"제가 이런 말씀을 드리는 일이 주제넘은 짓일 수 있다는 거 압니다. 그래도 더는 이대로 방치하고 싶지 않습니다. 실은 오늘 옥상에 갔다가 타 부서 직원들이 팀장님 험담하는 모습을 봤습니다. 팀장님의 조카를 딸로 오해하는 거야 그렇다 쳐도 있지도 않은 아내분에 대한 루머는 솔직히 불쾌했습니다."

도돌이표를 돌듯 다시 이 주제로 돌아온 점이 현서도 불편한데 듣는 우경은 오죽할까? 하지만 꼭 필요한 대화라는 생각에 현서가 말을 이어 갔다.

"전 그 소문을 없애고 싶습니다. 가능하다고 생각하지만 팀장님의 동의 없이 움직이고 싶진 않습니다. 진실이 어떻건 드러내는 일이 팀장님을 힘들게 만들 수도 있다고도 생각하니까요. 그래서 먼저 여쭤 보는 겁니다."

"그래, 그랬구나."

턱없이 진지해진 현서 덕분에 우경까지 덩달아 표정이 무거워졌다. 동기로부터 면전에서 갖은 욕설을 들은 후 우경은 소문 쪽으론 완전히 관심을 껐다. 의도가 어떻건 소문은 부풀려지기 마련이니까. 스스로 불필요한 일에 관심을 두지 않고 앞으로 나아가면 그걸로 충분하다고 여겼었다.

하지만 진실을 드러내면? 생각해 보지 않은 일이라 선뜻 대답하기가 어려웠다.

마음을 굳힌 현서가 망설이고 있는 우경의 손을 잡았다. 쉽게 떨칠 수 있는 과거가 아니라는 정도는 현서도 알고 있다. 우경이 가슴에 품은 죄책감까지 단숨에 씻어 내리길 기대하지도 않는다. 다만, 지금처럼 불필요한 부분에 얽매여 있지 않았으면 좋겠다.

"오늘 팀장님은 제가 오해를 하고 있어서 불쾌하다고 하셨죠? 그건 저도 같은 마음입니다. 팀장님이 사람들한테 그런 오해 받으시는 거 무척 불쾌합니다. 공평하진 않겠지만 앞으론 저도 숨거나 도망치지 않을게요. 그래야 할 것 같아요. 같이 바로잡아요. 더는 멈춰 있지 말고 나아가자고요."

"풉!"

아, 정말 이 여자를 어떡해야 할까?

멋대로 우경의 가슴에 들어와 여기저기를 헤집고 그녀 생각만 하게 만들더니. 사귀게 되니 자신도 외면해 버린 상처를 단박에 지워 버리자고 제안한다. 예전이면 용기를 내기는커녕 생각도 해 보지 않았을 꿈같은 일인데 오현서는 또 우경을 변하게 한다.

"전 나름대로 진지하게 제안한 겁니다. 비, 비웃으실 정도는⋯⋯."

"비웃은 건 아니야."

어쩌면 1년 전 그날로부터 한 발짝도 나아가지 못하고 멈춰 있는 사람은 현서가 아니라 그였는지 모르겠다. 담담하다느니 괜찮다느니 잘난 척 지껄여 대곤 결국 이 꼴이다.

"팀장님이 원하지 않으시면 미룰 순 있습니다."

"미룰 수는 있는데 안 할 순 없다는 거지?"

장난처럼 던져 본 말에 현서의 표정이 단번에 일그러졌다. 아아, 미안해하고 있구나. 우경이 현서의 뺨을 부드럽게 감싸며 대답했다.

"당신에게 맡길게. 잘 부탁해."

"팀장님은 혹시 누가 물어보면 사실대로 말할 준비 정도만 해 주시면 됩니다. 물론 힘드시겠지만⋯⋯."

계속 미안해하는 현서의 뺨을 우경이 쓰다듬었다. 현서가 미안해하지 않았으면 좋겠다. 도리어 혼자 고민하게 만들어서 미안하고, 또 어려운 결심을 해 줘서 고마울 뿐이다. 현서의 말이 맞다. 당장은 힘들지 몰라도 나아가야 한다.

"고마워."

우경이 화낼까 봐 걱정하던 현서도 그제야 안도한 듯 웃었다.

걱정하던 부분을 털어놓은 덕분인지 이후부턴 밥맛도 느껴지고 사소한 대화도 즐겁기만 했다. 우경의 리드로 드라이브를 즐기고 집 앞까지 와 보니 어느덧 밤 11시. 즐거워서 시간이 훅 지나가 버린 건 정말 오랜만의 일이라 신기할 정도다. 내내 놀았으니 피곤할 법도 한데 여전히 얼굴에는 웃음꽃만 피어난다.

"오늘 감사했습니다."

꾸벅 인사를 하는데 우경이 어물쩍대며 돌아설 기미를 보이지 않는다.

"뭐 할 말 있으십니까?"

"어, 목이 좀 말라서……."

본인 집도 코앞이면서 대뜸 목이 마르다니. 망설이는 태도가 미심쩍긴 하지만 오늘은 고생했으니 따뜻한 차 한 잔 대접하는 일이야 어렵지 않다.

"그럼 들어와서 차 한 잔 하고 가세요. 신세 진 일도 있으니까요. 아 맞다, 그러고 보니까 그날 포장마차에서 취해서 무슨 일 있었는지 결국 못 들었네요. 그 얘기나 해 주세요. 찝찝해 죽겠습니다."

계단을 오르는 현서의 뒤를 우경이 조용히 따라왔다. 문을 따고 들어오라고 하는데 우경은 현관에서 더 들어오지 않고 그대로 멈춰 섰다.

"안 들어오십니까?"

돌아보니 우경은 손으로 입술을 가리고 곤혹스러운 표정을 짓고 있다. 안 그래도 우물쭈물하는 태도가 이상하다 싶긴 했는데 지금은 대놓고 당황하고 있다. 대체 왜 저러시지?

"아, 진짜 미치겠다."

나지막하게 내뱉은 말에는 그답지 않은 민망함이 스며 있었다. 뭐가 미치겠다는 거지? 혹시 몰라 집 안을 훅 둘러봤지만 속옷이 나와 있는 것도 아니고 유달리 이상한 구석도 없다. 도통 우경의 말뜻을 헤아릴 수가 없어 현서가 고개를 갸웃했다. 가까이 다가가 보니 얼굴까지 붉게 물들어 있다. 집이 더운 것도 아닌데, 열이라도 나나?

"뭡니까?"

"오현서는 무방비해서 큰일이네."

어쩔 도리가 없다는 듯 읊조린 우경이 갑자기 현서의 손목을 잡아 끌어당겼다. 그대로 현서를 벽면에 휙 밀어붙인 우경이 얼굴을 가까이 대고 물었다.

"이 야밤에, 여자 혼자 사는 집까지 따라 들어가겠다는데 무슨 의도인지 파악 못 해? 무방비한 거야, 아니면 허락한 거야?"

"서, 서, 설마 팀장님 아까부터 계속 야, 야한 생각 하고 계셨던 겁니까?"

"그랬다면?"

한 치의 망설임도 없이 우경이 반문해 왔다. 물론 우경이 스킨십에 있어서는 저돌적인 타입이라는 점은 현서도 익히 알지만 설마 데이트 첫날부터 그런 생각을 품을 줄은 몰랐다. 요즘 커플은 다 이렇게 연애하나? 하지만 고민해 볼 여유가 없다. 피부에 와 닿는 우경의 숨결이, 평소엔 부드럽던 목소리가 자극적으로 느껴져서 눈 앞이 흐릿해질 지경이니까.

"이, 일단 손부터 놔주세요."

"싫다면?"

"네?"

"밀어붙이면 막을 힘도 없으면서 함부로 집 안에 들이지 마. 무책임하게 단둘이 되지 말라고. 이런 부분에 무심한 건 남자한텐 고문이야. 알겠어?"

남자라는 말에 현서의 얼굴이 달아올랐다. 함께 있던 어느 시간보다도 우경의 존재가 선명하게 느껴진다. 거칠 것 없는 우경의 눈이 그녀를 원한다고 말하는 것 같다.

"저, 전, 아직……."

"알아."

당연히 거절할 줄 알고 던져 본 말인데 현서가 너무 손쉽게 집으로 들여보내서 우경도 내내 당황하고 있던 차였다.

"허락할 생각이 없다면 부주의하게 굴지 마. 당신이 방심하면 언제 달려들지 모르니까."

"무, 무슨!"

"갈게. 잘 자."

쉽게 물러서지 않고 더 지분거릴 거란 예상을 깨고 우경이 칼같이 돌아섰다. 저도 모르게 돌아선 그를 잡으려던 제 손을 현서가 급히 단속했다. 지금 우경을 붙잡으면 안아 달라고 조르는 것과 다름이 아니다.

이윽고 쾅, 문이 닫히는 소리가 현서의 가슴을 쳤다.

'뜨거워.'

현서는 우경이 잡았던 손목을 어루만졌다. 통증 때문일까? 뜨겁게 달아오른 제 몸이 낯설다. 평소엔 잘 해주던 키스마저 하지 않고 가 버린 걸 보면 우경도 스스로 많이 참고 있음이 분명하다. 단칼에 그를 거절하고선 아쉬운 마음이 들다니, 웃기는 일이다. 문득 어디선가 쉽게 몸을 주면 관계가 오래 지속되지 못한다는 통계를 본 기억이 났다.

'이대로라면 위태로운 쪽에 가깝겠지? 그래, 잘했어. 잘했어……'

잘했다고 스스로를 다독여 봤지만 현서의 시선은 닫힌 현관문에서 떨어질 줄을 몰랐다.

잘하긴 개뿔.

잔뜩 헝클어진 머리에 푸석푸석한 얼굴. 거울을 들여다본 현서가 아침부터 기겁을 했다. 이게 진정 연애를 시작한 여자의 얼굴이란 말인가. 하긴 어제 우경을 보내고 나서 허탈감에 내리 또 소주를 마셨더랬다. 그러니 이 몰골이 되는 것도 당연하다.

절반 이상은 솔직하지 못했던 제 자신에 대한 짜증이었다. 그녀도 몰랐다. 천하의 오현서가 남자를 애타게 원하게 될 줄은 말이다.

"아! 맞다."

출근 준비를 마치고 현관문을 잠글 때가 돼서야 문득 현서가 열쇠를 기억해 냈다. 결국 그날 밤 포장마차에서 무슨 일이 있었는지 듣지 못했다. 거기다 열쇠도 돌려받지 못했다. 뭐, 모르는 사람이 주워서 갖고 있는 것보단 훨씬 안심되지만 어젯밤 우경을 떠올리면 그리 안전하지 않을지도 모르겠다.

"어?"

열쇠 생각을 하며 계단을 내려왔는데 집 앞에 익숙한 차 한 대가 서 있었다.

"생각보다 늦게 나오네."

겨울 아침 햇살보다 찬란한 미소를 지은 남자가 현서를 향해 가볍게 손을 흔들었다. 오늘 입은 블랙 코트가 묘하게 성숙한 분위기를 풍겨서 낯설다. 무엇보다 바쁜 아침 출근길 행인들의 시선을 한 번씩 훔치는 저 남자가 제 애인이라니, 꼭 달콤한 거짓말 같다.

"어, 어, 어쩐 일이세요?"

"당연히 당신 데리러 왔지."

"회사에서 보는데 굳이 왜요?"

"조금이라도 빨리, 제일 먼저 보고 싶어서."

아침부터 사람 민망하게 만드는 얘길 뻔뻔하게 내뱉기는.

"타. 출근하자."

"회사 사람들이 이상하게 봅니다!"

"오는 길에 만나서 태워 왔다고 하면 돼. 빨리."

더 따질 틈도 주지 않고 우경이 조수석 차 문을 열고 그대로 현서를 태웠다.

정말 이대로 같이 출근해도 될지 현서의 머릿속은 복잡해지는데 운전석에 앉은 우경은 내내 싱글벙글이다.

"제일 먼저 봐서 만족하십니까?"

"응. 당신은 안 좋아?"

좋고 싫은 문제가 아니다. 우경이 아무 짓 안 해도 옆에 있는 것만으로도 심장이 뛰고 괜히 부끄러워진다. 이 비정상적인 상태로 근무시간만 버티기도 힘든데 아침 일찍부터 와서 얼굴 보는 시간을 늘리다니. 과연 무사히 하루를 버틸 수 있을까? 현서는 조금 암담해졌다.

"어젯밤에 단둘이 되지 않게 신경 쓰라고 한 건 대체 누구였습니까?"

"아아, 그랬었지."

투덜대듯 내뱉은 말을 우경이 가볍게 넘겨 버렸다. 어제 그건 밤에만 한정된 경고였나?

'그보다 앞으로는 오늘처럼 같이 출근하는 건가? 어제처럼 저녁을 같이 먹고 드라이브도 하나? 데이트는 매일 하나? 아니면 그날그날 데이트하자고 말해 주시는 건가? 아, 내가 먼저 말해야 하나? 데이트하고 싶다고? 그런 말을 어떻게 태연하게 해! 어제 들을 때도 민망해 죽는 줄 알았는데. 오래 사귀면 나아질까? 오래 사귈 수 있을까? 팀장님이랑 내가?'

궁금증이 늘어 간다. 덕분에 잊지 않고 자각하게 된다. 두 사람은 사귀는 사이가 됐다는 사실을 말이다. 의도적인지 아닌지는 몰라도 우경은 사소한 부분에서 현서가 계속 두 사람의 관계를 의식하게 만든다.

"어젯밤에 열심히 생각해 봤는데 역시 잠깐이라도 보는 시간이 늘어나는 쪽이 좋겠더라고."

"예?"

"더 보고 싶다고. 조금이라도 더."

우경의 시선은 앞을 향해 고정되어 있었지만 현서는 그의 콧잔등이 붉어진 걸 볼 수 있었다. 몰랐었다. 내내 뻔뻔하기만 하던 이 사람도 부끄러워하긴 하는구나. 민망해하면서도 순간순간 솔직하게 감정을 표현하고 있구나. 이런 사람이라서 그나마 현서처럼 목석같은 여자와 사귈 수 있는 게 아닐까?

'저도 더 노력은 해 보겠습니다만 기대는 하지 마십시오.'

미안한 마음에 괜히 현서가 속으로 다짐했다.

조금 후, 우경의 차는 주차장에 들어섰다. 다행히 아직은 한산해서 차에서 내릴 때 누군가와 마주칠 염려는 덜었다.

"제가 먼저 올라갈 테니까 팀장님은 더 있다가 오든가 하십시오. 그편이 안전할 것 같습니다."

오래 있다가 누가 보기라도 하면 어쩌나 싶어 현서가 황급히 내리려는데 우경이 차 문을 잠가 버렸다.

철컥!

무슨 짓이냐는 얼굴로 돌아보니 우경이 평소처럼 장난기 어린 미소를 머금고 있다.

"당신 007 찍어?"

"할 말 있으시면 사무실에서 하십시오."

"안 돼. 저번에 당신이 말했잖아. 장소 가려 가면서 스킨십 하라고."

언제 그런 말을 했는지 새삼스럽게 기억을 더듬어 볼 필요도 없었다. 우경이 회사에서 스킨십 할 때마다 매번 그런 말을 하면서 난리를 쳤던 사람은 현서니까. 근데 그게 지금 이 상황과 무슨 연관이 있는 거지?

"설마 차비도 안 낼 생각이었어?"

"네? 차비요? 당연히 공짜 아니었습니까?"

"당연히 아니지. 자!"

당연한 걸 요구한다는 듯 우경이 당당하게 눈을 감고 입술을 쭉 내밀었다. 어딘지 꼬마 아이처럼 천진한 모습이다. 그 천진함에 끌리듯 저도 모르게 입술을 갖다 대려던 현서가 퍼뜩 정신을 차렸다. 회사 주차장에서 키스라니! 아무리 차 안이라고 해도 지나가면 안이 들여다보일 것 아닌가!

"미치셨습니까?"

"거 되게 야박한 애인이네."

"장소 가리라는 제 말은 대체 어디로 들으신 겁니까? 회사 주차장도 안 되는 곳인 게 당연하지 않습니까?"

연애하면 사람이 변하나? 예전엔 장난스럽긴 했어도 선은 넘지 않았고 어딘지 차분한 분위기가 풍겼는데. 요 근래 들어서 우경은 점점 애처럼 변해 가는 것 같다. 이게 연애가 불러온 효과라면 예전의 우경이 낫지 않을까 싶을 정도다. 평범하게 대해 줘도 미치게 당황스러운데 애교까지 부려 대면 어쩌잔 말인가.

"아, 아무튼 전 먼저 올라갈게요."

"할 수 없네."

고개를 돌린 현서의 손에 우악스런 힘이 느껴지더니 곧 우경이 입술을 덮쳤다. 진한 키스를 나눌 정도로 자각이 없지는 않았는지 가벼운 입맞춤을 해 왔지만 현서는 심장이 멎는 줄 알았다. 들킬지 몰라 불안하다는 점이 짜릿함을 배가시켰다.

"팀장……."

"좋다. 오현서랑 당당하게 이러니까."

입술을 뗀 우경이 현서의 립스틱이 묻은 제 입술을 손가락으로 닦아 내며 웃었다. 다그침을 원천봉쇄 해 버린 그 미소에 결국 현서도 어쩔 수 없다는 듯 웃어 버렸다.

"하여튼. 못 말리겠습니다."

"말리지 말고 받아들여. 그러면 돼."

문득 우경이 고백했을 때가 떠올랐다.

좋아하니까 좀 더 다양한 모습을 보고 싶다던 그의 말대로다. 애처럼 굴어도 싫지 않다. 애교를 부려도 좋다. 오직 그녀에게만 보여 주는 모습 같아서 솔직히 기쁘다. 이번에도 우경이 맞았다. 좋아하니까, 그가 아직도 더 알고 싶다. 사소한 부분 하나라도 더, 그가 궁금하다.

10화 :

당신의 체온 안에서

결국 고집대로 우경을 주차장에 떼어 놓고 먼저 사무실로 온 현서가 고개를 갸웃했다.

'왜 이렇게 시끄럽지?'

유라가 아침부터 수다스러운 건 보통 일이지만 오늘따라 민호도 타 부서 직원들과 이런저런 얘기를 하고 있다. 평소와 확연히 다른 분위기다.

전화통을 붙잡고 있던 유라가 현서를 발견하자마자 수화기를 내려놓고 외쳤다.

"대박, 대박, 완전 대박이에요!"

"뭐가요?"

"2팀이랑 공동 프로젝트가 잡힌 것 같아요. 상무님은 물론이고 이사급까지 공을 들인 프로젝트인데 상대 쪽에서 우리 팀장님이랑 최수현 팀장님을 업무 담당자로 지목했대요. 얘기가 오고 간 지 꽤 됐는데 확정된 건 어제 회의에서였다나 봐요. 엄청 살벌한 스케줄이 될 것 같다고 하던데요? 총괄팀 애한테 들었어요."

현서는 몰랐다. 하긴 우경이 회사에서 공식 발표도 하지 않은 사안을 떠들어 댈 사람은 아니니 모르는 게 당연하리라.

"그래요."

살벌한 스케줄이라고 말하면서도 유라는 완전히 신이 난 모습이다.

"대박이죠? 1팀이랑 2팀이 같이 일하다니, 그럼 그 모습도 볼 수 있을 거 아니에요."

"그 모습이요?"

"저희 팀장님이랑 최수현 팀장님 같이 일하시는 모습이요! 되게 유명했거든요. 조윤주 부장님 아래에서 같이 일할 때 그만한 팀워크가 없었대요. 주장이 다르면 싸우기도 엄청 살벌하게 싸워서 두 분이랑 같이 회의 들어가서 무사히 나온 사람이 없다는 얘기도 있고요."

아, 생각만 해도 머리 아프다.

소문에 따르면 수현은 처음 계획 수립에 공을 들이고 이후에도 거의 변동 없이 딱딱하게 움직인다고 들었다. 반면 우경은 과정보단 결과부터 따지는 유동적인 스타일이다. 일단 업무 스타일부터 정반대인 두 사람의 협업이라니, 아무래도 심상치 않다.

"아침부터 무슨 얘길 그렇게 재밌게 해?"

그때 우경이 천연덕스럽게 인사를 건네며 다가왔다. 괜히 민망스러운 기분에 현서가 눈을 피했다.

"팀장님! 어제 간부 회의에서 2팀이랑 일하기로 정해졌다면서

227

요? 정말이에요?"

"응. 안 그래도 아침 회의에서 세부 사항 전달하려고 했었어. 그
보다 오 비서는 전달 사항 있으니까 빨리 팀장실로 들어와."

"아, 예."

현서가 급히 유라에게 인사하고 우경의 뒤를 따라 들어갔다. 설
마 아침부터 무슨 짓을 하려나 걱정하는데 우경은 평범한 태도로
제 자리에 가서 앉았다. 기대라도 했던 걸까? 안심되기보단 당황스
럽다.

애써 정신을 가다듬고 현서가 수첩을 들고 우경의 자리로 가서
물었다.

"전달 사항이라면 어떤 겁니까?"

"첫째, 내 명령 없인 2팀에 함부로 가지 말 것. 둘째, 최수현이
랑 가까이 지내지 말 것. 셋째, 공동 회식은 무조건 빠져. 핑계라면
내가 만들어 줄 테니까. 아, 그리고 프로젝트 진행 중에 나 외에 다
른 남자랑은 말도 섞……."

"지금 뭐하시는 겁니까?"

듣다 듣다 더 못 들어 주겠다는 듯 현서가 물었다. 우경은 왜 현
서가 짜증을 내는지 모르는지 당연한 얘기라는 말투로 대답했다.

"전달 사항 말해 주고 있는데?"

"전달 사항의 주제가 좀 어긋난 것 같습니다만?"

"나한텐 이게 가장 중요해."

솔직히 하드하게 부려 먹는 최수현의 성격상 2팀에는 남자만 득
실대는 점이 신경 쓰인다. 거기다 팀장인 최수현도 문제다. 학창
시절부터 우경이 봐 온 수현은 늘 인기가 많았다. 보통 때는 마음

쓰지 않던 부분이지만 두 사람이 대화하던 모습을 몇 번 봐선지 염려스러웠다. 속으로 수현을 인정하고 있는 만큼 불안감도 커졌다.

"최수현 팀장님이랑 친구시잖아요."

"친구는 친구고 질투는 질투지."

"예?"

단호한 우경의 대답에 현서가 두 눈을 크게 떴다. 질투라니, 우경이 원래 이렇게 자신감 없는 사람이었나? 하는 수 없다는 듯 현서가 한숨을 푹 내쉬며 말했다.

"하아. 애당초 전 사내연애에는 관심이 없습니다. 팀장님 아니었으면 절대 꿈도 안 꿨을 겁니다. 뭣보다 최수현 팀장님은 제 이상형이 아닙니다."

"뭐? 당신 이상형도 있었어?"

"저도 사람인데 당연히 있죠."

거짓말은 아니다. 애인 쪽 이상형은 딱히 생각해 본 적 없지만 상사에 대한 이상향은 명확한 편이다. 현서는 공사 구분 명확하고, 일을 가장 중요하게 생각하고, 시시껄렁한 대화는 잘 하지 않는 무심하면서도 존경할 수 있는 타입을 좋아한다. 응? 잠깐, 딱 최수현 팀장이잖아.

'설마, 그거 눈치채고 질투하시는 건 아니겠지?'

터져 나오려는 웃음을 참고 현서가 무심한 투로 말했다.

"일단 저는 무뚝뚝한 사람을 별로 안 좋아합니다. 최수현 팀장님은 좋은 분이시지만 옆에 있으면 왠지 숨 막혀요. 거기다 아래 직원들 일도 하드하게 시키신다면서요. 전 팀장님 방식이 훨씬 더 좋습니다."

양심의 가책을 느끼며 현서가 속으로 수현에게 사과했다. 부디 이 대화가 평생 어디로도 흘러나가지 않기만을 빌 뿐이다. 어설픈 짓이지만 이렇게 해서라도 우경에게 다른 생각은 하지 않을 거라고 알려 주고 싶다. 사실 다른 생각 할 여유도 없다. 현서는 언제나 우경 생각만으로도 머리가 가득 차 있으니까.

"그건 내가 좋다는 뜻이야?"

"예?"

"좋아한다고 말해 줘. 그편이 훨씬 안심돼."

지금까지 한 말을 어디로 들었는지 우경이 집요하게 요구해 왔다.

"예, 예. 좋아합니다. 됐죠?"

"우와, 진심 없어."

"매우 진심이니까 이제 일합시다."

더 얼굴을 마주 봤다간 창피함을 감추지 못할 것 같아서 현서가 황급히 돌아섰다. 자리로 돌아와 자판을 두드리며 힐끗 쳐다보니 우경은 그걸로 만족했는지 일에 몰입한 모습이다.

회사 생활도 힘든데 애인까지 달래 가며 일해야 한다니, 현서는 앞으로가 조금 걱정스러워졌다.

"네 방식은 글렀어."

아, 이것이 진정 업무 회의에 나올 대사란 말인가?

5층 대회의실이 시베리아 벌판 한가운데로 변한 것 같은 기분이다. 당황스러운 건 1팀 팀원들만이 아니었다. 2팀 팀원들 역시 드러내 놓고 난색을 표하고 있다. 모두가 당혹스러워하는 가운데 정작 비난을 받은 우경은 초연한 모습이다.

회의실 분위기를 얼음판으로 만들어 버린 수현은 당연한 발언이라는 태도로 주장을 이어 갔다.

"리케아에서 요구하는 게 뭔지 모르나? 최소 비용으로 최대 효과를 내길 바란다고. 네 방식은 효율적이지 못해."

이번 두 팀의 협업 과제는 리케아라는 해외 업체의 요구에 맞춰 주는 것이다. 리케아는 이번에 한국에서 개최할 뉴 브랜드 런칭 프로모션 관련 박람회를 서강에 의뢰했다. 리케아에선 기본적인 예산이나 시간은 한정했지만 그 외의 부분은 전부 서강의 뜻대로 해도 된다는 의사를 밝혔다. 덕분에 두 팀에는 프로모션 진행, 홍보, 스폰서십, 이벤트, 유명 인사의 초청에 이르기까지 방대한 일감이 쌓였다.

"잡지사들은 담당자와의 인터뷰를 따내기 위해 혈안이 되어 있을 거야. 우린 정보만 조금씩 흘려주면 돼. 거기다 리케아의 한국 입점이 처음인 이상 데이터는 처음부터 새로 구축할 수밖에 없어. 아니면 최수현 팀장은 명확하지 않은 데이터를 토대로 움직이자는 거야?"

우경도 물러서지 않고 주장했다.

명품 브랜드 리케아의 입점 프로모션에 대해서 수현은 그 업체 자체가 보유한 데이터를 토대로 프로모션을 기획하길 원했다. 무난하면서도 대부분 업체가 시간과 비용을 절약하기 위해 택하는 보통 방법이다.

반면 우경은 데이터 자체를 새로 구축하길 주장했다. 시간도, 돈도 몇 배로 들 수밖에 없는데 그 비용은 홍보 부분에서 줄이겠다는 얘기다. 이렇게 되면 진행 방식부터가 모호해지기 때문에 몇 배의 인력과 시간을 투자해야 한다.

'망할, 리케아 담당자는 왜 이 두 사람을 하나로 묶어 달라고 요구한 거야? 차라리 한쪽에 요구하든가! 이쪽만 죽어나게 생겼네.'

양 팀 팀원들은 분명 모두 속으로 현서와 같은 생각을 하고 있으리라.

"최수현 팀장, 서강은 마케팅 기업이야. 정확한 데이터가 아닌 걸 알면서 채택해서 움직일 순 없어."

"리케아가 유명 브랜드라는 건 사실 해외 평가야. 한국에서의 입지를 생각하면 셀럽 못지않게 일반인이나 평가단 유입이 중요한데 홍보 비용을 아껴서 어쩌겠다는 거지?"

"정말 그렇게 생각해? 홍보는 단기적인 반응만 불러올 거란 생각은 안 해? 장기적으로 보려면 당연히 데이터 수집이 먼저야, 최수현 팀장."

꼭 먹이를 가운데 두고 으르렁대는 짐승 두 마리를 보는 기분이다. 현서가 슬쩍 2팀 팀원들의 눈치를 보니 그들은 이미 익숙한 일인 듯 고개만 절레절레 흔들고 있다. 심지어 최수현의 비서인 이찬우는 무관심한 표정으로 노트북 자판만 두드리고 있다.

상반되는 업무 스타일은 그렇다 쳐도 일단 진행 방향부터 다르게 잡고 있는 두 사람이다. 이대로 방치해 봤자 분위기만 험악해질 것이다. 이 사태를 중재해 줄 윗사람도 없는 상황이라 하는 수 없이 현서가 입을 뗐다.

"우선 각자 생각한 대로 기획안을 만들고 다시 논의해 보는 게 낫지 않을까요? 무리하게 견해를 좁히는 것보다 그쪽이 더 간결할 거라고 생각됩니다만."

현서의 제안에 우경과 수현이 잠시 침묵했다. 서로 열을 냈음을 뒤늦게 깨달았는지 우경이 먼저 서류를 챙겨 일어섰다.

"다음 회의는 3일 뒤로 잡지."

"이견 없어."

수현의 대답을 듣자마자 우경이 대회의실을 나가 버렸다. 눈치를 살피고 있던 유라와 민호도 뒤를 따라 도망치듯 회의실을 벗어났다.

"당신은 안 따라가나?"

얼른 자리를 뜨는 1팀을 지켜보다 수현이 현서에게 물었다.

"지금 나갈 생각입니다."

"그럼 잠깐 남아. 이 비서는 팀원들이랑 의견 조율해 봐. 오늘 백 팀장이 제안한 대로 예상 노선 짜 보고."

"알겠습니다."

수현의 허락이 있고서야 2팀 팀원들도 황급히 자리를 떴다. 2팀은 회의 분위기로 보아 늘 오늘처럼 각이 잡힌 모양이다. 최수현 팀장의 성격이 딱 보인다.

"혹시 저희 팀장님 의견에 따라 줄 생각이신가요?"

"그럴 리가. 백우경이 무슨 제안을 할지 미리 파악해서 하나하나 전부 반박할 생각이야."

"아…… 예. 그러시군요."

하긴 쉽게 의견을 굽혀 줄 생각이었다면 아까처럼 격한 의견 다

233

틈은 없었겠지. 현서는 문득 두 사람이 조윤주 부장 아래서 근무했던 시절이 왜 유명한지 절감했다. 그땐 서로 얼마나 더 살벌하게 으르렁댔을까? 감히 상상도 안 간다. 아니, 상상하기도 싫다.

'조윤주 부장님은 맹수 조련사가 되셔도 될 뻔했어.'

새삼 현서의 마음속에는 조윤주 부장을 향한 존경심이 무럭무럭 솟아났다.

"용건 말씀하십시오."

"회사에선 신중히 행동하라는 조언을 해 주고 싶군."

"네?"

"오늘 아침 회사 주차장. 기억 안 난다고 시치미 떼진 않겠지. 백우경은 기분에 잘 휩쓸려. 전에도 말했지만 당신이 중심을 잘 잡아 줘야 할 거야. 안 그래도 백우경은 이래저래 곤란한 입장이거든."

거침없는 충고에 현서의 얼굴이 달아올랐다. 설마, 설마 그 장면을 목격당한 걸까? 세상에, 상사와 키스하는 장면을 목격당했다고?

"다, 다 보셨습니까?"

"다? 같이 내리는 건 봤는데, 왜? 그 이상 뭘 했나 보지? 설령 다른 걸 했다고 해도 딱히 보고 싶은 생각은 없어. 요지는 회사에서의 백우경 입지를 고려하란 부분이다."

우경의 입지라는 말에 문득 황당무계한 소문이 떠올랐다.

"혹시 저희 팀장님 소문 때문에 그러시는 겁니까?"

"뭐, 어느 정도는."

"최 팀장님은 그 소문이 가짜라는 사실을 알고 계시죠?"

수현의 눈동자가 흔들렸다. 뭐라고 대답하는 게 좋을지 고민하는 눈치다. 수현은 우경의 친구고 사내에서도 가까운 사이로 알려져 있다. 그러니 이 일에 대해 알 필요가 있다.

"실은 제가 소문을 없앨 생각입니다."

"뭘 한다고?"

좀처럼 놀라는 일이 없던 수현이 두 눈을 치켜떴다.

"저희 팀장님의 허락은 받아 뒀습니다. 최 팀장님도 알고 계셔야 할 것 같아서요. 본인들이 알고 있던 얘기와 다른 진실이 나타나면 누구건 붙잡고 물어볼지 모릅니다. 최 팀장님께 그런 질문을 할 강심장은 몇 명 없겠지만 혹시나 해서 말씀드리는 겁니다."

소문 척결이라니, 백우경도, 수현도 생각하지 못한 짓이다. 해낼 수 있다는 확신에 찬 현서를 보며 수현이 피식 웃었다. 저렇게 반짝반짝 빛나니 천하의 백우경도 공사 구분 못 하고 좋아하게 된 거겠지.

"내 쪽에서도 협조할 일이 생기면 돕도록 하지."

"감사합니다. 저도 최 팀장님의 충고 잘 기억하겠습니다. 그리고 리케아 프로젝트 말입니다. 전 저희 팀장님 의견 쪽이 타당하다고 생각합니다. 명확하지 않은 데이터로 움직이는 건 서강의 마인드와 다르니까요. 그러니까 최 팀장님과 2팀이 어떤 작전으로 나오시건 간에 3일 후에는 저희 쪽 기획안이 채택되도록 최선을 다할 생각입니다."

안심하고 있던 수현에게 펀치가 날아들었다. 아까 수현이 전력으로 우경의 의견에 반박할 거라고 얘기한 부분을 계속 기억하고 있던 모양이다. 정말이지, 백우경에게는 아까울 정도로 빈틈없는 여자네.

"감히 나한테 선전포고 하는 건가?"

"네. 선전포고입니다. 그럼 가 보겠습니다."

꾸벅 인사를 하고 현서가 급히 회의실을 나왔다.

지원1팀으로 돌아오는 걸음이 계속 급해진다. 혹시 수현과 단둘이 남은 것 때문에 토라져 있으면 어쩌나 걱정하며 돌아왔는데 팀장실에는 우경이 없었다. 유라에게 물어보니 회의에서 돌아오자마자 갑작스러운 접대 약속이 잡혀 나갔다는 대답이 돌아왔다.

현서가 얼마나 오래 자리를 비웠는지 모르고 갔으니 차라리 다행이다.

'질투라니.'

수현과 가까이 지내지 말라는 말을 하는 우경은 질투하는 사람 그 자체였다. 뾰로통하게 튀어나온 입술에 서운하다는 듯 시선을 회피하기까지. 다시 생각해 보니 꽤 귀엽다. 하지만 100% 진담이었던 그 권고를 어기면 그땐 아까처럼 귀여운 표정은 짓지 않겠지.

"유라 씨, 이거 팀장님 결재 난 것들이에요. 정리 부탁해요."

"네. 아 맞다. 팀장님이 오늘은 바로 퇴근한다고 전해 달라고 하셨어요. 그걸 깜빡했네요."

"아예 안 들어오신다고요? 이제 겨우 점심시간인데 대체 어디 가신 거예요?"

"실은 그게, 회장님 업체 접대에 끌려가신 것 같아요."

회장님 접대에 끌려갔다니, 도대체 왜? 아무리 우경의 능력이 뛰어나도 고작 지원팀 팀장에 불과하다. 이전부터 회장의 총애가 남다르다 싶긴 했지만 접대까지 데려갈 정도라니, 상상 이상이다.

"왜 회장님 업체 접대에 저희 팀장님이 호출되신 거예요?"

"어, 오 비서님 모르셨어요?"

"뭘요?"

"백 팀장님 아버지랑 저희 회장님이 대학 동기라서 어릴 때부터 집안끼리 알던 사이시래요. 뭐, 팀장님 능력이야 워낙에 출중하시니까 낙하산이다 뭐다 하는 얘긴 별로 없었다고 하더라고요. 그래도 안 좋게 보는 사람들은 분명 있었겠죠."

전혀 몰랐었다.

우경에게 가족에 대해서 들은 거라곤 누나인 백희진과 딸인 백지우에 대한 얘기가 대부분이다. 부모님이 하시는 일이 뭔지, 평소에 자주 뵙고 있는지 같은 개인적인 부분은 전혀 모른다. 우경과 사귀기 시작하고 나름대로 천천히 서로를 알아 가고 있다고 생각했는데, 오롯이 현서만의 착각이었나 보다.

'팀장님은 계속 나에 대해 궁금해하시는데, 왜 난 진작 그러지 못했지?'

좋아하는 마음을 저울에 올려 무게를 잴 수 있다면 우경과 현서는 꽤 큰 차이가 날 것 같다. 제 마음은 역시 우경에게 당할 수 없다고 매번 느끼고 만다.

"근데 서한나 씨가 회장님께 고집 부렸을지도 몰라요. 무조건 팀장님이랑 같이 가겠다는 식으로요. 뭐, 그래서 더 밉상이지만요."

"거기서 왜 서한나 씨가 나와요?"

"네? 서한나 씨가 회장님 외동딸이잖아요."

설마 그것도 몰랐냐는 유라의 눈빛이 되돌아왔다. 높은 사람의 딸이라고는 생각했지만 설마 회장의 딸일 줄이야. 이름만 대면 자길 알 거라고 생각하는 오만함은 그래서 나온 건가? 대기업 회장

딸과 능력 있는 팀장의 로맨스라니, 마치 한 편의 드라마 같다.

예전이었다면 서한나의 집안이 어떻건 별로 신경 쓰지 않았을 것이다. 그냥 배경 좋네, 부럽다, 그 정도로 그쳤겠지. 하지만 지금의 현서에게 그럴 여유는 없다. 우경을 좋아하니까. 그에게 더 많은 걸 줄 수 있는 서한나의 존재가 처음으로 의식되기 시작했다.

'차라리 몰랐으면 좋았을 텐데.'

팀장실로 돌아온 현서가 빈 책상을 바라보며 한숨지었다. 사무실의 모든 것이 그대로고 우경 한 사람만이 자리를 비웠을 뿐인데 마치 공간 전체가 텅 빈 것처럼 허전한 기분이다.

"한심해, 오현서."

우경이 바람을 피울 사람이 아니라는 걸 아는데도 불안하다. 우경이 서한나와 단 1분 1초도 함께 있지 않았으면 좋겠다.

질투라는 건 믿음이 있어도 어쩔 수 없는 건가 보다. 새삼 사소한 일에도 질투하던 우경의 모습이 떠오른다. 또, 우경에게 지고 있는 기분이다. 지금 거울을 보면 현서 역시 분명 아침의 우경처럼 질투하는 얼굴을 하고 있겠지.

리케아 건 때문에 바빠 죽겠는데 하필이면 업무 상담까지 밀려온 덕분에 현서는 야근을 했다. 그 바쁜 와중에도 몇 번이나 시계를 쳐다보고 휴대전화를 확인해 봤지만 우경으로부터의 연락은 없었다.

걷는 내내 계속 주머니 안의 휴대전화를 만지작거리고 있지만 여전히 그의 연락은 오지 않았다. 벌써 퇴근 시간을 훌쩍 넘겼는데 연락 한 통 없다니, 점점 초조해진다. 설마 아직도 서한나와 함께 있는 걸까?

"그럼 하루 종일 같이 있는 거잖아!"

사실 몇 번이나 우경에게 전화해 보고 싶었다. 하지만 일에 방해가 될지 모른다는 생각에 주저하다 보니 어느덧 시간이 늦어 버려서 결국 연락을 취할 수 없게 돼 버렸다.

집으로 돌아와 샤워를 하고 나오자마자 다시 휴대전화를 봤지만 아직도 연락이 없다.

내내 초조하던 마음이 짜증을 넘어 드디어 분노로 변했다.

'아니, 지금이 몇 시인 줄 아는 거야? 11시가 넘었는데 일이 끝났다고 연락을 주든가, 집에 들어갔다는 문자 한 통 정도는 줘야 하는 거 아니야? 만약 접대 때문에 그럴 정신이 없을 정도로 술을 먹었으면 그건 더 문제잖아!'

"그냥 비서도 아니고 애인인 비서잖아! 연락은 해 줘야지! 이 사람이 진짜!"

울분에 찬 혼잣말이 절로 나온다. 평소 이런 부분에 무심한 적이 없던 우경이라 더 애가 탄다. 연락 문제로 싸우는 주변 커플의 사례를 접할 때마다 코웃음 치던 자신이 맞나 싶다. 지금 마음 같아선 우경의 집까지 쫓아가서 한마디 따끔하게 해 주고 오고 싶다.

"휴."

진정하자. 내일이 되면 아마 우경이 알아서 사과할 것이다. 현서는 그냥 애인이 아니라 비서인 애인이다. 이 정도도 이해해 주지 못하면 앞으로의 연애는 더 순탄하지 못할 것이다.

징징징.

그때 휴대전화가 울렸다. 수신자 이름을 확인하자마자 생각할 틈도 없이 현서가 재빨리 전화를 받았다.

"여보세요!"

[깜짝이야. 아직 안 잤어?]

그의 목소리를 듣고서야 복잡하던 마음이 겨우 진정된다. 백 마디의 설득보다 우경의 말 한 마디가 더 위안이 된다는 사실에 초조해진다. 우경이 없으면 아무것도 못하는 사람이 되어 가는 기분이다.

[뭐해?]

"늦게 퇴근해서 방금 씻고 나왔습니다."

[그래.]

짧은 대답을 남겨 놓고 우경이 침묵했다. 혹시 전화가 끊겼나 확인했지만 아직 통화 중이다. 설마 술 먹고 어디 길거리에서 뻗어 버리거나 한 건 아니겠지? 잔뜩 취한 목소리가 아닌데도 걱정이 앞선다.

"어디십니까? 집에는 들어가셨습니까?"

[아니.]

아니라는 대답에 현서의 초조한 시선이 벽에 걸린 시계로 향했다. 11시 20분, 40분 뒤엔 날짜가 바뀌는데 아직도 밖이라고?

"그럼 어디십니까?"

내내 모호한 대답만 하는 우경에게 물으며 현서가 트레이닝복 위에 두꺼운 카디건을 걸쳤다. 화장기 없는 맨얼굴에 편한 복장이 마음에 걸리긴 하지만 지금은 그런 걸 따질 때가 아니다.

[글쎄.]

"아 정말, 어딘지 제대로 말씀해 보세요. 제가 지금 마중 나가 드릴……."

마지막으로 지갑을 챙기고 현관문을 여는데 눈앞에 우경이 서 있었다. 놀란 현서가 멍하니 우경을 쳐다봤다. 너무 보고 싶어서 이제 환각까지 보나? 놀란 우경의 표정을 보고서야 현서가 정신을 차렸다. 환각이 아니라 진짜다.

"팀장님?"

"어…… 안녕."

겸연쩍은 듯 인사를 건네고 우경이 전화를 끊었다.

"왜 여기 계십니까?"

"그러게."

현서는 물끄러미 우경을 쳐다보다 가까이 다가가서 그의 뺨을 쓸었다. 예상대로 차갑다. 손도 만져 보니 얼음장이다. 대체 여기서 얼마나 이러고 있었던 거지?

"세상에, 몸 차가운 것 좀 봐. 일단 들어오세요. 빨리요."

"……."

현서가 어물쩍거리는 우경의 손을 잡아 안으로 이끌었다. 곧바로 그를 매트리스에 앉히고 전기장판의 전원을 켰다. 조금이라도 따뜻해지라고 다리 언저리까지 이불을 덮어 준 현서가 포트에 물을 끓였다.

"제가 문 안 열었으면 내내 거기 계실 생각이셨습니까?"

"뭐……."

"못 말리겠어요, 정말. 아직 추운데 그러다 감기라도 걸리면 어

241

떡하려고 하십니까? 또 저번처럼 회의 당일에 픽 쓰러지시려고요? 몸 관리 잘 하겠다고 약속하셨으니까 책임감 좀 가지세요. 휴, 그보다 혹시 술 드셨습니까? 많이 드셨으면 차라리 꿀물 같은 거 타드릴…… 앗!"

갑자기 우경이 뒤에서 허리에 팔을 휘감아 왔다. 우경의 팔에 감싸여 품에 안긴 현서가 그대로 굳어 버렸다.

"티, 팀장님! 취하셨습니까?"

"늦은 시간에 미안해. 고작 반나절 떨어져 있었는데 너무 보고 싶더라. 정신을 차리고 보니까 당신 집 앞이었어. 부를까, 말까. 들어갈까, 말까. 한참 망설였는데 다행이야. 당신도 나랑 같은 생각해서."

"네?"

같은 생각이라니. 아무래도 우경이 보고 싶어서 찾으러 가려던 거라고 오해한 것 같다. 단지 걱정했을 뿐이라고 반박하려던 현서가 말을 삼켰다. 걱정된다는 마음과 그리움은 얼마나 다를까? 결국 걱정되니까 확인하고 싶고, 그렇게 한 번이라도 더 보고 싶었던 게 아닐까?

우경은 현서도 알지 못했던 제 마음을 쉽게 파악해 버린다.

"치사하십니다."

자꾸 한 마디, 한 마디 현서가 하려던 말을 빼앗아 버린다. 결국 현서를 목석같은 여자로 만드는 사람은 우경이다.

"보고 싶었어요, 저도."

"현서야."

우경이 팔을 풀고 현서를 빙글 돌려세웠다. 키스할 줄 알았는데 우경은 그저 그녀를 바라만 본다. 마치 보물을 바라보듯, 너무 소중해서 못 견디겠다는 눈빛으로 어루만져 준다. 눈빛만으로도 현서의 심장이 두근거리도록, 그렇게.

"그만 가야겠다."

"네?"

"잘 자."

저번처럼 우경이 또 획 돌아섰다. 두려워하는 현서 때문에 욕심을 누르고 또 돌아선다. 그 뒷모습을 바라보는 현서의 마음이 아파왔다.

탁.

돌아선 우경의 허리를 현서가 껴안았다. 얼굴을 쳐다보면 차마 털어놓지 못할 것 같아서 그의 등에 이마를 묻고 숨을 삼켰다. 말해야 한다. 혼자만 더 깊은 관계를 원하고 있다는 오해 속에서 힘들어하고 있을 우경에게 전해야 한다. 우경에 비해서는 한참 부족할지 몰라도 같은 마음이라고, 알리고 싶다.

"그날, 사실은 팀장님을 보내고 후회했습니다. 잡을걸, 보내지 말걸……. 지난 1년 동안 혼자 남는 일은 익숙해졌다고 생각했는데 아닌가 봐요. 그러니까 제가 하려는 말은, 저도 팀장님이랑 같이 있고 싶었다는 겁니다."

우경이 제 허리를 감은 현서의 팔을 풀고 돌아섰다. 우경의 시선이 부끄러워 현서가 손으로 그의 눈가를 어루만졌다. 우경이 눈을 감자 현서가 그의 눈꺼풀에 입을 맞췄다.

"현서야."

우경의 목소리에 이끌리듯 현서가 이번에는 입술에 키스했다. 어색하게나마 입술을 가르고 안으로 파고들며 무언가를 찾아 헤매듯 우경의 입안을 휘저었다. 미아가 된 기분이 들어 당황하려는 찰나 우경이 현서의 혀를 포박했다. 키스가 더 깊어질 무렵 입술을 뗀 우경이 신음하듯 물었다.

"유혹하는 거야?"

"전……."

"솔직하게 말하면 돼. 억지로 안고 싶지 않으니까 거절하려면 지금 해 줘. 더 있으면 나도 못 멈출 것 같아."

현서만을 배려해 주는 우경의 말에 도리어 마음이 울린다. 백우경, 단 한 사람으로 가슴이 넘치도록 뜨겁게 차오른다. 좋아하니까 더 원한다는 말을 새삼 실감한다. 우경으로 인해 현서는 또다시 사랑을 배운다.

"참지 마세요. 안 멈춰도 돼요. 또 그냥 보내고 후회하고 싶지 않으니까요."

현서의 대답에 우경이 미소 지었다.

그는 더 망설이지 않고 현서를 안아 들어 매트리스에 눕혔다. 그녀의 어깨를 지그시 누르며 우경이 가만히 현서를 내려다봤다. 물결치듯 침대를 덮은 까만 머리칼, 벌써 조금 거칠어진 호흡, 그럼에도 당신을 원한다는 솔직한 욕심을 담은 눈동자. 곧 그의 여자가 될 사람이다.

"키스도 안 해 본 여자가 뭘 믿고 그렇게 용기를 내?"

"팀장님이니까요."

오늘따라 연신 사랑스러운 말만 내뱉는 현서의 입술을 우경이 삼켰다. 고른 치열을 훑으며 더 깊은 곳으로, 점차 현서의 숨결을 앗아 갔다. 타액이 얽히는 소리가 현서를 부끄럽게 만들며 정신을 쏙 빼놓았다. 그때 배 언저리에 차가운 손길이 느껴지더니 우경의 손이 곧장 옷을 밀고 들어와 가슴을 움켜쥐었다.

"읏."

거추장스럽다는 듯 우경이 단숨에 현서의 카디건을 벗기고 티셔츠를 걷어 올렸다. 처음 본 현서의 상반신은 상상보다 훨씬 예뻤다. 풍만한 가슴을 속박한 브래지어를 풀어 내리자 벌써 민감하게 반응하고 있는 가슴이 온전히 모습을 드러냈다.

우경은 꼿꼿하게 선 가슴의 정점에 입을 맞추고 가볍게 핥았다. 부끄러워하는 현서를 느끼면서도 우경은 멈추지 않고 유두를 욕심껏 베어 물었다.

"흣! 아, 아파……."

"벌써 아프면 안 돼. 아직 아무것도 안 했어."

우경은 그대로 현서의 바지와 팬티를 벗겨 냈다. 과감한 행동에 현서가 놀라자 곧 튀어나올 불만을 막으려는 듯 키스했다. 뜨거운 우경의 혀가 입안을 휘저으며 그 안을 불태우고 있는 것 같다. 뜨겁게, 더 뜨겁게. 서로의 타액이 얽히는 소리가 선명하게 귓가를 울렸다. 조용한 집 안에 가빠지는 두 사람의 호흡 소리만이 가득 차오르고 있었다.

"으읍……."

풍만한 가슴과 잘록한 허리, 아름다운 골반과 그 밑의 삼각지까지 한눈에 쓸어내리며 우경이 미소 지었다. 우경은 천천히 현서의 허벅지 안쪽을 어루만졌다. 부드러운 속살에서 방금 샤워한 향기가 고스란히 느껴졌다. 마음껏 맡고 한껏 취해 버리고 싶은 현서의 향기다. 몸을 비틀며 어떻게든 가리려고 애쓰는 현서를 내려다보는 것만으로도 충분히 흥분되는데, 자극적인 향기까지 코끝을 찌르니 우경도 점차 제 자신을 제어하기 어려워졌다.

"앗. 자, 잠깐요."

"안 참아도 된다며. 싫어, 내 마음대로 할 거야. 거절할 기회는 이미 놓쳤어."

"아니, 참으라는 게 아니라……. 저, 저만! 창피하잖아요!"

현서의 투정에 피식 웃음이 터졌다. 현서를 안는다는 흥분감에 마음이 급했는지 우경은 아직 정장 차림이었다. 그제야 우경이 겉옷을 벗고 셔츠의 단추를 풀었다. 본인이 요구해 놓고도 막상 벗은 몸에 눈도 못 맞추는 현서가 미치도록 사랑스러웠다.

우경이 현서의 손을 들어 제 가슴에 가져다 댔다. 현서의 손이 닿은 부분이 달아오른다. 아니, 현서의 손이 우경을 따뜻하게 만들어 준다.

누군가를 이토록 사랑해서 원한 적이 있을까. 본능이 앞서는 순간마저 상대만을 배려하려 해 본 적이 있을까. 앞으로도 이런 마음으로 안을 여자는 오현서뿐일 것이다.

곧 셔츠를 벗어 던지고 드러난 우경의 탄탄한 가슴이 현서의 젖가슴을 눌렀다. 우경이 움직일 때마다 그녀의 유두가 그의 살갗에 미끄러졌다. 땀에 얼룩진 살결이 매끄럽게 맞닿을 때마다 현서가 숨을 들이켰다. 어떻게든 창피한 목소리를 내지 않으려고 열심히 참다 보니 어느덧 엎드려 있었다.

"소리 내도 돼."

귓가에 우경의 목소리가 착 달라붙었다. 반박하려던 현서의 귀를 우경이 살짝 깨물자 결국 신음 소리가 새어 나오고 말았다.

"아앗!"

"쿡쿡, 잘했어요."

웃음기 어린 칭찬을 남기고 우경의 뜨거운 혀가 등뼈를 따라 아래로, 더 아래로 내려갔다. 우경은 자신의 욕구인지, 현서의 마음을 아는 건지 애무를 멈추지 않았다. 입술로는 끊임없이 현서의 몸을 적시고 손으로는 온몸이 늘어지도록 어루만진다. 우경의 숨결이 훑고 지나간 곳들은 죽어 있던 감각이 살아나는 것처럼 생생히 그를 느끼게 된다.

더는 부끄러워할 정신도 남지 않았다. 제 몸이 낯설 정도로 뜨겁다. 누군가의 손길에 이렇게 민감하게 반응하는 것도, 더 만져 주길 원하면서도 창피함에 요구할 수 없는 기분이 드는 것도 전부 처음이다.

"하아, 현서야."

당신은 소중해, 내가 당신을 좋아해. 그래서 원하는 거야. 우경의 애무가 현서의 몸 곳곳을 지배하며 그렇게 털어놓고 있다. 간절하면서도 진솔한 고백을 피부에 닿는 숨결로 느끼며 현서도 마음으로 대답했다.

'저도 팀장님을 원해요.'

"으훗! 아아!"

현서를 정면으로 눕힌 우경이 동굴 안으로 손가락을 뻗어 갔다. 이미 현서의 입구는 흥건하게 젖어 허벅지와 시트를 적셨지만 우경은 여전히 안심할 수 없다는 듯 계속 손가락을 휘저었다. 길고 매끈한 그의 손가락이 거칠게 움직이며 현서의 안에서 동그라미를 그렸다. 누구도 받아들여 보지 않은 공간에 신중히 길을 만들면서도 우경은 신음하는 현서의 입술을 훔쳤다. 아픔 탓에 이따금 현서가 혀를 깨물었지만 우경은 개의치 않고 키스했다.

"당신이 날 더 원하도록 길들인 거야."

"그, 그만…… 괜, 괜찮아요, 이제."

손가락과는 다르다는 걸 모르니 괜찮다는 말이 나오는 거겠지. 웃음 지은 우경이 모처럼의 초대를 거절하지 않고 받아들였다. 바지와 속옷을 벗은 우경은 현서의 꽃잎에 입을 맞추고 가볍게 핥아 내렸다.

하나의 신호탄처럼 검은 수풀에 그의 호흡이 지나간 후 아래에 뜨겁고 딱딱한 것이 닿았다. 그게 뭔지 제대로 인식할 틈도 없이 움켜잡힌 허리를 밀착당한 채로 우경의 욕망이 입구를 지분거리다 몸을 꿰뚫었다.

"앗! 아아! 아!"

우경의 욕망을 받아들이는 순간 온몸이 찢어지는 것처럼 고통스러웠지만 한참 후에야 현서는 또 다른 기분을 느꼈다. 텅 비어 있던 몸이, 마음이, 우경으로 인해 가득 채워진 기분. 이게 그와 하나가 되었다는 감격일까?

눈앞이 흐려지며 눈물이 고였다. 희열과 행복에 찬 눈물이 **뺨**을 적셨다.

"괜찮아?"

조여 오는 압박감 속에서 우경이 겨우 욕망을 억누르고 현서의 대답을 기다렸다. 현서는 여전히 그렁그렁한 눈으로 우경을 바라봤다. 아, 걱정하고 있는 얼굴이다. 현서가 겨우 손을 들어 우경의 **뺨**

을 어루만졌다. 땀에 젖어 살결이 달라붙는 기분이 들었다. 그를 땀에 적신 건 자신이라는 야릇한 생각이 현서의 머리를 치고 지나 갔다.

"네. 괜찮아요."

그제야 이어진 몸이 난폭하게 흔들리기 시작했다. 마찰하는 안은 뜨겁고, 전해지는 진동과 압력에 신음이 터져 나왔다. 아까의 통증에 비할 바가 아니었다. 온몸이 망가지는 기분, 그리고 새롭게 태어나는 느낌. 이전과는 전혀 다른 제 자신이 되는 것 같다.

"아, 아, 하아, 하아……."

"읏…… 긴장 풀어, 현서야."

시트를 움켜쥔 현서의 손을 어루만지며 우경이 목 언저리를 가볍게 깨물었다. 움직임을 늦추지 않으면서 우경이 계속 현서의 목, 쇄골, 가슴, 유두에 이르기까지 여러 곳에 키스 마크를 남겼다. 현서가 작은 통증을 느낄 때마다 압박해 오는 내벽이 풀어져서 움직이기 수월해졌다.

"하악. 하윽! 처, 천천히!"

"야한 모습을 한 당신을 보면서 천천히 하라니, 그건 나도 힘들어."

밉살스런 말을 던지면서 우경은 페이스를 유지했다. 우경이 허리를 움직일 때마다 그에 맞춰 움직이게 되는 제 자신이 신기하다. 더 커져 갈 줄 알았던 고통은 이윽고 더 많은 걸 원하는 욕심이 되어 되돌아온다.

우경은 시트를 움켜쥐고 있던 현서의 손을 제 허리에 얹었다. 현서가 손톱을 세우자 짜릿한 통증이 허리에 닿았다. 오현서답다. 본인도 모르게 남자를 유혹하는 행동 말이다.

"사랑해."

마지막으로 귓바퀴를 핥으며 고백하자 내내 긴장하던 현서의 몸이 풀어졌다. 우경은 욕망을 빼내고 현서의 배 언저리에 파정했다. 기운을 잃고 축 늘어진 현서가 몸을 떨자 우경이 그녀를 꼭 끌어안았다. 두 사람은 거칠게 호흡하며 서로의 숨결을 느꼈다.

"아⋯⋯."

끝났구나.

마침내 안도한 현서가 우경의 등을 쓸었다. 웃음이 난다. 실오라기 하나 걸치지 않은 채로 서로의 온몸을 끌어안고 있는 지금이 부끄럽기보단 마냥 따뜻하다. 우경과 함께 호흡을 나누는 이 순간이, 그리고 사랑이 너무나 따뜻하다. 현서는 아주 오랜만에 누군가의 품에서 눈을 감았다. 눈을 떴을 때도 그가 떠나지 않길 바라며, 천천히, 그리고 깊게 단잠에 빠져들었다.

　매끈하면서도 단단한 것, 벽일까? 잠결에 더듬어 보지만 벽치곤 따뜻하다. 낯설지만 기분 좋은 온기에 현서가 꼬물꼬물 몸을 비볐다. 새근새근 숨소리가 얼굴에 닿는 기분이 든다. 혼자 사는 집에서 타인의 숨결을 느낄 일이 어디 있다고. 하여튼, 아무리 졸려도 착각할 걸 착각해야지.

　'잠깐만, 숨결?'

　그제야 눈꺼풀이 졸음을 이겨 내고 번쩍 떠졌다. 설마설마하는 생각으로 올려다보니 역시나 우경이 맞다.

　우경은 현서의 허리에 팔을 두르고 꼭 껴안은 채 곤히 잠들어 있었다. 지금껏 잠결에 어루만진 게 우경의 살결이라고 생각하니 현서의 얼굴이 확 달아올랐다. 얼른 아래를 내려다보니 그녀는 여전히 나신이었다. 민망한 시선을 돌리자 두 눈에 선명하게 우경의 단단한 가슴팍이 보였다. 어젠 부끄러워서 제대로 쳐다보지 못했던 우경의 상반신을 물끄러미 쳐다보던 현서가 정신을 차렸다. 우경 역시 그대로 잠들었다면…….

'아무것도 안 입고 있는 거야? 둘 다? 진짜야? 세상에! 어떡해! 집에 돌려보내고, 씻고, 뭐 이런 거 했어야 하는 거 아니야? 어떡하지? 이, 일단 일어나서 옷을 입어야 하나? 아 근데 왜 이렇게 꽉 안고 계신 거야. 버둥대면 느끼실 것 같은데.'

괜히 온몸이 간질간질해지는 기분이다. 이런 상황에서 맨정신으로 우경을 대할 만큼 현서는 뻔뻔스럽지 못하다. 어떡해야 하나 한참 고민하는데 우경이 몸을 뒤척였다. 혹시 그가 눈을 뜰까 봐 얼른 현서가 눈을 감고 자는 척에 몰입했다.

잠결에 우경의 손이 허리를 어루만지자 현서가 바짝 긴장했다.

눈을 떠야 하나? 우경을 깨울까? 아니면 빛의 속도로 빠져나와서 옷가지를 들고 화장실에 가는 방법도 있겠다. 넘어질 위험이 있지만 일단 옷만 입으면 민망함이 몇 십 배는 줄어들 것 같다. 작전을 정한 현서가 눈을 번쩍 떴다.

"헉!"

"잘 잤어?"

우경이 현서를 바라보며 미소 짓고 있었다.

"어, 예, 네……."

혹시 우경의 시선이 아래로 내려갈까 봐 긴장한 현서가 저도 모르게 이불을 끌어당겼다.

"설마 부끄러워?"

"그야 당연한 거 아닙니까?"

"당연하다니, 어젠 즐길 만큼 다 즐겨 놓고선. 뭐, 그런 뻔뻔함이 없는 점도 매력이지만."

피식 웃으며 우경이 몸을 일으켰다. 현서는 얼른 고개를 돌리면서 재빨리 이불을 제 몸에 돌돌 말아 버렸다. 우경의 웃음소리가 들렸지만 지금은 알몸을 사수하는 게 우선이다.

우경의 말대로 섹스까지 한 사이에 가리는 건 웃길지 몰라도 어쩌겠는가. 창피한 건 창피한 거고, 민망한 건 민망한 거다.

"빨리 옷 입으십시오. 다, 다 하실 때까지 전 이러고 있겠습니다."

"쿡쿡. 그래, 그럼 계속 그러고 있어. 내가 샤워하고 나와서 옷 다 입을 때까지."

"샤…… 네? 여기서 뭘 하신다고요?"

"못 들었어? 샤워한다고."

샤워라면 현서가 알고 있는 바로 그 단어가 맞는 건가? 여기서? 여긴 우경의 집이 아닐뿐더러 갈아입을 속옷도 없고 여분의 옷도 없다. 근데 여기서 샤워를 해?

"팀장님, 여긴 제 집입니다!"

이불 안에서 현서가 억울한 목소리로 소리쳤다. 사귀는 사이가 되긴 했지만 남의 집에서 샤워라니, 여기가 호텔도 아니고 당혹스러운 건 사실이다.

"알아. 하지만 어젠 당신이 매달리는 바람에 나도 못 씻었단 말이야."

"제가 매달렸다고요?"

"자세히 얘기해 줄까? 어제 섹스를 끝내고 당신이 나한테……."

"됐습니다!"

잔뜩 부끄러워하는 현서를 보며 우경이 피식 웃었다. 마음 같아선 당장이라도 예쁜 몸을 가린 이불을 돌돌 벗겨 내고 온몸에 키스라도 퍼부어 주고 싶다. 오늘이 주말이었다면 얼마나 좋았을까? 우경은 새삼 산처럼 쌓인 월차들이 그리워졌다.

웃음을 머금고 우경은 욕실로 들어왔다. 다시 생각해 보니 시간이 촉박해도 집에 들르는 게 나을 것 같다. 기껏 현서가 소문을 없애 주겠다며 동동거리고 있는데 보태 주지는 못할망정 괜한 말이 나오게 해서 좋을 건 없으니까.

'오현서 냄새……'

바디워시에서 현서의 향기가 난다. 달달하면서도 잔향이 말끔한 향기, 마치 현서 같다. 현서의 향기에 휩싸여서일까, 마치 여기가 그녀의 품인 것 같다. 밤새 어루만지고 품에 가둬 뒀는데도 우경의 욕망은 아직 만족하지 못했다. 하긴 몇 번이고 더 하고 싶던 걸 잠자는 현서의 얼굴을 보며 참기만 했으니 밤사이 욕구불만이 되는 것도 당연했다.

"젠장."

이대로는 위험할 것 같아 우경이 얼른 레버를 찬물 쪽으로 휙 틀어 버렸다.

잠시 후 샤워를 마치고 나와 보니 현서는 찝찝해 죽겠다는 얼굴로 서 있었다. 물론 옷은 다 입은 상태였다. 우경이 샤워하며 잡념을 씻어 내는 동안 나름대로 서두른 모양이다.

"어? 일어난 거야? 아쉽네, 더 보고 싶었는데."

"별걸 다 아쉬워하십니다. 얼른 가십시오! 시간 없습니다."

현서는 아래에 수건만 두르고 나온 우경 쪽은 쳐다보지도 못하고 빠르게 말했다. 그 모습이 어찌나 귀여운지 절로 입가에 웃음이 걸렸다.

"아, 그렇지. 당신도 씻어야지. 난 같이 씻어도 괜찮았는데."

"같이 씻……. 말이 되는 소리를 하십시오!"

정말 할 말이 없다는 듯 현서가 허리에 손을 올리고 눈을 부라렸다. 부끄러워선지 오늘따라 더 툭툭대는 것 같다. 뭐, 잔뜩 창피해하는 얼굴이 귀여우니 태도 정도는 이해해 줄까.

"그래그래. 아직 당신한텐 무리일 것 같았어."

현서가 눈을 돌리고 있는 사이 우경이 수건을 벗어 던지고 옷을 입었다. 마지막 마무리로 손목시계를 차고 보니 출근 시간이 꽤 촉박하다. 그럼에도 눈길은 자꾸 시계를 벗어나서 현서에게로 향한다.

"오현서."

우경이 현서의 손을 잡고 제 품으로 끌어당겼다. 그녀가 놀라는 게 품 안에서 그대로 느껴졌지만 우경은 개의치 않고 현서를 어루만졌다.

"차갑습니다."

방금 샤워를 하고 나온 우경의 손이 차갑다. 보일러라도 고장 났었나? 이러다 감기라도 걸리면 어떡하지? 안 그래도 본인 몸 아픈 것엔 신경도 안 쓰는 사람인데. 단지 우경의 손이 차갑다는 이유만으로도 현서의 머리는 복잡해진다.

"뭘 그렇게 걱정하고 있는 거야. 내 앞에서 걱정하는 얼굴 하지 마."

"아, 혹시 보일러가 고장 난 건가 해서요."

"분위기 파악 못 하는 건 여전하네."

어젯밤 같이 잔 남자가 아침 댓바람부터 찬물로 샤워를 한 부분에서 이유를 눈치채야 하는 거 아닌가? 우경이 현서의 첫 남자라는 점은 기쁘지만 이렇게 사소한 부분에서 눈치 없이 행동할 땐 조금 고역스럽다. 참는 쪽 입장은 전혀 몰라주니 말이다.

"당신 집에서, 당신이 쓰던 물건으로 씻는데, 내가 저 안에서 무슨 생각을 했을 것 같아?"

"네? 어…… 네?"

그제야 현서가 대놓고 놀랐다.

"지금 아, 아, 아침입니다!"

"알아. 덕분에 난 아침부터 냉수마찰까지 했다고. 날 못 참게 만드는 건 당신이니까 불평은 그만해."

반발하려는 현서의 입을 틀어막듯 우경이 단숨에 키스했다. 당황하던 현서도 이젠 오기가 생겼는지 혀를 휘저으며 움직여 왔다. 반항하는 움직임 덕분에 우경은 더더욱 그녀를 뒤흔들고 싶다는 욕구가 치솟았다. 현서가 키스에만 몰입한 사이 우경은 그녀를 벽면에 밀어붙였다.

"웅……. 티, 팀장님? 어딜 만지시는 겁니까! 아, 아침이라니까요!"

우경의 못된 손이 멋대로 브래지어를 밀어내고 들어가 현서의 가슴을 어루만졌다. 꼿꼿해진 유두를 손가락으로 비틀자 현서의 입에서 신음 소리가 절로 나왔다.

"으훗!"

"어차피 당신은 씻어야 하잖아. 괜찮아. 끝까지 안 하면 돼."

"네? 아! 잠깐······."

양보할 생각일랑 일찌감치 사라진 우경이 그대로 현서의 상의를 벗겨 냈다. 현서가 생각할 틈도 없이 가슴을 주무르며 우경이 착 달라붙는 목소리로 물었다.

"어때? 정말 싫어?"

"바, 밤에 퇴근하고······."

"치졸해 보일까 봐 이런 불평은 안 하려고 했는데, 어젯밤 당신이 나한테 얼마나 가혹했는지 알아? 생각이 없으면 집에나 보내 주지, 혼자 두지 말아 달라고, 가지 말라고 하도 보채고 매달려서 어쩔 수 없이 옆에서 잔 거야. 덕분에 밤새 참고 아침에 눈떴을 때부터 또 참았어. 근데도 또 참으라는 거야?"

"무슨, 무슨 그런 말을 아무렇지도 않게 하십니까!"

원래 이런 사람이었나 싶을 정도로 능글맞은 말이다. 남자로서 여자인 널 원한다고 대놓고 말하는데 부끄럽지 않으면 이상한 일이다.

"쿡쿡. 저번에도 말했잖아. 아무렇지 않은 건 아니야. 상대가 오현서니까 창피함을 무릅쓰고 하는 거라고. 그보다 대답부터 해 줘. 한 번 섹스 했다고 해서 다음이 무조건 허락인 건 아니니까. 당신이 싫으면 안 해. 앞으로도, 그리고 지금도."

지독하다. 도망치지 못하게 만드는 눈빛으로 바라보면서, 너만 원한다는 말투로 질문을 하면서, 굳이 대답을 요구한다. 현서도 우경을 원한다는 사실을 그는 확인받으려 한다.

"······자, 잠깐만입니다."

"품! 네, 네. 선처에 감사합니다, 오현서 씨."

빙긋 웃으며 우경이 현서가 벽과 마주 보게 그녀를 돌려세웠다. 그대로 뒤에서 품에 안은 우경의 손이 평평한 배와 골반을 거쳐 아래로, 더 아래로 내려왔다.

"봐, 당신도 날 원하고 있잖아."

일일이 중계해 주지 않아도 벌써 아래가 젖었다는 정도는 현서도 느낄 수 있다. 그래서 더 창피한 것이다.

"하앗……. 그, 그런 말 일일이 하지 마십시오!"

"괜찮잖아, 좀 더 솔직해져도."

투덜대는 말투마저 사랑스럽다. 원래부터 이런 사람이었나 싶을 정도로 능글맞게 우경이 현서의 안으로 손가락을 뻗었다. 움찔 몸이 떨렸지만 우경은 개의치 않고 손가락으로 안을 휘저었다. 어젠여기저기 온몸을 찌르던 우경이 집요하게 한곳만 건드려 온다. 같은 장소에만 연이어 이어지는 자극이 전신을 애무할 때보다도 더몸이 떨리게 만든다.

"하, 어때? 어제보다 더 좋지?"

한숨을 흘리며 우경이 현서의 귓바퀴를 달콤하게 깨물었다.

"홋! 그, 그만……."

온몸이 뜨거워진다. 잠들어 있던 신경이 우경의 손놀림에 반응하며 곤두서는 기분이다. 이대로는 안 될 것 같다. 더 못 견디겠다는 목소리로 현서가 항복을 외쳤다.

"정말 그만둬도 괜찮은 거야?"

"더 모, 못 견디겠……."

정말 못 견디겠는 건 당신을 지켜보는 나야. 하지만 우경은 그런 말은 굳이 내뱉지 않았다. 지금까지 버텨 준 것만으로도 현서로선 선전한 셈이니까.

"하긴 당신도 하루 종일 밤만 기다리는 기분을 느껴 보는 것도 나쁘지 않겠지."

여기서 물러나 줄게, 라는 태도로 우경이 손을 뗐다. 그 순간 안심했는지 온몸에 힘이 빠지고 말았다. 버둥댈 틈도 없이 바닥으로 무너지려던 현서를 우경이 재빨리 붙잡았다.

"괜찮아?"

천천히 현서가 앉을 수 있도록 내려 준 우경이 무릎을 꿇고 안색을 살폈다.

"무리했나? 병가 낼래? 정식 월차는 무리지만 병가라면 낼 수 있어."

"말이 되는 소리를 하십시오. 증빙 서류는 어떡하고요? 뭣보다 지금은 리케아 프로젝트가 우선이잖습니까?"

"딱딱한 소리. 이 기회에 상사랑 연애하는 특권 정도는 누리게 해 줄 생각이었는데."

"그런 특권 누리려고 팀장님이랑 연애하는 거 아닙니다."

딱 잘라 대답한 현서가 얼른 욕실로 달려갔다. 안 그래도 그 정도로 비틀댄 제 자신이 창피하던 참이다. 뭣보다 우경은 정장을 다 차려입은 모습인데 혼자만 벗고 있던 것도 엄청 민망했다.

"빨리 가세요!"

욕실 안에서 현서가 얼굴만 내밀고 외치자 우경이 할 수 없다는 듯 어깨를 으쓱했다.

"고집스럽긴. 정 그렇다면 할 수 없지. 데리러 올게. 준비 시간 20분 준다."

❖　　❖　　❖

"최수현 팀장님은 양보할 생각이 전혀 없어 보였습니다."

지각을 3분 남기고 아슬아슬하게 출근 시간을 지켰다. 현서는 여전히 가슴이 콩닥거리는 반면 우경은 태연하게 아침 회의를 주관하고 있다. 하여튼 이런 부분에서도 그는 현서와는 차원이 다른 사람이다.

"……그래. 내 주장을 미리 예측해서 하나하나 반박하겠다고 했단 말이지? 정말 최 팀장답네. 하긴 그편이 내 쪽도 대비하기 좋지. 최수현은 경쟁하는 방법을 모르면 상대하기 까다롭거든."

우경이 나지막한 웃음을 터뜨렸다. 신입사원 시절부터 수현은 정말 변한 게 없다. 물론 그건 우경도 마찬가지다. 한 번도 서로가 적당히 물러난 적이 없기 때문에 결과가 늘 최상이었던 거다.

"개인적으론 최 팀장님 의견도 일리는 있다고 봅니다. 리케아 입장에서도 첫 홍보에 비용 투자를 많이 할 필요가 있으니까요."

"어제 좀 알아봤는데 리케아 담당자는 서강이 홍보에 중점을 둘 거라고 예측을 하고 있는 것 같더라고요."

민호와 유라도 각각 걱정되는 부분에 대해 의견을 말했다.

우경도 수현의 방법이 틀렸다곤 생각하지 않는다. 오히려 그쪽이 정론이고 우경이 주장하는 일은 시간낭비, 돈 낭비에 가깝다. 우경 역시 리케아와의 거래가 이번뿐이라면 수현처럼 홍보에만 온 힘을 다했을 것이다. 어쨌거나 서강이 개입된 마케팅인 만큼 눈에 보이는 결과물을 생산시키려면 홍보에 지원하는 편이 최선이니까.

"리케아는 앞으로도 서강과 거래할 업체야. 앞으로의 장기적인 거래를 위해서도 탄탄한 데이터베이스 구축은 기본이고. 나로선 이번 기회가 좋겠다 싶었을 뿐이지."

"최 팀장님은 그걸 모르시는 걸까요?"

"알겠지. 바로 결과물을 원하는 것도 나쁘지 않아. 우리 방식대로 하더라도 결과는 확실해야 하고. 어쨌든 공동 프로젝트니까 한쪽 의견만 가지고 일이 진행되진 않겠지. 결국 협의하게 될 거야. 오 비서는 한발 앞서서 협의안부터 만들어 봐."

이골이 난 듯 우경이 세부 사항을 정리해서 알려 줬다.

회의가 끝나자마자 우경은 조윤주 부장의 호출로 지원총괄팀으로 불려갔다. 그곳에서 수현과 함께 진행 상황을 보고하게 될 것 같다고 했다. 마침 잘됐다.

"유라 씨. 잠깐만."

우경이 자리를 비운 사이 현서가 유라를 팀장실로 불렀다. 무슨 일이냐 묻는 유라에게 커피부터 타 준 현서가 숨을 들이켜고 말했다.

"실은 고민하는 일이 있어서. 상담 좀 해 줄 수 있을까요?"

"상담이요? 오 비서님이 저한테요?"

유라 쪽에서 면담을 요청한다면 모를까, 현서가 상담을 부탁하다니. 얼떨떨해하는 유라에게 차분한 미소를 지어 보이며 현서가 말을 이어 갔다.

"네. 실은 저번에 우리끼리 소문 얘기한 거 있었잖아요."

"소문? 아, 설마 백 팀장님 소문이요?"

불안한 듯 유라가 주변을 둘러봤다. 아무리 우경이 자리를 비웠어도 그에 대한 소문을 여기서 이러쿵저러쿵 떠들어도 되는지 모르겠다는 눈치였다.

"사실 제가 마음에 걸려서 팀장님께 직접 여쭤 봤거든요."

"네? 그걸 직접 물어보셨다고요? 팀장님한테요? 진짜요?"

유라가 하도 심각해 보여서 웃음이 났다.

"하하. 네. 그래서 얘길 들었는데, 그 따님이라는 분이 사실 조카분이시래요. 유라 씨도 알다시피 팀장님이 한때 낙하산이니 뭐니 하는 말까지 있었잖아요. 그래서 그동안 집안에 대해선 얘길 잘 안 하신 것 같아요."

굳이 누나에 대해서 얘기할 필요는 없을 것 같다.

유라에게 털어놓는 건 그녀가 회사 내에 가진 통신망이 워낙 뛰어나기 때문이다. 거기다 평소 유라는 우경을 존경하고 잘 따른다. 그러니 이번 일에 있어서 조력자로 나서 줄 가능성이 높고 현서로서도 유라의 도움이 꼭 필요했다.

"그럼 저희 팀장님은 결혼은 당연히 안 하셨던 거고, 애도 없었던 거예요?"

"네. 팀장님 본인도 소문에 대해서는 전혀 모르셨나 봐요. 무척 놀라시더라고요."

"와! 정말 다행이다. 솔직히 거북했거든요. 다른 비서과 언니들이 우리 팀장님 까는 얘기 들을 때마다 화도 났고요. 팀장님한테 여쭤 볼 수도 없고 해서 그냥 참았는데 이젠 안 그래야겠어요."

현서가 굳이 말하지 않아도 이렇게까지 나서 주니 고마워졌다.

"저도 같은 생각이에요. 그래서 유라 씨가 저를 좀 도와줬으면 좋겠어요."

"뭘 도와드리면 되는데요?"

"마음 같아선 회사 홈페이지나 게시판에 그 소문 다 가짜라고 글이라도 올려 두고 싶지만 그런 방식은 곤란하니까요. 눈에는 눈, 이에는 이라는 말이 있잖아요? 그걸 한 번 써 볼까 해요."

"소문을 퍼뜨리자고요?"

유라의 물음에 현서가 고개를 끄덕였다.

서한나가 설령 사내에서 미움받고 있는 처지라고 해도 어디까지나 밥줄을 쥔 회사 회장의 고명딸이다. 간단히 말해 서한나는 만만치 않은 상대라는 뜻이다. 그러니 이쪽도 방법을 가리지 않고 써 볼 생각이다. 사정 봐주지 않아도 되니 차라리 편하다.

"오늘 점심 먹고 비서과 직원들한테 커피라도 한 잔씩 살 생각이에요."

"괜찮으시겠어요? 비서과 언니들 엄청 드센데."

"드세긴 해도 제일 말도 많고 잘 뭉쳐 다니잖아요. 조금씩 시작해 보려고요. 한 번에 다 없앨 수 있다는 기대는 안 해요. 지금은 사람들이 알고 있는 잘못된 편견을 바꾸는 것부터 시작할 거예요. 유라 씨가 자리 좀 만들 수 있도록 도와줄래요?"

"알겠어요."

덧붙여서 앞으로도 소문 얘길 들으면 함부로 반박하지 말아 달라고 부탁했다. 이 일을 시작한 건 현서니까 그에 따르는 위험도 그녀가 온전히 부담할 생각이었다.

"고마워요, 유라 씨."

"아니에요. 오히려 저도 속 시원해서 좋은데요, 뭘."

"아니, 정말로 고마워요."

그냥 지나가듯 인사치레로 하는 말이 아니다. 그런 소문에 화를 내 준 것도, 그리고 선뜻 도와주겠다고 나서 주는 것도 전부 정말 고맙다.

유라는 의외라는 듯 놀란 목소리로 읊조렸다.

"어…… 오 비서님, 저희 팀장님 정말 좋아하시나 봐요."

"네?"

뜻밖에 정곡을 찔려서 현서가 당황하자 유라가 싱긋 웃었다.

"신기해서요. 오 비서님, 처음에 팀장님한테 전혀 관심 없으셨잖아요. 왠지 요 근래 들어서 갑자기 관심이 많아지신 것 같아서요. 하긴 이렇게 될 줄 알았어요. 저희 팀장님이 워낙에 잘나셨잖아요."

액면 그대로 받아들이면 상사에 대한 관심도가 커진 정도겠지만 우경과 사귀는 사이라 그런지 괜히 찔렸다. 여기서 당황해 봐야 유라에게 의심만 키워 줄 것 같아 현서도 차분한 웃음으로 응대했다.

"맞아요. 정말 좋은 분이세요."

"그죠? 그럼 전 일 보러 나갈게요. 리케아 건이 생각보다 만만치 않네요."

"네, 데이터베이스 만들어지면 팀장님께 올리기 전에 한 번 봐 드릴게요."

"알겠습니다!"

힘찬 대답과 함께 유라가 팀장실을 나간 동시에 현서도 안도의 한숨을 내쉬었다.

생각보다 유라의 눈치가 빠르다. 우경에겐 안된 일이지만 앞으로 회사 내에서는 현서도 더 조심해야겠다.

우경이 회의를 하는 동안 조금이라도 일을 정리해 두기 위해 현서도 더 놀지 않고 부지런히 자판을 두드렸다. 이런 상태라면 차라리 분업이 낫지 않을까 싶다. 홍보는 수현 쪽이, 데이터는 우경이 맡아서 처리하고 비용과 인력 정도만 협의하면 무난하게 진행될 것 같다.

'이따가 팀장님 오시면 말씀드려 봐야겠다.'

우경은 점심시간까지 돌아오지 않았고 현서에게 문자만 남겼다. 조율이 길어져서 조윤주 부장과 점심을 먹고 회의를 이어 가기로 했단다. 그들이 얼마나 살벌한 시간을 보내고 있을지는 상상하지 않기로 했다. 현서는 이쪽 일만으로도 머리가 아프다.

"커피를 사겠다고요?"

매일 성형외과 문턱이 닳도록 드나드는 대기업 비서과 직원들은 하나같이 출중한 외모에 기도 세다. 거기다 똑똑하고 스펙까지 좋은 여자들이니 갑자기 커피를 사겠다고 나서는 현서가 의심스러운 것도 당연하리라.

"네. 그동안 너무 무례했다 싶더라고요. 원래 팀장급 이상에게 배속되는 비서는 비서과에서 충원되잖아요? 전 채용으로 들어와서 선배님들께 제대로 인사도 못 드리고 업무에 들어간 점이 늘 마음에 걸렸었거든요. 무례했던 후배의 늦은 인사 정도로 넘어가 주세요."

사근사근한 미소와 미안한 듯 찡그린 얼굴 콤보를 쓰자 비서과 직원들도 찌푸린 눈살을 풀었다.

"하긴 그동안 오현서 씨가 좀 무례하긴 했지."

"맞아요. 솔직히 우리도 좀 서운했어."

그제야 하나둘 속내를 털어놓자 현서가 속으로 혀를 찼다. 무례는 무슨, 회사 들어와서 일만 똑바로 하면 됐지 뭘 더 바란단 말인가. 물론 겉으로는 드러내지 않았다. 서한나처럼 남자 앞에서 아양을 떠는 재주는 없어도 필요할 땐 내숭도 잘 피우는 현서다.

"정말 죄송합니다. 초반에는 비서 일을 잘 몰라서 허둥대느라 정신이 없었어요. 나중엔 너무 죄송해서 뭐라고 말씀드려야 할지도 잘 모르겠더라고요. 오늘도 유라 씨한테 도와 달라고 해서 겨우 용기 낸 거예요. 그러니까 오늘 커피 한 잔 사는 걸로 빚 좀 깎아 주세요, 네? 하하."

"뭐, 이제라도 알았으면 됐고."

"그럼 다 같이 갈까? 기왕 산다는데 이럴 때 마셔 줘야 오현서 씨 마음도 편해지지. 안 그래?"

"정말요? 다행이에요."

현서는 비서과 직원들의 외모를 하나하나 칭찬하며 그들의 이야기에 호들갑스러운 리액션을 취했다. 학창 시절 이후 녹슬어 가던 아부 기술을 유감없이 발휘한 덕분에 절친한 친구처럼 수다를 떨었다. 업무 시간 복귀가 늦어질 것 같긴 하지만 한 번쯤은 어때랴, 싶다.

"맞다. 지금 1팀 바쁘겠네? 2팀이랑 공동 프로젝트 중이라며?"

"네, 조금요."

"큰일이겠네. 그 두 분이 공동 프로젝트라니. 조윤주 부장님 아니면 컨트롤할 사람이 어디 있겠어? 최 팀장님 성격 유명하시잖아. 하하, 오현서 씨, 왜 2팀에 남자들만 득실대는 줄 알아? 여자 사원들이 못 버티고 줄줄이 부서 이동 신청해서야. 처음에야 남자 꽃밭에서 행복한 꿈 꿨겠지만 끝까지 버티질 못하더라고."

역시 남 말하기 좋아하는 비서과답게 갖은 소문을 다 수집해 뒀다. 현서는 처음 듣는다는 순진무구한 얼굴로 그들의 수다 욕구를 자극했다.

"남자 꽃밭이요? 하긴, 다들 외모가 출중하긴 하시더라고요."

"그중에서 최수현 팀장님은 단연 눈에 띄시지. 분위기만 봐도 집안 좋은 건 명확하고, 잘난 외모에, 좀 딱딱해서 그렇지 자기 여자한테는 엄청 잘해 주지 않을까? 남들한텐 다 차가워도 내 여자한테만 잘해 주는 타입! 이상향의 끝이잖아."

"맞아, 맞아. 고백했다가 차인 애들도 사내에 꽤 될걸? 나야 백우경 팀장님 쪽이 취향이지만. 아, 맞다. 백 팀장님은 소문이 좀……."

때마침 기회를 포착한 현서가 놀란 얼굴로 물었다.

"어? 소문이요?"

"오현서 씨 몰랐어? 백 팀장님 소문?"

"네, 무슨 소문이 돌았는데요? 에이, 얘기해 주세요. 네?"

순진한 척 달라붙자 떨떠름한 얼굴을 하고 있던 비서들이 표정을 풀었다. 여기서 무슨 얘길 하건 설마 백우경에게 가서 줄줄이 일러바칠 정도로 멍청한 여자는 아니리란 무언의 대화가 오고 가는 듯싶었다.

곧 비서들이 현서도 질리도록 들어 알고 있는 소문에 대해 얘기해 줬다.

"어머, 전 정말 몰랐습니다. 그런 소문을 믿는 사람이 있었다니, 되게 신기하네요. 하하."

"오현서 씨, 이거 그냥 소문이 아니라 진짜라니까?"

자, 바로 여기가 승부처다. 그따위 소문은 생각도 못 할 만큼 투명하고 깨끗한 우경의 사생활을 비서로서, 바로 옆에서 늘 접해 왔다는 점을 알리는 게 이 작전의 포인트다.

"글쎄요, 전 왜 그런 소문이 돌았는지 잘 모르겠습니다. 이건 제가 선배님들이니까 믿고 얘기하는 건데…… 에이, 아닙니다. 선배님들이 그 소문을 철석같이 믿고 계신데 제가 말해서 뭐하겠어요."

쉽게 말해 주면 그만큼 쉽게 여기는 법이다. 현서가 일부러 뜸을 들이자 그들은 더 수다스럽게 몰려들었다. 딴 데 가선 말 안 하겠다, 우리도 소문 얘기해 주지 않았느냐, 거기서 끊으면 어떡하느냐, 등등 별의별 말로 현서를 회유했다.

현서는 그들의 감언이설에 넘어간 척 다시 확인받았다.

"정말 다른 데 가선 절대 말씀하시면 안 됩니다?"

"알았다니까? 우리 입 무거워."

"맞아. 말해 봐, 얼른!"

입이 무겁다니, 정말 입이 무거우면 현서가 커피값으로 몇 만 원이나 지불하고 이들에게 시간 투자를 할 리가 없지 않겠는가.

"실은 제가 저희 팀장님이랑 같은 동네에 사는데 말입니다. 그 따님이라는 분, 봤었거든요. 아빠, 아빠, 하고 부르기에 여쭤 보니까 가끔씩 실수를 한대요. 삼촌이라는 말이 아직 어려운가 보더라고요. 옛날에는 더 어렸으니까 실수도 더 많이 하지 않았을까요?"

"실수? 애가?"

"저번에 저희 팀 조윤주 부장님께 엄청 깨진 적 있는 거 아시죠? 저희 팀장님 병가 내신 날이요. 그날 제가 중요한 서류 가지러 집에 갔는데 혼자 사시더라고요. 그래서 전 그냥 조카분이 있으시구나, 정도로만 생각했고요. 그런 소문은 생각도 못 해 봤죠."

그제야 그녀들은 저들끼리 떠들어 대기 시작했다. 의심해 보지 못하고 당연하다는 듯 믿어 온 부분이라 다른 얘기가 나온 게 흥미로운 듯 보였다. 당장 현서의 말을 곧이곧대로 받아들여 주진 않겠지만 오늘은 견고하던 벽에 파문을 만든 것만으로도 충분한 수확이다.

"그럼 전 먼저 회사에 들어가 보겠습니다."

수다에 열이 오른 그들을 두고 현서가 카페를 나왔다. 시계를 보니 벌써 두 시가 넘었다. 우경에게는 사정상 조금 늦게 들어간다고 미리 문자로 보고해 뒀으니 괜찮을 것이다.

"날씨 좋다."

어젠 그렇게 추웠는데 낮이 되니 햇살이 꽤 따뜻하다. 기분 좋은 오후다.

"나한텐 커피 한 잔 안 사다 줄 거면서 카페 가느라 복귀 시간에 지각을 해? 서운하네."

그때 뒤에서 우경의 목소리가 성큼 다가왔다. 놀라서 돌아보니 투정 부리던 말투와는 다르게 싱긋 웃고 있다.

"이젠 별게 다 서운하십니다. 그보다 회의 중인 거 아니셨습니까?"

"그러려고 했는데 조 부장님이 호출 받으셨거든. 오래 걸릴 것 같다고 하셔서 최수현이랑 둘이서 대충 결론지었어."

"어? 결론이 나신 겁니까?"

"응, 팀 회의에서 박 터지게 싸워 보기로."

지금 그걸 결론이라고 말하고 있는 건가. 자랑스러운 듯 손가락으로 브이까지 그려 내는 그의 행동에 현서가 기가 찬 듯 한숨지었다.

"현서야."

그의 손이 맞닿는 게 느껴지자 현서가 화들짝 놀라며 얼른 쳐 냈다.

"팀장님! 여기 회사 앞입니다!"

"아아, 당신이 그럴 때마다 숨이 턱턱 막힌다니까. 어디 장기 출장이라도 데려가고 싶다. 가서 오현서랑 맛난 것도 먹고, 경치 구경도 하고, 밤에는 마음껏 안고 싶어."

대낮부터 튀어나온 적나라한 발언에 현서의 얼굴이 빨갛게 달아올랐다.

"출장이라면서 일 얘긴 왜 하나도 없으십니까?"

"일만 하러 가는 거면 차라리 혼자 가는 게 낫지. 당신을 데려가고도 내가 밤에 참을 수 있을 것 같아?"

"됐습니다. 팀장님이랑 이런 얘기 하고 있는 제가 바보죠."

토라진 듯 앞서 가는 현서를 따라잡으려던 우경이 문득 멈칫했다.

겨울 햇살을 가득 받으며 걸어가고 있는 현서의 모습이 눈부시다. 면접 때만 해도 저런 모습이 있을 거라 전혀 상상해 보지 못했었다. 마치 다른 사람처럼 아름답게 빛나는 모습에 우경의 심장이 덜컹 내려앉았다.

"하아. 앞으론 더 조심해야겠어."

"네? 아, 소문이요?"

"아니, 당신 처신."

"참내, 제 처신에 대해서는 지적받을 사항이 전혀 없다고 봅니다만? 팀장님만 조심하시면 아무 문제도 없습니다. 한 번만 더 저번처럼 딴 여자랑 같이 있는데 연락두절 되면 진짜 안 참을 겁니다."

콕 집어 서한나라고 말하지 않는 건, 현서의 마지막 자존심이다.

우경은 그걸 아는지 모르는지 능청스럽게 웃으며 제 머리카락을 쓸어 올렸다. 그 모습에 현서는 저도 모르게 넋을 놓고 말았다.

"오현서, 당신 내 이목구비 좋아하지?"

"네?"

"얼굴이라고 말해도 좋고."

"네? 네?"

설령 좋아한다고 해도 보통 상대방한테 그걸 물어보나? 이렇게 직접적으로? 뻔뻔하게?

"무슨……."

"방금처럼 넋을 놓고 쳐다볼 때가 한두 번이 아닌데 내가 모를 것 같았어?"

아차, 싶었다. 우경이 느낄 정도로 자주 그랬던가? 생각해 보면 우경이 잠들거나 다른 일에 몰두할 때 현서의 시선은 늘 그에게 닿아 있었다. 그가 서류를 보느라 시선을 내리깔았을 때도, 피곤에 지쳐 잠들었을 때도, 현서는 우경을 보고 있었다. 하지만 이건 그런 사소한 모습조차 멋있는 이 남자의 잘못이다.

"그거야, 아니, 그게 무슨 상관입니까? 지금 일부러 다른 말 꺼내시는 거죠?"

"아니, 아까 당신이 한 말이랑 굉장히 깊은 연관이 있지. 당신이 질투하는 모습은 귀엽지만 내 옆에서 괜히 불안해하는 건 싫거든."

"네?"

"당당하게 쳐다보지 못하는 것도 불안해서 나오는 행동 중에 하나라고 생각하면, 난 또 당신을 걱정하게 돼. 그러니까 훔쳐보지 말고 마음껏 봐. 난 당신이 원하는 대로 할 테니까, 당당히 누리라고."

당당히 누리라니, 평소에는 잘난 체하지 않으면서 이렇게 현서가 불안해할 때면 꼭 붙잡고 기대게 해 준다. 고마운 배려지만 한 가지 그가 착각하고 있는 부분이 있다.

"꼭 불안해서 그런 건 아닙니다. 그러니까 이건……."

"이건?"

"부, 부……."

"부?"

"부, 부끄러워서 그런 겁니다! 그러기에 누가 팀장님한테 그렇게 잘나라고 했습니까? 핫! 아, 아니 그러니까 제 말은, 아, 아무튼 잘못은 팀장님이 해 놓고 저한테 책임 전가시키지 말란 말입니다."

창피하게! 결국 말하고 말았다. 현서가 도망치듯 우경을 두고 척 척 걸어가 버렸다.

갑작스러운 칭찬에 넋을 놓았던 우경의 얼굴이 달아올랐다. 당혹감에 저도 모르게 손으로 얼굴을 감싼다. 세상에, 지금 여자한테 칭찬 들었다고 부끄러워하고 있는 건가?

'미치겠다, 오현서.'

여기가 집이었으면 당장 끌어안았을 텐데, 그러지 못함이 아쉬울 뿐이다. 우경은 성큼성큼 가 버리는 현서의 뒤를 뒤늦게 따르며 웃음기 어린 목소리로 외쳤다.

"같이 가! 어, 혼자 아주 들어가 버릴 기세네? 하나 둘 셋에 안 멈추면 큰 소리로 자기라고 부른다? 하나, 둘……."

"아, 정말! 오려면 빨리 오십시오! 리케아 프로젝트 회의 준비 안 하실 겁니까!"

곧이어 짜증스러운 현서의 목소리가 되돌아왔지만 우경은 그저 즐겁게 웃었다.

❖　　❖　　❖

우경은 들를 곳이 있다며 모처럼 칼같이 퇴근했다. 현서도 오늘
은 약속이 있어서 집으로 바로 가지 않을 예정이었다.

마지막으로 사무실 불을 끄고 나온 현서가 찾아간 곳은 집에서
그리 멀지 않은 곳에 위치한 한 유치원이었다.

"안녕하세요."

"왔어요? 소영 쌤 안에 있어요."

친구 소영이 일하는 한빛유치원은 동네에서 가장 큰 유치원이다.
근처에서 명문으로 자자한 곳이라 소영을 만나러 올 때마다 현서도
뿌듯해진다.

"아, 네. 안녕히 가세요."

퇴근하는 유치원 선생 몇 사람과 인사를 한 현서가 안으로 들어
갔다.

"어? 아직도 원생이 있네."

사랑반에 소영은 없고 여자아이만 한 명 있다.

"어, 저기, 안녕."

빤히 쳐다보는 아이의 시선에 현서가 얼떨결에 인사부터 했다.
가까이 가 보니 아이는 혼자서 그림책을 보고 있었다. 와, 근데 뭐
가 이렇게 예뻐? 깔끔하게 땋아진 갈색 머리칼은 윤기가 나고, 피
부도 하얗고 맑다. 뭣보다 활짝 웃는 얼굴이 꼭 인형 같다.

"안녕하세요."

"시간도 늦었는데 혼자서 뭐해?"

아차, 어릴 때 어른들이 물어보면 현서가 늘 기겁을 했던 질문이다. 엄마가 일하느라 늘 마지막까지 유치원을 지키던 현서였으니까.

"미안, 언니가 괜한 걸 물어봤네."

무의식중에 하도 많이 들어서 익숙한 질문부터 하고 만 제 자신이 원망스럽다. 현서의 재빠른 사과에 아이는 기분 상한 눈치 없이 대답했다.

"할머니가 늦게 온대서 기다려요."

"그랬구나."

부모님은 직장을 다니시는 분들인가? 궁금해졌지만 현서는 더 묻지 않기로 했다.

"언닌 누구 데리러 왔어요?"

"웅? 아, 언니는 친구가 여기서 일해. 장소영 선생님 알지? 언니가 그 선생님 친구거든."

"쌤은 아까 원장님이 불러서 나가셨어요."

애가 혼자 있는데 나갔다니, 유치원 원장이라면 다른 선생을 보내 두는 배려는 하고 불러가야 할 것 아닌가. 하여튼 소영이 매일 원장 욕을 하는 데는 다 이유가 있다.

"그래? 그럼 언니랑 좀 놀아 주면 안 될까? 언니가 심심해서 그래."

최대한 아이의 자존심을 건드리지 않기 위해 노력하며 현서가 친근하게 부탁했다. 아이는 고개를 갸웃하며 되물었다.

"언니는 집에 안 가요?"

"웅. 언닌 천천히 가도 돼. 기다리는 사람이 없거든. 참, 아직 이름도 못 들었네. 언니 이름은 오현서야."

"백지우요."

지우? 하긴 흔한 이름이니까 굳이 우경을 결부시킬 필요는 없다. 그럼에도 굳이 우경이 떠오르는 건 햇살처럼 주변을 밝히는 미소가 닮아서겠지.

"어? 이거 지우가 그린 거야?"

유치원의 겨울 풍경을 그린 그림들이 한쪽 벽면에 빼곡하게 장식되어 있었다. 그중 지우의 그림을 발견한 현서가 감탄했다. 굳이 어릴 때 그렸던 그림과 비교하지 않아도 주변에 붙여진 그림들 중에서도 가장 잘 그렸다.

"그림 그리는 거 좋아하니?"

"네."

수줍은 듯 웃는 얼굴이 사랑스러워서 현서도 웃음이 나왔다. 아이를 별로 좋아하지 않는 편이지만 이 아이는 어딘지 사람을 끌어당기는 매력이 있는 것 같다.

"언닌 손재주 없는데, 부럽다. 이거 집에는 못 가져가? 이런 건 가져가서 자랑해야 하는데. 할머니도 보면 좋아하실 거야."

"할머니도 보셨어요. 할아버지랑 삼촌도요."

지우의 입에서는 끝까지 부모님에 대한 얘기는 나오지 않았다. 캐묻지 않아도 아이가 말하길 꺼려한다는 점을 현서는 본능적으로 느낄 수 있었다. 사람들이 아버지에 대해 물어볼 때마다 조개처럼 입을 꾹 다물고 있던 과거가 떠올라 또 가슴이 쓰려 온다.

"그랬구나."

"어? 삼촌? 삼촌이다!"

그때 지우가 벌떡 일어나더니 복도를 향해 달려가 버렸다. 선생님도 아니면서 애와 대화한 게 알려지면 까다로운 학부모가 밉게 볼지 모른다. 그런데 긴장한 현서에게 뜻밖에 익숙한 목소리가 다가왔다.

"오현서?"

"어?"

우경이 지우를 품에 안고 반으로 들어왔다. 여기서 만날 줄은 몰랐다는 듯 그답지 않게 깜짝 놀란 얼굴이다.

"지우가 그럼, 팀장님 조카예요?"

"이름 듣고도 예상 못 했어?"

웃음으로 되물으며 우경이 익숙한 손길로 지우의 가방과 겉옷을 챙겼다. 한두 번 해 본 솜씨가 아니었다. 삼촌이 와서 신이 난 지우는 우경의 곁에서 떨어질 줄 몰랐다.

"저 언니가 놀아 줬어요."

"그랬어? 그보다 지우 피곤하지?"

"괜찮아요!"

"괜찮긴. 오늘 할머니가 갑자기 일이 생겨서 삼촌이 온 거야. 오래 기다리게 해서 미안해, 지우야."

약속 있다고 칼같이 퇴근하더니 그마저도 미루고 지우를 데리러 온 모양이다. 지우는 익숙한 일인지 개의치 않는다는 듯 웃어 보였다. 닮았다, 닮았다 했더니 정말 닮았다. 회사 사람들이 부녀지간이라는 소문을 퍼뜨릴 법도 했다.

"어머, 지우야, 외삼촌 오셨네? 안녕하세요."

"예. 오랜만입니다, 선생님."

때마침 소영이 면담을 마치고 나타났다. 소영은 이미 우경과 잘 아는 사이인 듯 인사를 나누고 현서에게도 가볍게 손을 흔들었다.

"오래 기다렸지? 미안, 미안. 얘기가 조금 길어졌어. 우리 지우, 선생님 없이도 잘 놀고 있었지?"

"네."

"내일 준비물 꼭 챙겨 오고, 알았지? 삼촌분도 피곤하실 텐데 오느라 고생 많으셨네요."

"아닙니다. 그럼 내일 뵙겠습니다."

소영과 우경이 대화하는 동안 현서는 구석에서 딴청을 부렸다. 모르는 척 넘어가면 차라리 다행일 것 같다. 소영이 알면 시끄럽게 이것저것 캐물을 게 뻔하니까. 하긴 우경도 눈치가 있는데 현서가 여기 있는 이유 정도는 헤아려 주겠지.

안심하고 있던 그때 우경이 짓궂은 목소리로 물었다.

"오현서, 상사가 가는데 인사도 안 하지?"

"상사라니?"

그럼 그렇지. 그냥 넘어가면 백우경이 아니다. 정곡을 찔린 현서가 난감한 얼굴을 구겨 넣고 태연한 척 대답했다.

"지금 막 하려던 참입니다. 조심히 들어가십시오."

현서가 꾸벅 인사하는 모습을 본 우경이 만족스러운 미소를 남기고 지우와 함께 돌아갔다. 이제 여기에 남은 것은 호기심이 가득한 눈빛을 빛내는 소영과 도망칠 길을 잃은 현서뿐이다.

유치원 안에서 할 이야기는 아닌 것 같아 현서가 소영을 재촉해 퇴근 준비를 시켰다. 오랜만에 함께 집으로 오기로 한 두 사람은 마트에 들러 간단한 식재료와 주전부리를 샀다. 그러는 중에도 소영의 입은 다물어질 줄 몰랐다.

"대박, 대박! 진짜야? 그간 네가 말한 상사, 진짜 그분이야? 정말로?"

"어. 몇 번을 대답하냐?"

"세상에! 와, 그분 진짜 멋있잖아! 내가 전에 말했잖아. 우리 유치원에도 네가 말한 상사랑 비슷한 분 있다고. 근데 같은 사람이었을 줄이야! 대박! 정말 잘됐다."

"어?"

"네 얼굴에서 후광이 난달까? 사랑받는 여자라는 느낌이 팍팍 들거든. 그분이랑 사귀고 있는 거지?"

웃으며 물어 오는데 괜히 현서가 낯간지럽다. 다른 사람 입에서 사귀고 있냐는 질문을 받는 일이 이렇게 난감할 줄은 몰랐다.

"……어."

"그간 안 말한 거 다 말할 준비나 해. 얼마나 못 봤다고 그사이 애인까지 만들고! 입 싹 다물고!"

어머니가 떠난 후 줄곧 외로웠던 현서의 곁을 든든하게 지켜 줄 사람이 생겼다. 거기다 상대는 늘 좋은 사람이라고 생각해 왔던 사람이다. 이보다 더 좋은 일이 어디 있을까?

소영은 그저 현서가 이 행복을 오래 붙잡고 있기만을 진심으로 바랄 뿐이었다.

12화:
사랑, 갈증이 아닌 것

"휴."

이틀 후, 결전의 회의를 마치고 나오는 1팀과 2팀 팀원들은 누구랄 것도 없이 일제히 한숨을 내쉬었다. 따지자면 안도의 한숨이다.

오늘의 회의는 리케아 프로젝트의 진행 방향을 결정짓는 회의였다. 조윤주 부장이 참관한 가운데 각 팀은 각자가 원하는 진행 방향과 상세한 방법을 발표했다. 양쪽 모두 일리가 있는 의견을 듣고 나왔기 때문에 지지부진하게 회의가 길어졌지만 끝에 가서는 1팀이 제안한 협상안으로 대충 타결됐다. 그 협상안은 1팀이 밤을 지새우고 만든 것으로, 수현과 우경이 파트를 분배해서 일하되 중요한 부분은 협의 결정한다는 내용이 주를 이뤘다.

협상안이 타결되는 순간은, 마치 축구 경기 후반부까지 무득점으로 진행되다 마침내 승리의 골이 터지는 그때와 같았다.

"처음부터 협의안을 들이밀 생각이었지."

모두가 돌아가고 둘만 회의실에 남자, 수현이 네 속셈은 다 안다는 투로 말했다.

"뭐, 그렇지. 한두 번은 아니잖아. 일단 우리가 이견을 보이기 시작하면 끝이 없으니까. 적당히 빠져나갈 길부터 만들어 두면 조윤주 부장님이 알아서 방향을 틀어 주실 거라고 생각했거든."

"상당히 너답지 못하군. 난 네가 끝까지 싸울 줄 알았는데."

"피차 나쁜 방향은 아니야. 오 비서가 제안한 내용이긴 하지만, 홍보는 네가 맡고 데이터나 잔업은 우리 쪽에서 해결하면 되는 거잖아. 비용은 2팀에게 더 많이 배당할 예정이니까 리케아에서도 불만은 없을 거고."

우경이 시인하지 않아도 그 협상안의 내용이 누구의 머리에서 나왔는지 정도는 수현도 추측할 수 있다. 적당히 타협하는 건 백우경의 업무 성격에 맞지 않으니까.

"뜬금없이 들릴지 모르겠지만 너무 티 내지 않는 게 좋을 거다."

"뭐? 아아."

갑작스런 수현의 경고에 잠시 멍해 있던 우경이 조용히 미소 지었다. 회의 내내 다른 사원들을 의식해서 일부러 현서를 딱딱하게 대했는데도 수현은 낌새를 챈 모양이다.

"어느 부분에서 파악한 건데?"

"알려 주면 반영해서 행동할 건가?"

"하하, 그건 무리겠지. 안 하는 게 아니라 못하는 거야. 네 앞이라 신경 썼는데도 티가 난 걸 보면 알려 줘도 고칠 방법은 없을 것 같거든."

털털하게 웃어 버리는 모습에서 수현은 솔직히 놀랐다. 저렇게 대놓고 시인할 줄이야.

"공사 구분 못 하고 사내연애나 하다니, 너희 아버지가 알면 난리 나시겠군."

"그땐 친구로서 열렬한 응원 부탁해. 사실 아버지 쪽은 별로 걱정 안 하고 있지만."

"그럼 다른 건?"

"걱정이 없진 않지."

지금껏 누구에게도 드러내지 못한 걱정거리라면 있다. 우경 자신은 알지만 현서에겐 알리고 싶지 않은 그런 고민 말이다. 수현이라면 현실적인 대답을 줄 수 있지 않을까?

"일단 나이 차이가 걸려."

"뭐? 나이 차이?"

해가 바뀌었으니 두 사람 모두 이제 서른다섯이다. 근데, 그게 뭐? 수현이 고개를 갸웃하는데 우경이 보충설명이라도 하듯 말했다.

"올해로 난 서른다섯이고 오현서는 스물여덟이잖아. 속된 말로 여자는 어릴수록 좋다고들 하지만, 양심 없지 않나 싶어서. 그렇게 좋은 여자를 나 같은 놈이 날름 가로채도 되나 걱정되기도 하고."

우경은 나름대로 진지하게 털어놨는데 수현은 반응이 없다. 수현을 의식하고 한 말은 아니지만 일곱 살이면 수현에게는 우스운 나이 차이니까. 우경의 고민이 속으로 와 닿지 않는지도 모르겠다.

"거기다 오현서는 예쁘고 똑똑하잖아. 여기저기 눈독 들이는 놈들이 있어. 타 부서에서 계속 술 한잔하자는 식으로 나한테 권유하니까. 중간에서 다 잘라 버리고 있긴 하지만 그러다 보면 문득 걱정이 되거든."

더 좋은 사람을 만날 기회를, 더 잘 어울리는 연애를 해 볼 기회를 빼앗고 있는 건 아닐까? 오현서는 이런 현실적인 고민을 하고 있을까? 그만큼 우경의 존재를 크게 생각해 주고 있을까? 걱정이라는 건 길게 이어진 고리와도 같아서 한 가지를 생각하면 뒤까지 우르르 몰려오고 만다.

"본인한테 직접 물어보지 그래? 어차피 사귀는 사이잖아. 네 애인이 매사에 가벼운 성격인 것도 아니고, 그 정도는 의논해 볼 수 있는 범위로 보인다."

"물어보란 말이지."

왠지 오현서는 가볍게 물어보면 도망칠 것 같다. 그렇다고 무겁게 분위기를 잡자니 긴장하게 만들까 봐 걱정된다. 결국 어느 쪽이건 우경은 현서 걱정뿐인 것이다.

"내가 보기엔 성급한 고민 같지만."

우경이 진지하다는 점은 충분히 알겠지만 너무 이른 고민이라는 게 수현의 견해다.

"확실히 그럴지도."

우경은 빠르게 인정하고 덧붙였다.

"성급하다는 걸 아는데도 자꾸 생각하게 돼. 나이 차이는 얼마나 되는지, 나중에 어떤 집에 살면 좋을지, 일은 계속하게 두는 게 좋을지, 자꾸 오현서랑 내 미래를 함께 생각해 보게 돼."

"기가 차는군. 프러포즈라면 잘난 네 애인한테 가서 해."

수현의 일갈에 우경은 피식 웃고 말았다.

수현이 정곡을 짚어 냈는지도 모르겠다. 동시에 깨닫는다. 우경 자신이 현서에게 얼마나 몰두하고 있는지, 그리고 더 많은 걸 원하고 있다는 사실까지도 새삼 느낀다.

❖   ❖   ❖

한나가 직원 휴게실에 들어서자 직원들은 대화를 뚝 끊고 어색하게 나가 버렸다.

요 근래 들어 그녀를 보며 수군대는 사람들의 시선이 전보다 차가워진 것 같다. 어쩌면 불안감에서 온 착각인지도 모르겠다. 우경의 옆에 오현서 같은 여자가 있는 것만으로도 불쾌한데, 그녀에게 자신의 치부까지 보여 주고 말았으니까. 그 후로 도무지 초조한 마음이 가시질 않는다.

'내가 혼자서는 아무것도 못한다고?'

현서의 지적을 떠올리며 한나가 미간을 찡그렸다.

사실 그날 한나는 인사팀 이사에게 인사이동을 부탁한 상태였다. 지원부서는 물론 지원1팀이었다. 오현서를 다른 팀으로 발령 보내면 눈에 띌 것 같아 일단 1팀 사원 자리라도 꿰차려 했던 것이다. 하지만 그 방법은 오현서와의 대면 이후 포기했다.

'반짝반짝……'

거침없이 몰아붙이며 화를 내던 난폭한 모습도, 싱긋 웃으며 자신을 무시하던 모습마저도 오현서는 빛났었다. 그 눈부심에 이끌려 무심코 생각하고 말았다. 어쩌면 우경에게는 저런 여자가 어울릴지 모르겠다고 말이다.

'정정당당하게 해도 당신한텐 안 밀려. 당연하잖아. 내가 더 어

283

리고, 훨씬 예쁘잖아. 머리도 당신이나 나나 거기서 거기 아니야? 나도 팀장님 옆에 있으면 훨씬 더 일 잘할 수 있어. 거기다 우리 부모님이랑 팀장님 부모님은 친하고, 난 우경 오빠랑 훨씬 더 오래 알아 왔단 말이야.'

공연히 불안해할 필요 없다고 되뇌는데도 기분은 풀어질 줄 몰랐다.

"진짜야? 그럼 서한나가 헛소문 퍼뜨린 거야?"

"오현서 말이 거짓말일 수도 있잖아."

그때 한구석에서 들려오는 목소리에 한나가 귀를 쫑긋했다. 기둥을 등진 구석 자리라 한나가 들어왔다는 사실을 모르는지 그들은 허물없이 편하게 대화를 나누고 있었다.

"잘 생각해 봐. 오현서가 왜 거짓말을 하겠어? 백 팀장님 이미지 좋아지는 게 자기랑 무슨 상관이 있다고? 근데 서한나는 거짓말해서 얻을 이득이 있잖아. 우리처럼 여자 사원들이 소문 숙덕대면서 백 팀장님 피하고 안 좋아하는 거."

"설마! 백 팀장님이 안 봐 주니까 서한나가 뻥치고 다닌 거야?"

한나의 얼굴이 화끈 달아오른다. 대체 언제부터 저런 말들이 퍼졌지?

"그 소문 때문에 마음 접은 사람이 한둘이 아니잖아."

"만약에 거짓말로 퍼뜨린 소문이면 완전 어이없는 거지. 백 팀장님은 그간 얼마나 억울하셨을까?"

여직원 중 한 명은 벌써 현서의 말을 기정사실로 받아들이고 있는 듯 보였다. 피가 거꾸로 솟는 기분이다.

'내가 처음 퍼뜨린 소문도 아니잖아! 난 다만, 다만······ 퍼지는

걸 막지 않았을 뿐이야.'

맨 처음 우경의 사생활에 대해 유포한 사람은 지원1팀의 신입사원이었다. 그녀는 우경에게 한 고백이 받아들여지지 않자 우연히 목격했던 광경을 여기저기에 소문냈다. 그러자 사람들은 어릴 때부터 우경과 아는 사이라는 한나에게 질문을 던져 왔다. 처음엔 한나도 소문에 대해 잘 모르겠다며 말을 얼버무려 버렸다.

하지만 우경의 냉대가 계속되던 어느 날, 한나는 더 참지 못하고 말해 버렸다.

'그럴지도요? 우연이었지만 아이 얘긴 들은 적은 있어요. 아내에 대해서는 전혀 모르고요. 없을지도 모르죠.'

상처받은 마음에 내뱉은 그 말은 안 그래도 타오르던 소문에 기름을 끼얹은 격이었다. 결코 거짓말은 아니었지만 사람들은 원하는 대로 받아들였다.

'나도 후회했어! 죄책감도 들었고 마음도 무거웠다고! 그때 팀장님이 날 봐 주셨더라면 이 지경까지 오지도 않았을 거야! 전부 해명하고 사실대로 밝혔을 거라고! 나더러 뭘 어쩌란 말이야? 거기서 뭘 더 어떻게 하란 건데?'

처음 소문을 냈던 1팀의 신입사원은 입사 후 1년도 채우지 못하고 퇴사해 버렸다. 이후 잔재처럼 남아 버린 소문은 결국 한나가 전부 떠안은 셈이다.

"4팀은 한가해 죽을 지경인가 보군."

그때 등 뒤에서 차가운 목소리가 꽂혔다. 여자 사원들은 목소리에 이끌려 돌아보곤 기겁을 했다. 거의 울 것 같은 얼굴이다.

"헉! 최, 최 팀장님, 하, 한나 씨!"

"저, 저기, 한나 씨, 우린 있잖아……."

수현의 비난보다 회장 딸 심기를 거슬렀다는 점이 더 다급한 모양이다. 그들은 더 변명하려는 듯 입을 뗐지만 수현의 차가운 시선에 도망치듯 휴게실을 나가 버렸다.

"어디부터 들으셨죠?"

"그보다 좀 앉지 그래?"

삐삐 말라선 온몸을 사시나무처럼 떨고 있으니 오히려 더 거슬린다. 수현은 멍해진 한나의 팔을 억지로 끌어 의자 쪽으로 던지듯 밀었다. 휘청하던 한나가 의자에 앉고서야 수현이 일갈했다.

"이제 좀 정신이 드나?"

지금까지 무슨 짓을 해 왔는지, 어떻게 감당해야 할지 생각은 해 봤어? 가시 돋친 목소리를 감추지 못하고 그렇게 묻자 한나의 안색이 더 창백해졌다.

"최 팀장님도, 전부 제 탓이라고 생각하시는 거죠?"

"나한테까지 아부를 바라진 않겠지."

한나가 한숨지으며 고개를 저었다. 아부라니, 그런 짓이나 하는 인간들은 아무런 쓸모도 없다. 정주호 상무도 그랬고 아까 그 여직원들도 마찬가지다.

"솔직하게 말하셔도 돼요. 팀장님은 우리 회사가 아니어도 갈 곳이 있으시잖아요."

"찬물 끼얹어서 미안하지만 서한나 씨가 생각한 쪽으론 갈 생각 없어. 무엇보다 그런 불쾌한 첨언을 하지 않아도 솔직하게 말할 생각이고."

"다행이네요."

"오현서를 얕보지 말라는 충고를 해 주고 싶군. 서한나 씨가 상대할 사람이 아니니까."

사람들이 어떻게 생각할지 몰라도 수현은 오현서에게 더 후한 점수를 주고 있다. 상황을 빠르게 파악하는 능력은 물론이고, 참신한 아이디어도 낼 줄 안다. 거기다 중요한 대목에선 절대 물러나지 않는 투지도 갖췄다. 서한나에게 비교하기 미안할 정도로 뛰어난 사람이다.

"제가 먼저 좋아했어요."

"그건 백우경과는 상관없는 일이지. 남한테 그쪽 사정을 강요하지 마."

더 할 말이 없다는 듯 수현이 휴게실을 나가자 한나가 소파 시트를 주먹으로 내려쳤다.

'강요하지 말라니? 그럼 어떡하라는 건데? 세상에 짝사랑만 하고 싶어 하는 사람이 어디 있어? 보답받길 바라는 일이 뭐가 나쁜데!'

속으로 열불을 토해 내면서도 한나는 현서가 화내던 모습을 떠올렸다. 문득 의문이 든다. 만약 처음 신입사원이 거짓 소문을 유포할 때 현서가 있었다면 어땠을까? 그 신입사원을 속 시원하게 혼내고 사람들에게 당당히 진실을 밝혔을까?

'다시 그때로 돌아갈 수 있다면 나도…….'

당시 한나는 우경과 사귀기 위해 노력한 모든 시간들이 헛수고일지 모른다는 자괴감에 빠져 있었다. 그래서 우경의 아픔을 돌봐 줄 수 없었다. 어쩌면 그때 우경과 한나의 이야기는 이미 종지부를 찍었는지도 모른다.

어차피 해명하거나 부정하기에는 늦어 버렸다. 돌이키기에도 너무 멀리 와 버렸다. 그래서 사람들은 때로 잘못인 걸 알면서도 멈추지 못하는 건가 보다. 나아가는 것 외엔 아무것도 할 수 없으니까.

❖　　　❖　　　❖

"아, 피곤하다."

우경이 대놓고 투정을 부리며 소파에 누워 버렸다.

"아무리 피곤하셔도 회사에서 이러시면 곤란하다고 제가 몇 번을 말씀드렸습니까?"

현서는 잔소리를 늘어놓으면서도 얼른 사무실 창문에 커튼부터 쳤다.

"오늘은 일찍 퇴근하고 쉬지 그러십니까?"

타박하듯 눈을 흘기면서도 거반은 걱정스러운 목소리다.

2팀과 맞설 자료를 준비하는 건 물론이고, 협상안까지 고려하느라 우경 역시 바쁘게 일했다. 사정을 알기 때문에 현서도 매정하게 얼른 자리로 돌아가라는 말은 할 수 없었다.

"우리 자기가 뽀뽀해 주면 기운이 번쩍 날 것도 같은데."

"참내."

평소라면 웃기는 소리 말라며 받아쳐 줄 텐데, 자기라는 단어에 당황해서 타이밍을 놓치고 말았다. 회사에서는 스킨십만 조심하면 다라고 착각하는 모양이다.

"어? 안 해 준다는 말은 안 하네? 그럼 키스 예약인 거야?"

"지금 막 안 된다고 말하려던 참이었습니다. 거기다 방금 전엔 뽀뽀라고 하셨잖습니까?"

"매정하긴. 한 번을 그냥 안 넘어가 준다니까. 하긴 그것도 매력이지만."

농담으로 받아치면서도 우경은 소파에서 일어날 생각을 안 한다. 얼버무리고 있지만 목소리나 표정, 눈빛만 봐도 안다.

"많이 피곤하세요?"

획!

현서가 가까이 다가가자 우경이 기다렸다는 듯 손목을 잡아챘다. 덕분에 휘청한 현서가 소파에 누운 우경의 다리를 깔고 앉아 버렸다. 얼결에 손을 짚은 곳이 우경의 가슴 쪽이라 당황한 현서가 얼른 도망치려고 했지만 이번에도 그가 한 보 빨랐다. 몸을 일으킨 우경이 아예 현서의 허리를 감싸서 끌어당겼다.

"어딜 가게?"

숨결이 닿을 듯 가까워지자 현서가 얼른 소리쳤다.

"티, 팀장님! 여기 회사입니다!"

"소원 하나 들어주면 놔줄게."

"네? 기가 막혀서! 소문이 나면 팀장님한테 더 해로운 거 아직도 모르시겠……."

"그래서? 안 들어줄 거야?"

장난기를 머금은 눈빛이 어딘지 집요하다. 이럴 때의 우경은 어차피 뭐라고 말해도 물러나지 않는다. 반항해 봐야 시간 낭비라는 점을 잘 아는 현서가 한숨지었다.

"뭡니까, 소원이? 정해 놓고 일부러 이러시는 거죠?"

"오늘 퇴근하고 우리 집 가자."

집이라니, 퇴근 후에 집에 가서 뭘 하자는 거지? 현서의 머릿속엔 오직 하나만 떠올랐다. 그리고 그 답안이 얼굴을 달아오르게 만들고 말았다. 아니, 이 남자는 대낮부터 그 생각밖에 안 하나? 남자들은 다 이런 건가? 이쪽은 한 번만으로도 창피해서 죽을 것 같았는데, 대체 얼마나 더 해 줘야 만족하는 거지?

"저, 저기, 팀장님. 꼭 시, 싫은 건 아닙니다만 그래도 전 경험이 별로 없으니까, 배, 배려를 좀⋯⋯."

고개를 푹 숙이고 기껏 용기 내서 말했더니 우경은 웃음을 터뜨렸다.

"뭐? 푸흡! 오현서, 방금 야한 생각 했지!"

"네? 네?"

아닌가? 이게 아니었나? 당황한 현서가 급히 시치미를 뗐다.

"뭐, 뭐가요?"

"솔직하게 말해 봐."

도리어 궁지에 몰린 현서가 서둘러 우경의 눈을 피했지만 무리다. 우경은 현서의 양손을 붙잡고 도망치지 못하게 막은 후 대답을 기다렸다. 현서가 끝내 아무 말도 하지 않자 우경이 웃음기 어린 목소리로 입을 뗐다.

"당신이 말 안 하면 내가 해도 돼. 그러니까 내가 당신을 집으로 데려가서 곧장 침대로 끌고 갈 줄 알았겠지. 거기서 당신 블라우스 단추를 풀고 그다음엔⋯⋯."

"됐습니다! 그만하세요! 안 그러면 화낼 겁니다!"

벌써 화내고 있으면서 아닌 척하기는. 우경은 한껏 열이 오른 현서의 뺨을 쓸어내렸다.

"당신이 해 준 밥 먹고 싶어."

"네? 밥이요?"

"응. 오늘은 죽 말고 든든한 거 해 줘."

고작 밥이라니, 김빠지는 소리라고 생각하면서도 현서는 그런 제 생각을 얼른 타박했다.

'김이 빠지긴 뭘 빠져! 네가 압력밥솥이야? 대체 뭘 바란 거야, 오현서!'

이건 무조건 우경 잘못이다. 식사를 차려 주는 정도야 요청하면 언제든 해 주리란 걸 알면서 괜히 소원이니 뭐니 거창하게 말하니까 착각한 거다.

"알겠습니다."

"뭐 먹을까?"

"미리 경고 드리는데 저 요리 별로 못합니다."

"당신 요리라면 뭐든 맛있게 먹을 수 있도록 혀에도 콩깍지를 씌워 볼게."

현서가 해 준 밥을 배부르게 먹어 보고 싶은 것도 사실이지만, 조용한 곳에서 진지하게 대화해 보고 싶다. 수현의 말대로 그런 고민들은 본인에게 털어놓는 쪽이 정답일 것이다. 많은 기대는 하지 않는다. 지금까지 한 번도 현서가 먼저 우경을 끌어당긴 적은 없으니까.

그걸 알면서도 궁금함은 가시질 않는다. 과연 현서는 우경처럼 두 사람의 관계를 진지하게 생각해 주고 있을까?

"그랬으면 좋겠다."

상냥하게 웃으며 우경이 현서의 뺨을 어루만지자 그녀가 고개를 갸웃했다.

"뭐가 말입니까?"

"아니, 그냥 혼잣말."

싱긋 웃으며 우경이 말을 얼버무렸다.

❖　　　❖　　　❖

약속대로 현서는 퇴근 후 우경과 함께 장을 봐서 집으로 왔다.

저번에는 시간 안에 서류를 가져가야 한다는 생각 때문에 정신이 없긴 했었나 보다. 깔끔한 대문과 잘 손질된 정원, 격조 있는 계단까지 분명 한 번씩 봤었을 텐데도 전부 새롭게 느껴진다.

"뭘 그렇게 둘러봐?"

"아, 집이 예뻐서요."

예쁜 집이지만 역시 쓸쓸한 느낌이 든다. 이곳도 희진과 지우가 있을 땐 사람의 온기로 가득 찼었겠지. 하지만 모두가 떠나고 혼자 남은 지금, 우경은 외롭지 않을까?

"팀장님, 좀 더 작은 집으로 이사할 생각은 없으십니까?"

"왜?"

"아닙니다. 그냥 해 본 말이었습니다."

"그래? 오현서도 싱거운 소리를 다 하네. 이쪽이야, 들어와."

현서는 익숙한 걸음으로 부엌으로 향했다. 우경은 식재료들을 싱크대에 올려놓고 더 할 일은 없나 주변을 둘러보고 있다. 열의 넘치는 모습에 부담감을 느낀 현서가 우경에게 몇 번이고 했던 말을 다시 반복했다.

"시키시니까 하는 거지, 절대로 기대하시면 안 됩니다."

"하하, 이쪽은 맛있게 먹을 만반의 준비가 돼 있다니까? 참, 조미료는 싱크대 아래 칸에 있어. 그릇은 위쪽 찬장에 있고, 아무거나 써도 돼. 더 도와줄 건 없어? 나도 같이 할까?"

"팀장님은 좀 쉬고 계세요. 안 그러면 집까지 와서 요리해 드리는 보람이 없지 않습니까?"

현서로서도 우경이 쉬어 주는 쪽이 편하고 좋다.

"그럼 쉬어 볼까? 잘 부탁해."

우경이 인사를 남기고 부엌을 나가고서야 현서는 재료를 뒤적이며 준비에 돌입했다.

'일단 찌개부터 끓이고 반찬은 아까 사 온 양념으로……'

기껏 요리까지 해 달라고 한 사람치고 우경은 메뉴 선정에는 의욕을 보이지 않았다. 애초에 집에서 먹는 밥이면 뭐든 좋다고 했던지라 메뉴는 현서가 골랐다. 된장찌개와 반찬 몇 가지, 메인은 제육볶음이다. 마트에서 사 온 그대로 볶기만 하면 되니 오래 걸리지 않을 거다.

"나도 집에서 이렇게 안 해 먹는데."

다 된 반찬을 몇 개나 집어 먹으면서 현서는 계속 맛을 봤다.

싱거운 것 같기도 하고 짠 것 같기도 하다. 간이 덜 됐나? 더 하면 쓰려나? 죽이야 어떤 식으로 조리해도 싱겁고, 특별히 맛에 크게 신경을 쓰지 않았었다. 하지만 이번엔 꼭 시험을 앞둔 사람처럼 긴장된다.

'내 혀가 마비됐나? 왜 아무 맛도 안 느껴지지? 미치겠네. 맛없는데 맛있는 척하시면 그게 더 당황스러울 것 같은데.'

이 이상 맛보면 우경이 먹을 것도 안 남겠다. 하는 수 없이 현서가 맛보기를 그만두고 상을 차렸다.

"팀장님?"

소파에서 쉬고 있을 거라고 생각했는데, 우경은 거실에 없었다. 현서는 앞치마를 의자에 걸어 두고 집 안 여기저기를 돌아다니기 시작했다. 화장실, 작은 침실, 세탁실까지 찾아냈건만 우경은 어디에도 없다.

2층으로 올라온 현서는 운 좋게도 첫 번째로 문을 연 방에서 우경을 발견했다.

새하얀 시트와 이불, 원목 소재로 된 깔끔한 침대 위에 누운 그는 곤히 잠들어 있었다. 침대와 그 옆에 놓인 스탠드 조명을 빼면 제대로 된 가구는 하나도 없는 텅 빈 방이다. 아무도, 아무것도 없는 곳에 우경이 혼자 있는 모습을 맞닥뜨리자 현서의 마음이 저려 온다.

현서가 말없이 다가가서 우경의 머리칼을 쓸어내렸다.

탁!

그때 우경이 돌연 현서의 손목을 붙잡았다.

"앗! 아, 안 주무시고 계셨습니까?"

"아, 당신이지. 깜짝 놀랐네."

"알았으면 이 손 좀 놔주시죠."

당황해서 말이 차갑게 나오고 말았다. 우경은 그 말을 듣더니 도리어 더 세게 현서의 손목을 잡아당겼다. 반항하지 못하고 현서가 그대로 침대에 눕혀지자 우경이 바로 그 위를 점령해 버렸다.

"놔줄 생각 없다면? 저번에도 친절히 경고해 줬잖아. 덮치면 막을 힘도 없으면서 단둘이 있지 말라고."

"예? 다음날에 잠깐이라도 더 보는 쪽으로 생각 바꿨다고 하셨잖습니까! 대체 저더러 어느 장단에 맞추라는…… 핫! 티, 팀장님!"

우경의 커다란 손이 현서의 가슴을 주무른다. 블라우스와 속옷에 휩싸여 부드러운 감촉이 느껴지지 않는 점이 불만인지 우경은 곧바로 단추로 손을 옮겼다.

투둑, 투둑.

우경의 손가락이 거침없이 단추를 풀어 내렸다. 저지하려는 현서를 말리듯 우경이 젖은 목소리로 속삭였다.

"내 장단, 내 손길, 내 말에만 맞추면 돼. 당신은 그거만 하면 돼."

처음에는 현서가 제 마음을 받아 준 것만으로도 기뻤다. 그 이상은 더 바랄 수 없다고 생각했지만 점차 많은 걸 원하는 자신을 발견한다. 키스하면 할수록 오현서의 입술은 달아졌고, 어루만지면 어루만질수록 온몸이 애달파진다. 더 원한다. 더, 더 원하게 된다. 어디까지 탐해야 이 욕심이 그칠지 이제 우경도 감히 짐작할 수 없다.

"키스해 줘."

당장이라도 덮칠 것처럼 버티고 있으면서 우경은 현서에게 굳이 키스를 요구했다. 우경의 집, 그의 침실, 여기서 어떤 핑계를 대야 상황을 모면할 수 있을지 현서는 더 고민하지 않기로 했다. 코앞에 와 닿은 우경의 욕망은 현서의 바람과도 다르지 않으니까.

조심스럽게 현서가 고개를 들고 우경의 입술을 훔쳤다. 입술이 맞닿은 순간 우경이 거침없이 현서의 입안으로 혀를 밀어 넣었다. 뜨겁게 엉키는 혀의 촉감이 아찔하게 느껴져 현서가 시트를 움켜쥐었다.

"하고 싶은 말이 있어."

금방 입술을 뗀 우경이 현서를 바라보며 말했다. 감각은 가슴을 어루만지는 손길과 목 언저리를 쓰다듬는 움직임을 느끼면서도 시선만은 우경에게서 뗄 수가 없다. 우경의 시선은 꼭 덫 같다. 한 번 걸리면 도망치지 못하게 사람을 옭아매 버리니까.

"하, 하고 싶은 말이요?"

"당신이 날 어떻게 생각하는지 궁금해. 내가 늘 성급하다는 점은 알아. 오현서, 당신이 날 좇아오기 위해 노력한다는 것도 잘 알아. 내가 먼저 좋아했으니까, 당신이 날 따라오려면 시간이 더 걸리겠지. 머리로는 전부 다 잘 알고 있어."

꼭 잘못을 털어놓는 사람처럼 우경이 미안한 표정을 짓는다. 그 얼굴을 보는 사람의 가슴이 얼마나 아파 오는지 따윈 고려하지 않고, 다시 애달프게 현서를 바라보고 있다.

"아는데, 왜 이럴까? 당신과 더 가까워지길 원하면서 한편으로는 걱정돼. 당신은 어리고, 똑똑해. 거기다 이렇게 사랑스럽고 예뻐. 나처럼 부족한 놈이 아니어도 더 잘 어울리는 녀석들은 넘치겠지."

제 입으로 말하고도 우경의 말투에는 질투가 깃들어 있다. 질투하는 우경은 귀엽다. 그래서 현서가 저도 모르게 웃음 지었다.

"풋, 그런 생각을 하고 계셨습니까?"

우경의 말을 듣고서 계산해 보니, 두 사람은 일곱 살이나 차이가 난다. 하지만 그 부분을 제외하면 현서가 우경보다 낫다고 짚을 수 있는 부분은 별로 없다. 예전부터 서강 회장님과 아는 사이라는 집안은 보나마나 잘났을 거고, 우경의 능력이야 떠들어 봐야 입만 아프다. 어딜 봐도 잘난 이 남자가 그런 소심한 걱정이나 하고 있었다니, 믿기지 않는다.

"팀장님은 저 정말 좋아하시는 것 같습니다."

부끄러운 말이지만 현서는 가감 없이 입에 담았다.

이게 결론일 것이다. 매번 느낀다. 우경의 마음에 현서는 도달할 수 없을 거라고 말이다. 아무리 쫓아가도 쉽게 닿을 수 없을 거라고 생각한다. 그래서 더 노력하게 되고 더 원하게 된다. 벅차다는 걸 알면서도 멈추지는 않는다. 좋아하니까. 그게 좋아한다는 거니까.

"팀장님보다 속도는 느릴지 몰라도 확실히 생각하고 있습니다. 좋아한다고……. 그러니까, 제 옆에서 외로운 얼굴은 하지 않으셨으면 합니다. 쓸쓸해하지도 마시고요. 한참 모자라고 부족해도, 일단 제가 곁에 있으니까요. 무엇보다, 다른 남자들 한 트럭 갖다 줘도 필요 없습니다. 제가 필요 없는데 왜 팀장님이 고민하십니까?"

"뭐?"

"팀장님이면 됩니다, 전."

뱉어 놓고 보니, 내겐 당신뿐이라는 낯간지러운 말이 된 것 같다. 창피한 마음에 현서가 고개를 돌려 버리자 우경이 피식 웃었다.

"와, 나 방금 프러포즈 받은 거야?"

"네? 프, 프, 프러포즈요? 이건…… 읍!"

더 틈을 줬다간 절대 아니라는 발언이 튀어나올 것 같아 우경이 황급히 현서의 입을 틀어막았다. 오현서의 감촉은 아까보다 더 달콤해졌다. 아무리 빨아들이고 혀를 속박해도 도무지 갈증이 채워지지 않는다.

"하읏!"

우경의 손이 현서의 치마를 걷어 올리며 허벅지를 어루만졌다. 뭔가를 찾는 듯 안을 휘젓던 우경이 스타킹을 천천히 벗겨 내기 시작했다. 덕분에 맨살에 우경의 손이 덮쳐 오는 감촉이 생생하게 느껴진다. 스타킹을 벗기던 손이 팬티를 스친 순간 우경이 익살스러운 말을 던졌다.

"이런, 벌써 흥분한 거야? 하긴 나도 마찬가지지만."

우경의 혀와 숨결이 현서의 유두로 옮겨 왔다. 긴장감에 바짝 선 유두에 이를 세우면서도 아파하려는 순간 혀로 부드럽게 다독인다. 젖은 살결에 닿는 우경의 숨결이 몸에 소름을 돋게 만든다.

"티, 팀장님!"

"팀장님이라······."

우경답지 않게 비웃는 말투다. 그는 단숨에 현서의 치마와 스타킹, 팬티를 벗겨 냈다. 저번처럼 손으로만 애무할 거라고 예상했지만 우경은 망설임 없이 검은 수풀에 얼굴을 묻었다.

"팀장님! 앗!"

가볍게 입술도장만 찍는 게 아니라 아래에 뜨겁고 축축한 감촉이 와 닿는다. 우경의 혀가 핥아 내리는 곳이 어딘지 선명하게 시야에 들어오자 현서가 기겁을 했다. 어떻게든 우경을 멈추게 하려고 손을 뻗어 봤지만 능란한 움직임에 힘이 빠져서 결국 그의 머리칼을 어루만지는 정도밖에 반항할 수 없다.

"하읏! 그, 그만! 거, 거긴······."

창피해서 머리가 돌아 버릴 것 같다. 신음 소리를 내지 않으려고 열심히 참아 왔지만 이번만은 어쩔 수 없다는 듯 현서가 애원했다.

"제, 제발, 그, 그만, 그만요."

"이름 불러 주면 그만할게."

"하앗! 네, 네?"

"내 이름, 불러 줘."

대답을 기다리듯 우경이 잠시 움직임을 멈췄다. 놀란 현서가 대답하지 못하자 그는 다시 혀를 놀려 왔다. 도망치듯 물러선 현서가 침대 헤드에 등을 기대고 몸을 조금 일으키자 그의 손이 거침없이 가슴을 움켜쥔다. 마치 어딜 도망가냐고 책망하는 것 같다.

"하아, 하윽! 잠깐요, 잠깐만…… 아아!"

"이름을 모르는 건 아닐 거고, 무례하다고 생각해서 못하는 거라면 상관없으니까 명령대로 해. 듣고 싶어. 당신 목소리로 부르는 내 이름."

흥분의 산물로 젖은 장소를 우경은 거침없이 핥으며 삼키고 있다. 기둥에 등을 대고 앉은 자세라 그 모습이 더 선명하게 시선에 들어온다. 필사적으로 다리를 오므리려고 해 봤지만 우경의 손이 허리를 스친 순간 아무것도 할 수 없어졌다. 현서가 할 수 있는 일이라곤 신음 소리를 흘리는 것뿐이다.

"하, 하아…… 제, 제발 그만……."

뜨거운 물을 부은 것처럼 아래가 뜨거워진다. 머릿속은 몽롱하고 민망함보다 간절함이 더 커진다. 우경이 주는 자극은 현서의 몸과 정신을 순식간에 지배해 버렸다. 이 순간도 견딜 수 없이 숨이 벅차오르는데도 몸은 더 많은 걸 원하게 된다.

"그만해? 뭘? 원하는 게 있으면 분명하게 요구해."

전혀 모르겠다는 듯 태연하게 물으면서도 우경은 손길을 멈추지 않았다.

"배, 배, 백우, 우경…… 팀장님, 하아, 훗!"

"팀장님은 빼야지."

"하윽, 아, 정말…… 아, 알겠으니까, 자, 잠깐만요!"

현서가 애원하자 우경이 고개를 들고 그녀를 바라봤다. 젖은 눈빛에 거친 숨소리, 정사로 인해 잔뜩 부푼 젖가슴까지 한눈에 들어오자 흥분이 더해진다.

"우, 우경 씨……."

그 이상 바라지 말라는 듯 현서가 고개를 푹 숙여 버렸다.

"잘했어요."

칭찬에 안도한 순간 우경의 손가락이 아래에 침입했다. 젖을 만큼 젖은 데다 그의 체온으로 달아오른 그곳은 커다란 통증 없이 우경의 손가락을 받아들였다.

"오늘은 얌전하네."

조급해진 우경이 손가락 수를 늘리며 다급히 현서의 긴장을 풀었다. 조금 뻑뻑하던 움직임이 마침내 부드러워지자 우경이 벨트를 풀었다. 우경은 젖은 손가락을 핥으며 명령했다.

"다리 벌려, 현서야."

지친 현서가 움직이길 기다리지 못한 우경이 직접 그녀의 다리를 벌리고 허리를 밀착했다.

"아, 하!"

제대로 숨을 고를 틈도 주지 않고 우경의 욕망이 현서의 안으로 들어온다. 압도적인 크기를 눈으로 본 짧은 순간 고통이 밀려들었지만 이내 우경이 허리를 흔들며 더 깊게 들어왔다. 곧 현서는 몸

안을 채운 고동을 느꼈다. 우경은 아팠을 현서를 다독이듯 키스했다. 서로가 이어져 온몸이 녹아 버릴 것 같은 상태에서 해 주는 키스는 훨씬 더 야하고 창피한 느낌이다.

"하윽!"

찰나의 달콤함에 취한 순간, 우경이 격렬하게 몸을 흔들어 왔다. 그 움직임이 내벽을 도려내듯 강렬하게 느껴지자 현서가 저도 모르게 요염한 신음을 뱉어 내고 말았다.

"아, 아, 아, 으읏, 하아……."

이따금 정신을 잃을 것처럼 강렬한 순간마다 현서가 움찔움찔 움직였다. 그럴 때면 우경은 커다란 손으로 현서의 몸을 누르며 난폭하게 탐한다.

"현서야. 눈 감지 마. 날 봐."

우경의 목소리가 현서의 시선을 끌어당긴다. 또 눈이 마주치자 더 달아나지 못하고 그만을 쳐다보게 된다.

"그래, 이대로 날 봐."

눈앞이 흐릿해져서 현서가 본능적으로 손을 뻗어 우경의 목에 매달렸다. 우경은 신음하는 현서의 입술을 다시 키스로 다독여 준다. 탐한다기보다 달래 주는 것 같다. 부드러운 다독임에 안심한 순간 우경의 움직임이 한층 더 거칠어지더니 조금 후 급히 현서의 품을 벗어났다. 곧 뜨뜻미지근한 우경의 욕망이 현서의 복부를 적셨다.

"읏……."

잠시 몸을 떨며 여운을 털어 낸 우경이 땀으로 젖은 현서의 몸을 끌어안았다. 숨을 헐떡이면서도 우경이 현서의 귓가에 속삭인다.

"하아, 현서야, 이대로 있어. 내 옆에서, 나랑 같이 이대로 있자."

달콤한 목소리, 평소보다 더 깊게 우경의 말이 현서에게 스며든다.

"정말 사랑해."

"안다니까요."

창피해하는 걸 알면서도 우경은 굳이 말한다. 아, 그러고 보니 우경도 창피하다는 말을 했었다. 또 우경만 노력하는 것 같아서 현서가 수줍게 말했다.

"저도 사랑해요."

"뭐? 하, 한 번만 다시 말해 봐!"

"잘 들으셨으면서 뭘 또요?"

다급한 우경의 부탁에 웃음이 터진다. 개그 프로그램을 볼 때도 이처럼 많이 웃지는 않는 것 같은데, 우경과 있으면 늘 웃음이 난다. 그의 옆에 있을 땐 포근하고 지금처럼 따뜻하다. 이런 감정이 분명 사랑일 거다. 놓치고 싶지 않은, 사랑.

"치사해. 한 번 정도는 더 말해 줄 수 있잖아."

"전 팀장님이랑 달라서 한 번도 힘듭니다."

아쉽다며 투덜대는 우경을 밀어내고 현서가 몸을 일으켰다. 손가락 하나 까딱하고 싶지 않지만 이대로 누워 있다간 저번처럼 잠들어 버릴 것 같다.

"샤워하고 가. 안 덮친다고 약속할게."

"약속 안 하셔도 당연히 안 덮치셔야죠! 방금까지 한 건 뭐였습니까?"

"글쎄, 그걸 전초전으로 만들고 싶지 않으면 얼른 욕실로 가지?"

우경의 장난스런 협박에 현서가 기겁을 하며 벌떡 일어섰다. 물론 창피함에 얼른 옷가지 쪽으로 손을 뻗는 일도 잊지 않았다. 우경은 그런 현서가 사랑스럽다는 듯 웃음 지으며 발치에 떨어져 있던 정장 재킷을 나신에 둘러 주었다.

"전초전은 무슨! 전 지금도 충분히 지쳤습니다. 아니, 애당초 오늘은 팀장님이 힘들다고 하셔서 식사만 차려 드리려고 왔던……읍!"

부끄러운지 잔뜩 불평을 늘어놓는 현서의 입술을 우경이 틀어막고 대담하게 혀를 휘저었다. 현서는 가벼운 자극에도 몸을 떨며 우경에게 매달렸다. 정사로 지친 주제에 아닌 척하던 현서의 약한 모습에 우경의 가슴이 뜨거워진다.

'아, 이대로 곁에 두면 진짜 위험하겠다.'

마음 같아선 직접 현서의 온몸을 씻겨 주고 싶지만 그랬다간 그녀가 꼴깍 기절할지 모르겠다. 금세 달아오르는 욕심을 억누르며 우경이 현서를 재촉했다.

"얼른 가."

"호, 혹시라도 쫓아오지 마십시오! 쫓아오면 국물도 없습니다!"

제법 살벌한 경고를 남기고 현서가 도망치듯 방에서 나가 버렸다. 재킷이 너무 길어서 온몸을 가려 버린 것이 아쉽다. 동시에 웃음이 나온다. 그런 생각을 하는 제 자신이 웃기다. 우경은 방금 전까지 현서가 있던 자리를 손으로 쓸어내렸다.

사랑, 내리 채워지지 않는 갈증만 주던 그것이 오늘은 우경의 가슴을 따뜻하게 채워 준다.

13화 :

사랑은 특별하다,

누구에게나

"생각보다 진수성찬이네. 맛도 엄청 좋아."

우경이 싱긋 웃으며 보내 준 칭찬에 현서가 조마조마하던 가슴을 쓸어내렸다.

"다행입니다."

"아무리 정신이 없어도 그렇지. 밥도 안 먹고 가려고 하다니, 꽤 흥분했었나 봐?"

안 해도 될 말을 굳이 입에 담는 우경 탓에 현서가 표정을 구겼다.

창피한 일이지만 혼이 쏙 빠져 버릴 정도로 시간이 폭풍처럼 지나서 밥이고 뭐고 깜빡했었다. 샤워를 마치자마자 도망치려다 붙잡히고서야 본래 여기에 왔던 목적을 떠올릴 정도였다.

'앞으로는 더 조심해야지.'

지금 눈앞에서 태연하게 밥을 먹고 있는 이 남자는, 위험하다.

돌이켜 보면 우경은 늘 갑자기 다가왔고, 키스했고, 현서를 어루만졌다. 언제나 현서는 그 상황들을 받아들이기도 벅차서 우경의 늑대 같은 본성에 대해 제대로 고민해 보지 못했었다.

"그러고 보니까, 예전에 당신이 우리 집에 와서 죽 끓여 줬을 때."

문득 시작된 얘기에 현서가 무심코 고개를 끄덕였다.

"당신 뒤에 앉아서 내가 무슨 생각 했는지 알아?"

"알 리 없잖습니까?"

보나마나 또 외설스러운 생각이나 했겠지. 어느 틈엔가 우경에 대한 현서의 이미지는 그쪽으로 틀어져 버린 모양이다.

"앞으로도 당신이 그 자리에 있어 줬으면 좋겠다고 생각했어."

"……네?"

전혀 예상해 보지 못한 평범한 대답이다. 우경은 현서가 놀라거나 말거나 아득한 눈빛으로 당시를 돌이키며 말했다.

"생각해 보면 그때 당신이 내 마음속에 차오른 것 같아."

"차올랐다고요?"

"응. 함께 있고 싶다, 여기에 있어 줬으면 좋겠다, 앞으로가 오늘 같았으면 좋겠다. 처음으로 이런 생각이 들게 만들었으니까."

부엌에 들어찬 사람의 온기, 식기를 만지는 달그락 소리. 종종거리며 부엌을 누비는 현서를 뒤에서 지켜보던 그 순간의 포근함은 단순히 반했다는 감정과는 전혀 다른 느낌이었다. 그리고 제 뺨에 닿은 현서의 손이 떨리고 있다는 사실을 깨달았을 때, 몸 안을 표류하던 따뜻함이 순식간에 가슴 가득 차올랐다. 사랑, 그 찬란한 이름으로 분류되는 감정이 우경을 사로잡아 버렸다.

"확신하게 됐어. 여기 내 옆에 있어 줄 사람은 오현서여야만 한다고."

"그, 그런 말은 갑자기 왜 하십니까?"

"그냥 생각나서."

문득 전해 주고 싶었을 뿐이다. 현서가 우경에게 얼마나 특별한 존재인지 말이다.

이사와 정주호 상무를 비롯해 윗선들이 빼곡히 자리한 대회의실에서 차분히 리케아 프로모션 진행 상황에 대해 설명하는 수현을 보며 현서가 내심 감탄했다. 프로모션의 홍보와 파티 진행 부분은 전부 수현이 기획한 만큼 어디에도 빈틈이 없다.

"결론적으로 이번 파티 프로모션은 방금 말씀드린 내용이 전부입니다. 인력 배분에 대해서는 지원3팀과 4팀의 협조에 감사합니다."

지난 일주일간 두 팀은 약속대로 서로 협조는 하되 간섭은 하지 않았다.

1팀은 우경의 지휘 아래 리케아의 입점을 위한 데이터 수집에 집중했다. 국내에 있는 다른 비슷한 업체들의 프로모션을 조사하고 가장 효과를 얻은 방법이 뭔지 알아내는 것이 주요 목적이었다.

수현의 2팀은 프로모션 홍보 전문가팀을 꾸려 곧바로 장소 섭외부터 나섰다. 홍보 품목을 체크하고 부족한 물품을 리케아에 요청하는 일 역시 2팀의 소관이었다. 업계의 기본 룰보다 늦어진 유명 인사의 초청도 다행히 리케아에 관심을 갖고 스케줄을 비워 둔 연예인들 덕분에 비교적 무난하게 해결됐다.

"물품은 전부 전시됐나?"

"상량 전시장이 오후 3시에 비워질 예정입니다. 인테리어를 오늘 저녁부터 내일 오전까지 끝내고 이후에 바로 물건 전시를 시작하면 1전시장 개최에는 문제가 없습니다."

"목록을 보니 2전시장 물건들도 꽤 되는데, 그건 아직 한국에 안 들어왔나?"

"세관에서 무리 없이 통과된다면 날짜에 잘 맞춰서 들어올 겁니다."

몇 개의 질문을 더 던진 후 간부들은 이견 없이 회의실을 나갔다.

회의실 문이 닫히자마자 1팀과 2팀은 회의를 계속했다.

"당일에 최 팀장이랑 난, 간부들과 오전부터 움직여. 리케아 담당자와 오찬이 있고 이후에 전시장으로 갈 테니까 그 전까지 개최 준비를 끝내 두도록 해."

"밤에 오지 않으시고요?"

"다른 손님들이 더 올 테니까, 오후에 가볍게 둘러보고 돌아가실 거야."

당일에 3팀과 4팀은 현장 진행만 지원해 주기 때문에 다른 부분은 1팀과 2팀 인력으로 충당해야 한다. 일단 민호는 2팀 사원과 함께 스폰서 쪽을 접대하고, 유라는 현장에 남아 총괄을 도울 계획이다. 현서는 2팀 비서 찬우와 마지막까지 회사에서 물류 상황을 컨트롤한 후 개최 시간에 맞춰 출발하기로 했다.

"간신히 됐네. 3일 뒤라는 거지……."

우경이 그답지 않게 말끝을 흐리며 눈을 감았다.

"오늘은 여기서 흩어지지. 이쪽은 바로 현장에 가서 디자이너들과 할 일이 있거든."

"고생해 줘."

2팀이 회의실을 나가자 우경이 의자에 몸을 기댔다. 유라는 2팀과 함께 현장에 가 보는 게 낫겠다며 나가고 민호 역시 곧 있을 접대를 위해 가 버렸다.

두 사람도 바로 사무실로 돌아왔다. 이쪽도 아직 쌓인 일이 산더미다. 우경은 서류들을 확인하면서 현서에게 계속 지시를 내렸다.

"오 비서는 마지막 날 2전시장 물건 배송만 확인해 줘. 이건 최종 확정 품목이야. 일단 전시장까지만 들어가면 거기 담당자들이 알아서 할 테니까."

"네, 알겠습니다."

"그리고 이것도."

우경이 책상 밑에서 쇼핑백을 꺼내 현서에게 내밀었다.

"보고만 있지 말고 받아. 보기보다 무거워."

한눈에 봐도 명품 쇼핑백이다. 평소 우경이 명품을 선호하는 기색은 보인 적 없다. 그렇다면 이건 선물용인가? 하지만 그것 역시 드문 일이다.

"아, 네. 어떤 분께 전해 드리면 됩니까? 어? 안에 인사 카드가 없네요. 쓰는 거 또 잊어버리셨습니까? 제가 누누이 말씀드렸잖습니까? 물건을 보내기 전에 카드는 미리 써 두셔야 한다니까요. 아니면 제가 대신 써 드릴까요?"

"뭐?"

가끔 거래처 사람에게 선물을 보내라는 명령을 내린 적이 있어서 현서는 당연히 그런 쪽으로 생각한 모양이다.

"받는 분 업체랑 성함만 말씀해 주시면 제가 써서 보내겠습니다."

"그보다 내용물부터 확인해 봐."

"제가 해도 되는 겁니까?"

"응."

하는 수 없다는 듯 현서가 쇼핑백에서 내용물을 꺼냈다. 커다란 쇼핑백에 든 상자에는 한눈에 보기에도 값비싸 보이는 드레스가 들어 있었다. 천은 손으로 만져 보니 실크보다 부드럽고 우아하다. 펼쳐 보니 천이 목을 감싸고 발목 살짝 위까지 덮는 디자인의 블랙 드레스다. 오른쪽 다리 부분의 트임으로 보건대 입으면 보기보다 훨씬 섹시한 느낌이 들겠지.

다른 쇼핑백을 열어 보니 리케아의 목걸이와 귀걸이 세트가 들어 있다. 며칠 전 협찬 품목에서 보고 유라가 군침을 흘렸던 물건이다. 마지막 상자에 든 물건은 위급한 상황이 닥쳤을 때 무기 대용으로 사용하기 딱 좋아 보이는 블랙 킬힐이다.

순간적으로 현서의 머릿속에 이 킬힐을 들고 이 선물들을 받을 여자는 어디 사는 누구냐고 우경을 취조하는 제 모습이 떠올랐다.

"어때?"

의심한다는 사실을 알면 제대로 말해 주지 않을지도 모른다. 현서는 숨을 삼키고 애써 차분한 목소리로 물었다.

"괜찮네요. 그래서 어떤 분께 전달해 드리면 됩니까?"

"뭐? 어, 그게⋯⋯."

우경이 우물쭈물대는 모습을 보며 증거 충분이라는 생각이 현서의 머리에 꽉 차올랐다.

"이딴 걸 선물하려면 직접 하십시오!"

"어? 이딴 거라니 무슨 소리 하는⋯⋯."

"아무리 접대여도 이건 너무 노골적인 선물 아닙니까? 옷 같은 건 말입니다. 그 사람이 입은 모습을 상상하면서 구매하는 거잖습니까! 전 그 점이 불쾌한 겁니다!"

현서가 열심히 쏘아붙이자 우경이 웃음을 터뜨렸다. 불난 집에 기름칠을 해 주는 건가 싶어 현서가 다시 화를 내려는데 우경이 한 손을 들며 그녀를 저지했다.

"쿡, 아하하하! 아, 정말 당신도 당신이다. 언제까지 못 알아채나 궁금했는데 마지막까지 모르네. 그야 나도 남잔데 당연히 상상해 보지 않겠어? 오현서가 이런 드레스를 입은 모습이 어떨지, 혼자서 열심히 상상했어."

"네? 저 말씀이십니까?"

"아니면 내가 누구한테 옷을 선물할 거라고 생각한 거야?"

우경의 반문에 현서가 당황했다.

물론 우경은 리케아 파티를 위해 선물했을 것이다. 리케아 제품이 있다는 건 그런 뜻일 테니까. 하지만 현서는 고작 팀 비서에 불과하다. 저런 어울리지도 않는 명품들을 몸에 걸치고 연예인처럼 사람들 앞에서 웃음 짓는 역할은 맡은 기억이 없다.

"설마 저더러 저걸 입고 파티에 오라는 말씀이십니까?"

"응. 우린 얼굴 파는 것도 일이거든. 대규모 파티는 좋은 기회지."

"얼굴을 파는 것까진 좋습니다만, 불편해서 일은 어떻게 하라는 겁니까?"

"일부러 불편하지 않을 옷으로 골랐잖아? 가슴이나 등이 파인 것도 아니고 다리만 살짝 드러내는 정도라면 무리 없어. 무엇보다 그날은 내 옆에서 손님들한테 인사만 하면 되니까. 걱정하지 마."

평소의 우경과는 다른 모습이다. 명품 선물도 그렇고 굳이 현서의 옷차림을 지정해 주는 일도 이번이 처음이다. 문득, 치졸한 물음이 현서의 머릿속을 스쳤다.

"혹시 제가 평소처럼 입고 가면 창피하신 겁니까?"

"뭐? 창피라니?"

"평소에 명품 선물은 해 준 적 없으시잖아요. 제게 뭔가를 입으라고 요구하신 적도 없으시고요. 그만한 파티면 참석한 사람들 모두 꾸미고 올 거고, 전 그럴 여력이 안 되니까 선물해 주신 것 아닙니까?"

목소리가 떨리고 만다.

"현서야, 내 얼굴 좀 봐. 고개 숙이지 말고. 응?"

탁!

우경이 손목을 붙잡자 현서가 다급히 뿌리쳤다. 보나마나 추한 얼굴을 하고 있을 거다. 죽어도 보여 주고 싶지 않다.

"……."

"미안해. 당신이 싫다면 당연히 평소처럼 하고 와도 돼. 난 그냥……."

"아닙니다. 얼굴 파는 것도 일이라고 하셨잖습니까? 기왕 팔 거면 제대로 팔아야죠. 염치없지만 선물은 고맙게 받겠습니다."

우경이 잡을 틈도 주지 않고, 현서는 도망치듯 팀장실을 나가 버렸다.

"하아."

절로 한숨이 나오는 상황이다.

상황이 이렇게 되고 보니 한심했지만 사실 우경은 내내 들떠 있었다. 수십 개의 드레스를 보며 그 옷을 입은 현서의 우아한 모습을 상상했고, 어느 아이템 하나도 쉽게 고르지 않았다. 낯설지만 즐거운 과정이었다. 물론 평소답지 않았다는 점은 인정한다.

다만 우경은 이 멋진 파티의 개최를 도운 능력 있고 아름다운 현서를 모두에게 마음껏 자랑하고 싶었다. 어디나 그렇겠지만 특히 마케팅은 이름이 명함이 될 정도로 유명해지는 편이 이롭다. 특히 이쪽 사람들은 일도 일지만 세련된 감각을 요구하기 때문에 아름다운 외모도 경쟁력이 된다.

우경은 이번 리케아 프로젝트를 현서에 대한 업계 평판을 올릴 기회로 봤을 뿐이다. 우경도 이 정도 배려를 한 상대는 현서가 처음이고, 상사로서 할 수 있는 최고의 역할이라고 생각했다.

"당신이 창피할 리 없잖아."

화가 난다. 대체 어쩌다 그런 말도 안 되는 생각을 하게 된 건지 도무지 모르겠다.

"한심해, 오현서."

옥상에 올라온 현서는 제 머리에 꿀밤을 먹였다. 그깟 일로 열을 낸 스스로가 한심할 뿐이다. 하지만 치졸하게도 만약 현서가 한나처럼 부잣집 딸이었다면, 이런 선물은 받지 않았을 거란 생각이 머릿속을 떠나지 않았다.

차라리 우경과 연애하지 않는 편이 나았을지 모르겠다. 사생활과 일을 제대로 구분하고 있고 어느 쪽에도 문제가 생기지 않을 거라고 자신했었다. 하지만 지금의 현서는 사적인 감정 때문에 업무마저 망치고 있다.

"하아."

"아주 땅이 꺼지겠군."

옆에서 들려온 목소리에 돌아보니 수현이 담배를 피우며 그녀를 쳐다보고 있었다. 대체 언제부터 여기 계셨던 거지? 기척도 못 알아차렸는데.

"아, 실례했습니다. 근데 아까 외근 나가지 않으셨습니까?"

"일찍 돌아왔어."

수현의 날카로운 눈빛이 현서의 온몸을 훑는다. 그의 시선이 잠시 바닥에 놓인 고급 쇼핑백에 머물다 현서에게로 되돌아왔다.

"백우경이 준 선물이군."

"네? 아, 예."

흥분해서 들고 있던 채로 옥상까지 가져오고 말았다. 사정을 아는 수현의 눈에는 연애의 물증으로만 보이겠지. 상대가 수현인 만큼 현서도 속으로 싫은 소리를 들을 각오를 다졌다.

"꽤 사랑받고 있네."

"헉."

사, 사랑이라니? 최수현 팀장 입에서 '사랑' 같은 감성적인 단어가 나올 줄 상상도 못 했다. 현서가 드러내 놓고 기겁하자 수현이 픽 웃었다. 사랑이라는 단어 못지않게 낯선 웃음이다.

"그런 사랑이 아니라는 정도는 알 텐데?"

"말씀하신 의미를 잘 모르겠습니다."

"단어가 부적합했던 모양이군. 그럼 부하 직원에 대한 신뢰나 총애라고 해 두지."

신뢰? 총애? 수현은 점점 더 알 수 없는 소리만 하고 있다. 여전히 이해하지 못한 표정의 현서를 보며 수현이 담배 연기를 들이마시고 천천히 깊은 숨을 내뱉었다. 단순한 행동이지만 갑갑해하고 있다는 느낌을 전달하기엔 충분했다.

"후. 백우경은 눈치라곤 꽝인 애인을 뒀군. 이쪽도 남의 말 할 처지는 못 되지만."

"네?"

"마케팅 쪽은 업계에서의 명성이나 평판이 모든 일의 최우선 단계야. 거래도, 기회도 전부 고객들이 날 안 후에야 제대로 시작되니까."

알려지기 위해서라면 무슨 짓이든 해야 하는 업종이 마케팅이기도 하다. 화려한 외모건 후광 있는 배경이건 능력이건 우선 알려져야만 기회도 찾아오는 법이다. 결론적으로 살벌하기가 연예인들의 유명세 떨치는 과정 못지않다는 뜻이다.

"당신을 벌써 시장에 내보일 생각을 하다니, 성급하긴 하지만 이유가 있겠지. 풀 죽어 있을 필요가 없을 텐데?"

시장에 내보인다는 말을 듣고서야 현서가 정신을 차렸다. 얼굴을 판다는 건 그런 의미였구나.

"아, 아."

서툰 흥분이 가라앉고서야 머리가 식는다. 우경은 얼마나 당황했을까? 그는 순수한 호의에서 선물을 준비했을 것이다. 파티 역시 마케팅의 일환이라고 생각하면 어디도 이상한 부분이 없다. 거기다 두 사람은 사귀는 사이다. 애인이 예쁘게 꾸민 모습을 보고 싶은 마음이 없는 남자가 어디 있겠는가.

현서가 생각에 잠긴 사이 철제 재떨이 통에 담배를 비벼 끈 수현이 물었다.

"안 내려가나?"

"먼저 가십시오. 감사했습니다."

"자리는 너무 오래 비우지 않도록 해. 리케아 프로젝트는 아직 진행 중이니까."

"예. 알고 있습니다. 금방 복귀하겠습니다."

꾸벅 인사를 하고 고개를 들어 보니 수현은 벌써 옥상을 떠나고 없었다.

자, 이제 어떡할까? 새삼 고민하고 있자니 예전 일이 떠오른다. 복잡한 소문을 듣고 오해해서 우경에게 사생활이나 잘 관리하라며 소리쳤던 그때, 그는 꼭 오늘 같은 표정을 했었다. 그답지 않게 정말 영문을 모르겠다는, 어딘지 억울함이 배인 표정 말이다.

"억울하셨던 거겠지?"

"어! 엄청!"

뒤에서 갑자기 튀어나온 목소리에 현서가 깜짝 놀랐다. 돌아보니 우경이 입을 삐죽 내밀고 현서를 쳐다보고 있다. 대체 언제부터 있었던 거지?

"엄청 억울해. 그리고 당신이 왜 화를 냈는지 몰라서 나한테 더 화가 나."

"팀장님. 그게 말입니다."

"당신을 이해하고 있다고 생각했는데 전혀 예상 못 한 부분에서 화를 냈으니까. 당황했었어. 오현서니까 말도 안 되는 일로 화냈을 리 없지. 분명히 내가 잘못했을 거야."

성큼 현서의 앞으로 다가온 우경이 그녀의 어깨에 얼굴을 묻었다. 당황한 현서가 황급히 옥상에 다른 사람이 없는지 확인부터 했다.

"티, 팀장님, 일단 좀 떨어지십시오."

"원인도 모르고 사과해 봤자 기분 나쁘겠지만 분명 내 탓일 거야. 당신을 전부 이해해 주지 못해서 미안해."

잘못한 사람은 사리분간 못하고 자격지심에 화를 낸 현서인데, 용서는 우경이 구하고 있다. 하여튼 이 사람은 다정해도 너무 다정해서 문제다. 현서가 해야 할 사과까지 본인이 하면 어쩌잔 말인가. 미안한 마음에 현서가 천천히 우경의 등을 쓸었다.

"저야말로 죄송합니다. 그, 그러니까, 전 제가 부족해서 팀장님이 마음 써 주시는 것 같아서, 자존심이 상했던 것 같습니다. 팀장님 행동이 나빴다는 말은 절대 아닙니다. 그건 그냥 평소에 제가 갖고 있던 불안함…… 같은 겁니다."

"불안했었어?"

우경이 얼굴을 떼고 놀란 듯 물었다. 아, 이 사람이 이런 눈빛으로 바라보면 현서의 가슴은 뭉클해지고 입술은 더없이 솔직해지고 만다.

"네. 솔직히 팀장님에 비해 제가 너무 보잘것없으니까요."

현서의 얘길 들은 우경은 고개를 갸웃했다. 보잘것없다니? 대체 어느 부분이?

"저번에도 고백했지만 당신은 나한테 넘치는 여자야. 어리고, 똑똑하고, 예쁘잖아. 아니, 무엇보다 당신 자체가 내겐 특별해."

"대체 뭐가 말입니까? 전 잘 모르겠습니다."

"당신이 날 바꿨으니까."

우경에게 사랑을 가르쳐 줬다. 과거를 좇기에만 급급하던 우경에게 미래를 꿈꾸게 해 줬다. 앞으로 나아갈 수 있도록 기꺼이 손을 내밀어 줬다. 지금껏 그 누구도 해 주지 못한 일이다. 누구도 우경에게 이런 변화를 가져다주지 못했었다. 오직 현서뿐이다. 그러니까 그녀는 특별하다. 세상 무엇보다, 누구보다 우경에게 특별한 한 사람이다.

"사람들의 계산적인 시선은 아무래도 좋아. 당신은 당신 없는 나를 상상조차 할 수 없게 만들었으니까, 자신감 갖고 똑바로 날 책임지란 말이야."

얼굴에 손을 얹지 않아도 느껴진다. 우경의 당찬 말에 또 얼굴이 달아오르고 말았다.

"채, 책임이라니, 아! 그, 그보다 또 설렁설렁 넘어갈 순 없습니다! 아무튼 사적인 감정 때문에 절 배려해 주신 팀장님의 기분을 상하게 만들었으니까요. 정말 죄송합니다. 앞으론 더 조심하겠습니다."

"사적인 감정이 문제라는 거지? 하지만 사적인 감정이 없는 사람이 어디 있겠어? 나만 해도 당신한테 회사에서 이런 짓 저런 짓 꽤 했잖아. 피차일반이지 뭐."

"하지만 전……."

"정 미안하면 키스라도 한 번 해 주든가. 아! 당신은 장소가 걸려서 못하지?"

현서가 절대 못할 거라고 생각해선지 입가에는 느긋한 미소가 걸려 있다. 평소라면 그러려니 하고 넘겼을 그 미소가 오늘따라 유독 거슬린다. 어차피 아무도 없는 옥상이다. 한 번쯤 미친 척해 봐도 될 것 같다.

현서는 우경의 목을 휙 끌어당겨 안는 동시에 재빨리 입술을 가져다 댔다. 웃느라 조금 벌어져 있던 우경의 입술 안으로 현서가 거침없이 혀를 비집어 넣고 휘저었다. 우경이 당황하는 감촉이 그대로 느껴졌다. 묘한 승리감에 만족한 현서가 입술을 뗐지만 돌아서기도 전에 우경에게 붙잡히고 말았다.

"티, 팀장님?"

"날 덮치다니, 제법 대담해졌네."

우경은 현서의 허리에 팔을 두르고 더 가까이 끌어당겼다. 이 이상은 위험하다! 현서는 얼른 그를 밀어내려 했지만 소용없었다.

"이런 걸 원한 거 아니야?"

이런 게 뭐냐고 되묻기도 전에 우경의 혀가 입술을 가볍게 핥아 왔다. 쫙 하고 온몸에 소름이 돋는 순간 그가 다시 키스를 해 왔다. 현서와는 비교도 되지 않게 능숙하게, 그녀의 입안을 헤집으며 우경 생각만 하게 만든다. 현서도 더 도망치지 않고 양팔을 우경의 목에 감싸고 키스를 받아들였다.

듣는 귀를 창피하게 만들 정도로 젖은 소리로 가득했던 키스 후 우경이 현서의 입술을 손가락으로 닦아 내며 말했다.

"당신은 나한테 늘 넘쳐. 그러니까 다신 괜한 오해하지 마. 잠깐이라도 그런 생각으로 당신을 힘들게 만들지 말라는 뜻이야. 알겠어?"

"……하, 그래도 여전히 팀장님이 저한테 과분한 분인 건 맞습니다. 그건 안 변합니다."

자꾸 팀장님 생각으로 제 머리가 가득 차고 넘치게 만들어 버리니까요.

3일 후, 현서는 텅 빈 사무실에서 혼자 전화를 받느라 분주했다.

팀원 모두가 각자 맡은 일대로 사무실에 들르지도 않고 바로 현장으로 갔다. 바로 20분 전에 유라와 통화했는데 전시장 상황 역시 무척 순조롭다고 했다. 이제 남은 건 2전시장 물건 배송 확인뿐이다.

지친 몸을 의자에 기대며 현서가 손거울로 제 상태를 확인했다. 확실히 아침 일찍 미용실에 들른 보람이 있다. 옷은 드라이클리닝한 상태로 사무실에 걸어 뒀으니 나가기 전에 갈아입으면 되고, 구두는 아예 신고 왔다. 이쪽도 순조롭다.

쾅!

이 예고 없는 불행이 닥치기 전까진 분명 모든 것이 순조로웠다.

"운송사랑 통화해 봤습니까?"

갑자기 들이닥친 2팀 비서 이찬우가 난데없이 질문부터 던졌다.

"이제 하려던 참인데, 무슨 문제라도 있습니까?"

"기사가 연락 두절입니다. 아까부터 전화를 안 받습니다."

"네? 뭐라고요?"

현서가 서둘러 운송사 전화번호를 눌렀다. 회사와는 통화가 됐지만 그들도 운전기사와 연락이 안 된다는 말만 되풀이할 뿐이었다. 휴대전화가 꺼진 건 아니니 잠깐 쉬는 것 같다며 연락이 되는대로 전화해 주겠다고 했다.

"아니, 시간 맞춰서 물건이 들어가야 하는데 당일에 통화가 안 되면 어쩌자는 겁니까?"

[정말 죄송합니다! 저희도 계속 전화를 드려 보고 있는데…….]

"연락만 안 되는 거 맞죠? 뭔가 문제가 생긴 건 아닙니까?"

[예?]

운송사 직원이 당황하는 폼이 예사롭지 않다. 현서가 틈을 놓치지 않고 계속 추궁하자 직원이 우물쭈물 입을 열었다.

[시, 실은 차량에 문제가 조금 생긴 것 같아요.]

"차량에 문제가 생겼다고요?"

[갑자기 시동이 안 먹는다고 하시네요. 아! 걱정은 하지 마세요. 일단 저희가 급하게 차량을 한 대 수배했습니다. 거기로 보내서 물건을 옮기고 다시 출발할 예정이에요. 시간이 조금 촉박하지만 늦지 않도록 하겠습니다.]

머리가 지끈거리기 시작했다. 그 탑차에 든 물건들이 개당 얼마짜린 줄 알고는 있는 건가? 그걸 차도에서 다른 차량으로 옮기겠다고?

"미치겠네. 잠깐, 새로 수배한 차는 지금 어디쯤에 있습니까?"

[곧 현장으로 출발할 예정…….]

"그 차량, 저희 회사 정문으로 20분 안에 보내세요. 알겠습니까?"

[네, 네!]

현서는 전화를 끊고 황급히 찬우에게 상황을 설명했다. 설명을 들은 찬우 역시 바로 얼굴을 구겼다.

"어떻게 그 물건들을 차도에서 옮길 생각을……."

"하지만 2전시장 개장을 미루는 것보단 위험을 감수하는 편이 낫습니다. 우선 트럭을 서강으로 불렀습니다. 타고 직접 현장에 가 봐야 할 것 같아요. 옮기는 과정에서 물건이 하나라도 분실되면 곤란하니까요."

"뒤에서 차로 따라가겠습니다."

역할을 정하자마자 현서는 바로 유라에게 전화해서 상황을 알렸다. 유라는 지금 1전시장 마무리에 들어갔고 못해도 1시간 안에 물건이 도착해야 한다고 했다.

"일단 1시간은 무리일 것 같지만 최대한 빨리 가 볼게요."

전화를 끊은 현서가 2전시장 물품 차트를 들고 사무실을 뛰쳐나왔다. 다행히 트럭이 바로 도착했다. 현서는 트럭에 올라타며 바로 기사에게 물었다.

"그 기사님 어디에 계신지 위치는 파악되신 거죠?"

"그럼요. 얼른 갑시다."

리스트를 보니 한숨이 절로 나온다. 이걸 언제 다 옮기지? 가격별로 먼저 체크해야 할 물건들부터 살피는 사이 트럭이 현장에 도착했다. 정말 도로 한구석에 1톤 탑차가 서 있다.

트럭에서 내린 현서는 우선 기사에게 상황을 전해 들었다. 기사는 억울한 듯 눈앞에서 시동을 걸어 봤지만 여전히 차는 요지부동이다.

"어떻습니까?"

그사이 도착한 찬우의 질문에 현서가 고개를 저었다.

"안 되겠어요. 바로 탑차 열어 주세요. 옮깁시다."

모두가 바로 탑차의 내용물을 꺼내서 다른 차로 옮기기 시작했다. 현서 역시 동동거리며 물건을 체크하고 가벼운 것들은 직접 옮겼다.

"3번 목걸이 어디 있어요? KH-DD3이 아까 그 물건 아래에 있었어야 했는데?"

"아! 이겁니다!"

"그거부터 옮겨 주세요. 이 비서님, 제일 안쪽으로요!"

30분 후 옮긴 물건이 리스트와 딱 맞아떨어지는 것을 확인하고 현서가 탑차 트럭에서 내렸다.

"다 있어요. 바로 문 닫고 출발하면 될 것 같습니다. 서두릅시다. 이 비서님은 아까처럼 뒤에서 개인차로 따라와 주세요. 전 탑차 타고 가겠습니다."

"그건 알겠는데 발은 괜찮습니까?"

"발이요?"

그 물음에 내려 보니 발뒤꿈치에서 피가 나고 있었다. 상처를 확인하고서야 아픔이 밀려든다. 정신이 없어서 아픈 줄도 몰랐었다. 하긴 이런 킬힐을 신고 뛰어다니고, 트럭을 올라탔다 내려탔다 별의별 난리를 쳤는데 다치지 않는 쪽이 더 이상하다.

"아, 괜찮습니다. 출발합시다."

한 시간 후 트럭은 무사히 행사장에 도착했다.

아슬아슬하게 시간에 맞췄다. 유라는 현서에게 제대로 인사할 틈도 없이 사람들과 함께 물건을 옮기기 시작했다. 현서도 쉬지 않고 리스트 순서대로 물건이 들어갈 수 있도록 계속 지시를 내렸다.

"고생하셨어요, 오 비서님."

"아뇨, 유라 씨도 아침부터 고생이 많았겠네요."

"휴, 안은 대충 정리됐어요. 1전시장은 곧 손님을 받을 거고 개최사가 끝날 때까지 2전시장도 준비가 끝날 거예요. 그보다 오 비서님, 오늘 참석 안 하세요? 옷차림이 뭐랄까, 평소보다 더 편하시네요."

"네?"

그 질문을 듣고서야 생각났다. 옷은? 옷은 어디에 있더라?

"오 비서님?"

"아. 젠장."

배송 차량에 문제가 생겼다는 얘길 듣고 사무실에 다 두고 왔다. 사무실과의 왕복 시간은 대략 두 시간 반, 죽었다 깨어나도 이번만은 시간에 맞출 수 없다.

"하아, 유라 씨는 들어가 봐요. 전 여기서 잠깐 쉴게요."

"아, 네! 일 있으면 연락 주세요."

유라는 총총걸음으로 현장에 가 버렸다.

'하필 오늘 같은 날.'

기껏 싸우기까지 했는데 중요한 순간에는 입어 보지도 못하고 있다니, 억울하기까지 하다.

"멍청이."

슬슬 주차장에 차들이 도착하기 시작한다. 세련된 카펫을 밟고 지나가는 손님들은 대부분 연예인이다. 그 외에 파워 블로거나 초청장을 받은 일반 손님, 그리고 관계자들은 다른 문을 통해서 입장하게 되어 있다.

"아, 여기 있었습니까? 슬슬 들어갈 시간입니다."

차량을 정리하고 돌아온 찬우의 말에 현서가 가만히 고개를 저었다.

"제 대신 저희 팀장님께 오늘은 그냥 퇴근했다고 전해 주시겠어요?"

"어디가 안 좋으십니까?"

"아뇨, 아니, 생각해 보니 그러네요. 영 좋지 않네요. 아무튼 전화는 안 받으시니까 대신 전달 좀 부탁드립니다."

"알겠습니다."

찬우가 돌아가고 현서도 몸을 일으켰다.

여기서 버텨 봐야 상황이 개선될 여지가 없다. 유라에게 연락해 주고 바로 퇴근할 생각으로 현서가 전화를 걸었다.

[지금은 전화를 받을 수 없습니다. 다시 걸어 주시길 바랍…….]

아까까진 바로바로 받더니 어째 유라도 전화를 통 안 받는다. 안에서는 개최식이 곧 시작될 테니 2전시장을 마무리하느라 바쁜지도 모르겠다. 차라리 행사 직원에게 무전을 해 달라고 부탁하는 편이 빠를 것 같다.

아픈 발을 질질 끌며 입구 쪽으로 가 보자 다행히 행사 직원이 문을 지키고 서 있었다. 하지만 안타깝게도 직원은 혼자가 아니었다.

"저 정말 초대받은 거 맞아요. 초대장만 집에 두고 왔다고 몇 번을 말씀드려요?"

"죄송합니다만 초대장이 없으면 출입이 불가합니다."

"아니면 초대 명단을 확인해 보세요. 이하봄라고 분명히 있을 거예요."

정교한 업스타일의 헤어, 눈처럼 하얀 살결에 우아한 목선, 한눈에 띄는 레드 컬러의 드레스를 입은 여자는 지금까지 본 초대 손님들 중 가장 아름다운 자태를 뽐내고 있었다. 한눈에 봐도 초대돼서 온 손님이 분명하다.

"휴, 저기, 서강 지원1팀 오현서입니다만."

"아, 예!"

직원의 답답한 행태를 더 관망하지 못한 현서가 결국 두 사람 사이에 끼어들었다.

"예비 초대장 갖고 계시죠? 책임은 제가 질 테니까 들여보내 드리세요. 이하봄 씨, 저희 쪽 행사 직원이 무례를 저질렀습니다. 이것도 다 절차의 일부이니 너그러운 이해 부탁드립니다."

현서가 대신 고개를 숙이자 직원도 더는 반대하지 못하고 주섬주섬 초대장을 꺼냈다.

"여기 있습니다."

"정말 고마워요!"

활짝 웃는 얼굴이 생각보다 훨씬 앳돼 보인다. 많아 봐야 스물다섯 정도 될까? 다정한 이하봄의 말투에 끌리듯 현서도 미소 지었다.

"아닙니다. 귀찮게 해 드려서 죄송합니다. 어서 들어가 보십시오."

"언닌 안 들어가세요? 오늘 파티에 참석하셔야 하잖아요."

"예?"

혹시 회사 직원인가 싶어 다시 뜯어봤지만 완전히 처음 보는 사람이다. 그럼에도 이하봄은 현서를 잘 아는 사람처럼 친근하게 웃었다.

"혹시 절 아십니……."

덜컥.

질문이 끝나기도 전에 행사장 문이 열리며 한 남자가 튀어나왔다. 짜증이 잔뜩 묻어난 표정의 수현이다.

"아, 최 팀장님, 안녕하십니까?"

"뭐야, 아직도 밖에 있었나? 그보다 이하봄, 넌 안 들어오고 여기서 뭐해?"

수현의 질문이 뜻밖에도 하봄에게로 돌아갔다. 하봄은 냉큼 현서에게 팔짱을 끼며 대답했다.

"막 들어가려던 참이었죠! 현서 언니랑 같이요!"

"네? 전……."

"아직 옷도 안 갈아입었나? 서두르지? 백우경이 당신한테 리케아 담당자와 스폰서들 소개해 주겠다고 벼르고 있거든."

"아, 실은 그게……."

수현의 재촉에 못 이겨 현서가 하는 수 없이 사정을 털어놓았다. 수현이 전혀 보고받지 못했다며 놀라는 사이, 하봄이 다급하게 말했다.

"그럼 서둘러야겠네요. 제가 빌려 드릴게요."

"뭘 말입니까?"

"뭐긴요? 옷이죠! 얼른 따라와요. 오빠, 들어가지 말고 여기서 기다려요. 알았죠?"

하봄은 현서가 거절할 틈도 주지 않고 손부터 잡아끌었다. 당황한 현서가 뒤를 돌아보니 수현은 무심한 표정으로 담배를 꺼내 들고 있다. 잠깐만, 이거 괜찮은 건가?

화장실에 도착하자마자 하봄은 가장 넓은 칸에 현서를 밀어 넣고 들어와 문을 잠갔다.

달칵.

"우선 옷부터 벗어요. 참, 이거 지퍼부터 좀 내려 줄래요?"

현서가 얼결에 드레스 지퍼를 내려 주자 하봄은 망설임 없이 옷을 벗기 시작했다. 그 기세에 휩쓸린 현서도 옷을 벗어 넘겼다. 하봄은 곧장 그 옷을 입고 현서가 드레스를 입을 수 있도록 도왔다.

"자, 숨 들이켜시고 갑니다!"

훅!

지퍼가 올라가는 순간 숨이 턱 막혔다. 하봄은 사이즈가 맞아서 다행이라고 했지만 현서 생각에는 그녀에게는 작은 옷 같았다. 그러거나 말거나 하봄은 액세서리까지 착용해 준 후 현서를 세면대로 데리고 나왔다.

막상 입고 거울로 보니 드레스는 생각보다 훨씬 가슴이 파인 디자인이었다. 우경이 처음 준 드레스는 정말 정숙한 축에 속한다는 사실을 현서가 뒤늦게 깨달았다.

"자, 화장부터 고쳐 줄게요. 이쪽에 앉아요. 눈 감고요."

"왜 이런 걸 도와주십니까?"

도움은 고맙지만 보통 처음 본 사람에게 비싼 옷을 벗어 주고 화장까지 고쳐 주나? 이대로 물건을 돌려주지 않을 경우는 생각 안 해 보나? 아무리 생각해도 비상식적인 일이다.

"속물이라고 할지 모르지만, 전 아름다움은 중요하다고 생각해요. 아름다움을 입은 사람은 자신감을 얻잖아요. 제 생각에 지금 언니한테 필요한 건 자신감 같아요. 언닌 충분히 예쁘고 멋지니까 더 자신감을 가져요."

마치 현서의 상황을 꿰뚫어 본 듯한 말이다.

"전……."

"사랑을 하는 사람에게는 언제나 응원이 필요하잖아요? 제 전공이 바로 응원이랍니다."

도대체 이런 사람이 어디서 갑자기 튀어나온 걸까? 그러고 보니 수현을 오빠라고 부르던데 친한 사이일까?

"저기, 최 팀장님이랑은 친한 사이십니까?"

화장을 고쳐 주는 틈을 타 현서가 물었다.

"왜요?"

"최 팀장님한테 연락하셨으면 초대장 정도는 얼마든지 다시 받을 수 있으셨을……."

"어머! 전 절대 그렇게 못했을 거예요! 파티에 오면서 초대장을 깜빡한 여자라니, 엄청 칠칠맞아 보이잖아요! 오빠한테 그런 모습 보여 주느니 조용히 집에 가는 편이 나아요."

현서의 말이 끝나기도 전에 하봄이 끼어들어서 투덜댔다. 아이처럼 입술을 쭉 내민 얼굴마저 사랑스러운 하봄이다. 이런 쪽에 둔감한 현서라도 알겠다. 하봄은 수현을 좋아한다. 그것도 무척 많이. 아까 현서에게 했던 말들은 본인의 경험담인 것 같다.

"다 됐다. 정말 예쁘네요. 참 그리고 서한나, 고 얌체한테 우경 오빠 뺏기면 절대 용서하지 않을 거예요. 전 무조건 언니 편이거든요. 어, 시간 봐! 오빠가 기다려서 전 먼저 나가 볼게요. 옷은 나중에 우경 오빠 편에 돌려주면 돼요. 알겠죠?"

하봄은 급한 와중에도 현서에게 여러 번 손을 흔들고 화장실을 나왔다.

때마침 도와줄 수 있어서 다행이다. 수현과 우경을 통해서 여러 번 얘기를 들어서 현서에 대해서는 미리 알고 있었다. 처음엔 조금 평범하다고 생각했는데 만나고 보니 우경이 왜 홀딱 빠졌는지 알 것 같다. 저렇게 당당하게 일하는 여자라니, 같은 여자가 봐도 멋있다.

"오지랖은."

입구를 지키던 수현은 하봄을 발견하자마자 담배를 비벼 끄고 잔소리부터 시작했다. 하봄은 그의 잔소리마저 좋은지 행복하게 웃으며 대꾸했다.

"어쩔 수 없었어요. 사랑하고 있는 사람을 보면 뭐든 도와주고 싶은걸요."

"하. 저쪽에 네 걱정이나 응원은 필요 없어."

오지랖도 오지랖이지만 아직 날이 추운데 제대로 된 겉옷 하나 안 가지고 왔다니. 하여튼 또 사람 걱정하게 만들지.

계단을 내려온 수현이 제 코트를 벗어서 하봄에게 단단히 둘러 줬다.

"짝사랑을 하는 사람은 적을수록 좋으니까요."

"이하봄 너, 그거 나 들으라고 하는 소리지?"

"헤헤. 들켰다."

메롱 하듯 혀를 살짝 내밀고 하봄이 애교스럽게 대답하자 수현이 작게 한숨을 내쉬었다. 저렇게 귀여우면 정말 어쩌라는 건지. 안달하는 수현의 속도 모르고 하봄은 그의 허리에 팔을 두르고 어깨에 머리를 기댔다.

"현서 언니 잘됐으면 좋겠다."

"쓸데없는 걱정하지 마."

말 그대로 쓸데없는 걱정이다.

백우경은 이미 오현서가 아니면 안 된다. 옆에서 지켜보는 사람도 그걸 느끼는데 서한나라고 모를까. 아마 알면서도 지금껏 열심히 부정해 왔겠지. 하지만 오늘, 어느 면으로나 완벽한 현서를 보고 서한나도 외면해 왔던 현실을 깨닫게 될 것이다.

"안 온다고?"

"예, 말씀만 전해 달라고 부탁했습니다."

찬우의 전언에 우경이 미간을 찌푸렸다. 하필이면 오늘 같은 날 배송에 사고가 생길 건 뭐란 말인가.

"현서 씨가 못 온다니, 아쉽네요."

아까부터 옆에서 계속 치근대던 한나가 짐짓 서운한 표정으로 말했다.

"전 2전시장 쪽으로 가 보겠습니다."

"아, 부탁해."

인사를 한 찬우가 가자마자 한나가 마치 파트너라도 된 것처럼 달라붙어 쓸데없는 말을 걸기 시작했다.

'어디 아픈가? 아니면 다른 일이 생겼나?'

예전의 현서라면 무조건 파티에 참석해서 옆자리를 지켰을 것이다. 하지만 지금의 현서는 비서인 동시에 우경의 애인이다. 선물을 주고 다퉜을 때처럼 사소한 부분에서 또 혼자 상처받고 소주나 마시고 있을지 모른다.

약속이 있는 수현 대신 자리를 지키려고 했지만 우경도 더는 태연하게 버틸 수 없어졌다.

"죄송합니다만, 오늘은 저도 사정상 먼저……."

"누구야?"

"배우?"

우경이 업체 사람에게 사과의 말을 건네려는 찰나 사람들의 이목이 한 곳으로 집중됐다. 얼결에 사람들의 시선을 따라가 보니 모두가 갓 회장에 들어온 한 여자를 쳐다보고 있었다.

그녀는 평소 단정하게 감추고 있던 풍만한 가슴과 잘록한 허리, 굴곡 있는 엉덩이 선까지 아름답게 그려 내는 붉은색 드레스를 입고 있었다. 휘황하게 반짝이는 팔찌와 비브 목걸이 다음으로 눈길을 끄는 건 우아하게 한쪽으로 물결친 헤어스타일과 여자의 얼굴에 그려진 수줍은 미소였다. 다른 사람들에겐 낯설지 몰라도 우경에게만은 익숙한 그녀의 미소다.

"오현서?"

"오늘 오현서 씨는 안 온다고 들은 것 같은데……. 팀장님? 팀장님!"

불안한 마음에 한나가 우경에게 말을 걸려고 했지만, 그는 이미 한나에 대해서는 까맣게 잊은 듯 현서에게로 천천히 다가가고 있었다. 더 말리거나 붙잡지도 못하고 한나가 조용히 제 입술을 깨물었다.

"아, 팀장님! 정말 죄송합니다. 사정이 있어서 조금 늦었습니다."

우경을 발견한 현서가 급히 다가와서 사과부터 했다. 덕분에 모든 사람들의 시선이 현서의 사과를 받은 우경에게로 향했다. 그러거나 말거나 우경은 가까이 다가온 현서를 이리저리 뜯어봤다.

"음…… 어쩌다 이렇게 됐어?"

제대로 칭찬해 주고 싶은데 정말 궁금해서 질문부터 나왔다.

우경이 선물해 준 옷은 비싸다고 난리를 치더니, 지금 차림을 보니 그 옷보다 두 배 이상은 비싸 보인다. 무엇보다 어딜 봐도 현서가 골랐을 것 같지 않은 스타일이다. 대체 어디서 저렇게 변신을 하고 나타난 거지? 꼭 동화 속의 마법사라도 만난 사람 같다.

"어쩌다 보니까 이렇게 됐습니다. 이, 이상합니까?"

부끄러워하는 현서를 놀리고 싶은 마음을 우경이 미소로 억눌렀다. 그는 현서에게 손을 내밀며 대답했다.

"정말 잘 어울려. 걱정 말고 가자."

"네."

현서가 우경의 손을 잡고 그가 이끄는 대로 따라갔다. 화려한 파티도, 사람들의 시선도, 옷도 전부 낯설고 불편하지만 기분은 나쁘지 않다. 하봄의 말대로 현서에게 필요한 건 자신감이었던 모양이다.

"이쪽이 미리 말씀드린 제 비서입니다."

"반갑습니다. 서강 지원1팀 비서 오현서입니다. 제가 명함을 두고 왔는데, 다음에 거래할 기회가 있으면 식사라도 하면서 정식으로 다시 소개 올리겠습니다."

"하하하. 명함 한 장 받으려면 일부터 줘야겠군."

"농담입니다. 부르시면 언제든 달려가겠습니다."

현서가 싹싹하게 인사하는 모습을 보며 우경이 마음을 놓았다. 오현서는 일이건 접대건 할 때는 제대로 한다. 언제 어디에 함께 있더라도 안심할 수 있는 상대다. 저 씩씩함을 바라보고 있자니 절로 입가에 미소가 그려진다. 정말, 사랑스러운 여자라니까.

"안 그래도 1팀이 훌륭하다는 소문이 자자해. 백 팀장도 믿음직하고, 듣자 하니 자네도 이번 파티 기획에 공이 컸다면서?"

"전무님께서 이 멋진 파티를 열 수 있도록 주신 도움에 비해, 제 공은 미미한 수준입니다. 협력에 감사드립니다."

스폰서와 악수하며 현서가 적당히 이야기를 마무리 지었다.

이후 현서는 우경의 리드대로 리케아 담당자를 포함해 아직까지 남아 있던 회사의 상관들과도 제대로 인사했다.

"백 팀장이 하도 칭찬해서 어떤 사람인지 궁금했었는데 이제야 얼굴을 보는군."

"어머, 부족한 직원인데 괜히 감싸 주느라 고생하신 건 아닌지 모르겠습니다. 저야말로 이사님을 뵙게 돼서 정말 영광입니다. 쉽지 않으시겠지만 시간이 나면 1팀 사무실을 찾아 주세요. 적어도 서강 안에서는 제일 맛있는 커피를 대접해 드리겠습니다."

"이거, 이거 백 팀장이 매일 커피 심부름만 시킨 건 아니지?"

"그럴 리가요. 이사님처럼 귀한 손님들이 방문해 주셨을 때 대접하려고 혼자 열심히 연마했습니다."

"한 번 마시러 들르지."

겨우 인사만 했을 뿐인데도 시간이 훌쩍 지나가 버렸다.

우경은 현서를 이끌고 인적이 드문 테라스로 나왔다. 춥게만 느껴지던 바람이 흥분한 탓인지 시원하게 느껴진다. 쏴아, 시원한 바람과 함께 가슴에 맺혀 있던 무언가가 휩쓸려 지나가는 기분이 든다. 현서는 잠시 눈을 감고 시원한 바람을 만끽했다.

"어때? 할 만해?"

"사람 엄청 많네요."

"그보다 정말 어떻게 된 거야? 깜짝 놀랐어. 당신이라곤 상상도 못 했거든."

"나중에 다 설명 드리겠습니다."

사랑스러운 현서의 미소에 우경이 팔로 그녀의 허리를 감싸 왔다. 당장이라도 키스할 듯 다가온 우경이 안달 난 목소리로 속삭였다.

"당신 너무 섹시해서 미치겠다."

"팀장님? 여, 여기 일하러 왔다는 거 잊지 않으셨죠?"

이대로 가다간 무슨 일 벌어지겠다. 우경은 한번 시작하면 브레이크를 걸 줄 모르니까.

"안 잊으려고 미친 듯이 노력 중이야. 그리고 아무리 사정이 있어도 그렇지. 사람 속도 모르고 이런 옷을 입고 오면 어떡해? 내가 왜 일부러 노출 적은 옷으로 골랐는데? 딴 놈들이 계속 힐끔거리는 거 내가 다 봤어."

"네? 참내, 여기 그런 걱정하는 사람은 팀장님밖에 없습니다."

"당연히 나만 해야지. 당신은 내 애인이니까. 쿡쿡, 사실 지금 마음 같아선 당장 침대로 데려가고 싶지만 오늘은 열심히 참을게.

가끔은 이런 모습의 당신을 감상하는 것도 나쁘지 않으니까."

평소에도 늘 현서가 사랑스럽다고 생각해 왔지만 오늘처럼 아름다운 모습을 본 건 처음이다. 물론 외모보다 멋진 건 사람들을 상대하는 현서의 유쾌한 비즈니스 매너다. 애인으로서도, 직장 동료로서도 새삼 다시 반한 기분이다.

"정말 수고했어."

우경이 손을 들어 보이며 인사를 건넸다. 잠시 멍해 있던 현서가 웃으며 손바닥을 부딪쳤다.

짝!

"팀장님도요."

숨이 벅찰 정도로 허리는 조이고, 발은 이미 감각이 없을 정도로 아프지만 전부 다 괜찮다. 아무리 힘들고 지쳐도 오늘은 용기를 내서 오길 정말 잘한 날이다.

이렇게, 우경의 옆에서 당당하게 웃을 수 있다는 것만으로도 오늘의 고생을 전부 잊을 수 있을 만큼 행복하니까.

며칠 후 퇴근 시간.

리케아 프로젝트를 진행하는 동안 데이트다운 데이트를 못 했다며 우경에게 끌려다니다 오늘에서야 처음으로 약속이 잡히지 않았다. 우경이 거래처 접대 때문에 일찍 퇴근한 덕분이다. 우경에게는 미안하지만 하루 정도는 푹 쉬고 싶던 참이다.

"유라 씨는 퇴근 안 해요?"

"네, 이거만 마무리하고요. 안녕히 가세요."

"내일 봐요."

손목시계를 보니 겨우 여섯 시 반이다. 오랜만에 일찍 집으로 들어갈 생각을 하자 벌써부터 피로가 풀리는 기분이다.

"어?"

집으로 가는 길. 현서가 문득 걸음을 멈췄다.

그녀의 시선이 향한 곳은 길거리에 위치한 포장마차였다. 현서가 잘못 본 줄 알고 눈을 크게 떴지만 어울리지도 않는 초라한 포장마차에서 혼자 술잔을 기울이고 있는 여자는 한나가 맞다.

'뭐하는 거야?'

"여기 서비스가 왜 이래? 손님한테 물 한 잔도 제대로 안 주고!"

"아이고, 아가씨. 아까 줬잖아. 다 마셨으면 저기서 떠다 마시면 되지."

"뭐? 손님한테 직접 떠다 마시라고? 뭐 이런 데가 다 있어!"

저대로 두고 갔다간 회장 딸이 만취해서 온갖 민폐는 다 끼쳤다는 소문이 회사 내에서 열심히 돌게 생겼다.

방관하지 못한 현서가 포장마차에 들어서자 한나가 대놓고 삿대질을 했다.

"어? 어? 당신! 당신이 왜 여길 와!"

"아줌마 죄송해요. 물은 제가 떠다 줄게요."

빈 물컵에 한가득 물을 채워다 한나 앞에 내려놓은 현서가 의자에 앉았다. 제대로 된 안주도 없이 술만 푸고 있던 모양이다.

"아줌마, 여기 돼지껍데기랑 우동 한 그릇 주세요."

"딴 데 가! 왜 여기까지 쫓아와서 날 괴롭혀?"

"괴롭히긴 누가 괴롭혀요? 방금까지 죄 없는 사람한테 짜증내고 있던 게 누군데? 보는 사람 없는 것 같아도 내일 회사에 소문 다 돌아요. 그 정도는 자각하고 지내라고요."

"소문? 돌면 어때서요? 이미 지저분한데."

짧은 푸념을 끝으로 한나가 혼자 소주를 마시기 시작했다. 마실 때마다 쓰다고 얼굴을 찡그리는 모습을 보아하니 술에 약한 것 같은데, 무슨 배짱으로 저리 마셔 댄단 말인가?

"안주 나왔습니다."

"밥은 먹고 마시는 거예요? 아니면 이거라도 좀 먹죠?"

우동을 먹으며 현서가 묻자 한나는 아예 고개를 모로 돌리고 술을 마셨다. 기가 차지만 어제 언뜻 본 한나의 일그러진 얼굴을 생각하면 당연한 대우일지 모르겠다.

"오현서 씨가 뭔데 남의 일에 이렇게 참견해요? 그냥 가!"

"내가 지금 서한나 씨가 예뻐서 귀한 시간 낭비하고 여기 앉아 있는 줄 알아요? 술 취해서 아까 주인아줌마한테 그런 것처럼, 팀장님한테 전화해서 술주정 부릴까봐 그래요. 괜한 오해 마요. 알겠어요?"

다정하지도 않은 말을 당당히 내뱉는 모습에 황당했는지 한나는 계속 술을 마셨다.

"진짜 화나! 얼마나 오랫동안 좋아했는지 알아요? 내가 얼마나 많이 좋아했는지 알아요?"

"몰라요. 팀장님은 한나 씨에 대해서 얘기해 준 적 없으니까."

"그랬겠죠. 우경 오빠한테 난…… 그 정도였겠죠."

자조적인 목소리로 한나가 읊조렸다.

처음 한나가 우경을 만난 건 고등학교 2학년에 재학 중일 때였다. 집에서 열리는 흔하디흔한 홈 파티, 나와서 얼굴을 팔라는 아버지의 지시를 어기고 밤늦을 때까지 친구와 놀다가 뒷문으로 들어왔을 때, 한나는 우경과 마주쳤다.

당시 우경은 갓 서강에 입사한 신입으로 홈 파티에 참석 중인 아버지를 모시러 나온 길이었다.

'여자애가 이렇게 늦게까지 다니면 서 회장님께서 걱정하시겠다.'

'내 맘대로 하게 둬요! 무슨 상관이야. 어차피 딱 보니까 고작 신입 같은데, 감히 누구 일에 참견하는 거예요?'

'쿡쿡, 내가 고작 신입인 건 맞는데 아가씨처럼 어린 사람한테 반말 들을 정도로 어리진 않아. 차라리 이름으로 불러 줄래? 서한나 양 맞지? 난 백우경이야. 아는 것처럼 아가씨 아버지 회사 신입이고.'

무례한 한나의 행동에도 우경은 침착하게 웃을 뿐이었다. 하긴 아버지 회사의 신입사원 주제에 감히 누구에게 대들겠는가. 그날 우경은 끈기 있게 한나를 방까지 데려다 주고 떠났다. 그때까지만 해도 한나는 우경을 그냥 외모만 잘난 평범한 사람으로만 여겼다.

'아버지 동문인 백찬경 사장님 알지? 그 집 아들이 이번에 우리 회사로 들어왔어. 어제 너한테도 소개시켜 주려고 했었는데, 어딜 갔었어?'

'백 사장님 아들이요?'

다음날 어머니로부터 우경에 대해 들었을 때는 솔직하게 놀랐다. 굳이 아버지 회사에 입사하지 않고도, 거만한 회장 딸에게 아첨하지 않고도 낙낙하게 지낼 수 있는 환경의 사람이었다니. 부자인 남자도, 부잣집 아들인 남자도 많이 만나 봤지만 백우경은 지금껏 만나 온 비슷한 환경의 남자들과는 확연히 달랐다.

"처음이었어요. 아무것도 안 바라면서 나한테 다정한 사람은요. 내 주변엔 늘 내게 뭘 원하는 사람들뿐이었으니까."

"팀장님은, 다정한 분이시죠."

"그래, 그랬어요. 어릴 때부터 누굴 상대로 만나건 기업과 기업의 손익계산부터 따져졌어요. 오현서 씨 같은 사람은 상상도 못 하는 세상이겠지만."

많은 걸 가졌다고 내심 질투했던 한나는 생각보다 가엾은 사람이었다. 아무것도 바라지 않는 우경의 순수함에 마음을 빼앗길 만큼 말이다.

"아버지는 우경 오빠를 신랑감으로는 마음에 들어 하지 않으셨어요. 덕분에 전 그 마음을 인정받기 위해 열심히 공부해서 아버지가 원하는 대학에 입학하고, 내내 최고 성적으로 졸업했어요. 오빠와 함께 일하고 싶었고, 연애도 하고, 결혼도 하고 싶었으니까."

"진작 고백하지 그랬어요?"

사랑은 타이밍이라는 사실을 깨달았을 때는 이미 우경의 옆에 오현서가 있었다. 솔직히 하찮게 여겼다. 상대도 안 되는 여자라 긴장하지도 않았었다. 하지만 방심한 사이 어느 날부턴가 우경은 누구에게도 주지 않던 특별한 눈길을 비서 오현서에게 쏟아붓고 있었다.

"예전부터 우경이 오빠의 비서가 되고 싶었어요. 더 가까워질 수 있을 거라고 생각했으니까. 우경 오빠가 오현서 씨를 좋아하고 나서부턴 그 자리만 가지면 나도…… 사랑받을 수 있을 것 같았어요. 흐윽!"

말릴 새도 없이 한나는 테이블에 머리를 박고 울기 시작했다.

"내가, 얼마나 좋아하는데! 왜, 보답받길 바라는 게 뭐가 나빠 왜……. 왜, 다들 나한테만 왜……."

그 처연한 모습을 물끄러미 쳐다보던 현서가 한나의 잔을 대신 비우고 말했다.

"좋아하는 일이 나쁘다고는 생각 안 해요. 하지만 적어도 팀장님은 서한나 씨 같은 마음으로 일하려는 사람은 절대 좋아하지 않으셨을 거예요. 공적으로도, 사적으로도 말이에요."

결국 우경의 마음이 닿지 못하게 만든 사람은 한나 자신이다.

"알아요. 이젠, 알아."

죽어도 인정하기 싫었지만 우경은 현서를 사랑한다. 그 올곧은 마음에는 한나가 끼어들 틈이 없다.

"이길 수 없어서…… 더, 화나……."

쿵!

한참 주정을 부리던 한나가 엄청난 소리를 내며 테이블에 머리를 박았다.

"음? 어, 저기요? 이봐요? 서한나 씨?"

세상에, 지금 술주정하다가 잠든 건가? 당황한 현서가 급히 한나를 흔들어 봤지만 미동조차 없다. 미치겠다. 저더러 어떡하라고 여기서 잠든단 말인가?

하는 수 없이 현서가 한나의 가방을 뒤졌다. 다이어리는 없고, 다행히 지갑에 주민등록증이 들어 있다. 주소를 확인한 현서가 우선 제 돈으로 술값부터 냈다. 가슴이 쓰리지만 어쩔 수 없다.

이제 남은 일은, 술 취해서 뻗은 이 인간을 택시까지 옮기는 일이다.

"아오! 서한나 씨! 좀 자기 발로 걸어 봐! 아 진짜, 더럽게 무겁네! 젠장!"

젖 먹던 힘까지 끌어낸 현서가 겨우겨우 한나를 미리 잡아 둔 택시로 옮겼다. 뒷좌석에 한나를 던지듯 밀어 넣고 현서는 잠시 고민했다. 이대로 주소를 알려 주고 보낼 수도 있지만 저렇게 만취했는데 혼자 보내는 일은 도리가 아닌 것 같다.

"휴, 아저씨 역삼공원 쪽으로 가 주세요."

하는 수 없이 현서가 조수석에 앉아 기사에게 부탁했다. 돈은 좀 아깝지만 혼자 보내고 괜히 걱정하느니 차라리 직접 데려다 주는 편이 낫다.

"여깁니다."

"네. 저기, 기사님. 잠시만 기다려 주시겠어요? 저도 타고 가야 하거든요."

택시에서 내린 현서가 목소리를 가다듬고 으리으리한 저택의 초인종을 눌렀다.

띵동!

[누구십니까?]

"아, 저는 서한나 씨 직장 동료입니다. 한나 씨가 많이 취해서요. 문 좀 열어 주시겠습니까? 기왕이면 부축할 사람도 같이……."

삑.

말을 끝마치기도 전에 대문이 열렸다. 그 안에서 뛰어나오는 사람들은 대부분이 집안일을 하는 사람처럼 보였다. 그중 한 사람이 한나를 업고 다른 사람들이 짐을 챙겼다.

"사모님께서 들어와서 차라도 한 잔 하라고 하십니다만."

"네? 아뇨, 괜찮습니다. 많이 마시도록 내버려 둬서 죄송하다고 말씀만 전해 주세요. 시간이 늦어서 그만 돌아가 보겠습니다."

"알겠습니다. 조심히 가십시오."

현서는 웅장한 철문이 닫히는 모습을 몇 걸음 물러서서 잠시 쳐다봤다. 하긴 서강 회장이 사는 저택인데 부잣집인 것도 당연하다. 한나의 말대로 현서와는 다른 세상이다. 더 부러워하거나 질투할 것도 없다. 그 세상은 현서가 끼어들 수 없는 곳이니까.

현서는 조용히 택시를 타고 제 집으로 돌아갔다.

14화:
마침표를 찍고,
다음 문장으로

　7층 대회의실은 임원들이 리케아 성과 보고 회의를 마치고 나가자마자 환호성으로 가득 찼다. 리케아에서는 이번 프로젝트 진행과 결과에 무척 만족했고 장기적 거래를 약속했다. 그럭저럭 아름다운 결말을 맺은 셈이다.

　"오늘 회식이죠?"

　유라는 신난 얼굴로 2팀 직원들과 수다를 떨었다. 현장에서 작업을 진행하며 꽤 친해진 모습이다.

　"어디로 예약할까요?"

　"아무 곳이나."

　지친 우경이 손을 내저으며 대답하자 수현이 픽 웃으며 말했다.

　"스폰서는 회식비나 두둑하게 받아 오면 그만이지. 예약은 알아서 하고 전달이나 해줘."

　"알겠습니다!"

우경은 회의실을 나와 사무실로 돌아오면서도 피곤하다며 내내 투정을 부렸다. 현서와 둘이 있기 때문에 더 그런다는 걸 알지만 어쩔 도리가 없다. 이젠 현서도 어르고 달래다 못해 그냥 웃고 마니까.

"우리 오 비서님."

팀장실로 들어오자마자 우경이 뒤에서 현서의 허리에 팔을 감았다.

"이, 이럴 때 업무용 호칭 쓰지 마십시오! 헷갈립니다!"

"아아. 내가 당신 이름 부르는 쪽이 좋다는 뜻이지?"

장난스러운 우경에게 지기 싫다는 듯 현서가 냉큼 대답했다.

"네, 기왕이면 이름으로 불러 주세요. 팀장님이 불러 주시는 제 이름, 저도 듣고 싶으니까요."

전에 우경이 했던 말까지 인용하며 현서가 말하자 우경이 깜짝 놀란 듯 속삭였다.

"와, 당신 요즘 기습 공격이 늘어. 뭐, 당장 쓰러질 정도로 강한 공격은 아니지만."

현서의 허리를 어루만지던 우경의 손길이 위로 올라왔다. 우경은 여기가 회사라는 사실까지 잊었는지 현서의 블라우스 단추를 풀고 냉큼 안으로 손을 집어넣었다. 뜨거운 손이 부드럽게 가슴을 움켜준다.

"웃, 팀장님! 블라인드도 안 쳤는데 이러시면 곤란……."

"강 대리는 외근, 유라 씨는 2팀이랑 떠드느라 정신이 없던데? 괜찮잖아, 조금쯤."

현서의 목 언저리에 얼굴을 묻으며 우경이 속삭였다.

하긴 최종 결과 보고인 만큼 우경이 요 며칠 동안 고생하긴 했다. 그 노력에 부응하듯 어쩔 수 없다고 생각하며 현서가 손을 뻗어 우경의 머리카락을 어루만졌다.

"휴, 잠깐만입니다."

한숨을 뱉어 내며 투정을 받아들여 주기 무섭게 우경이 팔을 풀고 현서를 돌려세웠다.

"팀장님? 으읍, 응……."

기습으로 밀고 들어온 까실한 그의 혀가 얽히고서야 우경이 피곤한 상태라는 사실을 새삼 실감했다. 안쓰러운 그를 안아 주려는 마음에 현서가 우경의 목에 팔을 두르자 키스는 더 깊어졌다. 매번 느끼지만 우경의 키스는 깊다. 깊게, 더 깊게 현서를 옭아맨다.

"더 원해? 여긴 회사잖아."

평소 늘 현서가 하던 거절의 말을 날리며 우경이 씩 웃었다. 덕분에 현서의 얼굴이 달아오르고 말았다.

"하아, 더, 더 원할 리 없지 않습니까! 유라 씨가 언제 돌아올지 모르니까 자제해 주세요."

"아. 난 언제쯤 내 애인한테 덮쳐질지 모르겠네. 늘 기대하고 있는데."

"쓸데없는 기대로 시간 낭비하지 마십시오."

"하하. 왜, 가끔은 좋잖아, 시간 낭비."

하여튼 늘 화낸 현서 쪽만 우스운 꼴이 되고 만다.

"됐으니 일이나 합시다."

"네, 네."

정말 여기서 더 했다간 외근이랍시고 당장 회사 근처 모텔에라도 끌고 갈 것 같은 기분이다. 우경이 현서의 블라우스 단추를 여며 주고 자리로 돌아갔다.

조금 후 일에 몰두한 우경을 보며 현서가 안도의 한숨을 내쉬었다.

'팀장님이 매달리시면 아무것도 못하겠다니까.'

이런 감회에 젖게 해 주는 존재가 있다는 사실이 새삼스럽고 고마울 뿐이다. 우경은 늘 현서에게 이대로 있자고 말해 줬지만 그 말은 사실 늘 그녀가 먼저 해 주고 싶었었다. 그대로 있어 달라고, 어디에도 가지 말아 달라고. 그럼에도 현서는 늘 그 말을 속으로 삼켜 왔다.

'언제까지일까?'

순간순간 쌓인 불안은 더 이상 가볍게 치부할 수 없는 수준으로 자라났다. 우경이라면 주변의 상황 같은 건 아무래도 좋다고 말할 것이다. 하지만 그건 우경이 많은 것을 가진 쪽이기 때문에 할 수 있는 말이다. 현서처럼 보잘것없는 사람은 절대 주변 상황 따위 같은 말은 입에 담을 수 없다.

그래서 언젠가 우경이 더 어울리는 사람에게로 떠날 날을 위해 늘 함께 있자는 말은 쉽사리 꺼내지 않았다. 우경의 존재는 고맙고 지금의 사랑도 행복하지만 기대나 희망이 커질수록 아픔도 커질 테니까.

"무슨 생각 해?"

갑자기 우경이 말을 걸어와서 현서가 정신을 차렸다.

"아무것도 아닙니다."

우경은 현서의 묘한 거동을 보고 고개를 갸우뚱했지만 별다른 말을 붙이진 않았다.

"거기 오늘 오전에 담당보고 올린 서류 좀 확인해 줄래?"

"네, 알겠습니다."

"맞다. 2팀에 다녀올게. 이거 돌려줘야지."

우경이 책상 밑에서 오늘 오전에 현서가 준 쇼핑백을 꺼냈다. 쇼핑백에는 저번에 하봄에게 빌린 드레스와 귀중품들이 들어 있다.

"다녀오십시오."

"응."

평소 층이 달라서 번거롭다며 잘 찾아가지 않는 2팀이지만 이번 경우에는 수현에게도 제대로 인사를 해 두는 편이 맞다.

달칵.

"회식 가기 전에 주려고. 깜빡할 뻔했어."

인사도 없이 2팀 팀장실 문을 열어젖힌 우경이 쇼핑백을 들어 보였다.

자리에 앉아 일에 몰입하고 있던 수현이 일어나자 비서 찬우가 자리를 비켰다. 일에 관련된 대화가 아니라는 점을 눈치챈 모양이다.

"하봄이한테는 인사해 뒀지만 너한테 하는 건 또 다르니까."

우경이 건넨 쇼핑백을 받아 든 수현이 자조적인 투로 말했다.

"하여튼 이하봄 성격 어디 안 가지. 사람 번거롭게 만들긴."

핀잔주는 말투지만 입가에는 피식 웃음이 걸려 있다.

아, 그렇구나. 문득 우경은 수현이 자신과 현서의 사이를 훤히 눈치챈 이유를 깨달았다. 사랑에 푹 빠진 사람 주변에는 감추거나 가릴 수 없는 온유한 공기가 가득하다. 평소 흐트러짐이 없는 사람

일수록 그 틈이 더 잘 드러난다. 지금의 수현처럼 말이다.

"애타게 기다린 결혼이 코앞이잖아. 조금쯤 약혼녀 자랑을 하는 것도 좋을 텐데."

"자랑은 무슨. 고난의 시간을 뭐 좋다고 자랑해?"

납득이 안 간다는 투로 수현이 되물어왔다. 하긴 수현과 하봄 사이에는 고난의 시간이라고 평가할 만한 역사가 있긴 하지.

"제길, 부러워서 미치겠네."

소파에 앉은 우경이 갑작스럽게 제 머리칼을 흐트러뜨리며 짜증을 냈다.

"나도 결혼하고 싶다. 현서는 나이도 적당하니까 너처럼 기다리지 않아도 될 텐데."

결혼이라는 단어에 수현의 눈빛이 흔들렸다. 설마 백우경이 오현서와 결혼까지 생각하고 있을 줄은 몰랐다.

"글쎄. 백우경, 넌 네 결혼에 나이가 문제라고 생각해?"

"무슨 뜻이야?"

수현은 우경이 보지 못한 현서의 모습을 여러 번 봐 왔다. 우경을 사랑하는 마음에는 흔들림이 없지만 도리어 그 사랑이 현서의 마음을 옥죄고 있는 모습을 말이다. 조건에 치여 마음껏 사랑할 수 없는 현실은 몇 년 전 자신의 모습과 같아서 수현은 누구보다도 **빨**리 눈치챘다. 현서가 남몰래 품고 있는 불안감을 말이다.

"오현서가 불안할 거란 생각은 못 하나? 제3자의 입장에서 봤을 때 환경이 너무 처져. 아버지는 대기업 계열사 사장, 어머니는 후원단체 이사장. 그에 반해 오현서는 평범한 축에도 못 들지."

"그런 것쯤은 우리한테 문제가……."

"말은 똑바로 해야지. 문제가 안 되는 쪽은 너뿐이야. 넌 물론 별거 아니라고 생각하겠지만 그 차이로 인한 타인의 눈초리와 멸시를 감당해야 하는 사람은 오현서라고."

수현의 냉정한 말에 우경이 주먹을 쥐었다.

우경도 이따금 현서는 우경의 옆에서 불안한 얼굴을 하고 있다는 사실은 안다. 드레스 선물 사건으로 싸운 이유도 현서가 품고 있는 부정적인 생각 때문이었으니까. 알고는 있지만 대충 무마되었다고 생각했다. 그 뒤로 현서는 아무것도 내색하지 않았으니까. 하지만 그게 우경을 생각해서 계속 참은 거라면 상황은 달라진다. 태평하게 결혼하고 싶다는 생각이나 하고 있을 때가 아닌지도 모르겠다.

할 말을 잃은 우경에게 수현이 내쳐 말했다.

"정말 아무 문제가 안 된다고 생각한다면 오현서를 충분히 이해시키도록 해. 그 여자와 네 결혼에 가장 필요한 과정은 그거야."

"자, 자. 건배입니다! 완전 고생한 서강 지원1팀과 2팀을 위하여!"

간만의 회식에 유라는 한껏 신난 모습이다. 하긴 리케아 프로젝트의 끝을 화려하게 매듭짓기에 소고기 잔치는 괜찮은 선택이다.

"건배!"

"고생 많았어요."

"아 정말, 물건 늦게 도착한다는 연락받았을 때는 심장이 철렁했어요."

현서는 예의상 팀원들과 술잔을 주고받으면서도 우경의 부재로 비어 있는 자리만을 쳐다보고 있다. 회식 자리에 나오기 직전에 우경은 약속이 생겼다며 조금 늦는다는 말만 남기고 가 버렸다.

현서로서는 회식보다 우경에게 전화를 한 상대가 누군지 더 신경 쓰인다.

'왜 누군지 말해 주지 않으셨지? 어딜 갈 땐 누굴 만나는지 항상 말해 주셨는데.'

"회식 자리에서 굳은 얼굴이라니, 보기 좋은 광경은 아니군."

맞은편에 앉아 있던 수현의 말에 현서가 고개를 들며 반문했다.

"굳이 보기 좋은 광경일 필요 있습니까?"

말 한 번 걸었을 뿐인데 대답하는 말투 한번 엄청 딱딱하다. 보나마나 뻔하지. 우경이 이 자리에 없다는 사실만으로도 초조해하고 있는 것이다. 누가 사귀는 사이 아니랄까 봐, 티 한번 엄청 낸다.

"나도 딱히 보고 싶어서 여기 앉은 건 아니라서. 이하봄이 다음에 만나자는 말을 하던데, 두 사람이 언제 그렇게 친해졌지?"

"아, 하봄 씨에게는 고맙다고 다시 한 번 전해 주시겠습니까? 그날 정말 신세를 많이 졌는데 연락처를 몰라서 직접 인사하지 못했습니다."

하봄의 이야기가 나오고서야 겨우 현서의 굳은 얼굴이 풀어졌다. 어지간히도 고마웠던 모양이다. 하지만 그건 안 될 일이지.

수현은 술을 마시며 내키지 않는다는 투로 대답했다.

"내 허락 없이 함부로 친해지지 마."

"예?"

"이하봄은 오지랖이 넓어서 말이지. 괜히 이 녀석 저 녀석 엮이면 여기저기 도와주느라 정신이 없을 녀석이거든. 쓸데없는 개입은 피하고 싶어. 너랑 백우경은 당분간 이래저래 시끄러울 것 같거든."

그러니까 결국 하봄이 다른 사람들이랑 관계를 맺는 일이 싫다는 뜻인가? 예상하지 못한 과보호에 현서가 놀랐다. 하봄의 일방적인 짝사랑인 줄 알았는데 아무래도 잘못 짚은 모양이다.

"그보다 시끄러울 것 같다니 무슨 말씀이십니까?"

"그건 백우경한테 물어봐. 난 불필요한 선까지 도와줄 생각은 없으니까."

스스로 말해 놓고도 기가 찬 듯 수현이 얼굴을 구겼다. 여기저기 도와주겠다며 분주하게 돌아다니는 꼴이라니, 일명 '이하봄 바이러스' 전염이다. 애초에 우경과 현서의 일에 이렇게 많이 개입한 것도 수현답지 않은 일이었다.

"저희 팀장님이 뭔가 생각하고 계시다는 뜻입니까? 혹시 그건 저랑 헤어……."

벌컥!

현서가 수현에게 질문을 마치기도 전에 고깃집 문이 엄청난 기세로 열렸다.

"늦어서 죄송합니다! 와, 밖에 비 엄청 와요!"

"죄송합니다."

"덤으로 저희도 따라왔습니다!"

야근 탓에 늦게 참석한 2팀을 따라 리케아 프로젝트에서 현장 지원을 나서 줬던 3팀과 4팀 직원들이 달라붙은 모양이다.

"배고픈 참에 회식 중이라고 하셔서 얻어먹으러 왔습니다!"

수현은 넉살 좋게 자리에 끼어든 다른 팀 팀원들을 굳이 내치지 않았다. 도움을 받은 건 사실이니까. 수현은 시간을 확인하고 겉옷을 챙겨 일어서며 찬우에게 말했다.

"난 먼저 돌아갈 테니까 이 카드로 알아서 계산해. 금요일이어도 작작 마시도록 하고 알아서 챙겨 보내."

"네. 들어가십시오."

"들어가세요!"

술 상대를 해 주고 있던 수현의 자리가 비자마자 3팀 팀원 한 사람이 냉큼 그 자리를 꿰찼다. 그는 신이 난 듯 얼른 잔을 들고 현서에게 인사부터 했다.

"1팀 비서 오현서 씨죠? 와, 전부터 얘기해 보고 싶었는데 드디어 기회가 닿았네요. 3팀 대리 윤주석입니다."

"아, 예. 반갑습니다."

감흥이 없는 현서의 말투에도 주석은 개의치 않고 칭찬부터 시작했다.

"참, 저번 파티에선 정말 예쁘셔서 놀랐어요. 현장에서 다들 배우인 줄 알고 수군댔거든요. 저도 깜짝 놀랐죠."

넉살 좋게 들러붙는 타입, 현서가 딱 싫어하는 스타일이다. 대놓고 싫은 티를 낼 순 없어서 현서가 대충 대답했다.

"칭찬 감사합니다."

"참, 그리고 보니까 오는 길에 백우경 팀장님 봤는데 오늘은 안 오시나 봐요."

"저희 팀장님을요? 어디서요?"

호기심이 생겼는지 옆 테이블에서 술을 마시고 있던 유라가 끼어들었다. 하긴 이런 대화에 빠질 유라가 아니다.

"오는 길에 있는 카페에서 여자랑 같이 있으시던데요. 거래처 사람 같진 않고, 굳이 따지자면 맞선 분위기라 그냥 인사 안 드리고 지나쳐 왔어요. 뭐, 가게 안에 들어가서 인사할 정도까진 아니니까."

"정말요? 저희 팀장님이 맞선? 대박!"

호들갑스러운 유라의 맞장구에 현서의 가슴이 철렁했다.

침착해야 한다. 설령 정말 선을 보고 있더라도 우경의 집안이 좋은 이상 선을 보라는 요구가 있었을 수도 있다. 우경의 성격이라면 현서에게 괜한 걱정을 끼치고 싶지 않아서 일부러 말하지 않았을 가능성도 있다.

'젠장! 가능성이 무슨 상관인데? 그런 약속이 있으면 말해 줬어야 하는 거 아니야?'

마음 같아선 당장 주석의 멱살이라도 잡고 거기가 어디냐고 캐묻고 싶다. 하지만 여기서 그렇게 튀는 행동을 벌였다간 '나 백우경 팀장님과 연애하고 있소.' 라고 모두에게 외치는 것과 다르지 않은 꼴이다.

현서는 튀어 나가고 싶어 환장할 것 같은 욕구를 억누르며 주석에게 물었다.

"어떤 여잔지는 못 보셨어요?"

"어? 천하의 현서 씨도 상사 맞선은 궁금하신가 보네요. 하하. 아쉽지만 상대는 못 봤어요. 비가 많이 와서 창문 안쪽이 흐릿하게 보였거든요. 그래도 뭐랄까, 굉장히 분위기가 진지한 것 같아서 자세히 안 보고 그냥 왔거든요."

"분위기가 진지했다면 어떤 식으로요? 업무상 미팅이실 수도 있
잖아요."

"비서인 현서 씨가 모르는 미팅도 있을 수 있나요? 저희 팀장님
은 늘 팀원들에게 말해 주시는 편이라 잘 모르겠네요."

능글맞게 빠져나가는 주석 탓에 현서가 입술을 깨물었다. 주석은
눈치도 없이 현서를 향해 뜨거운 시선을 던지며 말했다.

"그보다 백우경 팀장님이 그간 얘기 안 하셨어요? 전부터 현서
씨랑 이렇게 같이 술 한잔해 보고 싶었었거든요. 기회 좀 만들어
달라고 백 팀장님께 몇 번이나 부탁했었는데, 내내 바쁘다고 하시
더라고요."

우경이 중간에서 약속을 쳐 내고 있었다니, 현서는 전혀 몰랐었다.

"우와, 이거 설마 작업 아니에요? 윤 대리님 설마 오 비서님 좋
아하세요?"

이건 또 재미난 사건이라는 듯 유라가 환호했다. 주석은 아니라
는 변명 없이 긍정의 뜻을 담은 미소를 보냈다.

"그래요? 그럼 같이 마시죠, 뭐."

현서가 먼저 술잔을 들어서 주석과 잔을 마주쳤다. 싫어하는 스
타일의 사람이지만 술 상대라면 누구라도 상관없다. 어차피 여기서
안 마시면 집에 가서 진탕 마실 게 뻔하니까.

'화나.'

어차피 현서도 우경과 오래 가긴 힘들겠다고 예감했었다. 집안
차이가 너무 나고 현서가 아무리 분발해도 우경의 환경에 맞추기란
무리니까. 결국 우경의 집안에서 그녀를 반대하기도 전에 언젠가

그 차이가 두 사람 사이를 벌리고 벌리다 결국 끝을 맺게 만들 거라고 생각했었다.

그 생각이 머리를 어지럽힐 때마다 현서는 늘 가슴이 아팠다. 그래도 내색하지 않았다. 아무것도 남지 않은 그녀의 곁을 지켜 주고 마음껏 사랑해 주는 그의 존재가 고마웠으니까. 헤어질 땐 헤어지더라도 그날이 올 때까진 아무것도 모르는 척 그저 함께 있고 싶었다.

'팀장님이 다른 여자를 만나고 있어도 난 당당히 화낼 수가 없어. 어차피 헤어지고 나면 팀장님은 당연히 나보다 훨씬 좋은 여자를 만나실 테니까. 지금 만나고 있는 여자가 그중 한 명이라고 하면 난……'

"우와, 술 엄청 빨리 마시네요. 저야 좋지만요."

"됐고. 마시기나 하죠?"

주석의 말을 자르고 현서가 다시 잔을 채웠다. 그리고 차라리 취해서 슬픔일랑 다 잊으려는 듯 지독하게 술을 마셨다.

그 시각, 서강 사옥 인근 카페에서는 우경이 한 여자와 대면하고 있었다.

작정하고 온 듯 가슴 라인이 드러나는 원피스에 높은 힐을 신고 화려한 화장을 한 서한나다. 평소보다 과도하게 아름다운 그녀에게 카페 사람들의 시선이 힐끔힐끔 날아왔다.

"오늘 회식이 있다고 들었는데 정말 나와 있으셔도 괜찮으세요?"

"괜찮습니다. 어차피 제 쪽에서도 할 말이 있었으니까요. 서한나 씨가 먼저 말하지 않았더라도 연락했을 겁니다."

"사석인데, 우리 서로 편하게 말할까요? 우경 오빠."

오빠라는 호칭에 우경이 미간을 찌푸렸다.

"되도록 사석에서도 말은 놓지 않았으면 합니다."

"그래요? 하지만 전 편하게 부를 생각이에요. 적어도 오늘은요."

싱긋 웃는 얼굴이 사뭇 고집스럽다.

우경은 한숨을 내쉬며 의자에 등을 기댔다. 늑대 같은 놈들이 득실대는 회식 자리에 현서 혼자 있는 점이 내내 마음에 걸린다. 예의나 차리고 있을 때가 아니다.

"본론부터 말해."

"본론은 알고 있잖아요. 좋아해요, 우경 오빠. 네, 이 말을 하려고 굳이 불러냈어요. 서한나가 백우경을 정말로 좋아한다고 말하려고요."

"……."

대체 언제부터였을까? 대체 언제부터 사랑이라고 믿고 품고 있던 이 감정이 자신을 병들게 만들었을까? 고백을 하는 순간 전부 끝나 버릴 것 같다는 불안감에 한나는 오랫동안 침묵해 왔지만 이젠 괜찮을 것 같다.

"어머, 놀란 얼굴 좀 봐. 설마 제가 고백할 줄은 몰랐죠? 저도 몰랐어요. 내가 먼저 말하면 오빠 거절해 버릴 테니까. 그걸로 우린 끝일 테니까. 그러니까 반드시 오빠가 날 좋아하게 만들어서 고백받고 말겠다고, 그렇게 결심하고 있었죠."

곧 차일 거란 사실을 알면서도 웃음이 난다. 가슴이 아픈데, 싫지 않다. 복잡하면서도 미묘하다는 말은 이 상황에 딱 어울리는 말 같다.

"오빠를 너무 좋아해서 아빠의 허락을 받기 위해 좋은 대학에 입학했어요. 수석으로 공부를 마치고 서강에 입사하고, 오빠의 옆자리가 갖고 싶어서 원래 있던 비서까지 쫓아냈죠. 조금이라도 더 자주 보고 싶어서, 인정받고 싶어서, 사랑받고 싶어서. 분명히 그것뿐이었는데."

스스로가 한 짓들을 되새기던 한나의 눈가에 눈물이 맺혔다.

"고백이라기보다 자백을 받는 기분이네."

우경의 솔직한 말에 한나가 싱긋 웃어 버렸다. 덕분에 위태롭게 눈가에 매달려 있던 눈물이 끝내 흘러내려 뺨을 적신다.

"정말, 그냥 사랑하고 싶었을 뿐인데…… 왜 이렇게 된 걸까요?"

"갑자기 왜 전부 털어놓는 거야?"

"오현서 씨는 제가 한 번도 오빠를 저 자신보다 우선한 적이 없다고 했어요. 처음에 들었을 땐 화가 났지만 결국 납득했어요. 맞아요. 오빠를 좋아하는 제 마음이 늘 최우선이었어요. 오빠를 좋아한 거였는데, 언제부턴지 제 마음이 다치지 않기만을 바라게 됐어요."

이렇게 한심한 마음도 사랑이라고 부를 수 있을지 모르겠다. 이럴 때 오현서라면 단호하게 그게 무슨 사랑이냐며 일갈할 것이다. 그럴 수 있는 여자라 우경이 이렇게 사랑에 빠진 거겠지만 말이다.

"미안했어요. 오빠에게도, 퇴사한 윤 비서에게도요. 더는 오빠를 귀찮게 만들지 않을게요. 오현서 씨한테도 그렇게 전해 주세요."

"……"

드디어 그토록 오랫동안 기다리던 매듭이 지어졌다. 그것도 서한 나 스스로가 끝을 냈다. 결정을 내린 사람은 한나지만 그 과정에는 분명 현서가 개입되어 있다. 정말이지 매 순간 우경을 놀라게 하는 여자다.

더 이상 이쪽에 묶여 있을 이유도 용건도 남지 않자, 우경이 후 련한 마음으로 일어섰다. 그대로 자리를 뜨려던 우경에게 한나가 갑작스러운 질문을 해 왔다.

"오빠. 제가 오빠를 좋아한다는 사실을 처음 알았을 때 고백했더 라면 우리는 지금이랑 달랐을까요?"

미련인지 모르겠지만 궁금하다. 정말, 현서의 말대로 진작 고백 을 했더라면 한나는 우경과 함께 행복할 수 있었을까? 두 사람의 결말은 지금과 달랐을까?

한나의 질문에 우경이 고개를 가로저으며 차분히 대답했다.

"……아니. 아무것도 달라지지 않았을 거야."

그때의 우경은 누구도 받아들일 수 없었다. 아니, 현서를 만나지 못했다면 지금까지 누구도 사랑하지 못했을 것이다. 사랑은커녕 누 나로 인한 죄책감조차 이겨 내지 못하고 괴로워하고 있었겠지. 수 렁에 갇혀 있던 우경을 세상으로 끌어내 준 사람은 현서다. 오직 오현서만이 우경을 변화시켰다.

"다른 누구도 현서를 대신하지 못했을 테니까. 그럼 미안하지만 먼저 가 볼게."

후련한 마음으로 한나가 가볍게 손을 들어 인사하고 의자에 등 을 기댔다. 지친 하루 일과를 마치고 침대에 누운 것처럼 편안한 기분이다. 그동안 앞도 못 보고, 진실도 헤아리지 못한 채, 한나는 사랑에 사로잡혀 미로를 헤맸었지만 이제 지긋지긋하던 미아 놀이는 끝이다.

'고마워요. 오현서 씨. 나한테 끝을 가져다줘서.'

눈을 감자 나른함이 몰려왔다.

분명 처음에는 모두가 참석한 회식 자리였건만, 어느덧 대부분이 쓰러지거나 귀가하고 남은 사람은 몇 되지 않았다.

찬우는 유라를 비롯한 마지막 생존자들을 챙기느라 홀로 분주했다. 마음에 걸리는 사람은 구석에서 잔뜩 취하고도 주석과 계속 술을 마시는 오현서다.

'아무리 가자고 해도 말을 들어 먹질 않네. 어차피 백우경 팀장님이 오신다고 했으니까 알아서 정리하시겠지.'

찬우는 남은 직원들을 챙겨 보내고 본인도 그 자리에서 퇴근했다.

그가 떠나고 주석과 둘만 남은 현서는 주변을 살필 정신도 없이 푸념을 늘어놓았다.

"대체! 말이나 되냐는 거죠. 진짜, 어떻게 날 두고, 진짜 치사하게……."

현서는 아예 맥주 컵에 소주를 채우고 주석과 잔을 부딪쳤다. 주석은 생각보다 주당이라 아직까지도 취한 기색이 거의 없다.

"대체 아까부터 누구 얘길 하는 거예요? 헤어진 옛날 남자친구? 이름이라도 말해 줘요, 같이 욕이나 하게."

농지거리를 뱉으며 주변을 둘러보니 다들 벌써 자리를 떴다. 이쪽도 이제 슬슬 자리를 뜰 때가 된 것 같다.

"데려다 줄게요. 같이 가죠."

"······같이?"

"네. 집이 어느 쪽이에요?"

주석이 현서의 손목을 잡아 일으켰다. 하지만 이미 취할 대로 취한 현서는 바로 휘청거렸다. 주석이 기다렸다는 듯 현서의 허리를 붙들고 그녀의 팔을 제 목에 감았다. 예상보다 허리가 가늘고 그 위는 풍만한 체형이다.

"갈까요?"

"졸려서······. 그냥 여기서 팀장님을 기다리는 편이 낫겠어요. 오신다고 했어요."

정말 졸린 듯 현서가 눈을 감았다. 주석은 그녀를 감싸 안은 손에 더 힘을 주며 웃었다.

"걱정 마요. 편한 곳까지 무사히 데려다 줄 테니까."

"글쎄, 그건 썩 좋은 생각은 아닌 것 같은데 그냥 그대로 두는 게 어때?"

"어?"

소름 끼치게 차가운 목소리에 놀란 주석이 고개를 들어 보니 우경이 보기 드물게 무표정한 얼굴로 이쪽을 쳐다보고 있다. 평소 백우경은 잘 웃고 다니는 데다 농담도 잘하는 사람이라 회사 내에서도 무섭다는 평판은 거의 없다. 그런데도 지금 백우경의 눈빛은 칼날이라도 되는 양 주석의 온몸을 날카롭게 찔러 대고 있다.

"아, 백우경 팀장님. 그게, 현서 씨가 취해서요."

"응. 그래 보이네. 우리 오 비서는 첫 술은 잘 마시지만 후반으로 갈수록 금방 취해서 말이야. 지금처럼 폐를 끼칠까 봐 일부러

다른 사람들과의 술자리는 자제시키는데. 아무튼 괜히 신세를 졌네. 내가 알아서 데려다 줄 테니 윤 대리는 그만 가 봐."

분명 평소 사내에서와 다르지 않은 부드러운 말씨인데 왜 살벌함이 느껴질까?

"제, 제가 데려다 줘도 괜찮습니다. 현서 씨도 팀장님한테 신세 지는 것보다 제 쪽이 편할 거고요."

아까부터 주석이 현서를 편하게 부르는 점이 계속 우경의 기분을 더럽히고 있다. 결국 뻔뻔한 낯가죽을 집어던진 우경이 냉랭한 목소리로 물었다.

"누가 너더러 오현서 입장 헤아리라고 했지?"

"예?"

"그리고 거슬려."

성큼성큼 주석에게 다가간 우경이 단숨에 그에게서 현서를 빼앗아 제 품에 가뒀다. 현서는 여전히 비몽사몽이지만 그 와중에 우경의 품이라는 사실을 느꼈는지 희미한 힘으로 그의 옷깃을 붙잡았다.

"설마 백 팀장님, 오현서 씨랑……."

"더 보기 싫으니까 당장 꺼져."

기껏 취하게 만들어 놨는데 이제 와서 물러나라니. 분한 마음이 들었지만 백우경은 벅찬 상대다. 하는 수 없이 주석이 이를 악물고 도망치듯 가게를 나가 버렸다.

그제야 우경이 안도한 듯 한숨을 내쉬며 현서를 제대로 붙들었다.

"도대체 얼마나 마신 거야? 애인도 없는 자리에서 다른 남자랑 인사불성이 되도록 술을 마셔? 그것도 당신한테 흑심 품은 자식 옆에서? 이번엔 당신이 까먹어도 그냥은 안 넘어갈 줄 알아."

"으음……."

우경이 화난 줄도 모르고 현서는 폭 잠들어 버렸다. 하는 수 없다. 빌이고 뭐고 우선은 집으로 가야겠다.

우경은 현서를 차까지 업고 와서 겨우 조수석에 태웠다. 직원이 차까지 우산을 씌워 줬지만 폭우 탓에 현서의 어깨가 조금 젖었다. 다행히 집까진 금방이니 가서 겉옷을 벗기면 될 일이다. 혹시 감기라도 들면 어쩌나 급한 마음에 우경이 서둘러 차를 출발시켰다.

'잠깐만.'

원래 현서의 집으로 갈 생각이었지만 마음이 바뀌었다. 술버릇을 고치려면 조금쯤 놀라게 만드는 편이 좋겠다. 작전을 바꾼 우경이 핸들을 돌렸다.

"아, 머리 아파. 목말라."

현서가 지끈거리는 머리를 꾹꾹 누르며 눈을 떴다. 지금이 몇 시더라? 어제 회식, 그리고 오늘은 분명 토요일일 것이다. 순간 안도감이 몰려왔다. 다행이다. 과음해서 회사에 지각하는 일만은 피했다.

"추워."

이불을 덮고 있는데도 춥다. 온몸에 닿는 낯설고도 부드러운 감촉에 현서가 문득 화들짝 놀랐다. 얼른 속을 들여다보니 속옷 하나 걸치지 않은 알몸이다.

"헉!"

외마디 소리가 절로 나온다. 설마? 여긴 어디지?

그제야 다급한 시선으로 주변을 훑었다. 어두운 빛깔의 벽지, 비싼 원목 바닥, 화려하고 아름다운 가구로 들어찬 낯선 장소다. 어제는 분명 흥청망청 마셨지만 현서는 술 취해서 낯선 곳에 가는 버릇은 없다. 어떡해서든 택시를 타고 집으로 들어가곤 했는데 왜 이번만은 이상한 곳에 와 있단 말인가!

'혼자서? 혼자겠지? 혼자여야 해! 그보다 옷은?'

얼른 주변을 둘러보자 속옷과 블라우스, 치마 등 어제 몸에 걸치고 있던 옷들이 제법 외설스러운 자태로 바닥에 흐트러져 있다. 방에 들어서자마자 치마부터 벗고, 블라우스를 벗고, 마지막으로 침대에 올라오기 전에 속옷마저 벗어 던졌다는 순서를 명확히 알 수 있는 모양이다.

"너 미쳤어? 오현서, 어떡할 거야? 아니야, 진정하자. 아직 몰라. 그, 그래. 술 취해서 근처 모텔에라도 들어왔나 보지."

아무리 취해도 모텔 따위에 간 경험은 없지만 현서는 애써 그렇게 단정 지었다.

우선 현서는 주변의 눈치를 살피며 황급히 침대에서 내려와 속옷을 입었다. 다음으로 블라우스와 치마까지 차려입은 그녀가 그제야 가슴을 쓸어내렸다. 이제 가방만 챙기면 끝이다. 근데, 여기가 모텔 맞나?

모텔에 가 본 적은 없지만 상상한 것보다 이미지가 훨씬 깔끔하고 고급스럽다. 어쩌면 호텔인지도 모르겠다. 하지만 호텔이라니, 회사 근처에 이런 고급 호텔은 없다. 다시 불길한 예감이 스치는 바람에 머리가 아파진 찰나, 밖에서 누군가가 문을 노크했다.

똑똑.

체크아웃 시간이라면 전화로 알려 줄 텐데, 누구지?

"아직도 안 일어났…… 뭐야. 안 나오고 뭐해?"

"어?"

뜻밖에도 문을 열고 들어온 사람은 편한 니트 차림의 우경이다. 그를 보자마자 엄청난 안도감이 몰려들었다. 현서가 기억하지 못하는 회식의 끝자락에 와 준 모양이다.

"팀장님! 여기가 어딥니까?"

"나오면 알겠지."

그 말만 남기고 우경이 휙 돌아서 방을 나가 버렸다. 어라? 화라도 나셨나? 왜 저렇게 차갑게 행동하시지? 어쨌든 우경의 말대로 그를 따라서 방을 나오고서야 현서가 놀랐던 가슴을 쓸어내렸다.

"팀장님 집으로 데려오신 겁니까? 근데 왜요? 아직 저희 집 열쇠 가지고 계시잖아요."

"……."

우경은 아무런 대답 없이 계단을 내려가 버렸다. 그를 따라 아래로 내려오자 우경이 곧바로 현서에게 가방을 건넸다.

"그만 가 봐."

"네?"

그야 일방적으로 신세를 진 사람은 현서 쪽이긴 하지만, 이렇게 쫓아내듯 말하다니. 지금 눈앞에 있는 사람이 백우경의 탈을 쓴 남은 아닌지 의심스러울 지경이다. 가만히 살펴보니 표정도 평소보다 차갑고 말투도 딱딱하다. 낯설지만 단번에 알 수 있다. 아, 우경은 지금 화났다.

"저기, 팀장님. 혹시 제가 어제 취해서 실수라도 저질렀습니까?"

"실수?"

바로 이게 이 여자의 문제다. 그녀의 멍청한 질문에 단박에 우경의 머리에 열이 오른다.

어젯밤, 현서를 골려 주기 위해 일부러 제 집으로 데려온 우경은 그녀를 쓰지 않는 방으로 데려갔다. 낯선 장소에서 눈을 떴을 때 놀라게 만들 속셈이었다. 하지만 그곳에서 현서는 갑자기 옷가지를 하나씩 벗어 던지더니 곧장 우경을 침대로 밀어 눕혔다. 그리고 그 위에 올라타 당장이라도 우경을 덮칠 듯 그의 옷을 벗기기 시작했었다. 꿈이 이루어지는 순간이나 마찬가지였지만 우경은 도망치듯 자리를 피해 버렸다. 술에 취해서 앞뒤 분간 못하는 현서를 안고 싶지 않았던 것이다.

덕분에 하룻밤 내내 욕구에 시달리면서도 참아 내느라 죽는 줄 알았다. 그런데 이 여자는 또, 또, 또! 어젯밤 일을 기억도 못하니 화가 나지 않을 수 없다.

'내가 정말 화나는 게 뭔 줄 알아? 내가 어젯밤 그 자리에 없었으면 어땠을지 몰라서라고! 설령 당신이 내가 오리란 사실을 인지하고 마셨던 거라도 결과는 같아.'

정말 가지 않았으면 어쩔 뻔했을까?

오현서가 술에 취하면 스킨십을 좋아하고 솔직해진다는 점은 알았지만 설마 그 정도까지 도발적으로 유혹해 올 거라곤 예상하지 못했다. 윤주석에게 뺏겼으면 어젯밤 그냥 침대에 눕혀지는 정도로는 절대 끝나지 않았을 것이다. 상상만 해도 등골이 오싹하다.

"팀장님?"

"실수라, 엄청 많이 했지. 그래서 지금 내가 화난 거고."

평소 아무리 잘못해도 크게 책망은 하지 않는 우경이 저렇게까지 말하다니. 현서의 심장이 철렁했다. 무지막지하게 큰 잘못을 저지른 것이 틀림없다.

"어, 저기, 팀장님……."

징징징.

그 순간 휴대전화 진동 소리가 들렸다. 우경은 소파에 던져져 있는 현서의 휴대전화를 힐끗 쳐다보더니 고개를 끄덕였다. 받으라는 뜻이다. 내키지는 않았지만 재촉하는 우경의 눈빛에 하는 수 없이 현서가 전화를 받았다.

"여보세요?"

[와, 드디어 받았네요. 걱정돼서 계속 걸었거든요. 어젠 잘 들어갔어요?]

누구지? 낯선 남자 목소리가 다정하게 안부를 묻는데 현서는 상대방이 누군지 짐작도 안 간다. 불현듯 불안감이 엄습한다. 아침부터 우경이 화났던 이유는 이 전화와 연관이 있는 게 분명하다.

"죄송한데, 누구시죠?"

[섭섭하네요. 어제 우리 같이 잘 놀았잖아요. 3팀 윤주석 대리입니다.]

"우리가, 잘 놀아요?"

[제가 데려다 드리려고 했는데 백 팀장님이 굳이 데려가셔서요. 보내고 걱정했어요.]

그러니까 어젯밤, 현서가 기억도 나지 않을 정도로 이 남자와 술을 진탕 마셨고, 그 모습을 우경이 봤단 말인가? 그래서 집으로 데려왔다고? 세상에, 이런 상황은 보통 연인 관계에서 100% 싸움으로 이어지지 않나?

뚝.

당황한 현서가 전화를 끊어 버리고 멈칫했다. 뒤에 서 있는 우경을 쳐다보고 싶었지만 차마 용기가 나지 않았다.

"가방은 거기 있으니까 알아서 가."

"티, 팀장님."

전화 내용을 다 들었는지 우경이 아까보다 더 차가운 태도로 휙 돌아서 버렸다.

아, 정말 미치겠다. 안 그래도 질투심이 많은 우경에게 어젯밤 상황은 정말 충격이었을 거다. 아니, 애초에 현서부터가 우경이 인사불성이 될 정도로 다른 여자와 술을 먹었다면 조금 화내는 정도에서는 그치지 않았을 것이다.

"물론! 제, 제가 잘못했었다고 생각합니다. 아까 전화 온 사람은 어제 처음 만났는데 마침 기분이 너무 안 좋아서 계속 술을 마셨던 것뿐입니다. 그러니까, 그 남자한테 다른 마음이 있던 건 전혀 아닙니다!"

현서의 외침에 거실을 나가려던 우경이 걸음을 멈췄다. 이해해 줬을까 싶었지만 돌아선 눈빛은 아까보다 더 무서운 기세로 빛나고 있다.

"오현서, 그 자식은 널 노리고 있었어. 알아? 무방비한 행동에도 정도가 있지, 그 정도도 파악 못 하고 술을 마셔? 술도 약하고 취하면 그날 무슨 일이 있었는지 기억도 못 하면서?"

"하, 하지만, 제가 어제 누구 때문에 그렇게 과음했는데요?"

"나 때문이라는 뜻이야? 당신은 내가 옆에 없으면 주량 조절도 못해? 그게 얼마나 심각한 문제인지 모르겠어?"

"주량 조절 문제가 아니라 기분 문제였습니다. 그래요, 어제 기분이 너무 안 좋아서 계속 마셨던 겁니다. 팀장님 때문에요!"

괜히 말했다는 생각에 후회가 몰려왔지만 기가 차다는 우경의 얼굴을 보니 더 물러날 순 없을 것 같다.

"어제 팀장님은 회식 전에…… 다른 여자 만나고 오셨잖아요. 알아요, 제가 그런 일까지 간섭할 수 없다는 정도는요. 팀장님 입장에선 가볍게 만나셨을지 모르지만, 솔직히 저는 우리가 정식으로 헤어지기 전까진 그러지 않으셨으면 좋겠습니다."

"여자를 만나? 간섭을 할 수 없어? 우리가 헤어져? 지금 당신 무슨 소리를 하는 거야?"

"어차피 전 잠깐 만나고 계실 뿐이잖습니까! 그러니까 제 말은, 우리가 헤어진 후에는 뭐라고 따지지 않을 테니까 그 전까진 자제해 주셨으면 하는 겁니다."

비참한 마음에 절로 고개가 숙여진다. 사랑하는 사람인데, 겨우 생긴 소중한 사람인데 떠나보낼 마음부터 먹는 일이 얼마나 비참한지 새삼 깨닫는다. 이렇게 추한 모습을 보여 주고 싶지 않아서 감추려고 했던 건데, 결국 다 말해 버리고 말았다.

"오현서, 내가 지금 어떤 기분인지 알아?"

"압니다. 그러니까 제 말 뜻은…….."

"아니, 당신은 아무것도 모르고 날 우습게 여기고 있어! 대체 무슨 한심한 생각을 하고 있는 거야? 내가 딴 여자를 만난 사실을 알았으면 당연히 화를 내면서 따져야지. 그리고 왜 우리가 끝날 거라

368

고 생각해? 아무것도 이해가 안 돼. 내가 당신한테 그렇게 믿음을 못 줬어?"

"믿음 문제가 아니라는 거 아시잖습니까?"

가뜩이나 기운도 없는데 감정 조절까지 안 되니 더 힘이 빠진다. 몸을 떨던 현서가 소파에 주저앉아 고개를 숙였다.

우경은 현서 앞에 한쪽 무릎을 꿇고 앉아서 두 팔을 붙잡고 간절하게 물었다.

"그럼 무슨 문제인데? 대체 우리 사이에 무슨 문제가 있는 건데?"

"현실이요! 아니, 애당초 어떻게 제가 팀장님을 두고 권리를 주장할 수 있겠습니까? 팀장님은 언제 제 옆에서 떠나실지 모를 분이 잖아요!"

"내가 당신을 두고 어디로 떠나는데?"

"제가 따라갈 수 없는 어딘가로 가시겠죠. 전 팀장님한테 어울리는 여자가 아니니까요."

대답을 하는 현서의 몸이 떨린다. 얼굴을 보여 주지 않지만 울고 있는 것이 분명하다. 우경은 현서 속도 모르고 혼자 결혼이니 뭐니 설레어 있던 제 자신이 미치도록 미워졌다. 수현이 했던 말대로다. 우경과 현서 사이에 놓인 장애물은 나이가 아니라 환경의 차이다.

"현서야. 날 더 믿어 주면 안 돼?"

"이렇게 혼자 남겨졌는데 제가 누굴 믿을 수 있겠어요? 어떻게 우리가 마지막까지 함께할 거라고 생각할 수 있겠어요?"

"날 바꾼 건 당신이라고 내가 말했었잖아. 나한테 당신이 얼마나 특별한지 말했었잖아."

"못 믿겠어요."

울먹이는 그녀의 목소리가 아프게 우경의 가슴을 내리친다. 울지마. 괴로워하지 마. 못난 나 때문에 혼자 아파하지 마. 응? 현서의팔을 잡고 있던 우경의 손이 힘을 잃은 듯 미끄러져 내려왔다. 그럼에도 우경은 놓치지 않으려는 듯 현서의 손을 잡고 그녀의 무릎에 머리를 기댔다.

"당신 없이는 어디에도 못 가는 사람은 나야. 이렇게 매 순간 당신을 붙잡고 매달려야 하는 사람도 나야. 오현서가 아니면 안 되는사람은 나야."

"못 믿겠어요! 그래서 미치겠어요! 믿고 싶은데, 팀장님을 좋아할수록 더 자신감이 없어져요. 이렇게 한심한 제 모습은 상상도 못해 봤는데, 화가 나요."

"아무도 당신 자리를 대신할 순 없어. 어떤 여자를 만나도 당신이 될 순 없을 테니까. 그러니까 우리가 헤어질 거란 터무니없는상상은 제발 하지 마."

당신이 그런 생각을 하고 있었다는 사실만으로도 내가 이렇게아파. 제발 그런 생각 하지 마. 잠깐이라도 날 떠나려고 하지 마.여기 내 옆에 있어 줘. 제발, 현서야. 다른 생각 하지 말고 나만 바라봐 줘. 응?

"아니면 내가 싫어? 질렸어, 나 같은 사람은?"

아파하는 당신 속도 모르고 혼자 설레고 다른 생각만 하고 있던나라서 질렸어? 내가 이렇게 못나고 부족해서 당신이 아픈 거야?그래?

"제가 어떻게……."

"있잖아, 현서야."

고개를 든 우경이 현서와 눈을 마주쳤다. 화가 난 기색도, 장난스러운 기운도 감돌지 않는 맑은 시선이 올곧게 현서만을 담는다. 세상에 바라볼 것이라곤 오직 그녀 하나뿐인 것처럼, 그렇게 흔들림 없이 현서만을 본다.

"앞으론 내가 더 노력할게. 타인이 주는 사랑이 어떤 건지 매 순간 느끼게 해 줄게. 당신을 행복하게 해 주고 싶어. 당신 덕분에 내가 행복한 만큼, 당신의 하루하루도 나 때문에 더 행복해졌으면 좋겠어. 내가 내 옆에 있을 당신에게 바라는 점은 그거 하나야."

"하, 그게 뭡니까?"

하여튼 어쩔 수 없는 사람이라는 듯 현서가 허탈한 웃음을 뱉어 냈다.

우경은 현서의 눈 끝에 매달린 눈물을 닦아 주고 싱긋 웃었다. 현서의 불안감이 당장 털어 낼 수 있을 정도로 가볍지 않다는 점을 알았다. 그러나 현서는 한 번 다짐하고 작정하면 고민하지 않는 사람이다. 그러니까 현서가 우경과 함께할 앞날을 결심할 수 있도록, 그는 더 노력할 것이다.

"당신을 사랑해. 그러니까 날 조금만 더 믿어 줘."

"죄송해요."

순순한 사과에 우경이 몸을 일으켜 소파에 앉은 현서를 꼭 끌어안았다.

15화 :

사랑하고 있으니까

　마감도 끝났고 급하게 진행 중인 프로젝트도 없다. 그래서 현서
도 오랜만에 휴게실에 들렀다. 태평하고 평화롭게 흘러가는 이 시
간이 불안하다. 한가한 1팀이라니, 뭔가 믿을 수 없는 기분이다.

　"어머."

　그때 휴게실 문이 열리며 한나가 들어왔다. 한나는 현서를 피하
는 기색도 없이 음료수를 뽑아 들고 맞은편에 앉았다.

　"오랜만이네요."

　"그러네요."

　며칠 전 과음 사건 때 우경으로부터 한나와 있었던 일에 대해 들
었다. 한나가 스스로 관계를 정리하려 했다니 쉽게 믿을 수 없었
지만, 편안한 얼굴의 그녀를 보니 사실인 것 같다. 덕분에 현서도
한나의 얼굴을 편하게 볼 수 있었다.

　"우경 오빠, 아니지. 백 팀장님한테 다 들으셨겠네요."

"네. 들었어요. 의외였지만요."

"고마웠어요, 오현서 씨."

"네?"

지금 서한나 입에서 고맙다는 말이 나온 건가?

"참, 기왕 고마운 김에 한 가지 알려 줄게요."

"뭘 말입니까?"

"조만간 백 팀장님은 영국에 있는 업체로 장기 해외 출장 발령이 나실 수도 있어요. 아버지가 제안하기로 하셨다는 얘길 들었거든요. 굉장히 좋은 기회니까 거절하지 않으시겠죠. 어쨌든 날 원망하진 마요. 그건 아버지의 생각이고 저와는 무관한 일이니까요."

지금껏 한나가 치사한 방법을 써 오긴 했지만 아버지까지 끌어들인 적은 없다. 그러니 이제 와서 골려 주려고 한 말이라고 생각하긴 어려웠다.

"코바르로티아라는 업체에 대해 들어 본 적 없죠? 팀장님이 몇년 전에 맡았던 프로젝트 업체인데 그곳에서 새로운 일을 제안한 모양이에요. 그쪽 사장님과 제 아버지는 오랫동안 알아 온 사이세요. 물론 백 팀장님도 안면이 있으시죠."

"……그래요."

"아무튼 난 먼저 가 보죠. 앞으로는 마주쳐도 딱히 인사하진 말고 지내요."

더 할 말은 없다는 듯 한나가 휙 휴게실을 나가 버렸다.

혼자 남은 현서는 갑갑한 마음에 창가로 다가갔다. 창문에 손을 얹고 아래를 내려다보면서도 마음은 여전히 어지러웠다. 우경이 떠난다니, 상상해 본 적도 없다. 팀장실 문을 열었을 때 우경이 늘 제 자리에서 그녀를 맞아 주는 일상이, 변한다고? 변할 수 있다고?

그럼 현서는 그가 없는 세상에서 버틸 수 있을까?

❖　　　❖　　　❖

[급하게 상의할 일이 있어. 잠깐 보자.]

그날 밤, 퇴근 후 씻고 자려던 현서는 우경의 전화를 받았다. 다급히 두꺼운 카디건을 걸치면서도 현서의 머릿속은 궁금증이 아닌 걱정으로 가득 찼다.

우경에게 좋은 기회라는 사실은 분명하다. 그렇다면 당연히 섭섭해하지 말고 기쁘게 다녀오라고 말해 줘야 한다. 우경처럼 뛰어난 사람에게 평범한 현서의 옆을 지켜 달라고 부탁하는 건 이기적인 짓이다.

'장거리 연애가 뭐 어때서? 하면 하는 거지. 괜찮아, 괜찮을 거야.'

혹여 떠난다는 말을 하는 우경 앞에서 실망스러워하는 얼굴이라도 보이면 어쩌나, 노심초사하며 현서가 제 마음을 다독였다.

띵동!

[들어와.]

커다란 대문을 지나고 정원을 걸어가는 중에도 현서는 계속 결심을 굳히느라 열심이었다.

"후! 잘할 수 있어."

처음에는 낯설고 어색할 것이다. 빈자리도 많이 느끼겠지. 하지만 점차 나아질 것이다. 엄마를 떠나보낸 일처럼 시간이 지나면 익숙해질 것이다. 그러니까 현서는 괜찮다. 꼭 괜찮아야만 한다.

"팀장님?"

문은 열렸는데 우경은 보이지 않는다. 거실에도, 부엌에도 우경의 모습은 보이지 않았다. 혹시 우경도 마음의 준비를 하고 있는 걸까?

'기쁜 일이니까 미안해하지 않아도 되는데. 근데 저게 뭐지? 짐?'

집 안 여기저기에 상자가 흐트러져 있다. 부엌에 있는 상자에는 신문지에 싼 그릇들이, 거실에 있는 상자엔 마구잡이로 열린 서랍 안의 물건들이 쌓여 있다. 혹시나 하고 품고 있던 기대가 와르르 무너져 내렸다. 우경은, 떠날 생각이다.

꼭 줄 서서 선생님에게 혼나길 기다리고 있는 학생이 된 기분이다. 미친 듯 뛰는 가슴을 손으로 누르며 현서가 계단을 올라 2층으로 향했다.

"팀장님, 어디 계십니까?"

"이쪽! 짐이 너무 무거워서, 좀 도와줘."

태연하게 도움을 청하는 목소리에 현서가 미간을 찌푸렸다. 차라리 현서 돈으로라도 사람을 부르고 싶을 정도로 참담한 기분이다. 떠나는 우경의 짐을 같이 싸 주고 공항에서 웃으며 손을 흔드는 제 모습은 이미 더 이상 상상할 수가 없다.

현기증을 느낀 현서가 저도 모르게 손으로 벽을 짚었다. 왈칵 울음이 쏟아질 것 같다. 이대로 우는 얼굴을 보여 주느니 지금이라도 얼른 도망치는 게 낫지 않을까?

고민하고 있는데 구석방의 문이 열리며 우경이 나왔다.

"안 들어오고 뭐해? 어? 당신, 울어?"

우경의 얼굴을 보자마자 결국 눈물이 쏟아져 내렸다. 힘이 풀려 주저앉으려는 현서를 본 우경이 급히 다가와 그녀를 부축했다. 현서의 뺨을 어루만지는 우경의 손 역시 덜덜 떨리고 있다.

"현서야. 왜 그래?"

"못 합니다, 저."

"뭐? 뭘 못 해? 왜 우는 거야?"

"못 견디겠습니다. 웃으면서, 아무렇지 않은 척 보내 드리려고 했는데, 못 하겠습니다. 차라리 저도 코바르에 데려가 주시면 안 됩니까? 뭐든 할 테니까, 그러니까……."

코바르? 잠시 머리를 얻어맞은 듯 우경이 멍해졌다. 설마 서 회장에게 받은 제안에 대해 현서가 알고 있으리라고는 전혀 생각하지 못했다. 괜히 신경 쓰이게 만들지 않으려고 일부러 아무 말도 하지 않았었는데. 대체 어디서 들었는지 모르겠지만 괜한 오해만 부추긴 모양이다.

"현서야, 잘 들어. 제안을 받은 건 사실이야. 하지만 들은 자리 에서 바로 거절했어."

"거, 거절하셨다고요? 왜, 왜……."

"당신이 이렇게 울 것 같아서."

사랑스러워 못 견디겠다는 우경의 눈빛에 현서가 얼른 고개를 푹 숙여 버렸다. 창피해서 미치겠다. 얼마 전까지만 해도 그의 사 랑을 믿을 수 없다느니 어쩌느니 했으면서 이젠 가지 말아 달라고 애원이나 해 버리다니!

"쿡쿡, 현서야. 고개 좀 들어 봐. 응?"

"시, 싫습니다. 그, 그냥 집에 가겠습니다."

"그건 곤란해. 자, 이리 와."

도망치려는 현서의 손목을 붙든 우경이 방금 나온 구석방으로 그녀를 이끌었다. 얼결에 끌려간 방에 들어선 현서가 깜짝 놀랐다.

호텔 못지않게 호화롭던 방의 한쪽 벽에 펼쳐진 웅장한 프로젝트 때문이었다. 방 안을 둘러보니 가구는 온데간데없고 방 중간에 푹신한 의자만 하나 놓여 있다. 우경의 손이 이끄는 대로 따라가는 중에 발에 차이는 것들이 있어서 아래를 내려 보니 방 안은 풍선으로 가득 차 있었다.

"자, 오현서 씨는 여기 앉으면 됩니다. 그럼 지금부터 중대 발표를 시작하겠습니다."

"네?"

현서를 의자에 앉힌 우경이 곧장 프로젝트 앞으로 가서 마치 업무 회의를 주도할 때처럼 발표를 시작했다.

"우선 저에 대해서 상세히 알려 드리겠습니다. 아버지는 서강 계열사 중 한 곳을 운영하는 사장님이십니다. 일에 있어서 철두철미하셔서 일 잘하는 사람은 무척 좋아하십니다. 단점이 있다면 조금 딱딱한 성격인데, 이 부분은 크게 염려하지 않아도 됩니다. 약점이 있거든요."

"팀장님, 지금 뭐 하시는……."

"오현서 씨도 잘 아는 백지우 양에게 무척 약하십니다. 보기보다 아이를 좋아하셔서 얼른 손자든 손녀든 한 명 안겨 드리면 며느리 사랑에는 문제가 없을 것으로 전망됩니다."

"네?"

화면이 넘어가며 화사하게 웃고 있는 여자 사진이 나왔다.

"제 어머니이십니다. 이쪽은 전혀 문제가 없습니다. 온화한 성격이시고 오현서 씨가 가진 아픔을 잘 감싸 주실 분이십니다. 그리고 다음, 백지우 양은 아실 테니 간략하게 넘어가도록 하겠습니다."

의아해하는 현서에게 우경은 자신이 가진 자산, 그리고 앞으로 회사에서의 승진과 연봉 협상 계획, 이후 노후에 대해서 생각한 부분까지 전부 프로젝트에 담아 발표했다. 처음에는 장난처럼 여기던 현서도 어느 틈엔가 집중해 버리고 말았다. 하여튼 실력은 어디 안 간다.

"……마지막으로 이 계획에 늘 동참해 주실 오현서 씨."

"네? 저요?"

"나랑 결혼하자."

"네?"

터무니없이 진지한 표정으로 우경이 현서를 내려 보며 대답을 기다리고 있다. 평소라면 어색한 분위기가 이어지지 않도록 농담이나 장난을 걸어 줄 텐데 우경은 어떤 말도 보태지 않고 있다.

어떻게 설명할 수 있을까? 이 감정을, 이 순간 공기 중에 떠도는 따뜻함을. 표현할 수 있는 말이 존재하기는 할까? 그를 너무나 사랑하지만 여전히 자신이 없기에, 현서는 쉽게 대답하지 못했다.

"전, 팀장님……."

우경은 말을 잇지 못하는 현서에게 다가와 곧장 일으켜 세워 제품에 가뒀다.

"이 집은 내놨어. 당신이랑 같이, 크지 않은 곳으로 갈 거야."

"집을 내놓으셨다고요?"

"현서야, 난 우리 집 어디서든 내가 당신을 볼 수 있었으면 좋겠어. 거실에 앉아서 당신이 요리하는 모습도 보고, 정원에서 아이들 이랑 흙장난 치는 모습도 보고 싶어."

"팀장님……."

옷 너머로 느껴지는 우경의 심장 고동이 현서의 마음까지 천천 히 울린다.

이제 우경의 마음을 어느 정도 따라왔다고 생각하고 있었는데, 역시나 착각이었다. 현서가 현재에만 머물러 있는 사이 우경은 이 미 그녀와 함께할 미래를 구상해 왔다. 또 우경의 사랑을 따라가지 못하고 현서 혼자 허우적대고 있다.

"아이는 당신을 닮은 딸이랑 아들이면 충분해. 날 닮을지 모른다 는 생각을 하면 걱정만 되니까."

"참내, 그게 뭡니까? 저희가 낳을 거면 당연히 팀장님도 닮아야 죠. 아! 그, 그러니까 이건!"

저도 모르게 우경에게 휩쓸리고 만 현서가 급히 손을 내저었지 만 이미 늦고 말았다.

"사랑해."

고백하며 키스해 오는 우경에게, 현서는 터무니없이 약해지니까.

"훗……."

야릇한 숨소리를 내뱉는 현서를 바라보는 우경의 눈이 평소보다 뜨겁다.

분명 방금 전까지 프러포즈를 받고 있었는데 어쩌다 상황이 여 기까지 왔는지 도무지 모르겠다.

"자, 잠깐…… 읍!"

여기까지 와서 토를 달려고 하는 현서가 못마땅한 듯 우경이 다급히 키스를 해 왔다. 저도 모르게 몸을 움츠렸지만 우경은 곧장 현서의 허리를 쓸어내리며 힘을 빼 줬다.

현서가 당황한 사이 몸은 이미 침대에 눕혀져 있었다. 유리한 고지를 점령한 우경이 미친 듯 현서의 입안을 휘저으며 혀를 옭아맸다. 그 조급함을 품은 달콤함에 취한 현서가 우경의 니트를 움켜쥐었다.

"현서야."

그가 부르는 제 이름이 좋다. 다른 누구도 줄 수 없는 간지러운 기분을 선물해 주니까.

"네."

"난 당신의 불안함을 전부 이해하기 어려울 거야. 하지만 당신도 이해할 수 없겠지. 나한테 당신이 얼마나 특별한지. 그러니까 우린 서로에게 백 번, 천 번 말로 설명해도 진심으로 이해하기 어려울 거야."

다정한 우경의 눈길에 취한 사이 그의 손이 천천히 현서의 윗옷을 벗겨 냈다.

"그래도 우리 사이는 안 변해. 아직까지 이해할 수 없었다면 가능할 때까지 노력하면 돼. 우리에겐 앞으로 함께할 많은 시간들이 있으니까. 그러다 설령 온전히 받아들이는 순간이 오지 못한대도 괜찮아. 우린 평생 함께 있을 테니까. 난 그것만으로도 괜찮아."

눈물이 차오르고 만다.

변하지 않는다는 말이, 받아들이지 못해도 함께한다는 말이 현서의 가슴을 콕콕 두드린다. 불안감에 휩싸여 있던 마음을 자꾸만 두드린다. 더는 불안해하지 말아 달라고 말한다. 우경은 언제나 현서에게 느끼게 해 준다. 당신은 내 사랑 안에 있다고. 그리고 그 안에서 결코 벗어날 수 없을 거라고 말한다.

"하아."

이윽고 우경의 양손이 브래지어를 걷어 올리고 가슴의 정점을 어루만지기 시작했다. 이미 꼿꼿하게 선 그곳을 깨물고 어루만지며 제 타액으로 잔뜩 적셔 버린다. 온몸이 그의 손길 하나하나에 감각을 의지하게 되고 만다. 허벅지에 와 닿는 그의 욕망은 이미 단단해져 있음에도 우경은 조급하지 않은 척 부드럽게 현서에게 키스했다.

"날 믿지 못하는 당신을 힐난하지 마. 절대, 단 한 순간도 당신을 아프게 만들지 마. 제발."

늘 백우경은 이런 식이다. 오직 현서만 생각하고, 걱정하고, 사랑한다. 그의 절절한 마음을 느낄 때마다 현서 역시 이 사랑이 영원하다고 믿게 된다.

'팀장님한텐 못 당해요, 전.'

울음이 터지려는 순간 겉옷을 벗어 던진 우경이 현서의 가슴을 베어 물었다.

"앗!"

현서에게는 자신을 아프게 만들지 말라고 하면서 정작 그녀의 온몸이 아프도록 욕심껏 애무하는 사람은 우경이다. 피부 위에 미끄러지는 질척이는 감촉에 몸이 더 흥분하기 시작했다. 마치 처음부터 제 몸이 아니었던 것마냥 오직 그의 손길, 그의 입맞춤, 그리고 우경의 눈빛에만 맞춰 조종당하는 기분이다.

"아훗!"

젖은 숨소리를 뱉어 내고 있자니, 흐려진 시야에 우경의 매끄러운 나신이 들어왔다. 현서가 힘이 빠진 손을 들어 우경의 뺨을 어루만졌다. 부드러운 피부를 느끼면서도 웃음이 난다. 이 순간, 현서로 인해 우경은 분명 흥분하고 있다. 당신을 더 원해, 작은 손길에도 흔들리는 그의 눈동자가 그렇게 말하고 있다.

현서의 손이 우경의 목을 거쳐 잠시 가슴을 쓸어내렸다. 단단한 가슴팍의 한구석에서 심장 고동이 쿵쿵 현서의 손을 울리고 있다.

우경은 현서의 손길을 느끼며 잠시 그대로 있었다.

"더 해도 괜찮아."

우경이 잠시 멈칫하던 현서의 손을 잡아 아래로 끌어내렸다. 늘 그가 해 주던 것처럼 천천히 허리를 만지고 이윽고 아래에 닿은 현서의 손이 떨렸다. 늘 맞닿는 감촉으로만 느끼던 우경의 흥분은 섣불리 손대기 두려울 만큼 훨씬 더 뜨겁고 단단했다.

"아, 하……."

두려움에 망설이던 현서의 귓가에 우경의 신음 소리가 울렸다. 평소 현서의 목소리를 듣는 우경의 기분이 이랬을까? 이건 대체 어떤 기분인 걸까? 흥분? 아니면 희열? 현서가 아는 단어로는 도무지 설명할 수 없다. 그래서 더, 조금이라도 더 듣고 싶다. 그녀로 인해 행복해하는 우경의 신음 소리가 더 귓가에 파고들면 좋겠다.

"읏."

현서의 손이 우경의 흥분을 어루만지다 중간 어딘가를 살짝 쥐었다. 그 순간 손에 닿는 아찔한 맥박이 선명하게 느껴졌다. 어떡하지? 분명 지금 우경을 애무하는 사람은 그녀인데도 창피하고 민망해서 미칠 것 같은 사람 역시 현서다. 현서가 더는 어쩌지 못하고 멈추자 우경이 피식 웃음을 터뜨렸다.

"잘했어."

사랑스러워 어쩌지 못하겠다는 목소리다. 우경은 당황한 현서의 손을 잡아 제 어깨에 얹었다.

"난 아직 아무것도 못 해 준 것 같은데, 당신은 꽤 조급한가 봐?"

"왜, 왜 매번 그런 말을 일부러 하시는 겁니까?"

밉살스러워 죽겠다. 안 그래도 잔뜩 젖어 버린 은밀한 장소에 그의 손이 닿는 감촉마저 창피한데, 우경은 도무지 현서의 심정을 헤아려 주질 않는다.

"매번 그렇게 물어보는 당신이 귀여워서."

농담이라기엔 터무니없이 진지한 목소리다. 분명 진담이겠지. 잠깐의 장난으로 풀어진 분위기를 다독이듯 우경의 고개가 아래로 내려갔다. 아차, 싶은 순간 현서가 손을 뻗어 봤지만 이미 타이밍을 놓쳤다.

"하윽! 티, 팀장님! 아!"

우경의 혀가 집요하게 핥아 내리는 탓에 현서의 등이 휘었다. 허리를 흔들며 놔 달라고 계속 애원했지만 우경의 흥분만 더 불러오고 말았다. 그는 더 참지 못하겠다는 듯 현서의 다리를 벌리고 젖은 그녀의 허벅지를 핥았다.

"알아? 당신 몸이 얼마나 부드럽고 유연한지?"

천천히 현서의 수풀을 어루만지며 우경이 물었다.

"그런 거…… 읏!"

반박하려는 찰나 우경이 허리를 밀어붙여 왔다.

우경의 욕망은 압도적인 존재감으로 현서의 몸 안을 가득 채웠다. 평소에는 현서가 안정될 때까지 기다려 주던 우경이 오늘따라 곧장 허리를 흔들어 왔다. 반복되는 움직임에도 내벽은 여전히 우경의 흥분을 세게 조이며 더 깊은 곳으로 끌어들이고 있었다. 깊어지는 유혹에 우경이 세차게 내리치듯 몸을 움직였다.

"하아, 아, 아아!"

현서가 신음을 내뱉을 때마다 우경은 어김없이 웃으며 키스를 해 왔다. 마치 폭우처럼 온몸에 쏟아지는 우경의 키스가 뜨겁게 현서의 몸을 적신다. 숨결을 앗으며 모든 것을 탐하는 입맞춤과 온몸을 찌르는 듯 거칠어진 움직임에 발끝부터 손가락 끝까지 열이 오르고 말았다.

"하아."

정신을 잃을 것처럼 어지러워진 순간 몸 안을 가득 채우고 있던 우경의 흥분이 빠져나갔다. 이윽고 전과 마찬가지로 우경이 몸을 떨며 파정하는 사이 현서는 그를 꼭 끌어안았다.

"하아, 하, 가지 마요. 어디도."

그에게 들을 때마다 늘 현서도 해 주고 싶던 말. 그리고 당당하게 다짐해 주고 싶던 말을 현서가 드디어 입술에 담았다.

"나도 안 갈 테니까. 팀장님 곁에서 안 떠날 거니까, 팀장님도⋯⋯."

더듬더듬 현서가 전하는 말에 우경의 심장이 뜨거워진다. 떠나지 않을 거란 현서의 대답은 이번이 처음이다. 울컥 눈물이 날 것 같아 우경이 현서의 가슴에 이마를 기댔다. 쿵쿵쿵, 현서의 심장 소리가 우경에게 닿는다. 따뜻하게, 강직하게, 그렇게 와 닿는다.

"난 오현서 두고는 어디도 못 가."

"네. 가지 마세요. 절대."

"응, 절대로 안 가."

여전히 두렵다.

하지만 우경을 끌어안고 있는 순간 현실은 장애물로 느껴지지 않는다. 그저 두 사람이 함께 손을 잡고 나아가고, 살아갈 세상 중의 일부처럼 생각될 뿐이다. 우경과 함께하는 앞날에 어떤 고난이 있더라도 괜찮다고, 그 길을 걸을 거라고, 힘든 시간을 겪을지라도 그와 함께라면 견딜 수 있다고 생각하게 된다.

아, 이렇게 사람들은 사랑에 빠지고, 진심을 믿으며 사람을 얻는다.

오랜만에 본가에 온 우경이 아무래도 수상한지 숙영은 계속 시선을 떼지 못했다.

하필이면 유치원 졸업식 연습 때문에 지우가 늦게 오는 오늘, 굳이 우경이 찾아온 이유를 유추하기가 어렵다. 제 아들이지만 속을 모르겠다.

"저, 결혼할 여자 생겼어요."

"뭐?"

저녁 식사 자리에서 터진 폭탄 선언에 숙영이 숨을 삼켰다. 얼마 전에 손자 타령 할 때까지만 해도 여자를 만난다는 기색도 보이질 않더니, 대체 언제? 얼른 남편인 찬경의 눈치부터 보니 그 역시 티내지 않아도 놀란 것 같다.

"언제? 대체 언제부터? 어디서 만났니?"

"같은 회사에 다니고 있습니다."

"뭐? 네가 회사에서 애인을?"

세상에. 제발 여자 좀 만나라고 사정할 때는 거들떠도 보지 않더니 대체 어느 틈에 회사에 애인을 뒀단 말인가. 숙영은 평생 혼자 살까 걱정하던 아들이 결혼하겠다고 말해 준 것만으로도 감사하지만 찬경은 또 모르겠다.

일단 서강에서 만났다면 상대도 능력, 머리, 집안 셋 중 하나는 좋을 것이다. 하지만 직장에서 만났다는 이유만으로 덜떨어진 며느릿감이라고 불만족스러워하면 어쩌지? 처음으로 우경이 결혼 얘기를 꺼낸 아가씨인데, 그런 이유로 놓치기엔 너무나 아깝다. 태연한 우경보다 숙영이 먼저 걱정스러워졌다.

"어떤 아이냐? 한나는 아닐 테고."

"전혀 들어 본 적 없으실 테니, 먼저 만나 보셔야 할 겁니다."

"애비를 두고 협상을 진행하는 거냐? 왜, 만나지도 않겠다고 할까 봐? 걱정하는 모습을 보니 어디가 부족한 아인가 보군."

"여보, 다 듣지도 않고! 그래서, 어떤 애니?"

찬경이 결혼 문제에 얼마나 예민한지 우경도 잘 알고 있다. 하지만 누나 희진이 선택했던 사람에게 비교하기 미안할 정도로 현서는 똑 부러지고 멋진 여자다. 부모님을 설득시킬 자신이 있기 때문에 꺼낸 얘기다.

"서로가 부족하죠."

"네가 어디가 부족해!"

"제게 부족한 부분은 그 사람이 채워 줬고, 그 사람에게 부족한 부분은 제가 가지고 있습니다. 하지만 그 사람에게 부족한 부분이

물질적인 거라면 제게 결여된 부분은 그런 것과는 다르죠. 그래서 그 사람만이 채워 줄 수 있습니다."

"⋯⋯."

우경이 말하기도 전에 찬경과 숙영은 이미 느끼고 있었다. 폭풍과도 같았던 희진의 삶과 죽음, 그로 인해 가장 많이 휘둘렸던 사람은 우경이니까. 내심 두 사람 모두 우경이 연애를 피하는 이유가 희진으로 인한 것이 아닐까 몰래 짐작해 왔었다.

"그 아가씨한테 묻는 것보다 너한테 묻는 편이 속 편하겠지."

당연한 소릴. 찬경 같은 사람이 오현서를 앉혀 놓고 뭘 물어보건 청문회 분위기가 될 게 뻔하다. 여기서 망설이면 현서의 약점을 부각시킬 뿐이라는 점을 잘 아는 우경이 선수 치듯 대답했다.

"부모님이 모두 돌아가셨습니다. 형제도 없고, 집안도 평범합니다. 그것뿐입니다. 단지 그것뿐인데도 그 사람은 제게 많이 미안해합니다."

안쓰러운 마음에 숙영의 표정이 흐려졌다. 아직 생면부지인 아가씨지만 이 넓은 세상에 혼자 남았다는 사실만으로도 숙영의 마음은 미어졌다.

"힘든 환경에서 자라 왔지만 능력으로 여기까지 올라왔어요. 제 도움이 없더라도 더 높은 곳까지 올라갈 사람입니다. 그러니까 더 멀어지기 전에 옆에 붙잡아 두고 싶습니다."

우경이 더 보태지 않고 설명을 그쳤다.

말이 많아져 봐야 현서에게 득이 될 것이 없다. 그토록 비호의적이던 한나마저 제 편으로 만든 현서다. 누구라도 그녀를 직접 만나 보면 싫어하지 않을 테니, 우선은 계기를 마련해 주는 것만으로도 충분하다.

"날짜 잡고 정식으로 한 번 보지."

"알겠습니다."

길고 지루한 회의의 끝 무렵처럼 우경이 깔끔하게 대답했다. 오랜만에 본가에 찾아와 놓고 우경은 곧장 돌아가야 한다며 가 버렸다.

간만에 찾아온 아들에게 겨우 밥 한 끼만 먹이고 보낸 것이 못내 아쉬워 숙영은 좀처럼 부엌을 떠나지 못했다.

"안 잘 거요?"

"자야죠. 그보다 당신, 만약 그 아가씨가 마음에 안 들면 못 만나게 할 생각이세요?"

찬경 성격이라면 그냥 떼어 놓는 수준이 아니라 서 회장에게 입김을 넣어서라도 그 아가씨를 퇴사시킬지 모른다. 뭘 하건 확실히 처리해 두는 성격이니 말이다. 솔직히 숙영 입장에서는 우경이 좋다는 아가씨를 입에 올린 일이 처음이라 그저 기쁘고 고맙기만 했다.

"부족한 여자면 여지없이 쳐낼 거요. 못난 인간에게 휩쓸려 내 자식을 잃는 일은 한 번이면 족해."

찬경의 두려움을 이해하는 숙영이 천천히 그의 등을 쓸어 주었다.

"난 우리 아들을 믿어요. 분명 좋은 아가씨일 거예요."

"어떻게 그렇게 확신하는 거요?"

"우리 우경이가 확신에 차 있었잖아요. 사랑에 푹 빠졌구나 싶으면서도 금방 알았어요. 아, 우리 아들이 정말 좋은 여자를 만났나 보다, 그래서 이렇게 행복해졌구나, 하고요. 난 그것만으로도 벌써 그 아가씨가 좋은걸요. 고맙잖아요."

제 아들이지만 정말 뛰어난 수완이다. 그 짧은 사이 숙영을 홀려 버리지 않았는가. 하지만 숙영의 의견에 찬경 역시 동의했다.

희진을 떠나보낸 후 내내 죽은 사람처럼 멈춰 있던 우경이 어느 새 살아났다. 궁금해진다. 대체 어떤 아가씨가 제 아들을 저렇게 바꿔 놨을까? 아니, 바꿨다기보다 살려냈다는 표현이 맞을 것이다.

그렇다면 찬경 역시 그 아가씨에게 고마워해야 할 일이다.

"완전 완벽해요. 여기서 더 보탤 것도 없고, 뺄 것도 없어요!"

확신에 찬 하봄의 말에도 현서는 여전히 거울 앞에서 고개를 갸웃하고 있다.

오늘 아침 갑자기 우경은 현서를 차에 태워 논현동에 위치한 한 아틀리에로 데려왔다. 조금 후 아틀리에에 나타난 사람은 놀랍게도 하봄이었다. 리케아 파티 이후 처음으로 만난 하봄은 기다렸다는 듯 현서의 치수를 확인하고 여러 벌의 옷들을 꺼내 왔다.

"백 사장님은 보수적인 편이셔서 이런 스타일을 선호하실 거예요."

오늘은 우경의 부모님을 처음으로 뵙는 날이다. 그래서 우경이 하봄에게 도움을 청한 것이다.

"제가 보기보다 꼼꼼하답니다! 우경 오빠는 벌써 이것저것 구경 하면서 신났어요. 지금도 웨딩드레스 보러 쇼룸에 들어갔거든요. 와! 세상에, 언닌 다이어트 안 해도 되겠어요. 완벽한 몸매예요. 당장 식장에 들어가도 되겠어요."

"드레스고 뭐고 일단 이 옷은 괜찮은 거죠?"

그간 입어 보지 못한 고급스러운 소재의 원피스와 카디건이 아무리 봐도 어색하다.

"완전 완벽하다니까요. 여섯 벌 입어 본 것 중에 가장 예뻐요. 자자, 이제 화장이랑 머리도 다 끝났어요."

"와! 정말 예쁘다."

어느덧 곁에 다가온 우경도 만족스러운 듯 활짝 웃었다. 하봄은 씩씩하게 제 콧잔등을 문지르며 대답했다.

"우경 오빠가 보기보다 엄청 까다롭다니까요? 만족하는 거 보면 백 사장님은 한 큐에 쓰러지실 거예요. 걱정 마요, 현서 언니!"

"믿을 수가 없어요. 팀장님은 늘 저한테 예쁘다고 하신단 말입니다."

"우와, 언니 그거 엄청 닭살 발언인 거 아세요?"

"지금 전 심각해요. 솔직하게 말해 줘요."

우경이 계속 걱정만 늘어놓는 현서의 어깨에 두 손을 얹었다.

"데리고 가야겠다. 안 그랬다간 네 아틀리에 다 뒤집게 생겼어. 도와줘서 고마워."

"화이팅! 무조건 당일에 승낙받아 와야 해요!"

우경이 현서를 데리고 나오는 순간까지도 하봄이 열심히 응원을 던졌다.

현서는 차에 올라타서도 내내 거울만 보며 덜덜 떨었다. 살면서 오늘처럼 긴장한 날이 또 있을까 싶을 정도다.

"잠깐, 벌써 도착한 겁니까? 아, 제발 천천히 오지 그러셨어요!"

"원래 하봄이 아틀리에에서 코앞이야. 휴, 나 좀 봐, 현서야."

숨도 제대로 못 쉬고 있는 현서의 손을 우경이 꼭 잡아 줬다. 우경의 손은 크고 따뜻해서 멋대로 뛰던 심장이 천천히 제 박동을 되찾아 가는 것 같다.

"당신은 가서 이 말만 하면 돼."

"뭐라고요?"

"두 분의 아들을 행복하게 해 줄 자신이 있으니까, 저한테 넘겨 주십시오! 이렇게."

"지금 농담이 나오십니까?"

기겁하는 현서의 얼굴을 보며 우경이 웃음을 터뜨렸다. 자신 있 다. 이 여자라면 누구든 납득해 줄 것이다. 이토록 똑 부러지고 아 름답고 강인한 사람이 어디에 또 있을까? 누가 또 우경을 이렇게 행복하게 만들어 줄 수 있을까? 단 한 사람뿐이다. 그 단 한 사람 을 찾아내 함께 있는 지금, 우경은 아무것도 두렵지 않았다.

"행복해?"

"뭐, 뭡니까, 갑자기."

"당신 덕분에 난 엄청 행복해."

웃음과 함께 건넨 말에 현서도 피식 웃고 말았다. 지금까지 떠안 고 있던 모든 긴장이 순식간에 사라지는 기분이다.

당신과 있어서 행복하냐고?

"무진장 행복합니다."

그러니까 용기를 내야지.

더는 현실에게 행복을 빼앗기지 않을 것이다. 전부 다 괜찮다. 이 사람이 옆에 있으니까. 앞으로도 옆에 있어 줄 테니까.

당신을 사랑하니까. 다 괜찮다.

— *The end*

에필로그:
나의 내일에 그대가

　　고급스러운 레스토랑, 미리 예약을 해 둔 듯 깔끔하게 세팅 된 테이블. 긴장감이 떠도는 공기와 조금 열린 창에서 들어오는 바람으로 살랑거리는 커튼. 마치 전문가가 다듬은 것 마냥 모든 것이 완벽하다. 그래서일까? 그 완벽한 풍경 안으로 걸어가는 현서의 걸음은 더 경직되고 말았다.

　　"이상하면 언제든 지적해 주셔야 합니다."

　　"알고 있다니까."

　　몇 번이나 다짐을 받아도 안심이 안 된다.

　　"어서 와요. 우경이 엄마예요."

　　"아, 네. 바, 반갑습니다. 오현서라고 합니다. 백우경 팀장님, 아, 아니, 우경 씨와 같은 팀에서 근무하고 있습니다."

　　하봄으로부터 대충의 프로필과 특이사항은 전해 들었다. 우아한 원피스 차림을 하고 있는 이 여자분이 유명 후원단체의 이사장인 우경의 어머니 김숙영일 것이다. 그리고 옆에서 현서를 찬찬히 살펴보고 있는 사람이 우경의 아버지 백찬경이겠지.

'백 사장님은 엄격하기로는 둘째가라면 서러운 분이세요! 그러니까 우경 오빠 옆에 꼭 붙어 있으셔야 해요! 흠집 잡힐 것 같은 부분이 있으면 대응책도 미리 생각해 놓고요!'

하지만 대응책이라니, 그 많은 흠집들을 어떻게 다 대응할 수 있을까?

"예쁜 아가씨네. 일단 앉아요."

"네, 네!"

"그렇게 긴장하지 않아도 괜찮아요. 평소에 우리 아들 때문에 고생이 많죠? 우경이는 바쁘다고 집에도 자주 안 와요."

헉, 아무리 그래도 부모님 계신 집에는 자주 찾아가야 하는 것 아닌가? 현서의 책망 어린 눈빛이 단숨에 우경에게 돌아갔다.

"아, 하하. 시간이 되면 앞으론 더 자주 찾아갈게요. 현서랑 같이요."

"예? 저도요? 아, 아니, 전! 아, 안 가겠다는 뜻이 아니라, 죄, 죄송합니다."

제발 이런 자리에서는 깜짝 놀라게 좀 만들지 않았으면 좋겠다.

"우경인 입사하고 처음 만났나?"

찬경이 처음으로 현서에게 질문을 던졌다. 묵직하면서도 울림이 있는 목소리다. 찬경의 목소리가 질문을 던지자 마치 레스토랑이 면접장으로 바뀐 기분이다.

현서는 두 손을 무릎에 가지런히 올리고 대답했다.

"아니요. 1년도 더 된 일입니다만, 우연히 만난 적이 있었습니다."

우경에 대한 이야기이기 이전에 돌아가신 어머니에 대한 얘기다. 우경을 만나고 사랑하기 전까진 입에 올리고 싶지 않던 주제였지만 지금은 다르다. 우경이 기꺼이 상처를 회복하고 앞으로 나아가 준 것처럼, 현서 역시 당당하고 싶다.

"제 어머니께서 작고하셨을 때 모신 빈소 근처에서 우경 씨를 처음 만났었습니다."

"빈소에서?"

"네."

우경은 차분한 미소를 짓는 현서를 바라봤다. 이 여자가 이런 표정을 지을 땐 당해 낼 수가 없다. 더는 과거에 얽매이지 않겠다는 결의가 당당한 눈빛에서 새어 나온다. 그래서 지켜보는 우경도 절로 웃게 된다.

"제가 현서한테 도움을 많이 받았어요."

"우경이뿐만 아니라 우리 모두에게 힘든 시기였지."

찻잔을 내려 보는 찬경의 눈빛이 쓸쓸하다. 현서는 저런 표정을 알고 있다. 마치 우경이 누나에 대해 털어놓을 때와 꼭 닮았다. 저건 죄책감으로 가슴이 뭉개진 사람의 얼굴이다.

"왜 그런 표정을 짓나?"

"예?"

찬경의 질문에 현서가 놀랐다. 그녀도 모르게 우경을 바라볼 때처럼 애틋한 얼굴을 하고 있던 모양이다.

"처음 보는 아가씨에게 동정을 받을 정도로 보였나?"

"아, 아닙니다. 제게 백 사장님을 동정할 여유는 없습니다."

"아버지, 현서는 저희랑 비슷한 시기에 하나뿐인 가족을 떠나보냈습니다."

우경이 현서를 감싸며 말했다. 현서는 우경이 탁상 아래에서 몰래 잡아 준 손에 용기를 얻어 입을 열었다.

"제 어머니께서 돌아가실 때, 전 곁을 지켜 드리지 못했습니다. 그래서 늘 후회했습니다. 죽음을 막을 순 없지만, 마지막 순간이라도 함께 있었으면 얼마나 좋았을까 하고요."

현서가 가장 대화하기 싫어하는 주제라는 사실은 누구보다도 우경이 가장 잘 알고 있다. 그래서 현서를 바라보는 그의 시선에 걱정이 차올랐다.

"하지만 덕분에 저는 지금 이 순간이 얼마나 소중한지 배웠습니다. 그러니까 하루하루를 더 열심히 살아갈 겁니다."

"그 얘길 왜 갑자기 꺼내는 건가?"

우경이 굳이 감싸 주지 않아도 찬경도 알 수 있다. 지금 현서가 제 자신에게 얼마나 힘든 얘기를 꺼내고 있는지 말이다. 그래서 더 의아하다. 이 아가씨는 왜 그런 얘길 꺼내는 걸까?

"희진 씨도, 백 사장님께서 저처럼 생각하며 살아가 주길 바라고 있을 것 같아서요. 주제넘은 생각이었다면 진심으로 사과드리겠습니다."

희진의 일이 이 가족에게 얼마나 큰 상처인지 현서는 감히 짐작할 수도 없다. 하지만 우경이 그랬던 것처럼 과거를 잊지 않고 받아들이며 앞으로 더 나아갔으면 좋겠다. 모두가 조금 더 행복해졌으면 좋겠다.

"아가씨는, 특이한 사람이군."

그때 현서는 분명히 보았다. 찬경의 입가에 희미한 미소가 그려진 모습을 말이다.

❖   ❖   ❖

"현서야, 현서야? 오현서!"

평화로운 아침 햇살이 커튼을 스쳐 따스하게 내리쬐고 있다. 침대에서 편히 잠들어 있던 현서는 누군가가 집요하게 흔드는 바람에 잠에서 깼다.

"누구⋯⋯."

졸음을 이겨 내고 겨우 눈을 뜨자 흐릿한 시야를 한 남자의 얼굴이 가득 채우고 있다. 언제 일어났는지 정돈을 마친 부드러운 머리칼, 깨끗한 이목구비와 목선. 다정한 목소리로 그녀를 부르고 있는, 현서의 잘난 남편이다.

"좋은 꿈 꿨나 봐? 아, 내 꿈인가?"

"참내. 아니에요. 상견례 때 꿈을 꿨어요."

"뭐하러 그때 꿈을 꿔. 설마 당신 그때로 돌아가고 싶은 건 아니지?"

투덜대는 우경의 모습이 더없이 사랑스럽다. 하여튼 자기 꿈꾸지 않았다고 가족에게까지 질투를 하다니, 못 말리는 사람이다.

"왜요? 가고 싶다고 하면 돌려보내 주려고요?"

"누가 타임머신이라도 개발했다고 하면 당장 가서 부수려고 그랬지. 당신을 순순히 예전으로 돌려보내 줄 생각은 없으니까."

"참내, 아침부터 무슨 말을 하시는 거예요?"

현서가 우경을 가볍게 밀치고 몸을 일으켰다.

상견례로부터 벌써 1년이 지났다. 사실 현서는 그의 가족들이 자신을 받아들여 주지 않을 거라 예상했었다. 하지만 우경의 부모님은 드라마 속 인물들처럼 반대를 하고 나설 거라는 현서의 예상을 깼다.

숙영은 틈만 나면 현서와 식사나 쇼핑을 즐기며 예전부터 알던 사이처럼 친근하게 행동했다. 찬경은 가끔씩 지우와 놀아 주라며 현서를 집으로 초대했다. 우경의 부모님은 두 사람이 결혼을 준비하는 중에도 전혀 간섭하지 않았다.

덕분에 두 사람은 순조롭게 결혼을 마치고 신혼을 보내고 있다.

"오늘이죠?"

"아직 시간 많아."

"다행이다."

오늘은 주말이지만 두 사람은 아침부터 분주하게 준비를 시작했다. 머잖아 까만 정장 차림의 단정한 모습으로 두 사람은 함께 집을 나섰다.

함께 차를 타고 도착한 곳은 집에서 꽤 멀리 떨어진 한 납골당이었다.

"왔니?"

"외삼촌! 외숙모!"

숙영과 지우가 두 사람을 보고 가볍게 손을 흔들었다. 현서가 지우와 인사를 나눌 동안 우경은 숙영의 옆에 섰다.

"아버지는 벌써 들어가셨단다."

"그래요."

"먼저 들어갈래?"

"네."

희진의 첫 제사를 찬경 몰래 지낸 두 사람은 두 번째 기일도 조용히 챙길 생각이었다. 하지만 며칠 전 다 같이 식사하는 자리에서 현서가 함께 와 보자고 제안했다. 뜻밖에도 찬경이 가장 먼저 현서의 제안을 수락했다.

그렇게 처음으로 그들 가족이 다 함께 희진이 쉬는 곳에 오게 된 것이다.

"아버지."

조화로 이루어진 국화가 테두리에 장식된 희진의 납골당 앞에, 찬경은 그저 조용히 서 있었다.

"이 녀석은 어릴 때부터 너와 달리 말썽만 부렸지. 그런데도 늘 너보다 희진이한테 시선이 더 가더구나. 늘 그랬었어."

힘없는 찬경의 목소리가 낯설다. 괴로움에 짓이겨진 아버지의 어깨를 볼 자신이 없어 우경이 시선을 떨어뜨렸다.

"전부 제 잘못입니다."

그때 우경의 어깨를 크고 따뜻한 손이 감쌌다.

"넌 최선을 다했어. 그러니 우리 며늘아기 말대로 다들 조금 더 행복해질 때가 된 것 같구나."

우경이 속으로 행복이라는 말을 곱씹는 사이 조용하던 복도에 구두 소리가 울려 퍼졌다. 찬경과 우경의 시선이 한꺼번에 날아오자 현서가 얼른 사과부터 했다.

"방해했다면 죄송합니다. 납골당 테두리를 장식할 꽃을 새로 사왔습니다. 조화라도 더 화사한 걸로 바꿔 드리고 싶어서요."

현서가 안고 있는 따뜻한 색감의 꽃들을 바라보며 찬경이 미소 지었다.

"예쁘구나. 원래 화려한 걸 좋아하는 애였어. 분명 좋아할 게다."

"그렇다면 다행입니다."

테두리의 꽃 장식을 교체해 주고 곧 모든 가족이 납골당 앞에서 묵념을 했다. 처음으로 엄마가 쉬는 자리에 오게 된 지우는 조금 우울해 보였지만 그런대로 담담하게 이겨 내는 듯했다. 가장 걱정했던 찬경은 묵념 후 희진의 사진을 천천히 쓸어내리고 모두와 함께 납골당을 나왔다.

본가로 돌아가는 차 안에서 찬경이 갑작스러운 말을 꺼냈다.

"이 근처에서 식사하고 바로 너희 집으로 가면 되겠구나."

"예? 저희 집 말씀이십니까?"

"얘는, 뭘 그렇게 놀라니? 가면 하영 씨가 다 준비해 뒀을 거야."

하영 씨라면 숙영의 비서지만 그녀가 언제 두 사람의 신혼집에 와서 무슨 준비를 했다는 뜻이지? 현서가 여전히 모르겠다는 표정을 지어 보이자 숙영이 다정하게 말했다.

"사부인께도 인사드려야지."

"저희 어머니요?"

현서가 되묻자 찬경이 손녀의 머리를 쓰다듬으며 말했다.

"앞으로 오늘은 우리 가족 나름대로 가족의 날로 지냈으면 좋겠구나. 우연이지만 희진이랑 사부인의 기일이 같으니까. 오전에는 다 같이 납골당에 갔다가 점심은 밖에서 먹고, 오후에는 너희 집으로 가서 사부인 제사를 지내고. 이렇게 일 년에 하루쯤 함께 지내는 게 어떻겠니?"

그들 모두에게 가장 아프고 힘들 날을 가족의 날로 정해 함께 있자는 제안인 것이다. 지금껏 찬경은 묵묵하지만 강직한 방법으로 현서를 아꼈다. 하지만 오늘의 제안은 지금까지 중 가장 큰 감동으로 다가왔다.

"정말 좋은 생각이네요, 여보."

"저도 그게 좋을 것 같네요. 당신 생각은 어때?"

숙영과 우경이 냉큼 동의하고 나섰다. 덕분에 현서도 눈치를 보지 않고 얼른 고개를 끄덕일 수 있었다. 감격이 차올라 눈물이 날 것 같다. 오늘은 가족과 함께하는, 아주 멋진 날이다.

'고마워요. 나한테 가족을 줘서……'

현서가 신호 대기 중인 틈을 타 조용히 우경의 손을 잡았다. 그리고 우경은 언제나 그래 왔던 것처럼, 현서의 손을 놓지 않았다.

❖　　　❖　　　❖

제사를 마친 후 모두가 본가로 돌아가자 우경과 현서도 바로 차를 타고 나왔다. 두 사람이 향한 곳은 그들이 처음 만났던 포장마차였다. 각자 혼자 왔을 때는 슬픔만 서렸던 곳이지만 오늘은 함께 찾아왔다.

"소주 두…… 아, 한 병만 주세요. 안주도 주시고요."

수량을 줄여서 말하는 현서를 보며 우경이 웃음을 터뜨렸다. 주량을 줄일 것을 부탁한 후 그녀도 나름대로 노력하고 있는 것이다. 근래에는 아예 술을 입에 대지 않았지만 오늘은 우경이 함께인 데다 특별한 장소까지 찾아왔으니 한 병 정도는 나눠서 마셔도 될 것 같다.

"건배할까?"

"그럴까요?"

잔을 부딪치고 원샷을 한 현서가 배시시 웃었다. 이곳에 제 발로 찾아와서 즐겁게 술을 마시는 모습은 상상도 해 보지 못했었는데. 우경과 함께하니 모든 것이 가능해진다.

"엄마의 기일은 저한테 평생 힘든 날이 될 거라고 생각했어요. 절대로 찾아오지 않았으면 하는 그런 날. 근데 아버님 덕분에 오늘은 웃음도 나네요. 오늘 같은 날을 웃으면서 보내는 일은 상상도 못 해 봤는데."

"아버지가 그런 생각을 하게 되신 계기는 당신이야. 그래서 고마워."

"아마 제가 없었어도 언젠가는 기일을 챙기셨을 거예요. 당신이 많이 노력했잖아요."

우경을 보듬는 현서의 눈빛이 유독 부드럽고 다정하다.

현서는 공치사를 미뤘지만 우경의 생각은 변함없었다. 물론 현서의 말대로 지우가 커 가며 언젠가 희진의 기일을 챙겼을 수도 있을 것이다. 하지만 기일을 모두가 함께 모여 밥도 먹고, 제사도 지내는 날로 정하는 일은 없었을 것이다.

"그래도 고마워, 현서야. 참, 그러고 보니까 당신이랑 상의하고 싶은 일이 있었어."

"상의요?"

"지원총괄팀으로 들어오라는 제안을 받았거든. 조 부장님 직속으로 총괄팀 업무를 배우라는 말씀이신 것 같아."

뜻밖의 이야기에 현서가 두 눈을 크게 떴다. 지금껏 우경에게 크고 작은 기회들이 계속 닿았지만, 그가 이렇게 대놓고 상의를 하고 나선 적은 없었다. 진지한 우경을 보니 그의 마음은 이미 움직인 것 같다.

"좋은 기회예요. 당신 능력에 어울리는 자리고요."

"이 제안을 수락하면 1팀과 2팀은 통합되고 최수현 팀장이 관리하게 될 거야. 그러니까 당신과 회사에서 함께 일할 수 없다는 뜻이지."

우경이 고민하던 이유를 털어놓자 현서가 그의 손을 잡았다. 현서는 우경의 손을 부드럽게 어루만지며 말했다.

"드디어 당신이 나아가기로 결정한 거잖아요. 자랑스러워요."

"당신 덕분이지. 당신이 정말 많은 것들을 바꿨어."

사랑을 모르던 그에게 사랑을 주었다. 과거에 얽매여 있던 그에게 상상조차 해 보지 못한 밝은 미래를 선물했다. 상상하지 못했던 하루하루를 나날이 그에게 안겨 주었다. 그리고 이제 저토록 환한 미소로 우경이 다시 나아갈 수 있도록 기운을 북돋아 준다.

"당신을 사랑한 일은 내게 기적이야."

믿을 수 없을 정도로 찬란한 기적, 그녀의 존재는 그에게 그렇다.

"저한테도 기적이에요."

그리고 그것은 그녀에게도 마찬가지다.

7년 후.

시끄러운 도심에서 조금 떨어진 주택가. 조금 낮은 담장 너머로 아이들의 웃음소리가 끊이질 않고 울려 퍼졌다. 나무로 만들어진 대문을 열고 들어가면 한눈에 보이는 넓은 화단에는 커다란 해바라기가 잔뜩 심어져 있다. 유치원에서 기르는 햄스터의 먹이로 주겠다며 아이들이 직접 씨를 심고 물을 주며 기른 꽃들이다.

"야! 여기 내 거야."

"싫어. 내 자리야."

아이들이 옥신각신하는 소리가 계속되자 마당 벤치에서 책을 읽고 있던 여자가 한숨을 내쉬며 일어섰다. 이번엔 또 무슨 일로 티격태격하는지 모르겠다는 표정이다.

"엄마, 엄마! 쟤가 또 괴롭혀!"

방금까지 남자애와 다투고 있던 여자애가 눈치 빠르게 얼른 현서에게 달려와서 안겼다.

"백희지, 또 동생 못살게 군 거 아니야?"

"아니야!"

희지가 얼른 고개를 홱홱 저었다. 반면 책을 들고 있던 희경은 그런 희지를 보며 기가 차다는 표정을 지을 뿐이었다.

이란성 쌍둥이인 희지와 희경은 외모도, 행동도 전부 반대였다. 1분 차이로 먼저 태어난 희지는 활달하고 자기주장도 강했다. 반면 희경은 조용한 성격에 흥분하는 일도 적은 편이다. 평소에는 희경이가 잘 양보하며 위태로운 평화가 유지되지만, 다툴 때면 대부분 희지가 선을 넘는 경우가 많다.

'이번에도 분명 그런 거겠지.'

"그럼 무슨 일로 싸웠는지 말해 줄래?"

"그건……."

"됐어. 누나 해."

설명하지 못하고 머뭇거리는 희지에게 희경이 한마디를 던지고 집으로 들어가 버렸다. 그 말에 희지가 대놓고 안심하는 것을 보니 역시 이번에도 잘못은 누나 쪽이 저지른 모양이다.

"이따가 동생한테 가서 잘못했다고 사과해야 해. 알았지?"

"치."

"대답해야지, 희지야. 사과할 거지? 그치?"

"응."

희지가 고개를 끄덕이고 집으로 달려가자 현서가 한숨을 푹 내쉬었다. 역시 육아란 쉽지가 않다. 매일매일이 새롭고 익숙한 일이라고 해도 해결 방법이 늘 같지 않으니까. 차라리 회사에 나가서 근무하는 편이 훨씬 편하다.

"왜 그렇게 한숨을 쉬고 있어?"

"까, 깜짝이야! 언제 왔어요?"

"지금 막 왔지. 역시 가족 회사가 좋긴 좋다."

현서는 7년 전, 임신을 했다. 가족들은 모두 기뻐했고 현서 역시 행복한 나날이었다. 하지만 바쁜 회사 일로 현서가 지쳐 가는 모습을 보던 우경이 조심스럽게 퇴사를 권유했다. 지원팀을 떠난 후로 현서를 챙겨 줄 수 없다는 미안함에 우경도 늘 마음을 졸인 모양이었다.

물론 현서도 태어날 아이들에게 안 좋은 영향을 미치고 싶지 않았다. 하지만 집에서 아이들만 길러도 될지 고민하던 현서에게 숙영이 뜻밖의 제안을 건네줬다.

'우리 재단에 미래개발이라는 새로운 부서가 생겼단다. 새롭게 꾸린 부서지만 담당자들은 모두 경력자니까, 네가 들어와서 일해도 괜찮을 거야. 내 재단이니까 스케줄도 여유롭게 조정이 가능할 거고. 그 정도는 다들 이해해 줄 거란다. 어때, 우리 재단에 와 주겠니?'

아이의 엄마가 될 현서에게는 좋은 조건의 자리였다. 숙영의 재단은 개인의 가족 행사에 대해서는 스케줄을 유연하게 조정해 주는 편이다. 거기다 숙영이 그때그때 잘 배려해 준 덕에 현서는 직장 생활을 유지하며 무난하게 아이들을 키워 나가고 있다.

"그보다 백우경 씨, 앞으로 아무 이유 없이 어머님께 연락해서 날 퇴근시키지 말아요. 안 그래도 애들 유치원 행사 때마다 자리 비우는데, 다른 사람들한테 미안하잖아요."

물론 현서가 숙영의 하나뿐인 며느리라는 점은 직장 동료들 모두가 알고 있다. 하지만 그렇다고 해서 마음대로 특권을 누릴 생각은 아니다. 적어도 현서의 관점에선 가족은 가족이고 일은 일이니 말이다.

"오늘은 이유가 있어."

"이유가 있었어요?"

잠시 대답을 미룬 우경이 현서의 허리를 감싸 안았다. 성큼 느껴지는 그의 향기에 오랜만에 현서의 가슴이 설렌다. 이렇게 그의 품에 단단하게 안겨 있는 순간만큼은 더 잔소리할 수도 없다. 정말 당해 낼 수 없다는 듯 현서가 제 허리를 감싼 우경의 손을 잡았다.

"나 승진할 것 같아."

"네? 승진이요?"

놀란 현서가 서둘러 팔을 풀고 돌아보자 우경이 당당하게 웃어 보였다.

"조윤주 부장님이 승진하게 되셨어. 그래서 내가 부장님 대신 그 자리를 맡게 될 것 같아."

"겹경사네요! 축하해요. 아, 조 부장님께 난이라도 하나 보내 드릴까요? 아니면 식사라도 한 번 대접해 드릴까요?"

"저기요, 오현서 씨. 지금 당신 직업은 내 와이프지 비서가 아니거든요?"

우경에게는 축하한다는 말만 하더니, 현서는 조윤주 부장만 더 챙기느라 바쁘다. 그 모습에 슬그머니 질투가 난 우경이 입술을 쭉 내밀었다.

"하여튼. 당연히 당신이 승진한 쪽이 훨씬 더 기쁘죠. 하지만 앞으로도 조 부장님께 신세 질 일이 많잖아요. 모르는 사이도 아닌데 인사는 드려야죠."

하긴 원래 오현서는 우경의 주변까지 챙기는 여자니까. 새삼스러울 것도 없는 일인데, 괜히 또 질투하고 말았다. 미안한 마음에 우경이 다정하게 대답했다.

"당분간은 정신없으실 테니까 정리되시면 보내 드려."

"네. 당신도 제대로 인사드리는 거 잊지 말고요."

"우리 여보, 정말 내 승진 기쁘긴 하지? 아아, 잔소리 말고 사랑스러운 응원의 말 듣고 싶다."

"네? 그런 말에 쥐약인 거 알면서 꼭 바란다니까. 하지만 그래도 고생 많았으니까."

현서가 재빨리 우경의 뺨을 쓸어내리고 입술을 향해 다가갔다. 서로의 입술이 부드럽게 맞닿고 곧 혀가 휘감겼다. 먼저 입술을 부딪쳐 왔으면서도 현서는 여전히 수줍은 듯 혀를 움직인다. 저돌적이지 못한 그 움직임은 늘 그렇듯 우경을 더 자극하고 만다.

"우리, 오늘은 애들 일찍 재울까?"

우경이 대놓고 현서를 유혹했다. 그녀는 당황한 듯 우경의 가슴을 팍 치고 품에서 벗어났다.

"오늘 희경이랑 희지가 또 다퉜는데 이유를 모르겠어요. 또 희지가 뭘 잘못한 것 같긴 한데, 나한텐 아무 말도 안 해요. 혼날까 봐 숨기는 것 같은데, 당신이 가서 희경이랑 얘기해 봐요."

우경이 얼른 고개를 끄덕이고 집으로 들어왔다.

"아빠!"

희지가 달려 나와서 우경에게 달려들었다. 우경은 웃으며 희지를 끌어안고 머리를 쓰다듬어 줬다.

"어이구, 우리 딸! 유치원 잘 갔다 왔어? 어제 그림 숙제는 어떻게 됐어?"

"제일 잘했대!"

"정말? 와, 역시 우리 희지 대단하다. 하긴 아빠 희지가 제일 잘했을 것 같았어. 우리 딸이 나중에 커서 화가가 되려나 보다. 벌써부터 그림을 그렇게 잘 그리면 어떡해?"

우경의 칭찬에 희지는 온 세상을 다 얻은 듯 환하게 웃었다. 하여튼, 칭찬이라면 현서도 꼬박꼬박 잘 해 주는데 희지는 유독 아빠만 잘 따른다.

"아빠가 씻고 나서 마저 들어도 될까?"

"응!"

신이 난 희지는 2층에 있는 제 방으로 가 버렸다.

"당신, 그렇게 칭찬만 해 줘서 어떡해요. 안 그래도 방방 날뛰는 애한테. 오늘도 분명히 쓸데없는 고집 부리다가 동생이랑 싸운 거라고요. 소영이도 희지가 다른 애들한테 양보를 잘 안 한다고 걱정 했어요. 다른 엄마들도 다 안다니까요?"

우경이 늘 희지를 너무 오냐오냐하는 점이 걱정인 현서가 잔소 리를 했다. 희지는 누굴 닮은 건지 지기 싫어하고, 뭐든 잘해야 직 성이 풀리고, 자존감도 자신감도 꽉꽉 가득 찬 성격이다. 안 그래 도 하늘 끝까지 승천할 기세인 그 아이를 우경이 더 부추기는 것 같아 걱정이다.

반면 우경은 평소처럼 가볍게 대꾸했다.

"뭐 어때서 그래. 저 나이 때 애들은 원래 양보 잘 안 하잖아. 거기다 희지는 당신을 똑 닮아서 볼 때마다 자꾸 마음이 약해진단 말이야."

닮긴 어딜 닮았단 말인가? 희지와 희경의 외모는 우경만 쏙 빼 닮았다. 자연 갈색의 머리칼과 눈동자, 하얀 피부에 아름다운 이목 구비까지. 흡사 잡지에 나오는 어린이 모델 같다. 물론 우경처럼 유들유들한 성격은 둘 다 아니지만 말이다.

"어차피 고집 세다는 얘기하려는 거죠? 고집으로만 치면 당신도 맨 앞줄이에요."

"고집도 나쁘지만은 않아. 우리 여보가 내 마음 안 받아 주고 도 망만 다닐 때, 내가 열심히 고집 부려서 희지랑 희경이 엄마 얻은 거잖아."

하여튼, 저놈의 임기응변은 이길 수가 없다. 현서가 패배를 인정 하고 피식 웃어 보였다.

"얼른 씻고 희경이한테 가 봐요."

"네, 네."

현서의 재촉에 우경이 서둘러 샤워부터 마치고 바로 희경이의 방으로 갔다.

희경이의 방은 차분한 톤으로 꾸며져 있고 가구 구석구석에서 언제든 불을 켜서 책을 읽을 수 있는 구조다. 또래들보다 훨씬 빨리 한글을 습득한 희경이를 위한 인테리어다.

우경은 침대 옆, 밑, 책장 쪽을 구석구석 살피며 희경이를 찾았다.

"희경아?"

희경은 커튼으로 가려진 소파처럼 넓은 창틀에 앉아 있었다. 마당에는 별로 볼 것도 없는데 희경이의 시선은 바깥쪽을 향해 쏠려 있다.

"안 무서워? 아빤 창문에 너무 가까이 가면 무섭던데."

"괜찮아."

"오늘 누나가 또 잘못했다면서?"

"엄마가 그래요?"

우경이 희경의 눈높이에 맞춰 쭈그리고 앉아 고개를 끄덕였다. 희경은 그럴 줄 알았다는 무심한 얼굴로 대답했다.

"걱정 마요."

"무슨 일이었는지 알려 주면 안 될까?"

"누나가 또 내 흙을 뺏었어."

흙이라면 해바라기를 키우고 있는 화단을 말하는 것 같다.

"누나 때문에 희경이가 항상 고생이 많구나."

처음 두 아이가 태어났을 때, 우경은 내심 두려웠다. 누나와 남동생, 불행으로 끝나 버린 제 가족의 역사가 문득 떠올랐던 것이다. 그 불안은 성장을 지켜보며 나날이 커져 갔다. 늘 양보하고, 물러서 주며 언제나 그렇게 치이고 치이던 제 어릴 때의 모습을 보는 것만 같았다.

'여보, 힘들 수 있다는 걸 알아요. 하지만 걱정하지 마요. 희지도, 희경이도, 그리고 당신도 전부 내가 지킬 거예요. 그러니까 우리 애들이랑 내 옆에 있어요. 내가 더 잘할게요.'

순간적으로 트라우마에 휩싸일 때마다, 현서는 우경을 보듬어 주며 제 다짐을 지켜 나가기 위해 정말 열심히 노력했다. 그 든든한 모습 덕분에 우경도 이제 그런 불안감은 털어 냈다.

"누나가 고집도 세고, 자존심도 세고, 행동도 거칠고, 또 양보도 잘 안 하지? 그치?"

"……."

"또 뭐가 있더라?"

열심히 희지의 흠을 찾느라 노력하는 우경이 안쓰러웠는지 희경이 피식 웃었다. 그만해도 괜찮다는 의미의 미소다. 그 미소에 마음을 놓은 우경이 부드럽게 희경의 머리를 쓰다듬었다.

"누나한테 든든한 희경이가 있어서 다행이야. 희경이한텐 그런 누나가 있어서 다행이고. 아빠 그렇게 생각해."

달칵.

그때 방문이 열리며 현서와 함께 쭈뼛대는 희지가 방으로 들어왔다. 망설이는 희지의 등을 현서가 가볍게 떠밀었다.

"어서."

"미안."

"더 크게."

"미안! 너 흠 안 쓸게."

사과인지 다짐인지 모를 말을 내뱉고 희지가 도망치듯 후다닥 방에서 나가 버렸다. 현서가 피식 웃으며 우경과 희경에게 다가가 설명했다.

"누나가 소꿉놀이한다고 희경이 화단 흙을 판 모양이에요."

"말하기 싫어했을 텐데, 용케 알아냈네. 역시 우리 와이프다."

"희경아, 누나가 자꾸 그러면 져 주지 말고 가서 소리라도 한 번씩 질러 주든가, 한 대쯤 때려도 돼. 엄마가 희경이한테만 특별히 허락할게. 애초에 우리 희경이 화단은 생각도 안 하고 행동한 누나가 나빴지. 그치?"

누가 부부 아니랄까 봐 똑같은 방법으로 희경을 달래 주고 있다. 어차피 희지는 상황을 세심하게 헤아릴 줄 모르고 눈앞에 보이는 것만 좇는 성격이라는 걸 희경은 충분히 안다. 그래서 엄마와 아빠가 이렇게 달래려고 할 때면 괜히 웃음이 나온다.

"알겠어."

이렇게, 또 하나의 사건이 종결을 맺은 모양이다.

네 가족은 곧 사이좋게 저녁을 먹었다. 그리고 희경은 현서가, 희지는 우경이 각각 재워 주고 10시쯤에 다다라서야 두 사람은 겨우 침실에서 재회했다.

"그러다 나중에 희경이가 정말 희지 때리면 어쩌려고 그래?"

그 점이 궁금했는지 우경이 얼굴을 보자마자 질문해 왔다. 화장 대 앞에 앉아서 스킨을 바르고 있던 현서가 대수롭지 않다는 듯 바로 대꾸했다.

"어릴 때 한두 번은 괜찮지 않겠어요? 희경이는 자기보다 약한 사람을 지켜 주면 지켜 줬지 괴롭힐 애가 아니에요. 뭣보다 희지도 물러서는 방법을 배울 필요가 있어요. 어른이 말로 가르치는 것보다 애들끼리 싸우면서 배우는 편이 나은 문제도 있잖아요."

"우리 와이프는 척척박사네."

"형제가 있다는 건 좋은 것 같아요. 같이 배우면서 클 수 있으니까."

혹시 우경에게 또 상처가 될 말을 해 버렸을까? 걱정스런 마음에 현서가 뒤를 돌아보자 눈앞에 우경이 다가와 있었다. 그는 현서를 안아 들고 바로 침대에 눕혔다.

"아까 희지가 당신을 닮았다는 말."

촉촉한 현서의 뺨을 어루만지던 우경의 손길이 슬그머니 아래로 내려간다. 그 움직임을 좇느라 정신없는 현서에게 우경이 속삭이듯 말했다.

"고집 얘기가 아니었어. 사실 희지도, 희경이도 다 당신만 닮았어. 어딜 봐도, 뭘 해도 사랑스러운 점이 너무 닮았어. 그래서 애들한텐 내가 맥을 못 추겠다니까. 다 당신처럼 예쁘고 눈에 넣어도 안 아플 것 같아서."

"네? 닮았다는 말이 그런 쪽이었어요?"

어느덧 현서의 윗옷을 흐트러트린 우경이 그녀의 쇄골에 고개를 파묻었다. 한껏 숨을 들이켜자 현서의 향기가 아찔하게 코끝을 찌른다.

"하, 여, 여보. 오, 오늘 피곤하지 않아요? 승진 소식 공지 났으면 회사에서 하루 종일 시끌벅적했을⋯⋯."

"고마워, 현서야."

"네?"

옷을 벗기다 말고 우경이 현서의 온몸이 으스러질 것처럼 세게

412

끌어안았다. 우경은 늘 현서를 이렇게 껴안는다. 내겐 당신뿐이라는 듯, 당신을 정말 사랑한다는 듯이 그렇게 안아 준다. 아무 말도 해 주지 않아도 우경의 사랑을 충분히 느낄 수 있다. 그래서 현서는 다른 어떤 스킨십보다도 그와의 포옹을 좋아한다.

"나한테 와 줘서. 우리 애들을 만나게 해 줘서. 그리고 우리 가족을 지켜 줘서."

"참내. 당연한 얘길 왜 해요? 다 내 사람들인데 당연히 내가 지켜야죠. 하지만 잊지 마요. 날 지탱해 주는 사람은 당신이에요."

과분한 사람이라는 생각에 이 사람을 놓쳤다면 현서는 아마 평생 후회했을 것이다. 문득 그렇게 생각해 보면 결국 헛웃음이 나오고 만다. 우경은 아마 어디까지든 현서를 쫓아와 줬을 것이다. 그는 그런 사람이니까.

"와, 승진 축하 선물이야? 하지만 선물은 이제부터 받으려고 했는데."

어느덧 허리 아래로 내려온 우경의 손길에서 조급함을 느낀 현서가 환하게 웃었다.

"아까 그 말은 서비스예요."

그리고 우경의 목을 끌어안고 먼저 입술을 훔쳤다.

넓고 쾌적한 집, 그 안에 가득가득한 추억들, 사랑스런 아이들, 아름다운 아내와 든든한 남편. 그리고 침실을 가득 채운 따뜻한 온기와 부드러운 숨결, 그리고 서로를 바라보는 사랑 어린 눈길이 있는, 바로 여기가 두 사람이 함께하는 보금자리다.

작가 후기

안녕하세요, 한희연이라고 합니다.

오랫동안 글을 써 왔지만, 출간은 처음이라 온통 신기하고 새로운 경험의 연속이네요. 이렇게 후기로 인사드리는 일도 처음이라 떨립니다.

수상한 맹견은 가족의 부재로 인한 상처와 죄책감을 지닌 같은 듯 다른 두 사람의 이야기입니다. 같은 상처를 통해 백 팀장님과 오 비서가 서로를 더 이해해 주고, 버팀목이 되어 줄 수 있길 바랐었는데……. 그냥 어떤 독자님 말씀처럼 이제 현서가 술 마시고 잠들지 않아 다행입니다!

본문에서 본인 입으로 [고난]으로 회고되던 최수현 팀장님과 하봄 양의 이야기는 후에 꼭 책으로 찾아뵙도록 하겠습니다.

곧 2주년을 맞이하는 우리 로맨스화원, 늘 고맙고 든든합니다. 항상 절 믿어 주신 비향 작가님, 뱀우경이라는 애칭을 지어 주신 이하윤 작가님, 우리 아부지(애칭일 뿐 혈연관계는 아닌) 무연 작가님, 늘 솔직담백한 박윤애 작가님께 특히 더 감사합니다. 소중한 친구 주은, 현희에게도 감사 인사를 보냅니다. 그리고 우리 가족, 많이 사랑합니다.

마지막으로 이 책이 나오기까지 고생해 주신 뿔미디어 출판사의 정 팀장님, 예쁜 표지 만들어 주신 디자이너님께도 많이 감사드립니다.

앞으로 더 좋은 날에 더 좋은 글로 우리가 다시 만날 수 있길 기대합니다. 감사합니다.

수상한 맹견

초판 1쇄 찍음 2014년 6월 26일
초판 1쇄 펴냄 2014년 7월 2일

지은이 | 한희연
펴낸이 | 정 필
펴낸곳 | 도서출판 **뿔미디어**

편집장 | 이재권
기획 · 편집 | 정시연, 이은정

출판등록 | 2002년 9월 11일 (제1081-1-132호)
주소 | 경기도 부천시 원미구 상동로 117번길 49(상동) 503호
전화 | 032)651-6513 / 팩스 | 032)651-6094
E-mail | dahyangs@naver.com
블로그 | http://blog.naver.com/dahyangs
홈페이지 | http://bbulmedia.com

값 9,000원

ISBN 979-11-315-2515-9 03810

※파본은 구입하신 서점에서 교환하여 드립니다.
※이 책은 (도)뿔미디어를 통해 독점 계약되었습니다.
저작권법에 의해 보호를 받는 저작물이므로 무단 전재와 무단 복제를 엄금합니다.

www.bbulmedia.com

www.bbulmedia.com